BASTEI
LÜBBE
TASCHENBUCH

Weitere Titel der Autorin:

Als dein Blick mich traf

Über die Autorin:

Als Nicole Jacquelyn mit acht Jahren gefragt wurde, was sie mal werden wolle, antwortete sie mit: Mutter. Mit zwölf änderte sich ihre Antwort zu: Autorin. Diese Ziele hat sie konstant verfolgt. Zuerst wurde sie Mutter, und während ihres Abschlussjahrs am College – mit einem Kind in der ersten Klasse und dem zweiten in der Vorschule – schrieb sie ihren ersten Roman. Ihm folgten weitere, und mit der emotionalen Serie »Unbreak my Heart« erscheint sie nun erstmals bei Bastei Lübbe.

Nicole Jacquelyn

Als mein Herz zerbrach

Roman

Aus dem amerikanischen Englisch
von André Taggeselle

BASTEI
LÜBBE
TASCHENBUCH

BASTEI LÜBBE TASCHENBUCH
Band 17650

Dieser Titel ist auch als E-Book erschienen

MIX
Papier aus verantwortungsvollen Quellen
FSC www.fsc.org FSC® C083411

Vollständige Taschenbuchausgabe

Deutsche Erstausgabe

Titel der englischen Originalausgabe: »Unbreak my Heart«
Originalverlag: Forever, Hachette Book Group
Dieses Werk wurde vermittelt durch die Literarische Agentur
Thomas Schlück GmbH, 30827 Garbsen

Textredaktion: Anita Hirtreiter, München
Titelillustration: © FinePic/shutterstock
Umschlaggestaltung: ZERO Werbeagentur, München
Satz: Urban SatzKonzept, Düsseldorf
Gesetzt aus der Garamond
Druck und Verarbeitung: CPI books GmbH, Leck – Germany
Printed in Germany
ISBN 978-3-404-17650-2

5 4 3 2 1

Sie finden uns im Internet unter www.luebbe.de
Bitte beachten Sie auch: www.lesejury.de

Für meine Mutter,
die sich die Augen ausweinen wird,
wenn sie diese Widmung liest.
Ich liebe dich, Mami.

Stammbaum

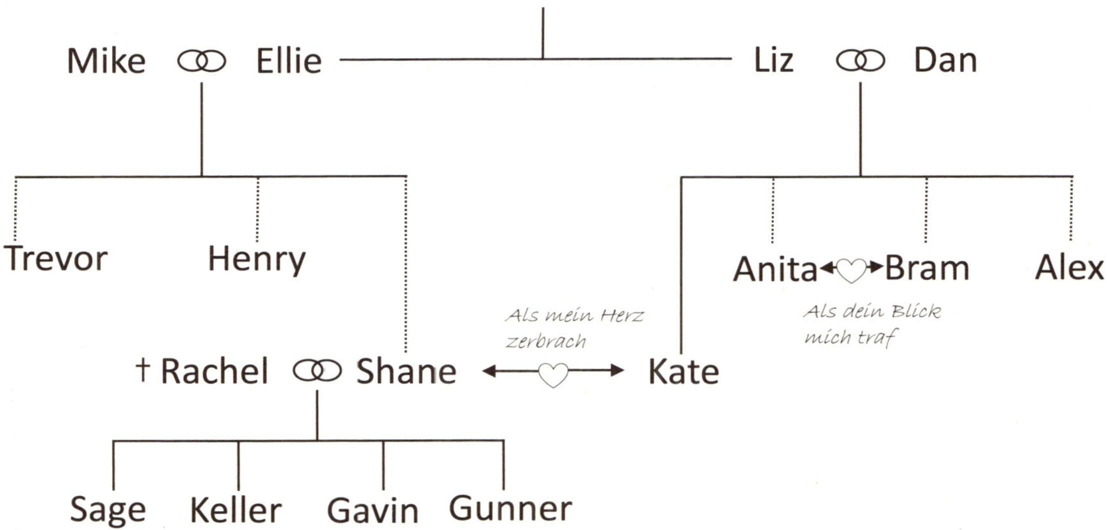

Verheiratet
Verstorben
Leibliche Kinder
Pflegekinder
Mike
Ellie
Liz
Dan
Trevor
Henry
Anita
Bram
Alex
Als dein Blick mich traf
Als mein Herz zerbrach
† Rachel
Shane
Kate
Sage
Keller
Gavin
Gunner

Prolog

Shane

»Warum gehen wir noch mal gleich zu dieser bescheuerten Veranstaltung?«, fragte ich meine Frau, die gerade im Spiegel der Sonnenblende auf der Beifahrerseite ihr Make-up überprüfte.

»Weil es deiner Cousine wichtig ist.«

»Sie ist nicht meine Cousine«, erinnerte ich sie und wechselte die Spur.

»Schön, dann weil es Kate wichtig ist.« Sie schien allmählich die Geduld mit mir zu verlieren. »Ich verstehe nicht, warum du dich deshalb wie ein Arsch aufführen musst.«

»Wie oft haben wir denn die Gelegenheit, ohne Kinder auszugehen, Rach?«, gab ich zurück. »So gut wie nie. Den einen Abend, den wir für uns haben, würde ich nun mal gern woanders verbringen als in irgendeinem Scheißcafé voller Teenies.«

»Meine Güte, hast du heute wieder eine Laune«, murmelte sie verärgert. »Kate hat mich schon vor Wochen gebeten zu kommen. Ich wusste ja nicht, dass du zu Hause bist.«

»Tja, Pläne ändern sich.«

»Ich hab es ihr versprochen! Ich lasse jedes Mal alles stehen und liegen, wenn du von einem Auslandseinsatz zurückkommst. Das weißt du. Ich kann nicht glauben, dass du dich wegen dieses einen Abends, den ich nicht mehr absagen konnte, wie ein Idiot benimmst.«

»Ich glaube kaum, dass Kate mich dabeihaben will«, erwiderte ich grummelnd und bog auf den kleinen Parkplatz ein, der bereits rappelvoll war. »Es wird ihr ganz und gar nicht gefallen, wenn ich dabei zusehe, wie sie sich blamiert.«

Ich sprang aus dem Wagen und lief um die Motorhaube, um Rachel zu helfen. Mir ging nicht in den Kopf, wieso sie während ihrer Schwangerschaft darauf bestand, diese verflucht hohen Absätze anzuziehen – es machte mich ganz hibbelig. Sie sah verdammt heiß aus in den Dingern, aber irgendwann würde sie darin umknicken und hinfallen, und ich hatte eine Heidenangst, dass ich nicht da sein würde, um sie aufzufangen.

»Du hast wirklich keinen Schimmer, oder?«, sagte sie und lachte, während ich ihre Hand nahm und sie vorsichtig vom Beifahrersitz zog. »Wie um alles in der Welt kann es sein, dass ihr zusammen aufgewachsen seid und du trotzdem so wenig über Kate weißt?«

»Du weißt, dass ich nicht mit ihr aufgewachsen bin.« Ich schlug die Tür zu und führte Rachel behutsam auf das kleine Gebäude zu. »Ich bin mit siebzehn eingezogen und hab mit neunzehn die Stadt verlassen. Sie ist keine Verwandte, verdammt noch mal, sondern die schräge, verwöhnte Nichte der Leute, die mich für eine Zeit lang bei sich aufgenommen haben.«

Rachel blieb abrupt stehen, als sie den Ärger in meiner Stimme hörte. »Sie ist meine beste Freundin. Meine einzige Freundin. Und sie hat uns beide zusammengebracht, verdammt noch mal. Oder hast du das vergessen?«

»Aber doch nicht absichtlich.«

»Und was bitte willst du damit sagen? Was war nicht absichtlich?«

»Sie war total angepisst, als wir zusammenkamen.«

»War sie überhaupt nicht«, versetzte Rachel. »Was redest du da?«

»Schon gut. Ist nicht so wichtig.«

»Könntest du bitte, bitte einfach nett sein und dich nicht verhalten, als wäre es eine Folter, da reinzugehen? Ich weiß nicht, was mit euch los ist, aber ...«

»Mit uns ist gar nichts los. Ich hätte gerne meine umwerfende Frau heute Abend zum Essen ausgeführt und muss stattdessen zusehen, wie ihre beste Freundin vor einem Haufen Teenies Liedchen trällert. Nicht gerade das, was ich mir vorgestellt habe.«

Ich hob den Arm und umfasste zart ihre Wange. Ich strich ihr mit dem Finger über die Haut unter den Lippen. Wie gern hätte ich sie geküsst, aber nachdem sie sich im Wagen so viel Mühe mit dem Lippenstift gegeben hatte, wusste ich, dass ihr das nicht recht wäre.

»Danach gehen wir irgendwohin, okay? Ich glaube, sie ist als Erste dran, also wird es nicht lange dauern«, versicherte sie mir mit einem leichten Lächeln, und der Ausdruck in ihren Augen wurde sanft. Sie wusste, dass ich sie jetzt küssen wollte; meine Hand an ihrem Gesicht war eine vertraute Geste.

»Okay, Baby.« Ich neigte mich vor und gab ihr einen Kuss auf die Nasenspitze. »Du siehst wunderschön aus. Hab ich dir das schon gesagt?«

»Nein.«

»Tust du aber.«

Sie lächelte und setzte ihren Weg zu dem kleinen Gebäude fort. Ich fuhr mir mit den Fingern durch mein kurzes Nackenhaar.

Es war nicht so, dass ich Kate nicht mochte. Ganz im Gegenteil, um ehrlich zu sein. Als Jugendliche waren wir gute Freunde gewesen, und ich fand sie umwerfend komisch. Sie hatte einen ganz eigenen, manchmal schrägen Sinn für Humor und war wirklich eine der liebenswürdigsten Personen, denen ich je begegnet war. Doch aus irgendeinem Grund hatte sie vor all den Jahren plötzlich angefangen, mir schöne Augen zu machen, und ihre Aufmerksamkeit war mir unangenehm gewesen.

Ich stand nicht auf sie, und dass sie etwas von mir wollte, hatte sich für mich seltsam angefühlt. Mir war in meiner Haut einfach nicht wohl gewesen dabei. Ich wollte ihre Gefühle nicht verletzen, aber … Mann, sie machte mich einfach nicht an. Sie war einfach zu nett, zu gutgläubig, zu naiv. Schon damals hatten mir Frauen besser gefallen, die etwas cooler und tougher waren als die Mädels, die mit siebzehn noch Feenposter an ihren Wänden hängen hatten.

Ich war ihr daraufhin so gut wie möglich aus dem Weg gegangen, bis sie nach ihrem ersten Semester im College eine Kommilitonin mit nach Hause gebracht hatte: eine Freundin, die roten Lippenstift trug und tätowiert war. Ich hatte ignoriert, dass Kate mit traurigen Augen dabei zusah, wie ich ihre Freundin für mich in Anspruch nahm, und verdrängt, dass ich ihre Gefühle verletzt hatte. Auf diese Art hatte ich Kate einfach nie gemocht und es deshalb auch nicht als falsch empfunden, mich an ihre neue beste Freundin ranzuschmeißen.

Es endete damit, dass ihre Kommilitonin und ich heirateten. Von da an hatte ich so getan, als seien Kate und ich nie Freunde gewesen. Es war einfacher so.

»Komm schon, Baby«, rief Rachel und zog mich hinter sich her in das abgedunkelte Café. »Da ist ein Tisch frei, und meine Füße bringen mich gleich um.«

Warum, verdammt, hatte sie dann auf diesen Stöckeldingern bestanden?

»Hey, kann ich euch was zu trinken bringen?«, erkundigte

sich eine kleine Kellnerin bei uns. Sie war wirklich klein. Sie konnte kaum über den Bistrotisch schauen, an dem wir saßen.

»Für mich einen grünen Tee, bitte«, sagte Rachel.

»Sehr gern, unser Tee ist wirklich fantastisch. Wann ist es denn so weit?«

»Ich hab noch ein bisschen Zeit.«

»Na, jedenfalls herzlichen Glückwunsch!«

»Kaffee, schwarz«, bellte ich, als die Kellnerin freundlicherweise endlich in meine Richtung schaute. Das Lächeln erstarb auf ihren Lippen, und ich begriff, dass mir meine Bestellung knapper herausgerutscht war, als ich es beabsichtigt hatte.

»Aber sicher doch!«, fiepte sie mit einem kurz angebundenen Lächeln, ehe sie sich davonmachte.

»Also wirklich, Shane«, knurrte Rachel.

»Was ist?« Ich wusste genau, was war. Ich war soeben ein fieser Arsch gewesen, aber ich verkniff es mir, ihr beizubringen, dass mich das überfüllte Café nervös machte. Die Leute lachten lauthals, drängelten sich aneinander vorbei und stießen sich an, und von da, wo ich saß, konnte ich keinen einzigen Ausgang erkennen.

»Hey, San Diego«, rief eine vertraute Stimme über die Lautsprecheranlage. »Wie geht's euch an diesem schönen Abend?«

Die Menge jubelte, und Rachels Miene erhellte sich, als sie an mir vorbei zur Bühne sah.

»Ihr seid die Besten!«, raunte Kate mit einem kurzen Lachen. »Ich mag euch auch.«

Die Menge gebärdete sich noch lauter, und als Reaktion zogen sich automatisch meine Schultern zusammen.

»Es geht gerade eine Kaffeekanne herum, wo ist sie?« Kurzes Schweigen. »Okay, hinten bei Lola mit der Irokesenfrisur.

Wenn sie bei euch vorbeikommt, werft doch freundlicherweise ein paar Dollar hinein, wenn es geht, und reicht sie weiter.«

Das Publikum applaudierte, und Kates Kichern drang wieder über die Lautsprecher. »Am besten lege ich gleich los, sonst fangt ihr noch an zu randalieren.«

Ich hatte mich immer noch nicht zur Bühne herumgedreht. Offen gestanden wollte ich sie nicht in Verlegenheit bringen für den Fall, dass ihr Auftritt peinlich würde. Ich wollte nicht, dass sie ...

Der glasklare Sound einer einzelnen Gitarre kam über die Lautsprecher, und ich erstarrte, während es im gesamten Saal still wurde. Mucksmäuschenstill. Selbst die Baristas hinter der Kaffeetheke unterbrachen ihre Arbeit und sahen zur Bühne, als Kate anfing zu singen.

Wow. Mein Kopf fuhr herum, und ich fühlte mich, als hätte ich soeben einen Schlag in die Magengrube abgekriegt.

Ihre Stimme war volltönend und rau, und sie hielt die Gitarre wie ein Baby, das sie jeden einzelnen Tag ihres Lebens im Arm gewogen hatte. Dort oben war sie ganz in ihrem Element, klopfte mit dem Fuß den Takt und lächelte hier und da jemandem aus der Menge zu, während die Leute anfingen mitzusingen.

Es war unglaublich. *Sie* war unglaublich. Ich konnte nicht wegsehen. Das hier war nicht irgendeine Schnapsidee, die sie spontan gehabt hatte. Sie wusste genau, was sie tat, und die Kids wussten, wer sie war. Sie liebten sie, verflucht.

Und sie sah umwerfend aus.

Scheiße.

Ihre Haare waren seitlich zu Locken gewickelt, so ähnlich wie es Rachel ein paarmal versucht hatte. Nannte man das nicht Victory Rolls? Ich war ziemlich sicher, dass Rachel etwas in der Richtung gesagt hatte, als sie erfolglos probiert hatte, diese Frisur hinzubekommen. Kates Haut war makellos, und sie trug dunkelrosa Lippenstift, der ihre Zähne im Scheinwerferlicht leuchtend weiß erstrahlen ließ. Sie hatte ein T-Shirt an, das ihr locker über die Schulter rutschte, dazu zerrissene Jeans, die so eng waren, dass ich nicht mal wusste, wie sie es geschafft hatte, sich hinzusetzen.

Ich blinzelte mehrmals, doch sie blieb, wie sie war.

»Ich hab ja versucht, dir klarzumachen, dass sie gut ist«, urteilte Rachel etwas selbstgefällig.

»Hat sie das Lied geschrieben?«, fragte ich und drehte den Kopf, um meine Frau anzusehen.

»Baby, ernsthaft? Das ist ein Song von Taylor Swift.«

»Oh.«

»Und dieser jetzt, der ist von Kenny Chesney.«

»Den kenn ich«, gab ich murmelnd zurück und sah wieder zur Bühne. »Singt sie ausschließlich Countrysongs?«

»Meine Güte, nein. Sie macht alles Mögliche, aber immer mit einem übergreifenden Thema. Heute geht es natürlich um Kinder und Teenager. Die Spenden kommen ja einer Stiftung zugute, die etwas gegen Mobbing in der Schule unternimmt.«

Ich nickte nur, mein Blick war wieder auf die Bühne gerichtet, wo Kate sich rhythmisch auf dem Hocker wiegte und mit der Hand den Beat eines neuen Songs auf der Gitarrendecke einklopfte. War Kate gemobbt worden? Ich konnte mich an nichts in der Richtung erinnern, aber wie ich schon zu Rachel gesagt hatte, hatte ich nur knapp über ein Jahr bei Kates Tante und Onkel gewohnt, ehe ich mich zur Grundausbildung aufgemacht hatte. Durchaus möglich, dass mir da etwas entgangen war. Der Gedanke, Kate könnte gemobbt worden sein, machte mich augenblicklich so wütend, dass ich mit den Zähnen knirschte.

Kate schürzte ihre glänzenden Lippen, warf ihrem Publikum eine Kusshand zu und zwinkerte.

Mir stockte der Atem. Oh Gott.

Ich rückte vom Tisch ab, griff nach Rachels Hand und zog sie zu mir auf den Schoß.

»Was machst du denn?«, flüsterte sie lachend.

»Wenn ich schon hierbleiben muss, will ich wenigstens ein bisschen Spaß haben.«

»Ach ja?«

»Ja.« Ich neigte mich zu ihr und küsste sie heftig. Dabei achtete ich nicht länger auf den Lippenstift, der sich spürbar auf meinem Mund verteilte. Ich ließ meine Zunge in ihren Mund gleiten und merkte, wie ihre Fingernägel sich in meine Schultern bohrten, als sie den Kopf neigte, um mich intensiver küssen zu können. Ja, sie zu küssen fühlte sich immer noch so gut an wie beim ersten Mal. Bevor ich sie kennengelernt hatte, war mir nicht klar gewesen, dass man jemanden so sehr lieben konnte.

»Später«, sagte sie an meinem Mund und griff blind nach ein paar Servietten, um unsere Gesichter abzuwischen. Ihre Wangen waren gerötet, und ich hätte am liebsten sofort dieses Scheißcafé verlassen, um mit ihr allein zu sein.

Meine Frau war die tollste Frau, der ich je begegnet war, und das lag nicht nur an ihrem Aussehen. Sie und ich, wir hatten eine ähnliche Kindheit gehabt, hatten uns alles, was wir im Leben benötigten, bitter erstritten und hart erkämpft – und ich war sehr stolz auf unsere kleine Familie und das Leben, das wir uns zusammen aufgebaut hatten. Aus den schwierigen Verhältnissen, in denen wir aufgewachsen waren, bis hierher war es ein langer Weg gewesen.

»Können wir nicht jetzt schon nach Hause?«, fragte ich mit einem Grinsen, während ich mit der Serviette über meinen Mund wischte.

»Hey, ihr beiden da hinten!«, sprach uns Kate über das Mikro an und brachte Rachel so dazu, ihren verdammt sexy Blick von mir abzuwenden. »Reißt euch zusammen, was sollen die Kids hier von euch denken?«

Das Publikum lachte, und ich schaute bohrend in Richtung Bühne.

Kate hatte ein so strahlendes Lächeln aufgesetzt, dass sie fast trunken wirkte. »Darf ich euch meine beste Freundin vorstellen? Ist sie nicht sagenhaft?«

Begleitet vom Jubel des Publikums lachte Rachel sanft in mein Ohr. Schließlich warf sie Kate eine Kusshand zu.

Ein junges Mädchen rief durch das ganze Café: »Mich interessiert viel mehr, wer *er* ist!«, woraufhin alle lachten.

»Eh, das ist bloß ihr Mann«, antwortete Kate trocken, und die Leute ringsum kicherten. Sie sah mich an, zwinkerte mir zu und grinste, ehe sie wieder wegsah und den nächsten Song einzählte, als hätte sie gerade nicht dafür gesorgt, dass mir heiß und kalt gleichzeitig wurde.

Wir blieben fast eine Stunde. Ich hätte es nie gedacht, aber sie haute uns von da oben auf ihrer Bühne richtig um. Danach führte ich Rachel hinaus, ohne dass wir uns verabschiedet hatten. Ich entschuldigte mich damit, vor der Teeniehorde hier raus sein zu wollen.

Ich hatte eindeutig das Gefühl, nur sehr wenig über die Frau zu wissen, der ich die letzten zehn Jahre aus dem Weg gegangen war, und ich fragte mich, wie ich es hatte übersehen können. Sie war nicht das tollpatschige Mädchen, an das ich mich erinnern konnte, und auch nicht die schludrige Frau in Jogginghose und Tanktop, die Rachel hin und wieder zu uns eingeladen hatte, wenn ich zu Hause war.

Die Frau, die ich da drin auf der Bühne erlebt hatte, war eine Wucht gewesen – selbstsicher und frech. Ich wusste jetzt, dass ich mich auch weiterhin von ihr fernhalten müsste, allerdings aus einem ganz anderen Grund als vorher.

Kate

Zwei Monate später

»Evans Webdesign«, meldete ich mich, als ich gerade auf dem Freeway die Spur wechselte.

»Spreche ich mit Katherine Evans?«

»Ja, wer ist da?«

»Entschuldigen Sie, hier spricht Tiffany von der Laurel Elementary School. Ich rufe an, weil Sie offenbar die Kontaktperson von Sage Anderson für Notfälle sind, und …«

»Ist Sage okay?«, unterbrach ich die Frau und zeigte dem Fahrer des Wagens, der mich anhupte, einen Vogel. Wieso zum Teufel rief sie mich an und nicht ihre Mutter?

»Sage geht es gut, Ms. Evans. Wir haben uns nur gefragt, ob Sie zufällig wissen, wer sie heute von der Schule abholen soll. Unterrichtsschluss war vor ungefähr einer halben Stunde, und bis jetzt ist niemand gekommen, um sie einzusammeln.«

»Ihre Mutter holt sie normalerweise immer ab«, gab ich zur Antwort und sah auf die Uhr am Armaturenbrett. »Hat sie sich nicht gemeldet?«

»Nein, Ma'am. Wir haben mehrfach versucht, sie zu erreichen, aber leider ohne Erfolg.«

»Das ist komisch.«

»Stimmt«, stimmte die Frau zu.

»Okay, ich komme und hole Sage ab und versuche dann, ihre Mutter zu finden, aber ich brauche mindestens noch eine halbe Stunde.« Sah ganz so aus, als müsste ich den Termin, zu dem ich gerade in Richtung Innenstadt unterwegs war, verschieben.

»Das ist gar kein Problem. Sage kann so lange bei mir im Büro bleiben.«

»Okay, sagen Sie ihr, dass Tante Kate gleich da ist.«

Mist. Ich legte auf und verließ den Freeway an der nächsten Ausfahrt, um in entgegengesetzter Richtung weiterzufahren. Stadtauswärts würde ich auf dem Freeway um diese Zeit und bei diesem Verkehr mindestens zwei Stunden brauchen. Also arbeitete ich mich über Nebenstraßen zu Sages Schule vor. Unterwegs rief ich immer wieder bei Rachel an. Je länger sich niemand meldete, desto heftiger verspürte ich ein Ziehen in der Magengegend.

Meine beste Freundin würde nie und nimmer vergessen, ihre Tochter von der Schule abzuholen. Sage ging in die zweite Klasse, Herrgott, und es war nicht so, als hätte sich an der Uhrzeit, zu der sie Unterrichtsschluss hatte, in den letzten zwei Jahren etwas verändert. Also stimmte da etwas nicht.

Ich erreichte Sages Schule schneller als erwartet und brauste mit zitternden Händen in eine der Parklücken.

Ich hatte wirklich ein ungutes Gefühl.

Als ich das Vorzimmer von Tiffanys Büros erreicht hatte, sagte ich in meinem seriösesten Tonfall: »Guten Tag, ich bin auf der Suche nach einer Schülerin, klein, dunkle Haare, hört auf irgend so einen albernen Pflanzennamen ...«

»Tante Katie! Hier bin ich!«

»Ah, ich glaube, das ist sie«, bemerkte ich mit gespielt unbeweglicher Miene, als das für mich süßeste Mädchen auf der Welt zu mir rannte und die Arme um mich schlang.

»Würden Sie sie bitte noch austragen?«, fragte die Sekretärin vergnügt grinsend.

»Kein Problem.«

Ich unterschrieb, dass ich sie abgeholt hatte, und ging mit ihr zum Wagen, wo ich den Kofferraum aufspringen ließ, um den Kindersitz herauszunehmen, den ich immer dabeihatte.

»Wo ist Mami?«, wollte Sage wissen und hüpfte auf und ab. Die Aufregung darüber, von mir in meinem Wagen nach Hause gefahren zu werden, hatte offensichtlich den ersten Schrecken darüber vertrieben, dass sie in der Schule vergessen worden war.

»Ich bin nicht sicher, Kleine«, antwortete ich und schnallte sie auf der Rückbank an.

»Daddy ist heute auf dem Schießstand!«, teilte mir Sage mit, als wir uns auf den Weg zu ihrem Elternhaus machten.

»Ah ja?«

»Ja, er ist schon länger wieder zu Hause.«

»Scheint so, nicht wahr?«, gab ich vergnügt zurück. Sie hatte ja keine Ahnung.

Es machte mir nichts, wenn Rachel Zeit mit Shane verbringen wollte, solange er daheim war. Dafür hatte ich vollstes Verständnis. Aber es war einfach blöd, die Freundin zu sein, die links liegen gelassen wurde, sobald die bessere Hälfte wieder vom Auslandseinsatz nach Hause kam. Während Shanes Abwesenheit wohnten Rachel und ich quasi zusammen – denn sie hasste es, allein zu sein. Von der Sekunde an, da ihr Göttergatte wieder amerikanischen Boden betrat, wurde ich allerdings zur Persona non grata.

So ging es schon jahrelang. Ich wusste nicht, wieso es mich überhaupt noch ärgerte.

»Mami bekommt bald ein Baby«, flötete Sage von der Rückbank, als ich in ihre Straße einbog.

»Ich weiß. Ziemlich aufregend, was?«

»Ja. Aber sie kriegt ja eh nur wieder einen Bruder.«

»Was ist denn verkehrt an Brüdern? Ich habe zwei davon«, erinnerte ich sie, während ich in die leere Einfahrt vor ihrem Haus einbog.

Als sie gerade antworten wollte, stieg ich aus und sah erstaunt zum Haus, wo sich nichts regte. Es kam niemand, um uns zu begrüßen.

Wo zur Hölle waren Rachel und die Jungs?

Sage plapperte in einer Tour weiter, während ich ihr aus dem Sitz half. »... gern eine Schwester gehabt. Jungs sind doof, die spielen bloß Jungssachen.«

»Kate«, rief jemand von der anderen Seite der Straße, »wo steckt Rachel? Sie sollte die beiden schon vor zwei Stunden abholen!«

Ich drehte mich um und sah Rachels Nachbarin Megan mit Gavin auf dem Arm die Straße überqueren, die eine Sackgasse war und darum so gut wie gar nicht befahren. Keller hüpfte neben ihr her.

»Keine Ahnung«, antwortete ich leise, als sie schließlich vor mir stand. »Die Schule hat mich angerufen, weil sie Sage nicht abgeholt hat. Seit über einer halben Stunde versuche ich sie zu erreichen, aber es meldet sich niemand.«

»Wo ist meine Mami?«, fragte Sage und sah uns abwechselnd an, einen verwirrten Ausdruck im Gesicht.

»Hey, Süße, bring deine Brüder schon mal ins Haus, würdest du das für mich tun, ja?« Ich gab ihr den Schlüsselbund, und Megan setzte Gavin ab. »Ich bin gleich bei euch, dann machen wir was Leckeres zu essen. Habt ihr Lust auf Keksebacken?«

»Ja!«, rief Keller und reckte seine kleine Faust empor.

»Willst du deine Lieblingstante denn gar nicht begrüßen?«, fragte ich ihn mit erhobenen Augenbrauen.

»Hi, Tante Kate! Kekse!«, rief er und stürmte zur Haustür, Gavin und Sage dicht auf seinen Fersen.

Ich sah zu, wie Sage die Tür aufschloss, den Schlüssel achtlos stecken ließ und ins Haus stürmte.

»Was ist denn nur los?«, wollte ich wissen und wandte mich wieder an Megan.

»Ich habe keine Ahnung. Mir hat sie gesagt, sie wollte zur Maniküre und dass sie in ungefähr einer Stunde wieder da wäre. Daraus sind glatt drei geworden«, antwortete sie frustriert und schlang die Arme um ihre Mitte.

»Das sieht ihr nicht ähnlich.«

»Nein, ich weiß. Ich bin auch nicht böse auf sie«, beeilte sich Megan hinzuzufügen. »Aber ich mache mir Sorgen. Normalerweise kommt sie immer früher zurück als angekündigt.«

»Tante Kate, Kekse!«, rief Keller von der Vordertür aus.

»Ich geh besser mal rein«, sagte ich zu Megan und sah mit einem Blick über die Schulter zu, wie Keller die Tür hin und her schwingen ließ. »Hör mal, vielen lieben Dank, dass du auf die beiden aufgepasst hast.«

»Kein Problem«, sagte sie mit einem Nicken. »Gib mir Bescheid, sobald du was weißt, okay?«

»Auf jeden Fall«, versicherte ich ihr und war schon auf dem Weg zur Tür, an der mein Äffchen hochzuklettern versuchte.

»Los geht's, jetzt backen wir Kekse!«, verkündete ich laut, schnappte mir den kichernden Keller und trug ihn wie einen Fußball unter dem Arm nach drinnen. Ich zwang mich, mir die Panik vor den Kindern nicht anmerken zu lassen. Wir holten Zutaten aus den Schränken und fingen an, die Küche zu verwüsten. Dabei redete ich mir die ganze Zeit ein, dass Rachel sich bald melden würde, aber je länger ich nichts von ihr hörte, desto weniger glaubte ich selber noch daran.

Wir erfuhren gar nichts, stundenlang nicht.

Ich probierte es mindestens hundertmal bei Rachel, und irgendwann konnte ich nicht mal mehr eine Nachricht auf ihrer überfüllten Mailbox hinterlassen.

Erst als ich den Kindern Abendessen machte, klingelte mein Handy. Um ein Haar ließ ich es fallen, so hastig versuchte ich ranzugehen.

»Hallo?«, meldete ich mich. Ich lief auf die Waschküche zu, wo es etwas ruhiger war. »Hallo?«

»Könnte ich bitte mit Katherine Evans sprechen?«

»Ist am Apparat.«

»Guten Tag, hier spricht Margie vom Tri-City-Krankenhaus. Ich rufe an wegen Rachel Anderson.«

Mir zitterten augenblicklich die Knie, und ich streckte die Hand aus und klammerte mich an der Waschmaschine fest, um einen sicheren Stand zu haben. »Geht es ihr gut?«

»Ma'am, sie hatte einen Unfall.«

»Geht es ihr gut?« Ich hörte meine Stimme mit jedem Wort schriller werden und presste die Zähne zusammen, um nicht zu schreien.

»Können Sie sich auf den Weg ins Krankenhaus machen, Ma'am?«

Die Stimme der Frau war ungewöhnlich ruhig, und ich wusste, dass ich aus ihr keine direkte Antwort herausbekommen würde, egal, was ich fragte. Verdammt, ihr Job war es, die Leute zu benachrichtigen, dass ihre Familienangehörigen im

Krankenhaus lagen. Sie scherte sich nicht im Geringsten darum, dass ich kurz davor war, den Verstand zu verlieren.

»Ich …« Panisch blickte ich mich in der Waschküche um. Was sollte ich jetzt tun? »Ich bin schon unterwegs. Sagen Sie ihr, dass ich unterwegs bin.«

»Kommen Sie direkt in die Notaufnahme, wenn Sie hier sind.«

»Mache ich.«

Als sie auflegte, knickte ich umgehend vornüber und stützte beide Hände auf die Knie, um nicht die Fassung zu verlieren.

Rachel ging es sicher gut. Dem Baby ging es gut. Ich flippte grundlos aus. Ich machte mich verrückt, obwohl in Wahrheit überhaupt nichts war. Nur ein Unfall.

»Sage!«, rief ich auf dem Weg durchs Haus eilig. »Sieh zu, dass deine Brüder nichts anstellen, hörst du? Ich gehe nur schnell eben rüber zu Megan – wenn du mich suchst, ich bin gleich nebenan im Nachbarhaus!«

Als ich auf der vorderen Veranda ankam, verfiel ich in Laufschritt, und als ich schließlich vor Megans Haustür stand, war ich, völlig außer Atem, den Tränen nahe.

»Kate? Was ist?«, bestürmte Megan mich in der Sekunde, als sie die Tür aufriss.

»Kannst du auf die Kids aufpassen? Ich muss sofort los. Das Krankenhaus hat angerufen.« Ein schmerzhaftes Schluchzen stürzte aus meiner Kehle, und ich fuhr mir mit der Hand über das Gesicht, um die Kontrolle wiederzuerlangen. »Sie sagen, Rachel hatte einen Unfall. Ich muss sofort hin.«

»Aber ja, Liebes. Keine Sorge.« Sie sagte es, bevor ich überhaupt ausgeredet hatte. »Caleb, zieh dir Schuhe an. Wir gehen ein bisschen rüber zu den Andersons.«

»Woohoo!«, hörte ich jemanden im Haus rufen.

»Hast du schon Shane angerufen?«, fragte sie und schlüpfte in die Sandalen, die an der Tür bereitstanden.

»Daran hab ich gar nicht gedacht«, versetzte ich mit einem knappen Kopfschütteln. »Er ist ja so gut wie nie da. Ich hab total vergessen, dass er in der Stadt ist.« Ich kam mir plötzlich mies vor, weil ich ihn nicht sofort angerufen hatte, aber ich war es so gewöhnt, mich um alles allein zu kümmern, dass er mir gar nicht in den Sinn gekommen war. Als Rachel Gavin bekommen hatte, war ich mit Rachel ins Krankenhaus gefahren. Ich hatte nach Kellers Armbruch für alles gesorgt und darüber hinaus in den letzten paar Jahren bei tausend anderen Gelegenheiten ausgeholfen. Jedes Mal, wenn er nicht da war, sprang ich ein, und darum hatte ich keine Sekunde lang an ihn gedacht, während ich wie verrückt durch das Haus gerannt war.

»Wir sind in einer Minute drüben. Ich bin sicher, es geht ihr gut«, versicherte Megan mir und nickte zuversichtlich. »Zieh dir besser Schuhe an und sag den Kindern, dass ich kurz vorbeischaue.«

»Ich sag ihnen nichts davon, dass …« Ich schüttelte den Kopf und blickte auf meine nackten Füße. Ich hatte nicht einmal den heißen Asphalt auf der Straße gespürt, als ich herübergeeilt war. Warum hatte ich keine Schuhe an?

»Komm«, sagte Megan sanft und schob mich aus der Tür, während ihr Sohn an uns vorbei nach draußen stürzte und vorrannte. »Wir gehen gleich mit dir.«

Ich weiß nicht mehr, wie ich den Kindern erklärte, dass ich losmusste, und erinnere mich weder an die Fahrt ins Krankenhaus noch daran, wo ich an jenem Abend das Auto abstellte. Wie die Krankenschwester aussah, die in ihrem Computer nach Rachels Namen suchte, kann ich nicht sagen, auch nicht, wie ich den Weg vom Empfang ins Wartezimmer zurücklegte, in dem ich darauf beharrte, dass mich endlich jemand aufklärte.

Das Erste, woran ich mich wieder erinnern kann, ist das gutmütige Gesicht, das der weißhaarige Arzt machte, als er sich vor mich setzte, und das sanfte Lächeln, mit dem der junge Krankenhauspfarrer auf dem Stuhl neben mir Platz nahm. Das, was sie mir mitteilten, wurde zu einer Litanei, die noch jahrelang in meinen Träumen widerhallen sollte.

Rachel war tot, ihr Sohn hatte überlebt und befand sich auf der Säuglingsintensivstation.

»Gibt es jemanden, den wir telefonisch benachrichtigen können? Einen Angehörigen oder Freunde, die Sie gerne bei sich hätten?«

Die Frage riss mich aus meinem Nebel, der um mich herum immer dichter zu werden schien. Mein Gott.

»Ich werde die Anrufe selber tätigen«, antwortete ich und starrte ausdruckslos auf die Wand vor mir. »Könnte ich jetzt bitte allein sein?«

»Selbstverständlich. Sollten Sie mich brauchen, finden Sie mich gleich draußen vor dieser Tür«, sagte der Pfarrer und tätschelte mir die Hand. »Sobald Sie bereit sind, bringe ich Sie auf die Säuglingsintensivstation.«

Im Zimmer wurde es still, nachdem sie gegangen waren, und ich bekämpfte in mir den Drang, aus vollem Hals zu schreien, nur um das Echo zu hören. Ich verstand, warum manche Menschen zu einer Beerdigung Klageweiber kommen ließen, die laut wehklagten. Es gibt Momente, da ist das Fehlen von Geräuschen schmerzhafter als die Qualen eines gebrochenen Herzens.

Meine Hände zitterten, als ich mein Handy aus der Hüfttasche zog und es auf den Tisch vor mir legte.

Es dauerte nur einen Moment, bis dessen Klingeln den

Raum erfüllte, und ich barg meinen Kopf in den Händen, als ich den Namen sah, der auf dem Display angezeigt wurde.

»Hallo? Kate? Was ist los?«

»Shane ...«, hob ich leise an, und mir versagte die Stimme.

»Was? Warum hast du angerufen?« Er sprach voller Verwirrung, doch in seinem drängenden Tonfall hörte ich einen Anflug von Panik.

»Du musst zu mir ins Tri-City-Krankenhaus kommen«, sagte ich. Tränen liefen mir das Gesicht hinab und tropften auf das Glasdisplay des Handys, wo sie die dargestellten Buchstaben und Zahlen verzerrten.

»Was ist passiert?«, fragte er hektisch, und ich konnte hören, dass er lief oder sich zumindest bewegte und dabei heftig atmete.

»Rachel hatte einen Unfall.« Ich schluchzte und schlug mir die Hand vor den Mund, um das Geräusch zu ersticken.

»Nein«, entgegnete er verzweifelt, und ich hörte, wie zwei Wagentüren gleichzeitig zuschlugen. »Geht es ihr gut?«

Ich schüttelte den Kopf und rang nach Atem.

»Kate! Ist mit ihr alles in Ordnung?«, brüllte er mich an, und seine qualvolle Stimme erfüllte den Raum, wie ich es mir von meiner nur einen Moment zuvor gewünscht hatte.

»Nein«, antwortete ich durch zusammengepresste Zähne und spürte, wie mir der Rotz über die Unterlippe lief, während ich tief aus seiner Kehle einen Laut vernahm. »Sie ist tot.«

Er sagte kein Wort, und weniger als eine Sekunde später wurde die Verbindung unterbrochen.

Ich konnte mich kaum dazu durchringen, über den Tisch zu greifen, um mir ein Taschentuch zu nehmen. Ich scrollte in der Liste meiner Kontaktdaten nach unten und drückte erneut auf ANRUFEN. Ich war noch nicht fertig.

»Hallo!« Als ich ihre Stimme hörte, stieß ich ein Wimmern aus, voll von Erleichterung und Kummer zugleich.

»Mom?«, krächzte ich ins Telefon.

»Katie?«

»I-ich ...«

»Hol tief Luft, Süße. Und dann sag mir, was los ist«, forderte sie mich auf.

»Ich brauche dich. Du und Tante Ellie, ihr müsst sofort herkommen«, heulte ich, streckte den Rücken und wischte mir die Tränen vom Gesicht. »Ich kann nicht ... ich weiß nicht, was ich tun soll.«

»Okay, wir nehmen die nächste Maschine«, sagte sie ohne Umschweife, als wäre ein Flug von Portland nach San Diego nichts anderes, als mal eben die Straße zu überqueren. »Nun sag schon, was los ist.«

»Rachel hatte einen Unfall«, stieß ich heiser hervor, jede Silbe wie Sandpapier in meinem Hals. »Sie hat es nicht geschafft, und ich mache mir Sorgen um Shane.«

»Oh, Katie. Oh, mein süßes kleines Mädchen«, sagte sie traurig. »Wir setzen uns in die nächste Maschine zu euch runter, okay, Süße?« Ihre Stimme klang gedämpft, als sie den Hörer zuhielt und gellend nach meinem Vater rief.

»Ich weiß einfach nicht ... ich bin nicht sicher, was ich jetzt tun soll«, bekannte ich mit einem Schluchzen. »Shane ist noch nicht da, und ich glaube nicht, dass ich es ertrage, sie zu sehen, und das Baby liegt auf der Intensivstation.«

»Sie haben den Kleinen retten können?«

»Ja, sie sagen, dass sie ihn erst mal unter Beobachtung dabehalten.« Ich rieb mir die Stirn und versuchte mich davon zu überzeugen, dass alles nur ein verdammter Albtraum war. Wo sollte ich hin? Was musste ich als Nächstes tun? Meine beste Freundin lag hier in diesem Krankenhaus, aber nicht mehr wirklich. Ich konnte einfach nicht zu ihr gehen. Das brachte ich nicht über mich. Ich konnte ihr nicht mehr helfen. Wo zur Hölle sollte ich hin? »Mami, was soll ich denn jetzt nur machen?«

»Du gehst zu dem Kleinen.«

»Was?«

»Du gehst auf die Intensivstation und nimmst den Kleinen in den Arm und sagst ihm, dass alles gut werden wird«, sagte sie mit tränenerstickter Stimme. »Du gehst zu ihm und gibst diesem Kind Liebe. Wo sind Sage und die Jungs?«

»Sie sind bei einer Nachbarin. Sie sind okay. Ihnen geht's gut.«

»Gut. Das ist gut.«

»Ja.«

»Dein Vater hat einige Flüge rausgesucht. Ich bin auf dem Weg, Süße«, versicherte sie mir sanft. »Wir sind bald da. Jetzt geh und kümmere dich um unseren kleinen Jungen.«

»Ich hab dich lieb, Mami.«

»Ich hab dich auch lieb. Ich bin auf dem Weg.«

So schnell es ging, machte ich mich auf den Weg zur Säuglingsintensivstation, und binnen Minuten hielt ich den neugeborenen Jungen im Arm. Die Krankenschwestern sagten, dass er sämtliche Tests mit Bravour bestanden habe, und ich war voller Ehrfurcht, als ich mich in einen Schaukelstuhl setzte und ihn vor meiner Brust wog.

»Du hattest wirklich einen miesen Auftakt, kleiner Mann«, murmelte ich an seiner flaumigen Kopfhaut, während ich sanft vor- und zurückschaukelte. »Es tut mir so leid. Du vermisst deine Mama bestimmt ganz schrecklich – und diese warme Blase, in der du so lange geschwommen bist. Damit kann ich dir leider nicht aushelfen.«

Ich schniefte und schloss die Augen, als Tränen meine Wangen hinunterrollten. Mein ganzer Körper tat weh, und obwohl ich diesen kleinen Jungen in den Armen hielt, schien dieser Tag aus einem unwirklichen Traum zu bestehen, phasenweise verschwommen und dann plötzlich wieder kristallklar. Ich wollte aufspringen und diese schlafende kleine Gestalt zu Rachel tragen, sie aufziehen mit der lustigen kleinen Irokesenfrisur, die er hatte, und Witze darüber reißen, dass Männer die schwierigsten Augenblicke im Leben anscheinend immer verschliefen. Ich wollte das stolze Lächeln vor mir sehen, mit dem sie diesen kräftigen kleinen Jungen ansah, den sie zur Welt gebracht hatte, ihr Murren darüber, dass ich ihn viel zu sehr in Beschlag nahm.

Ich wollte, dass alles anders war.

Eine lange Zeit summte ich sanft vor mich hin, die Augen geschlossen, das Baby eng an mich geschmiegt. Dort, wo wir saßen, war es ruhig, nichts unterbrach die Stille im Raum, bis ich hörte, wie jemand die Tür öffnete.

»Da ist er«, sagte eine Schwester gedämpft im Türrahmen.

Ich schlug die Augen auf und sah Shane, wie er völlig fertig nur knapp einen halben Meter vor mir stand. Er sah aus, als gelänge es ihm nur schwer, die Fassung zu bewahren. Ich schluckte schwer, während er mit rot geränderten Augen seinen Sohn betrachtete. Dann blickte er auf und sah mich an.

»Geht es ihm gut?«, fragte er mit belegter Stimme, während er mein Gesicht erforschte.

Ich hatte ihn noch nie so verängstigt gesehen.

»Ja. Er ist kerngesund«, erwiderte ich, und meine Stimme pochte von dem anschwellenden Gefühl in mir. »Die Schwestern sagen, er ist ein Rockstar.«

Shane nickte zweimal, hob die Hand vor den Mund, und bevor er einen weiteren Ton sagen konnte, taumelte er und sank mit einem fast unhörbaren Schluchzen auf die Knie.

Kapitel 1

Kate

Ein Jahr später

»Wo sind meine kleinen Ungeheuer?«, rief ich und stürmte durch die Vordertür.

Im Haus war es still, während ich mir einen Weg durch das Wohnzimmer bahnte, im Arm diesen peinlich unförmigen Sack von einem Geschenk. Warum hatte ich Gunners Geburtstagsgeschenk nicht ganz normal mit Geschenkpapier eingepackt? Aber ich war nun mal nicht davon ausgegangen, die Zeit dafür zu haben. Das vergangene Jahr hindurch war ich von dem beständigen Gefühl verfolgt worden, immer zu spät dran zu sein, und der heutige Morgen unterschied sich in nichts davon.

Vor allem, mein Gott, konnte ich kaum glauben, dass Rachel jetzt schon ein Jahr tot war. Manchmal fühlte es sich an, als wäre es gestern gewesen, dass ich diesen Anruf von Sages Schule bekommen hatte. In anderen Momenten war es, als hätte ich schon vor einer Ewigkeit meine beste Freundin verloren, die mir schrecklich fehlte.

Als ich gerade an der Hintertür angelangt war, schwang sie auf und schlug mir beinahe ins Gesicht.

»Oh, hey. Du bist hier«, sagte Shane abgelenkt, als er Keller nach drinnen bugsierte.

»Wieso sollte ich denn nicht hier sein?«

»Ab ins Bad, Kumpel«, forderte er Keller auf und gab ihm einen kleinen Schubs, ehe er mir in die Augen sah. »Na ja, Ellie ist doch da. Ich dachte, du wolltest bei der Gelegenheit vielleicht ein paar Tage freimachen.«

»Seit wann ist es denn mein Job, mich um die Kids zu kümmern?«, fragte ich tonlos, während Keller mich in Hüfthöhe antippte, wie er es bei mir immer zur Begrüßung machte.

Ich konnte es nicht ausstehen, wenn Shane so tat, als wäre ich die verdammte Babysitterin. Das war ich nämlich keineswegs. Ich gehörte zur Familie, verflucht, und war für die Kinder noch am ehesten so etwas wie eine richtige Mutter.

»Du bist wirklich jeden Tag hier, Kate. Ich hab eben gedacht, du wolltest mal Zeit für dich haben.«

Ich packte Gunners Geschenk fester und achtete nicht darauf, wie der Beutel unter meinen krampfenden Fingern zerknitterte. »Gunner hat Geburtstag ...«

»Ich weiß, was für ein verdammter Tag heute ist«, unterbrach er mich und ging an mir vorbei, um sich ein Bier aus dem Kühlschrank zu holen.

»Was zum Teufel ist denn los mit dir?«

»Nichts.«

»Hör mal«, begann ich und bemühte mich, einfühlsam zu klingen. »Ich weiß, das ist heute ganz schön hart für dich, weil ...«

»Es wäre besser, wenn du diesen Satz nicht zu Ende sprichst.«

»Shane ...«

»Du hast doch keinen blassen Schimmer, wie es mir geht. Sag noch einen Ton, und ich werfe dich hochkantig raus.«

Der Streit hatte sich schon eine ganze Weile angebahnt. Ich hatte ihn fast wie eine elektrische Ladung in der Luft verspürt, je näher dieser Jahrestag rückte. Aber niemals wäre ich auf die Idee gekommen, dass Shane mitten in der Geburtstagsfeier seines Sohnes damit anfangen würde.

»Sie war meine beste Freundin.«

»Aber sie war nicht deine Frau«, entgegnete er störrisch.

Ich hätte ihn am liebsten angeschrien. Wie gern hätte ich Gunners Geschenk genommen und es nach Shane geworfen! Ich wollte ihm sagen, dass ich in den vergangenen neun Jahren mehr Zeit mit Rachel verbracht hatte als er, weil nämlich ich diejenige gewesen war, die ihr hier zu Hause den Rücken freigehalten hatte, während er den Actionhelden gespielt hatte.

Doch ich tat nichts dergleichen. Was brachte es schon? Er hatte eine verzerrte Erinnerung sowohl an seine Frau als auch an seine Beziehung zu ihr, und jetzt, da sie nicht mehr da war, würde es niemandem auch nur das Geringste nützen, ihm zu sagen, wie sehr er sich irrte.

Ich wandte mich zur Hintertür, um nach draußen zu gehen, kam allerdings nur ein paar Schritte weit.

»Die Feier geht bis drei«, rief er mir zu.

»Was?«

»Ich sagte, die Feier geht bis drei.«

Er sah mich nicht an, aber es war auch so klar, was er meinte.

Sobald die Geburtstagsfeier vorbei wäre, hätte ich in diesem Haus nichts mehr verloren.

»Tante Kate!«, rief Gavin, der gerade die kleine Rutsche im Garten hinuntersauste und in dem Planschbecken aus Plastik landete.

»Hallo, kleiner Mann!« Ich legte das Geschenk auf den Tisch. »Hast du Spaß?«

»Ich schwimme«, gellte er und schlug mit den Händen so fest es ging aufs Wasser.

»Das sehe ich.«

»Hallo, Tante Katie«, begrüßte mich Sage und schlang die Arme um meine Hüfte.

»Sage the Rage. Du siehst toll aus, Schätzchen.«

»Du hast mir so gefehlt«, sagte sie leise und drückte mich an sich.

»Du hast mich doch vorgestern erst gesehen, verrücktes kleines Fräulein«, entgegnete ich und ging in die Knie, um sie auf den Arm nehmen zu können. »Und eure Oma ist den ganzen weiten Weg von Oregon bis hierhergekommen, um bei euch zu sein.«

»Oma will ich aber nicht«, versicherte sie mir dickköpfig. »Ich will dich.«

»Na, du hast mich ja.« Ich ging mit ihr zu der Bank, auf der meine Tante Ellie saß, und ließ mich neben sie sinken.

Erst als ich mich im Garten umsah, begriff ich, dass niemand sonst da war. Keller rannte los und sprang mit einem enormen Plantschen zu Gavin ins Schwimmbecken, aber abgesehen von unserer Familie war der Garten leer. »Wo sind die ganzen Kids?«

»Shane wollte bloß eine kleine Feier«, sagte Tante Ellie verhalten. »Gunner ist vor zwanzig Minuten eingeschlafen, und wir warten, bis er wach wird, damit wir den Kuchen anschneiden und die Geschenke auspacken können.«

»Was? Warum schläft er denn mittags? Er macht sein Nickerchen doch nicht vor zwei.« Ich rutschte auf meinen Sitzplatz nach vorn, um aufzustehen, doch das Gewicht von Sage, die unvermittelt eingeschlafen war, und Tante Ellies Hand auf meinem Arm hielten mich zurück.

»Es geht ihm gut, Süße«, versicherte sie mir leise und mit verständnisvollem Blick. »Sie hatten gestern einen ziemlich harten Tag, und Shane kriegte keinen von ihnen vor Mitternacht dazu, einzuschlafen. Hat ihren Rhythmus einfach durcheinandergebracht, das ist alles.« Sie deutete mit einem Kopfnicken auf die schlummernde Sage und sank selbst rücklings gegen die Lehne der Bank.

»Ich hätte gestern vorbeikommen sollen«, murmelte ich und strich mit der Hand sachte über Sages Rücken. Sie war schon zu alt, als dass ich sie umhertragen konnte, und auch fast zu schwer, aber ich konnte es einfach nicht übers Herz bringen, damit aufzuhören. Sie brauchte mich.

»Du hast dir mal einen freien Tag verdient.«

»Ich will keinen freien Tag«, blaffte ich verärgert.

Von außen gesehen wirkte meine Beziehung zu den Kindern bestimmt etwas seltsam, da war ich sicher. Ich war nicht ihre Mutter. Offiziell war ich nicht mal mit ihnen verwandt. Doch ich war vorher schon so oft für Rachel und Shane eingesprungen, dass ich die Lücke nach dem Tod meiner besten Freundin ohne zu überlegen gefüllt hatte.

Die ersten paar Wochen nach dem Unfall waren meine Mutter und meine Tante hier in San Diego geblieben, um Shane und mir mit den Kindern zu helfen. Sie hatten dafür gesorgt, dass alle satt wurden und immer jemand bei Gunner im Krankenhaus war, und außerdem hatten sie tausend andere Sachen geregelt, für die wir beide kaum genug Kraft aufbringen konnten. Aber jeder von ihnen hatte oben in Oregon nun mal sein eigenes Leben, und nach ihrer Abreise war es allein an uns gewesen, den Kindern wieder so etwas wie Normalität zu bieten.

Normalität. Ich war nicht mehr sicher, was das eigentlich bedeutete.

Shane hatte knapp über eine Woche Sonderurlaub bewilligt bekommen und danach eine weitere Woche freigemacht, die er sich an Überstunden zusammengesammelt hatte, doch dann hatte er unweigerlich wieder zum Dienst erscheinen müssen. Ihm blieb der Luxus verwehrt, sich im Unglück wälzen oder sicherstellen zu können, dass es seinen Kindern gut ging, bevor er wieder täglich das Haus verlassen und zur Arbeit gehen musste – und das nicht nur jeden Tag, sondern auch jeweils den ganzen Tag.

Und so war ich übrig geblieben.

Ein paar meiner Kunden vermittelte ich an andere Webdesigner weiter, denen ich vertraute, und übernahm zeitgleich ein Leben, das nicht meines war. Ich sorgte für Kinder, die ich mehr liebte als mich selbst, gab auch den kleinsten Anschein jenes Lebens auf, das ich zuvor gehabt hatte, und wurde zu einer Ersatzfigur. Ich bereute es nicht. Keine einzige Sekunde.

Aber Momente wie der gestrige – als Shane mich angerufen hatte, um mir zu sagen, ich werde »nicht gebraucht«, da seine Pflegemutter in der Stadt sei – waren es, in denen ich wieder darauf hingewiesen wurde, wie wenig Einfluss ich besaß, wenn es um die Kinder ging.

Es machte mich wahnsinnig.

»Ich bring sie hoch ins Bett«, sagte unvermittelt Shane, der sich von hinten unserer Bank näherte.

»Es geht ihr gut da, wo sie ist«, erwiderte ich, ohne ihn anzusehen. Ich konnte spüren, wie mir die Brust eng wurde bei dem Gedanken daran, wie es gestern gewesen sein musste. Sage hatte wahrscheinlich kaum geschlafen, wenn sie heute so müde war, dass nicht einmal das freudige Geschrei ihrer Brüder sie daran hinderte, auf meinem Arm einzuschlafen.

»Sie ist langsam etwas zu groß dafür, immer noch von dir herumgetragen zu werden …«

»Sie fühlt sich wohl hier.«

Tante Ellie sah uns abwechselnd mit gerunzelter Stirn an, ehe sie aufstand. »Ich seh mal nach Gunner.«

Mir wäre es lieber gewesen, wenn Shane mich in Ruhe gelassen hätte, solange er so gereizt und empfindlich war, aber das tat er natürlich nicht.

»Tut mir leid, dass ich dich so angeraunzt habe«, murmelte er und setzte sich auf den freien Platz neben mir.

»Ist schon okay.«

»Du bist einfach nur sehr oft hier. Ich weiß, dass du dein eigenes Leben hattest, bevor das alles …«

Ich schnaubte, ehe ich mich zurückhalten konnte, und schnitt ihm so das Wort ab. Ein eigenes Leben? Ich war bei seiner Frau gewesen, und zwar jeden Tag, an dem er nicht bei ihr gewesen war.

»… aber wir müssen reden«, schloss er.

»Worüber?«, fragte ich und spürte ein leichtes Ziehen in der Magengegend.

»Es steht bald ein neuer Auslandseinsatz an«, sagte er leise und warf einen Blick auf Sage, um sicherzugehen, dass sie immer noch schlief.

»Ich dachte, du wolltest irgendwie versuchen, da rauszukommen«, zischte ich überrascht zurück, während ich mich halb umwandte und zusah, wie Gavin ins Gras pinkelte. Bäh.

»Das kann ich nicht, Katie«, erwiderte er, und als ich meinen alten Kosenamen aus seinem Mund hörte, schreckte ich förmlich auf. »Ich kann die Jungs nicht ohne mich gehen lassen.«

»Und da hast du dir gedacht, lässt du stattdessen deine Kinder zurück?«

»Du verstehst nicht …«

»Nein, tue ich auch nicht.«

Ich drehte mich endlich um und sah ihn an. Am liebsten hätte ich ihn geohrfeigt, weil er so entschlossen wirkte.

»Guckt mal, wer da wach geworden ist!«, rief Tante Ellie fröhlich und trug Gunner durch die Hintertür hinaus in den Garten. Er schien sogar binnen dieses einen Tages, da ich ihn nicht gesehen hatte, gewachsen zu sein. Mein Gott, er sah wirklich schon wieder größer aus.

»Sage, wach auf, Schätzchen«, sagte ich und ruckelte ein wenig an ihr. »Dein Brüderchen ist wach. Es ist Zeit, den Kuchen anzuschneiden.«

Mit einem Ruck schreckte sie hoch, so wie sie schon das gesamte letzte Jahr über aufgeschreckt war, wann immer sie wach wurde. Verdattert blickte sie umher.

»Es ist Zeit für den Kuchen, Prinzessin.« Shane lächelte milde und stand auf.

Als wir am Terrassentisch angekommen waren, klaute ich meiner Tante erst einmal Gunner.

»Nun schau dich mal einer an, mein großer Junge«, raunte ich zu ihm, als er sein Köpfchen in meinen Nacken presste. »Ist heute etwa dein Geburtstag?«

Er lehnte sich zurück und lächelte mich an, und mein Herzschlag setzte für einen Moment aus.

»Wann hat er denn den oberen Zahn bekommen?«, fragte ich mit einem raschen Seitenblick zu Shane. Ich bemerkte, wie er uns ansah.

»Hab ihn gestern Abend erst entdeckt.«

»Mist, und ich hab es verpasst«, flüsterte ich und lächelte Gunner an. »Guck dir diesen Stoßzahn an, kleiner Mann. Bestimmt möchtest du bald dein erstes Steak.«

»Bis dahin ist ja noch ein bisschen Zeit«, nahm Shane den Scherz auf und legte mir die Hand auf den Rücken, während er sich hinter mir durcharbeitete, um zum Tisch zu gelangen.

Ich schloss die Augen, als ich die Berührung spürte. Es waren Momente wie dieser, belanglose Unterhaltungen, in denen er das Wort *wir* benutzte, gegen die ich mich wappnen musste. Sosehr ich sie auch alle liebte, wie hingebungsvoll ich mich auch um sie kümmerte – es waren nicht meine Kinder. Das durfte ich niemals vergessen.

Ich verließ das Haus pünktlich um drei, wie Shane mich gebeten hatte.

Mir war klar, dass dies ein schwerer Tag für ihn war, und offen gestanden fühlte ich mich ebenfalls nicht gerade gut. Ich wollte nicht auch noch mit ihm aneinandergeraten.

Im Laufe des vergangenen Jahres hatten wir eine Art trügerische Waffenruhe gehalten. Während Shane bei den typischen Papa-Sachen eine hervorragende Figur machte, war er sich doch auch seiner Grenzen bewusst, und ich redete mir gerne ein, dass er wusste, wie sehr er sich in den anderen Bereichen auf mich verließ, auch wenn er es nie offen zeigte. Ich war keineswegs die Babysitterin – so simpel ließ sich die Rollenverteilung bei Weitem nicht beschreiben.

Ich stand auf der Matte, wenn er arbeiten war, das verstand sich quasi von selbst, doch ich blieb auch über Nacht, wenn Keller oder Sage einen Mageninfekt hatten. Mindestens einmal pro Woche aßen wir gemeinsam zu Abend wie eine richtige Familie, und ein paarmal hatten wir sogar mit den Kindern zusammen Ausflüge in den Zoo oder an den Strand unternommen.

Ich wusste, dass ich nicht gerade zu seinem engeren Kreis

zählte – das hatte er zu Rachels Lebzeiten mehr als klargemacht, indem er mich völlig ignoriert hatte. Ich hatte es sogar von dem Augenblick an gewusst, als ich Rachel das erste Mal aus dem College mit nach Hause gebracht hatte und er nur noch Augen für sie hatte, während ich für ihn scheinbar aufhörte zu existieren. Die Freundschaft, die wir als Jugendliche geschlossen hatten, endete, ohne dass ich es merkte, und alles, was mir blieb, war ein Fremder, der schließlich meine beste Freundin heiratete.

Im Laufe des vergangenen Jahres waren wir auf gewisse Weise ein Team geworden, das zusammen die Kinder umsorgte, aber ich ging davon aus, dass unsere Freundschaft von früher nie wieder so stark werden würde wie damals.

Mir graute es vor dem Tag, an dem er eine neue Freundin finden würde. Im Grunde genommen war das nur eine Frage der Zeit. Er würde sich dieses Jahr allmählich nach einer Frau umsehen, mit der er sein Leben verbringen konnte, und ich wusste, von diesem Tag an würde ich nicht mehr gebraucht werden.

Ich schüttelte den Kopf und streifte meine Jeans herunter. Lieber wäre ich in seinem Haus bei den Kindern gewesen, aber ich zwang mich so gut es ging, nicht daran zu denken, wie empfindsam und erschöpft sie im Augenblick vermutlich waren. Bei Shane und meiner Tante waren sie in guten Händen. Ich musste einfach lernen, etwas mehr loszulassen.

Nach einigen Stunden, die ich mit einem Serienmarathon von *Call the Midwife – Ruf des Lebens* auf Netflix totgeschlagen hatte, klingelte plötzlich das Telefon neben mir auf dem Bett.

»Hallo?«, meldete ich mich, während ich gleichzeitig versuchte, das Riesenstück Schokolade in meinem Mund zu bewältigen.

»Hey, Süße«, sagte meine Tante lachend. Dass alle aus meiner Familie mich »Süße« nannten, liebte ich total. Es erinnerte mich an die Zeit, als ich noch klein gewesen und alles so viel einfacher gewesen war.

»Hi, wie geht's den Kleinen?«

»Die liegen mittlerweile alle im Bett und träumen«, antwortete sie mit einem Seufzen. »Und ich bin fix und alle.«

»Das glaub ich. Wo ist Shane?«

»Deswegen ruf ich eigentlich an.«

Ich setzte mich auf und wischte mir die Schokoladenkrümel von der Brust. »Wieso, was ist mit ihm?«

»Er ist noch mal los, Katie, und ich bin nicht sicher, wohin.«

»Er ist erwachsen, Tante Ellie. Ich bin sicher, dass es ihm gut geht.«

»Nein, nein, ich weiß schon«, gab sie zu, ehe sie einen Moment verstummte. Ich sah sie vor meinem geistigen Auge deutlich vor mir, wie sie an ihren Nägeln knabberte, was sie immer tat, wenn sie besorgt war.

»Kann ich dich irgendwie beruhigen?«, fragte ich. »Was meinst du, was ich tun soll?« Ich stand bereits und angelte mir meine Hose vom Fußboden.

»Hast du eine Ahnung, wo er hin ist?«, fragte sie. »Er meinte, dass er wahrscheinlich nicht vor morgen früh zurück sein würde.«

Verdammt.

»Ich kann mir schon vorstellen, wo er ist«, gab ich murmelnd zurück und schaltete das Telefon auf Lautsprecher, um mir meinen BH anzuziehen. »Ich sehe zu, ob ich ihn irgendwo finde, und rufe dich wieder an.«

»Bist du sicher, dass du …?«

»Hast du mich nicht deshalb angerufen?«

»Na ja … schon.«

»Also dann, ja. Wenn du dir Sorgen machst, sehe ich lieber mal nach ihm.«

Ein paar Minuten später legten wir auf, und binnen Kurzem befand ich mich auf dem Weg in die Innenstadt. Ich hatte eine ziemlich genaue Vorstellung davon, wo er steckte, und je mehr ich mich dem Hotel näherte, desto nervöser wurde ich.

Rachel und Shane hatten diese alberne Tradition gepflegt, nach jedem seiner Auslandseinsätze in einem bestimmten Hotel in der Innenstadt einzuchecken. Bevor sie in den Alltag zurückkehrten, hatten sie diese eine Nacht ganz für sich allein. Und jedes Jahr hatte ich währenddessen auf die Kinder aufgepasst, während sie sich eine Auszeit nehmen und für sich sein konnten.

Das erste Mal, als Rachel beim Heimkommen davon geschwärmt hatte, wie schön es gewesen war, war mir einfach nur schlecht gewesen. Ich wusste, dass sie Sex gehabt hatten. Sie waren ein Paar, sie hatten damals bereits Sage gehabt. Es jedoch einerseits zu wissen und andererseits sämtliche Einzelheiten zu erfahren, waren zwei völlig verschiedene Paar Schuhe, und zum ersten Mal war ich froh gewesen, dass Rachel mich ignorierte, solange Shane zu Hause war.

Ich hatte mich bemüht, mir Shane aus dem Kopf zu schlagen. Sie waren verheiratet gewesen. Verheiratet. Und ich war lediglich die beste Freundin der Frau. Ich mochte früher mal seine beste Freundin gewesen sein, doch ich stand ihm schon eine halbe Ewigkeit nicht mehr nahe. Ich hatte kein Recht, über ihre Sexkapaden zu urteilen, und es war ganz bestimmt lächerlich gewesen, dass ich es trotzdem getan hatte.

Über meine Eifersucht und meine verletzten Gefühle war ich seit Jahren hinweg. Aber als ich wieder in das Parkhaus *ihres* Hotels fuhr, hatte ich erneut ein mulmiges Gefühl. Ich hatte hier nichts zu suchen. Wie gern wäre ich umgekehrt und wieder heimgefahren.

Ich ließ mir Shanes Zimmernummer am Empfang mitteilen – ich fand es nicht gerade sehr professionell von ihnen, dass sie mir diese Information gaben – und ging eilig zum Fahrstuhl.

Er würde stinksauer sein, so viel stand fest.

»Was zur Hölle machst du hier?«, grollte Shane, als er endlich die Tür aufriss, an die ich geschlagene fünf Minuten geklopft hatte. Schließlich war ich nicht den ganzen Weg hierhergekommen, um mich ignorieren zu lassen.

»Ich war gerade in der Gegend …«, sagte ich und fiel automatisch in die Rolle des unbeholfenen Teeniemädchens zurück, das ich eigentlich schon seit vielen Jahren nicht mehr war.

»Ist mit den Kindern alles in Ordnung?«, fragte er knapp und durchquerte den Raum, um sich etwas in einen Hotel-Kaffeebecher zu gießen, das wie Whisky aussah.

»Tante Ellie sagt, sie schlafen tief und fest.«

»Sie hat dich angerufen?«

»Ja.«

»Ich hab ihr doch gesagt, dass ich morgen früh wieder da bin.«

»Sie macht sich eben Sorgen.«

»Wie du siehst, geht's mir blendend.«

»Das würde ich nicht unbedingt unterschreiben«, widersprach ich und rang mich endlich dazu durch, ins Zimmer zu treten und die Tür hinter mir zu schließen. »Willst du mir was abgeben?«, fragte ich und deutete mit einem Nicken auf die Flasche auf dem Tisch.

»Eigentlich nicht.«

»*Wirst* du mir was abgeben?«

»Schätze schon.«

Ich setzte mich auf die Bettkante, während er mir einen Becher Whisky eingoss, und nahm ihn schließlich dankend entgegen. Gott, ich hasste allein schon den Geruch von diesem Zeug, seit Rachel und ich uns damals auf unserer ersten Collegeparty mit irgendeinem Billigfusel einen angetrunken hatten.

»Hättest du nicht was Gutes kaufen können?«, fragte ich, als ich einen winzigen Schluck probierte.

Sein überraschtes Lachen rang mir ein Lächeln ab, doch ich sah ihn nicht an, als er sich federnd neben mir auf die Matratze setzte.

»Dachte mir, das ist egal, wenn es ja bloß darum geht, sich mies zu fühlen.«

»Das hast du dir also für heute Abend vorgenommen?«, fragte ich, den Blick kritisch auf die fast leere Flasche gerichtet, während ich gleichzeitig spürte, wie mir ein heißes Kribbeln durch die Glieder lief. Verdammt, ich hatte so lange nichts mehr getrunken, dass ich schon beim ersten Schluck fast in einen Rausch verfiel.

»Ja. Mich betrinken, mir einen runterholen, und ab ins Bett«, verkündete er und begann zu schmunzeln, als mein Blick zu seinem Gesicht hochschnellte. »Aaah, sieh einer an. Du wirst immer noch rot, sobald jemand über Selbstbefriedigung redet.«

»Du bist ja betrunken«, blaffte ich, kippte den Whisky auf einen Schluck runter und sprang auf. Ich würde nicht hier sitzen und mit ihm das Thema Selbstbefriedigung erörtern, verdammt noch mal.

»Das war der Plan«, erwiderte er träge, während ich leicht schwankend nach meiner Handtasche griff. »Ich hab dir einen

Dreifachen eingeschenkt, Katie. Du fährst nicht mehr.« Ohne jede Vorwarnung nahm er mir plötzlich die Handtasche weg und schleuderte sie quer durchs Zimmer.

»Bist du verrückt, mit meinen Sachen rumzuwerfen? Du hast wahrscheinlich gerade mein Handy zertrümmert, du Arsch.« Die Worte fühlten sich schwer an in meinem Mund, und ich bereute es augenblicklich, etwas getrunken zu haben.

Betrunken in einem Hotelzimmer festzuhängen, zusammen mit einem ebenso betrunkenen Shane, war das Letzte, was ich wollte. Im berauschten Zustand liebte ich alles und jeden, das wusste ich. Ich wurde sofort emotional, überspannt und einfach all das, was ich so eisern zu unterdrücken versuchte, seit ich im ersten Collegejahr meinen besten Freund verloren hatte. Vielleicht gab es in diesem Hotel ein freies Zimmer, das nicht gleich mein Budget sprengen würde. Seit ich Kunden hatte abgeben müssen, um mich um die Kinder zu kümmern, war ich etwas knapp bei Kasse.

»Du gehst nirgendwohin. Sei nicht albern«, grollte Shane und packte mich am Arm, als ich versuchte, meine Handtasche zu holen.

»Wenn hier jemand albern ist, dann du!«

»Werd erwachsen, Katie.«

»Nenn mich nicht Katie! Nur Leute, denen ich nahestehe, nennen mich Katie, und du gehörst nicht dazu«, versetzte ich und versuchte, mich an ihm vorbeizudrängen.

»Wir hätten Freunde bleiben sollen«, sagte er leise in mein Ohr, während er mich von hinten festhielt und mir die Arme über der Brust kreuzte.

Ich trat nach hinten aus, um seine Beine zu erwischen. »Wir waren Freunde, bis du mich fallen gelassen hast wie eine heiße Kartoffel«, rief ich.

»Verdammt noch mal, hör auf, mich zu treten!«

»Lass mich los!«

Wir rangen miteinander, tänzelten dabei durch das Zimmer, und wenn ich etwas klarer bei Verstand gewesen wäre, hätte ich in dieser Sekunde beendet, was hier vor sich ging. Doch ich war frustriert, wütend, betrunken, und sich auf diese Art miteinander zu balgen, kam mir in diesem Moment absolut logisch vor.

»Du bist sternhagelvoll!«, rief er und drückte mich auf das Bett, mir beide Arme über meinem Kopf festhaltend. »Du setzt dich nicht hinters Steuer.«

»Du hast mir gar nichts zu sagen!«

»Und ob ich das habe!«

»Scheiße, du, du ...!«

»Ich was?«

»Lass. Los!«

Ich bäumte die Hüften auf und zog die Arme zu mir, aber es half alles nichts. Auch besoffen war Shane zehnmal stärker als ich.

»Ich wollte mich einfach nur in Ruhe betrinken und mich bemitleiden«, sagte er und beugte sich zu mir herab, bis unsere Gesichter sich mit den Nasenspitzen berührten. »Wieso musst du dich mit deinem Helfersyndrom immer überall einmischen? Hm?«

»Wieso musst du dich immer so armselig aufführen, dass man gar nicht anders kann, als dich retten zu wollen?«, erwiderte ich ebenso laut. Wir atmeten heftig, und ich spürte die Schweißtropfen, die sich nach unserem Kampf auf meiner Haut bildeten.

»Ich will von dir nicht gerettet werden. Kapier das endlich!«, fuhr er mich an, und seine Blicke erforschten mein Gesicht. »Das ist es, was du nie verstanden hast. Stattdessen hast du mich immer weiter gedrängt.«

Ich spürte einen Kloß im Hals, als mir unsere ganze gemeinsame Vergangenheit in den Sinn kam. Ich warf den Kopf herum, merkte, wie mir die Tränen kamen, und war nicht in der Lage zu verhindern, dass sie mir übers Gesicht liefen.

»Zur Hölle mit dir«, flüsterte ich, als mein Körper sich endgültig unter ihm entspannte. »Zur Hölle mit dir, Shane.«

»Hör auf zu weinen«, forderte er und verstärkte den Griff um meine Handgelenke. »Hör sofort auf!«

Ich missachtete ihn, die Augen geschlossen, während ich ihn schwer über mir atmen hörte. Ich schämte mich so sehr, dass ich mich am liebsten in Luft aufgelöst hätte.

»Hör auf!«, schrie er und brachte unter seinen Knien die gesamte Matratze zum Schaukeln, als könnte das etwas an dem Schluchzen ändern, das meine Kehle heraufstieg und sich einen Weg nach draußen bahnte.

Schließlich ließ er meinen einen Arm los, den ich allerdings kraftlos über meinem Kopf liegen ließ, und ich spürte, wie er mein Kinn fest zwischen seine langen, kräftigen Finger nahm und mein Gesicht zu sich herumdrehte. Vielleicht würde er das Interesse an einem Kampf verlieren, wenn ich ihn ignorierte.

»Immer wenn du weinst, werden deine Lippen voller«, sagte er im Flüsterton, worauf ich überrascht die Augen aufschlug und ihn ansah.

Er war so viel näher, als mir klar gewesen war, so nah, dass mir der Atem stockte, während sich sein Blick an meinen Lippen festsaugte.

Dann war sein Mund plötzlich auf meinem.

»Gedrängt, immer weiter gedrängt«, murmelte er, die Lippen auf meinen Mund gepresst, bevor er meine Unterlippe zwischen seine saugte und so fest hineinbiss, dass ich wimmerte.

Er zupfte mit den Zähnen an meiner Lippe, und als Reaktion darauf erhitzte sich mein gesamter Körper.

»Was tust du?«, fragte ich, und er runzelte die Stirn.

»Wenn ich das wüsste.«

Schweigend starrten wir einander an. Irgendwo in meinem Hinterkopf war mir bewusst, dass dies hier keine gute Idee war. Aber es reichte nicht aus, um mich daran zu hindern, dass ich meinen Kopf hob und ihm aus Rache mit meinen Zähnen fest in den Kiefer biss.

»Fester«, befahl er stöhnend, umfasste meinen Hinterkopf und drängte meinen Mund gegen seinen Hals. »Los!«

Ich folgte seiner Anweisung, biss und saugte an seinem Hals, als wäre dies meine Aufgabe, und seine Hände zitterten, während er mich mit der einen gegen sich drückte und mit der anderen an der Seite meines Halses hinabglitt, um mir den Träger von Top und BH von der Schulter zu zerren und beides so weit es ging nach unten zu schieben. Er schmeckte salzig, und die Bartstoppeln unter seinem Kinn fuhren rau über meine Zunge.

»Oh mein Gott«, seufzte Shane auf, als er sich auf den Knien zurücklehnte und auf meine Brust starrte, die er befreit hatte. »Deine Nippel sind gepierct.«

Er streckte die Hand aus und spielte an dem kleinen Ring, der an meine Brust geschmiegt dalag. Meine Hüften bäumten sich unwillkürlich von der Matratze auf, als er mir auch die anderen Träger grob von der Schulter und weiter nach unten zog, bis beide Brüste freilagen.

Dann waren seine Hände auf mir, drückten und zogen an meinen Brustwarzen, während ich mich unter ihm wand. Seine Nasenflügel waren gebläht, seine kräftige Kiefermuskulatur trat hervor, als ich nach den Boxershorts griff, die er trug, und an ihnen zog. Ich spürte seine harte Erektion durch den seidigen Stoff hindurch.

Er sprang urplötzlich vom Bett auf, doch ehe ich genug Zeit hatte, mich zu fragen, ob er sich auf und davon machen würde, war er wieder da, kniete über mir – nackt, abgesehen von den Armee-Erkennungsmarken, die er um den Hals trug.

Ich streckte ohne zu zögern die Hände nach ihm aus, aber er packte sie seinerseits und legte sie mir auf die Brüste. Dabei glitt er an meinem Körper herauf. Ich brauchte eine Sekunde, bevor ich begriff, was er tat, doch in dem Augenblick, als seine Haut mit meiner in Berührung kam, konnte ich das gedämpfte Stöhnen nicht länger zurückhalten, das aus meinem Mund drang.

»Halt sie fest«, murmelte Shane, den Blick dorthin gerichtet, wo sein Schwanz sich zwischen meine Brüste schmiegte. »Nimm mich fest dazwischen.«

Ich nickte wie benommen, presste meine Brüste mit beiden Händen zusammen und nahm ihn so ganz dazwischen, während er anfing, sich vor und zurück zu bewegen. Seine Finger fanden meine Brustwarzen, quälten sie mit jeder seiner Bewegungen, und es dauerte nicht lange, bis ich so schmerzhaft erregt war, dass ich die eine Brust losließ und meine Hand in Richtung meines Hosenbunds schob.

Mein Gesicht fühlte sich an, als brenne es, mein Verstand war benebelt, als ich versuchte, zwischen Shanes Schenkel zu greifen. Meine Arme waren nicht lang genug, als dass ich um ihn herum hätte greifen können, aber ich musste mich einfach anfassen. Ich wusste, ich bräuchte nur eine Sekunde, um zu explodieren wie das Feuerwerk am vierten Juli, und danach, dachte ich, konnte er gern weitermachen mit dem, was er da tat.

Ich hatte nicht einberechnet, dass meine Hand an seinen Hoden und den Innenseiten seiner Schenkel entlangstreifen würde, während ich hinablangte, doch ein erstauntes

Keuchen, gefolgt von einem Stöhnen, ließ mich auf halbem Weg zu meinem gelobten Land innehalten.

»Hör auf!«, befahl Shane und rutschte von mir herunter.

»Ich bin es leid, das ständig zu hören«, murmelte ich und bemerkte, wie mir die Lider schwer wurden.

Er hob mich hoch und warf mich wie einen Sack Kartoffeln auf den Bauch. Mein Atem beschleunigte sich, als er sich von hinten über mich lehnte und meine Hüften vom Bett hochzog.

»Verdammt, diese Jogginghose«, stieß er hervor und knetete meinen Hintern mit beiden Händen, während ich mich auf meinen Ellbogen aufstützte.

»Das sind Yogapants.«

»Danke, Gott, für diese Yogapants.«

»Ich bin mir ziemlich sicher, dass Gott die nicht erfunden hat.«

»Ich denke schon«, gab er zurück und unterstrich seine Aussage, indem er mir die Hose mit einem kräftigen Ruck über die Oberschenkel nach unten zog. Seine Hände fuhren ohne Umwege von hinten zwischen meine Beine, und ich bäumte mich auf, als seine Finger über meine Haut glitten.

»Deine Haut ist so weich und glatt«, flüsterte Shane mit dunkler Stimme. Er beugte sich über mich, bis seine Brust gegen meinen Rücken gepresst war. »Und was haben wir da?«

Seine Finger hatten mein Piercing entdeckt, und ich erstarrte in Erwartung, was er als Nächstes tun würde. Ich spürte seinen Finger sanft an meinem Piercing spielen, und mein Atem wurde immer unregelmäßiger. Ich war so konzentriert auf das Gefühl, dass ich gar nicht bemerkte, wie er sich hinter mir in Position brachte, bis er abrupt in mich stieß.

Gut möglich, dass ich laut schrie, als er auf halbem Weg innehielt, doch in meinen Ohren rauschte es so laut, dass ich mir nicht sicher war. Nicht, dass es mich in diesem Moment gekümmert hätte, so oder so.

»Halt dich fest«, befahl mir Shane grob, indem er mein Handgelenk mit der Hand anstupste, mit der er sich neben meinem Kopf abstützte. »Benutz deine Fingernägel.«

Ich packte sein Handgelenk, wie er es wollte, und neigte den Kopf, um die Haut an seinem Arm zwischen meine Zähne zu ziehen. Das ließ ihn über mir aufschreien und noch kräftiger zustoßen. Er bewegte die Hüften vor und zurück, seine Hand fuhr wie wild über meine Schenkel, meine Klitoris, meinen Po. Er streichelte, knetete und presste, während er sich mit jedem Stoß immer tiefer in mich versenkte. Es war der intensivste Sex, den ich je erlebt hatte, und als er schließlich tief in mir kam, waren wir beide schweißüberströmt, und mein Orgasmus überrollte mich in gewaltigen Wellen.

Danach erinnere ich mich an nichts mehr.

Kapitel 2

Shane

Wach auf.

Die Stimme in meinem Kopf kam mir vertrauter vor als meine eigene, und ich lächelte leicht, während ich in den Dämmerzustand zwischen Schlaf und Wachsein hinüberglitt. Irgendein leises Piepen oder Klingeln erfüllte den Raum, doch ich achtete nicht darauf, streifte mit meinen nackten Beinen über die Bettdecke und schmiegte mich enger an den glatten empfänglichen Rücken einer Frau, der gegen meine Brust gedrückt dalag.

Ich ließ die Hand vom Bett zu ihrem weichen Bauch hochgleiten, bis ich endlich die gerundete Stelle unter ihrer Brust erreichte. Als ich sie umfasste, war sie voller, als ich erwartet hatte, und ich stöhnte leise, während ich mit meinen Fingern ihre sanfte, warme Haut rieb. *Sie ist schwanger,* erinnerte ich mich undeutlich und mit pochendem Schädel. *Ihre Brüste sind immer etwas größer, wenn sie schwanger ist.*

Als meine Fingerspitzen schließlich an ihrer Brustwarze rührten, fühlte ich etwas Hartes und Kühles dort, und auf ein leises Seufzen und die Bewegung ihres Beckens hin, das an meiner morgendlichen Erektion rieb, brach eine Welt für mich zusammen. Die Frau, die ich in meinen Armen hielt, war nicht meine Frau.

Mein Magen revoltierte heftig, als ich aus dem Bett stieg, und kaum stand ich auf den Füßen, taumelte ich auch schon zur anderen Seite. Dieses Zimmer hier kannte ich doch. Ich war bereits zigmal hier gewesen, aber es dauerte einen Moment, bis ich die Eindrücke der vergangenen Nacht klar und deutlich vor mir sah.

»Oh mein Gott«, stieß Kate flüsternd hervor. Sie rollte sich auf der Seite des Bettes zusammen, auf der sie eben noch seelenruhig geschlummert hatte, machte sich ganz klein.

Ich begaffte ihren nackten Rücken wie ein Idiot, während ich mir klar zu werden versuchte, was um alles in der Welt ich jetzt tun sollte, als sie mit einem Mal langsam den Kopf wandte und mich über die Schulter hinweg mit großen Augen ansah.

»Nein«, wisperte sie, die Augen einmal fest zugepresst, dann wieder öffnend. »Das darf doch nicht wahr sein.«

Ich sagte immer noch nichts. Da stand ich, splitternackt, und starrte verdutzt auf die Frau im Bett.

Kate schlang sich die Decke um die Schultern und setzte sich auf. Sie hatte die Schultern so sehr nach vorn gezogen, dass sich das Schlüsselbein deutlich über ihrer nackten Brust abhob. Ihre Blicke durchsuchten panisch den Raum, und ohne Vorwarnung taumelte sie im nächsten Moment vom Bett. Sie fiel auf die Knie. Ich trat ohne nachzudenken zu ihr, doch der scharfe Laut, den sie von sich gab, ließ mich sofort innehalten.

Wahrscheinlich war ich immer noch voll, denn ich konnte kaum einen klaren Gedanken fassen. Vor allem ließ sich nicht erklären, wieso wir überhaupt hier waren. Ich wusste noch, wie ich in sie hineingeglitten war und ihr Körper mich in sich aufgenommen und umschlungen hatte wie eine Schraubzwinge: Ich konnte mich an ihren salzig herben Geschmack erinnern, als ich an ihrer Haut gesaugt hatte, aber nicht daran, wie wir zusammen in diesem Hotelzimmer gelandet waren.

»Was machst du hier, Katie?«, fragte ich mit heiserer Stimme. Mein Hals fühlte sich an, als hätte ich zusammen mit dem halben Liter Whisky gestern Abend außerdem eine Schippe Kies runtergewürgt.

»Ich wollte sehen, ob es dir gut geht«, erklärte sie mit immer höher werdender Stimme.

Daraufhin brach alles über mich ein. Unzählige Bilder und Eindrücke, die, so mein Gefühl, mir für den Rest meines Lebens im Gedächtnis bleiben würden. Meine Haut erhitzte sich und kribbelte, als ich mich daran erinnerte, wie sie an der Zimmertür aufgetaucht war, und der Zorn legte sich um mich wie ein Umhang.

»Du wolltest sehen, ob es mir gut geht?«, fragte ich barsch, las meine Boxershorts vom Boden auf und schlüpfte eilig hinein. »Und danach hast du dir was gedacht? Dass ich mich revanchieren sollte?«

»Was?«, fragte sie in so leisem Tonfall, dass ich sie kaum hörte.

»Seien wir mal ehrlich, Kate«, sagte ich im Plauderton. »Ich war sternhagelvoll, und da hast du dir gedacht, hey, ich schmachte diesen Typen jetzt schon seit Jahren an, und wenn er so besoffen ist, ist er bestimmt nicht sehr wählerisch. Bingo!«

»Das ist doch nicht …«

»Klar«, unterbrach ich sie, fand meine Hose und zog sie an, während sie weiter regungslos in der Mitte des Zimmers stand. »Weißt du … « Ich zog mir das T-Shirt über den Kopf. »Wenn ich eine Frau wäre, würdest du dafür glatt ins Gefängnis wandern.«

»Ins Gefängnis?«

»Du wusstest, dass ich es dir nüchtern nie im Leben besorgen würde, also hast du auf eine Gelegenheit gewartet, bei der ich stockbesoffen war, um dir zu nehmen, was du wolltest.« Ich schüttelte den Kopf, während ich meine Schlüssel und mein Portemonnaie vom Tisch nahm. »Fühlst du dich jetzt besser, Katie? War alles so, wie du es dir ausgemalt hast? Ich hoffe doch, ich hab dich nicht enttäuscht.«

Sie begann zu zittern, als ich auf sie zuging. Nur eine halbe Armlänge von ihr entfernt blieb ich stehen. »Ich hab dich damals nicht gewollt, und ich will dich jetzt nicht«, sagte ich und sah völlig ungerührt zu, wie ihre Brust sich unter stummen Schluchzern hob und senkte. Sie wiederum sah auf meine Brust, mied meinen Blick, und das machte mich nur noch wütender. »Du bist eine Niete im Bett, Kate. Das brauche ich nicht noch mal.«

Als sie auf die Knie fiel, taumelte ich einen Schritt zurück, und mit zusammengepressten Zähnen sah ich zu, wie sie sich übergab. Ihre Schluchzer waren nicht länger stumm, sondern hallten im ganzen Zimmer wider.

Es war ihre eigene Schuld. Sie war in dieses Hotelzimmer gekommen, das ich mir immer mit meiner Frau geteilt hatte. An Rachels Todestag war sie hier aufgekreuzt und hatte mich flachgelegt, als ich zu betrunken gewesen war, um zu begreifen, was zur Hölle ich tat. Meine Schuld, Scham und Wut ergaben eine wirksame Mischung, und in diesem Moment hätte ich sie am liebsten umgebracht.

»Und dass du das danach ja sauber machst«, geiferte ich und machte einen Schritt über die Sauerei, die sie angerichtet hatte. »Ich bezahle ganz sicher nicht für die Reinigung.«

Als ich am Bett vorbeiging, fiel mein Blick auf die beiden benutzten Becher auf ihrer Seite der Matratze. Ich erinnerte mich vage daran, wie wir zusammen getrunken hatten, doch ich blieb nicht stehen, sondern ging schnurstracks an die Tür. Zur Hölle mit ihr.

Ich musste hier raus. Ich musste so weit weg wie nur möglich von diesem Hotel und von der Person in diesem Zimmer. Ich hatte es angemietet, um an meine Frau zu denken – eine Nacht, in der ich wieder alles spüren, wieder alles in mich aufnehmen konnte. Ich hatte daran denken wollen, wie sie gerochen, wie sie mich angesehen hatte und wie wir völlig eins waren, wenn wir miteinander schliefen. Diese eine Nacht hatte ich gewollt, in der ich das alles nicht für mich behalten musste, wenn sonst immer vier kleine Augenpaare jede meiner Bewegungen verfolgten. Ich hatte mich betrinken und in meinem Elend suhlen wollen, voll Hass auf die Welt da draußen, die mich mit neunundzwanzig zum Witwer gemacht hatte.

Stattdessen hatte ich einen Riesenfehler begangen, und jetzt war alles, woran ich denken konnte, die Art, wie sich Kate unter mir geregt hatte, wie sie ihren Rücken so theatralisch durchgebogen hatte, als ich von hinten in sie eindrang. Ich konnte nur noch die Schmerzen in meinem Hals und in den Schultern spüren, wo sie mich gebissen und an mir gelutscht hatte. Mir ging nicht aus dem Kopf, wie ich sie dort in diesem Zimmer auf dem Boden zurückgelassen hatte – krank, erbärmlich und zweifellos wund von den Dingen, die wir miteinander getan hatten.

Ich hasste mich, ich hasste Kate, und ich hatte keine Ahnung, wie ich ihr je wieder gegenübertreten sollte ohne das Gefühl, jeden Moment aus der Haut fahren zu müssen.

Sie hatte mich vollkommen überrumpelt, aber als ich zu Hause in die Auffahrt bog und die Sonnenblende herunterklappte, um die Bissspuren zu untersuchen, die ihre Zähne an meinem Hals hinterlassen hatten, wusste ich, dass das, was ich getan hatte, noch viel, viel schlimmer war.

»Bist du sicher, dass wir dich nicht zum Flughafen fahren sollen?«, fragte ich meine Pflegemutter, die gerade jedes der Kinder zum Abschied umarmte. Sie machte ihre Sache mit den Kindern toll, und ich hatte schon vor Sages Geburt gewusst, dass sie die Richtige sein würde. Jemand, der sich Not leidenden Teenagern aus keinem anderen Grund annahm, als ihnen so etwas wie eine Chance im Leben zu geben – und die nie auch nur die Stimme erhob, wenn die Kids mal die selbstgerechten kleinen Ungeheuer waren, die sie sein konnten –, war ohne Zweifel die beste Oma, die sich ein Kind wünschen konnte.

»Kein Grund, mit den Kindern durch die halbe Stadt zum Flughafen zu fahren, nur um mich abzusetzen und denselben Weg gleich wieder zurückzufahren«, versicherte sie mir mit einem Lächeln für Gunner, den ich auf dem Arm hielt. »Kate fährt mich. Sie hat sowieso einen Termin in der Stadt.«

»An einem Sonntag?« Mein Magen zog sich zusammen, als ich Kate in die Auffahrt biegen sah, und ich wartete darauf, dass sie kam, um die Kinder zu begrüßen. Seit ich sie vor einer Woche in dem Hotelzimmer zurückgelassen hatte, war ich ihr nicht mehr begegnet, und mir graute es vor dem Moment, an dem wir uns wieder gegenüberstanden. Ich wusste einfach nicht, was ich ihr sagen sollte. Ich hatte nicht die geringste Ahnung, wie ich mich entschuldigen sollte, wenn ich doch in Wahrheit noch so wütend darüber war. Wie konnten wir es beide nur so weit kommen lassen?

»Na ja, die Woche über hat sie die Kinder«, erinnerte mich Ellie und brachte mich dazu, den Blick von Kates Wagen zu nehmen. Sie war immer noch nicht ausgestiegen. »Irgendwann muss sie sich ja Zeit dafür nehmen, und runter in den Süden würde sie Stunden brauchen, wenn sie erst darauf warten müsste, bis du spätabends von der Arbeit heimkommst. Der Verkehr um diese Zeit ist furchtbar.«

»Danke, dass du eine Weile hiergeblieben bist«, murmelte ich in Ellies Locken, als sie mich umarmte. »Du weißt, wir freuen uns immer darauf, wenn du wieder zu Besuch kommst.«

»Nächstes Mal bringe ich Daddy mit«, sagte sie und drückte mich, ehe sie sich losmachte und einen feinen dünnen Schal um ihren Hals schlang. »Ich werde die Flugtickets besorgen, sobald ich wieder zu Hause bin.«

»Was macht Tante Kate denn da?«, fragte Sage verdrießlich und winkte zu Kates Wagen hinüber.

»Ich glaube, sie telefoniert gerade«, log Ellie und warf mir einen Seitenblick zu, bevor sie sich ihren kleinen Koffer schnappte. »Ich trag ihn selbst, du hast ja Gunner.«

Ihr Gesichtsausdruck, als sie mir einen Kuss auf die Wange gab, war mitfühlend und ein klein wenig fragend, doch ich erwiderte nichts, als sie sich umdrehte und zur Tür hinaustrat. Sie hatte natürlich gleich an dem Morgen, an dem ich nach Hause gekommen war, gewusst, dass etwas zwischen Kate und mir passiert war. Da ihre Nichte sie in der Nacht zuvor nicht wie versprochen zurückgerufen hatte, war ihr klar gewesen, dass etwas im Busch war – aber als sie schließlich zufällig die Spuren an meinem Hals gesehen hatte, hatte sie sich fast an ihrer eigenen Zunge verschluckt.

Kein einziges Wort hatte sie seitdem von sich gegeben, doch sie konnte sich bestimmt ungefähr vorstellen, was passiert war.

»Ich freue mich, dass Oma wegfährt«, verkündete Keller,

der an die Haustür geklammert vor- und zurückschaukelte, während Kate aus der Einfahrt zurücksetzte.

»Kell, das ist aber nicht gerade nett.«

»Jetzt können wir Tante Katie wieder jeden Tag sehen. Ich mag es, wenn wir sie jeden Tag sehen«, setzte er erklärend hinzu, packte den Türknauf auf beiden Seiten und zog die Beine zwischen seinen Armen hinauf, sodass er über Kopf daran schaukeln konnte. »Aber ich wollte nie, dass du wegfährst, Daddy. Auch wenn wir Tante Katie immer nie gesehen haben, wenn du da warst«, versicherte er mir schnell und mit einem Stirnrunzeln, dass er mir aus seinem kopfüberstehenden Gesicht entgegenwarf. »Es ist schön, wenn du hier bist.«

Ich hatte keine Ahnung, wovon er sprach, nickte ihm jedoch zu. »Finde ich auch, Kumpel.«

»Kommt Tante Katie morgen wieder?«, wollte Sage wissen und gab Gavin absichtlich einen leichten Stoß, sodass er in Keller rannte und sie beide auf die Veranda hinauspurzelten. »Ich will von Tante Kate in die Schule gebracht werden.«

»Ja, Prinzessin. Sie wird da sein«, antwortete ich und betete im Stillen darum, dass ich mich nicht irrte. »Kommt, gehen wir rein. Ihr könnt ja ein bisschen Play-Doh spielen. Gunner muss sein Nickerchen machen.«

Weiß Gott, es würde ein langer Tag werden.

Besorgt wachte ich am nächsten Morgen eine Stunde vor dem Weckerklingeln auf. Ich schlief seit Tagen nicht mehr gut, und diese Nacht war es am schlimmsten gewesen.

Nach Rachels Tod hatte ich alles daransetzen müssen, um überhaupt den Tag durchzustehen. Mit meiner Arbeit, dem

Haus und den Kindern blieb mir kaum eine Verschnaufpause – und dafür war ich dankbar gewesen. Ich hatte beschäftigt sein wollen, und das war mir gelungen.

Anfangs war meine Lust auf Sex – wenig überraschend – so gut wie nicht vorhanden gewesen. Offen gestanden, an Sex hatte ich nicht mal ansatzweise gedacht, und vermisst hatte ich ihn auch nicht. Nach ein paar Monaten jedoch hatten sich die Dinge zugegebenermaßen ein wenig normalisiert, und ich hatte angefangen, diese aberwitzigen erotischen Träume zu durchleben. Mein Sexualtrieb kehrte zurück, aber ich war zufrieden gewesen, es mir erst einmal selber zu besorgen. Ich hatte mir nicht einmal vorstellen können, jemanden zu berühren, der nicht Rachel war, und ich konnte mir auch beim besten Willen nicht vorstellen, dass sich in naher Zukunft etwas groß daran ändern würde.

Nun hatte ich Mist gebaut, und die vergangene Woche hindurch hatten meine Träume ausnahmslos ein völlig anderes Szenario geboten als vorher. Die Nippel, an denen ich saugte, waren gepierct, und die Frau, die mich ritt, war nicht blond. Sie war brünett. Plötzlich konnte ich mir nicht nur vorstellen, eine andere Frau zu berühren – ich konnte mich sogar in allen lebhaften Details daran erinnern.

Ich sprang aus dem Bett und riss das Stromkabel des Weckers aus der Wand, zu angespannt, um den Weckruf auf die übliche Art per Knopfdruck auszuschalten. Kurz darauf stand ich unter der Dusche und bezwang mit aufeinandergepressten Zähnen den Drang, mich in Gedanken an die Frau, die ich in weniger als einer Stunde zu Gesicht bekommen würde, zu befriedigen. Zum ersten Mal in dieser Woche kam es mir nicht mehr richtig vor, mich Fantasien über Kate hinzugeben – und die Tatsache, dass ich acht Tage gebraucht hatte, um überhaupt diese Hemmungen zu spüren, gab mir das Gefühl, ein ziemlicher Arsch zu sein.

Ich wollte sie nicht. Selbst wenn sie nicht die beste Freundin meiner Frau gewesen wäre, hätte ich sie nicht gewollt. Sie war nicht mein Typ. Ich mochte Frauen, die schlank waren und sich die Zeit nahmen, gut auszusehen, egal womit sie gerade beschäftigt waren. Frauen mit rundlicher Figur, die sich in Jogginghosen und Yogapants wohlfühlten, machten mich einfach nicht an.

Warum konnte ich also nicht aufhören, dran zu denken, wie sich ihre Berührungen anfühlten? Warum konnte ich den Anblick dieser gepiercten Brustwarzen und der wilden Frisur nicht aus meinen Gedanken bekommen, den ich vor mir gehabt hatte, als sie etwas irritiert zu mir aufgesehen hatte?

Es war so verdammt frustrierend.

Nach allem, was ich ihr an den Kopf geworfen hatte, war mir vollkommen klar, dass sie mich hassen musste. Also konnte ich überhaupt nicht nachvollziehen, wieso ich mir deswegen Sorgen machte. Ich musste meine Gedanken geordnet haben, bevor ich wieder vor ihr stand. Ich musste die Wut hinter mir lassen, die ich immer noch spürte, und die Schuld, die mir bleischwer im Magen lag. Kurzum: Ich musste reinen Tisch machen.

Denn wenn ich das nicht täte, säße ich, was die Kinder anging, in der Patsche. Ich konnte mir nicht vorstellen, dass Kate sich wegen dieser ganzen Sache von den Kids lossagen würde – es war ja auch nicht so, dass wir vorher perfekt miteinander ausgekommen wären –, aber sicher war ich mir nicht.

Ich machte mir also einen Kaffee und wartete auf dem Sofa, bis sie an diesem Morgen ins Haus geschlichen kam.

»Ich wusste nicht genau, ob du kommen würdest«, hob ich leise an, mit Rücksicht auf die Kinder, die oben noch schliefen.

Sie schrak leicht zusammen und drehte sich dann langsam zu mir um. »Herrgott, Shane, du hast mich zu Tode erschreckt.«

Ich sagte nichts. Ich war viel zu sehr damit beschäftigt, sie anzustarren. Mir war dieser Gedanke gekommen – ein wirklich dummer Gedanke, wie es aussah –, dass sie sich für mich zurechtmachen würde, wenn wir uns das nächste Mal trafen. Als ich sie nun in Jogginghose, Kapuzenpulli und Flip-Flops an den Füßen vor mir sah, schimpfte ich mich innerlich einen Idioten, so etwas in der Art gehofft zu haben. Als wäre sie nach all den grässlichen Dingen, die ich gesagt hatte, auf eine weitere Nacht mit mir aus gewesen.

»Du musst doch zur Arbeit, oder etwa nicht?«, fragte sie und blieb bei der Tür stehen.

Ich fragte mich, ob es ihr darum ging, sich so fern wie möglich von mir zu halten, oder ob sie sich einen schnellen Fluchtweg für alle Fälle offenhielt.

»Genau, ich muss um sieben da sein«, erwiderte ich endlich und hob den Blick, um ihr ins Gesicht zu schauen.

Sie wollte mich partout nicht ansehen.

»Dann sieht es ja wohl so aus, dass ich mich um die Kinder kümmere.« Ihre Worte klangen ungezwungen, doch sie war immer noch keinen Millimeter von der Tür gewichen.

Meine Hand umklammerte krampfhaft die Kaffeetasse. Es war nicht zu leugnen, dass es zwischen uns knisterte. Eigentlich wollte ich mich mit ihr ja wieder versöhnen, aber als ich sie nun mit eingezogenem Kopf an der Tür stehen sah, konnte ich mich an kein einziges der Worte, die ich mir zurechtgelegt hatte, erinnern.

Sie wich einen Schritt zurück, als ich aufstand, und ich schluckte nervös, als sie mit dem Rücken an die Tür stieß.

»Ich hätte es auch weiterhin gern, wenn du dich um die Kinder kümmerst ...«, begann ich, worauf ihr Blick sofort zu meinem hochschnellte.

»Wieso solltest du das denn nicht wollen?«, unterbrach sie mich mit panischer Stimme.

»Versteh mich nicht falsch.« Ich schüttelte den Kopf.

Das hier lief nicht gerade nach Plan.

»Ich meinte bloß, falls du dir Sorgen deswegen gemacht hast. Du kannst natürlich weiter deine Zeit mit den Kindern verbringen.«

In der Stille des Zimmers konnte ich hören, wie sie schwer atmete, und eine Sekunde lang fürchtete ich, sie bekäme hier vor meinen Augen eine Art Panikattacke. Aus ihrem Gesicht wich jegliche Farbe, und sie schwankte leicht.

»Ich habe mir keine Sorgen gemacht«, flüsterte sie, die Augen aufgerissen, verängstigt. »Daran habe ich nicht mal ...«

»Hör zu, mir ist klar, dass du es nicht aus böser Absicht getan hast ...«

»Dass *ich* es nicht getan habe?«

»... und ich hätte all diese gemeinen Sachen nicht zu dir sagen dürfen. Du warst mir mit den Kindern eine Riesenhilfe, und ich weiß, das Ganze war sicher nicht geplant.«

»Nein, war es nicht«, wiederholte sie leise zu sich selbst.

»Ich wollte damit nur sagen, dass wir die Geschichte am besten vergessen, okay? Schwamm drüber.« Ich nickte, froh darüber, endlich über die Lippen gebracht zu haben, was ich sagen wollte.

»Du meinst, es sei mir quasi verziehen?«, fragte sie und starrte mir erneut über meine Schulter.

Ich zögerte. Etwas in ihrer Stimme ließ mich dieses ganze Gespräch plötzlich ernsthaft infrage stellen. Ich hatte doch alle Punkte angesprochen, oder? Die Kinder sollte sie weiterhin haben dürfen, damit war ich einverstanden. Mir war klar, dass sie nicht absichtlich ein Miststück gewesen war, und war außerdem gern bereit, die Sache zu vergessen.

Und so öffnete ich den Mund, erleichtert, dass ich dieses schwierige Gespräch so souverän hinter mich gebracht hatte. »Ganz genau, Katie, es sei dir verziehen«, bestätigte ich ihr. Also war alles wieder beim Alten. Sie würde bleiben, und ich müsste mir keine Gedanken mehr darum machen, dass meine Kinder in nächster Zeit, so bald nach dem Tod ihrer Mutter, wieder mit einem niederschmetternden Verlust konfrontiert werden würden.

Sie nickte, ehe sie sich umdrehte und zur Treppe ging.

»Ich gehe nach oben und leg mich für eine Stunde in Sages Bett, bevor sie wach wird«, sagte sie, den Rücken zu mir gewandt. »Und, Shane?«

»Ja?«

»Bitte nenn mich nicht Katie.«

Kapitel 3

Kate

»Ich hasse dich! Warum musst du auch so potent sein, dass du mich gleich beim ersten Mal schwängerst, verdammt!«, intonierte ich zornig und schüttelte den kleinen Plastikstab in meiner Hand, als könnte das etwas an dem Ergebnis ändern, das das Ding mir anzeigte. Ich war mir nicht mal richtig bewusst, was ich da sagte. Die Worte rutschten mir einfach so heraus, und es fühlte sich verdammt gut an, so zu fluchen.

Ich war schwanger, verdammt noch mal, und ich wusste nicht, auf wen ich wütender sein sollte – auf Shane, weil er so viel Sperma produzierte, oder auf meinen Arzt, weil er mir anscheinend eine fehlerhafte Dreimonatsspritze verpasst hatte.

Warum? Warum musste das immer mir passieren? Ständig geriet ich in verfahrene Situationen oder sagte irgendwas, das absolut daneben war. Zum Beispiel ging ich in meinem Menstruationshöschen und verlottertem Tanktop zur Tür, wenn es natürlich der Lieferservice war, der klingelte, um Papierkram für meine Kunden abzuholen. Diesmal war ich sogar in einer derart misslichen Lage, dass mir nicht mal richtig bewusst war, welche Konsequenzen ein positiver Schwangerschaftstest haben würde.

Nein, oh nein! Das Einzige, woran ich denken konnte, war, dass ich Shane mit irgendetwas nach folgendem Motto würde konfrontieren müssen: *Weißt du noch, als ich es schamlos ausgenutzt habe, dass du einen schwachen Moment hattest? Na ja, also, das Ganze ist nicht ohne Folgen geblieben. Ich bin schwanger.*

Seit dem Zwischenfall, über den man von jetzt bis in alle Ewigkeit würde schweigen müssen, waren zwei Monate vergangen, und die Wogen hatten sich endlich wieder etwas geglättet. Ich war bei den Andersons zu Hause. Shane hatte sich erneut angewöhnt, mich komplett zu ignorieren, was mich ehrlich gesagt erleichterte, und ich hatte mich wieder darauf versteift, möglichst nicht daran zu denken, dass eines Tages eine neue Nanny auf der Matte stehen und mich aus dem Haus verdrängen würde.

Gunner konnte mittlerweile laufen. Sage begann nächste Woche ihren Ballettkurs. Keller war gerade frisch am Haaransatz genäht worden, nachdem er sich den Kopf an das Verandageländer gestoßen hatte. Und Gavin hatte in dieser Woche schon zweimal sein Häufchen ins Klo gesetzt! Welch ein Erfolg!

Was zum Teufel sollte ich nun tun?

Ungehalten schleuderte ich das Röhrchen in den Mülleimer und stürmte ins Schlafzimmer, Schrägstrich Wohnzimmer, Schrägstrich Esszimmer. Dann machte ich auf der Stelle wieder kehrt, fischte den Test wieder heraus und platzierte ihn behutsam auf der Ablage im Badezimmer. War eben etwas von meinem Urin darauf, schlimme Sache. Trotzdem war es immerhin der Beweis, der erste sichtbare Beweis für die Existenz meines Kindes.

Mein Kind. Großer Gott, ich war in einer ganz schön misslichen Lage.

Ich zog mir rasch etwas über, schnappte mir meine Kuriertasche und stopfte den Laptop hinein, ehe ich zur Tür hinausrauschte. Normalerweise nahm ich meinen Mac nicht mit, wenn ich Zeit mit den Kindern verbrachte – das war erfahrungsgemäß der sicherste Weg, ihn mit irgendeiner klebrigen Flüssigkeit funktionsunfähig zu machen –, aber an diesem Tag wusste ich, dass ich ihn brauchen würde. Ich musste ein paar Nachforschungen anstellen. Ich musste mir einen Plan zurechtlegen.

Mein Magen revoltierte, als ich mich ins Auto setzte, und ich schluckte einen Mundvoll Speichel herunter. Mir würde jetzt nicht schon wieder schlecht werden. Ich hatte mich die letzten Tage ständig übergeben müssen. Ich hatte gar keine Zeit, die paar Schlucke Wasser wieder loszuwerden, die ich am Morgen getrunken hatte – ich war bereits viel zu spät dran, diesem blöden Schwangerschaftstest sei Dank.

Ich bog in Shanes Einfahrt und sprang aus dem Wagen, lehnte mich einen Moment gegen die Motorhaube, um mich zu sammeln. Gut, keine schnellen Bewegungen, es sei denn, eines der Kinder würde sich den Arm brechen oder etwas ähnlich Schlimmes. Alles klar. Ich musste das Ganze nur etwas lockerer sehen.

Ich hatte noch nicht die Haustür erreicht, als Shane nach draußen trat und an mir vorbei zu seinem Truck ging.

»Du bist spät dran«, rief er mir über die Schulter zu, während seine Stiefelschläge in gleichmäßigem Takt in der Auffahrt widerhallten.

»Ich hatte einen kleinen Notfall.«

Ruckartig blieb er stehen, wandte sich um und fixierte mich: Sein Blick wanderte über meinen Körper. »Geht's dir gut?«

»Ja, es war nur …«

»Ich komme noch zu spät zur Arbeit«, fiel er mir ins Wort und wandte sich wieder ab. »Wenn ich heute Abend zurückkomme, müssen wir mal reden.«

»Du sagst es«, grummelte ich, während er in seinen Truck kletterte. »Du hast ja keine Ahnung.«

Mist, ich war einfach müde. In den letzten beiden Nächten war ich dank meiner Übelkeit jedes Mal wach geworden und ins Bad gerannt. Der Schlafmangel gab mir das Gefühl, mich den halben Tag lang in einem trüben Nebel zu befinden. Ich war jemand, der seine acht Stunden brauchte, und in den letzten paar Tagen hatte ich stetig weniger abgekriegt.

Ich ließ mich mit einem Stöhnen auf die Couch fallen und zog die Decke von der Lehne, um mich zuzudecken. Ich würde einfach noch ein wenig dösen, bis Sage in die Schule musste.

»Tante Katie! Tante Katie, wach auf. Es ist Zeit für die Schule«, sagte Sage gedämpft und rüttelte an meiner Schulter.

»Oh Scheiße!« Ich fuhr aus dem Schlaf hoch und saß gleich kerzengerade.

»Scheiße!«, rief Gavin quer durchs Zimmer.

»Scheiße!«, plapperte Gunner es ihm inbrünstig nach.

»Scheiße sagt man nicht.«

»Scheiße!«

»Scheiße!«

»Sind wir spät dran?«, fragte ich Sage und schlüpfte hastig in meine Flip-Flops.

»Nein, aber wir müssen sofort los«, beschied sie mir eindringlich. Sie befand sich bereits auf dem Weg zur Tür.

»Halt! Wo ist Keller?«

»Ich glaube, er schläft immer noch!«

Ich rannte die Treppe hinauf, und mein Magen revoltierte so

heftig, dass ich Mühe hatte, meinen Atem unter Kontrolle zu bringen.

»Kell, los geht's, Kumpel!«, rief ich, als ich ihn hochnahm. »Wir müssen jetzt deine Schwester in die Schule bringen.«

Er erwachte auf dem Weg zurück nach unten, und ich ließ ihn barfuß nach draußen patschen, während ich Gunner auf dem Arm mitnahm. Wir hatten keine Zeit für Schnickschnack wie Schuheanziehen oder Gunners zunehmend abartig riechende Windel.

»Alle auf ihre Plätze!«, rief ich und hob Gavin mit einem Arm in seinen Kindersitz. »Lauf rum auf die andere Seite, Keller!«

Die Kinder kletterten in den Wagen, Keller über die Rückenlehne des Mittelsitzes, um zu seinem Platz in der dritten Reihe zu gelangen. Ich war jedes Mal wieder froh, dass ich die kleinere Kiste im vergangenen Jahr gegen etwas Größeres eingetauscht hatte, das einem SUV nahekam. Hier passten alle problemlos rein, aber wie zur Hölle sollte ich tagtäglich fünf Kinder umherkutschieren, wenn es erst so weit war?

Die Übelkeit wurde wieder schlimmer, während ich mich versicherte, dass die Kleinen alle korrekt angeschnallt waren. Schließlich sprang ich hinter das Lenkrad. Meine Hände zitterten, als ich die Autoschlüssel herauszog, und ich atmete tief durch, während ich den einen, der passte, ins Zündschloss steckte.

Es gab keinen Grund, wegen morgen nervös zu sein, ermahnte ich mich auf der Fahrt zu Sages Grundschule immer wieder. Alles, worüber ich mir Sorgen machen musste, war, den heutigen Tag zu überstehen. Wenn ich es nur schaffte, Sage pünktlich zu Unterrichtsbeginn abzuliefern …

»Sage, hast du gefrühstückt?«

»Ja, 'nen Pop-Tart.«

»Okay. Du, ich hab es jetzt nicht geschafft, dir ein Pausenbrot einzupacken, also …«

»Darf ich mir was kaufen?«, fragte sie aufgeregt und hüpfte auf ihrem Sitz auf und ab.

Warum wollten die Kinder, denen man etwas einpackte, immer das Essen aus der Cafeteria haben, während die Cafeteria-Kinder von eingepackten Pausenbroten träumten?

»Ja.« Ich suchte unten in meiner Handtasche nach ein paar Dollarscheinen und reichte sie zwischen den Sitzlehnen nach hinten. »Nicht verlieren.«

»Mach ich nicht«, versprach sie und stopfte die Scheine in die vorderste Tasche ihres Rucksacks.

»Ich hol dich nach der Schule wieder ab«, versicherte ich ihr zum gefühlt tausendsten Mal, als ich vor dem Gehsteig anhielt.

Die ersten paar Wochen nach Rachels Tod, als Sage wieder in die Schule gegangen war, hatte sie mich jeden Tag gefragt, ob ich kommen und sie abholen würde – jeden einzelnen Tag, als müsste sie sicherstellen, dass ich sie nicht vergaß. Letztendlich war es zu einer Art morgendlichem Ritual geworden. Mittlerweile versprach ich ihr bereits, wenn sie nur den Mund aufmachte, dass ich auf jeden Fall da sein und sie abholen würde.

»Okay, hab dich lieb!«, rief sie aus, drängte sich an Gavins Beinen vorbei und stieg aus.

»Hab dich auch lieb, Schatz!«

Ich wartete, bis sie durch die breite Doppeltür hineingegangen war, auch wenn der Wagen hinter mir in der Abholschlange bereits ungeduldig Zentimeter für Zentimeter näher kroch. Mein Hintermann hätte mich per Stoßstange anschieben können, und ich wäre trotzdem nicht vom Fleck gewichen, bis ich mich hundertprozentig und mit eigenen

Augen davon überzeugt hatte, dass Sage im Schulgebäude verschwunden war.

Als wir zurück ins Haus kamen, schwitzte ich ein wenig, und das Geschrei der Jungs und Gunners volle Windel machten die Sache nicht gerade besser. Ich liebte Gavin und Kell, aber in diesem Augenblick hätte ich am liebsten ein paar schalldichte Kopfhörer gehabt, um zwei Minuten abzuschalten, damit ich meinen Magen wieder unter Kontrolle bekam.

»Geht's dir nicht gut?«, fragte mich Gavin, als ich gerade am Wohnzimmerboden damit beschäftigt war, Gunner die Windel zu wechseln.

»Alles in Ordnung, kleiner Mann«, versicherte ich ihm würgend und japsend. »Tante Katie hat nur ein bisschen Bauchweh.«

»Musstu brechen?«

»Vielleicht, kleiner Mann.«

»Iiih, wie eklig!«

»Ja, frag mich mal.«

»Ich hab Hunger, Tante Katie«, trötete Keller von der Couch, auf der er kopfüber hing, die Beine über der Lehne.

»Keller, warum bist du eigentlich immer verkehrt herum?«

»Ich mag verkehrt rum.«

»Leider rede ich nicht mit Leuten, die verkehrt herum sind, also wirst du schon da runterkommen müssen, oder ich höre dich nicht«, erwiderte ich ruhig und stellte Gunner auf seine Füße.

»Ich will Pfannkuchen«, forderte Keller und stellte sich neben mich. »Mit Marmelade.«

Ich drehte langsam den Kopf und starrte den kleinen Kerl an, der sich allmählich zu einem fordernden kleinen Pascha entwickelte. »Wie war das, bitte?«, fragte ich mit gehobenen Augenbrauen.

»Ich will Pfannkuchen.« Er verschränkte die Arme vor der Brust und schob trotzig sein kleines Kinn vor.

»Möchtest du das vielleicht noch mal anders sagen, Kumpel?«

»Ich will Pfannkuchen«, wiederholte er stur und zog die Augenbrauen zusammen. »Sofort!«

Mir fiel der Unterkiefer herunter, und das Blut schoss mir in die Wangen, während ich den kleinen Kerl ansah. Ich konnte einfach nicht glauben, was er da tat, obwohl ich es wahrscheinlich bereits hätte absehen sollen. Kellers Verhalten war in den letzten Wochen immer schlimmer geworden, egal, wie sehr ich versuchte, ihn zur Räson zu bringen.

»Fünf Minuten Stubenarrest, und zwar ab sofort, Keller«, befahl ich ruhig. Mir klopfte das Herz bis zum Hals, als ich aufstand. Mein Magen verkrampfte sich, und ich war kurz davor, in Tränen auszubrechen, ließ jedoch nicht zu, dass die Ungeduld sich in meiner Stimme bemerkbar machte. »Du weißt ganz genau, dass du so nicht mit mir redest.«

»Ich geh nicht in mein Zimmer«, heulte er los, als ich Gunner hüfthoch auf den Arm nahm und mit Gavin an der Hand in die Küche ging.

Als ich Kellers Gejammer nicht weiter beachtete, wurde er lauter, bis er richtig zu schreien anfing.

»Ich geh nicht in mein Zimmer!«, brüllte er, die Hände links und rechts zu kleinen Fäusten geballt. Ich schnallte Gunner im Hochstuhl an und setzte Gavin auf die Sitzerhöhung am Tisch.

»Möchtet ihr Haferbrei?«, fragte ich die beiden Kleinen sanft, während Keller weiterschrie.

»Ja, bitte«, antwortete Gavin, und Gunner deutete das Wort für »Essen« an.

»Nur mit Zucker und Zimt oder auch mit Blaubeeren?«, fragte ich Gavin, als ich mich zum Kühlschrank wandte.

Ich hatte kaum den Schritt dorthin gemacht, als ich von der Kraft eines kleinen Körpers, der in meine Kniekehlen prallte, nach vorn geschubst wurde.

»Du bist gemein«, schrie Keller und schlug auf meine Waden ein. »Ich kann dich nicht leiden.«

»Keller, hör auf!«, übertönte ich sein Schreien, worauf Gunner heftig anfing zu weinen. Ich versuchte, seine kräftigen kleinen Arme zu fassen zu kriegen, ohne mich zu ihm umzudrehen, denn ich konnte den Gedanken nicht ertragen, dass er mit seinen Fäusten in meinen empfindsamen Magen trommelte.

»Keller Shane Anderson, was zum Teufel fällt dir ein?«, dröhnte Shanes Stimme und setzte sich über den Lärm in der Küche hinweg.

Keller und ich erstarrten, als Shane hereingestampft kam, und das Einzige, das noch zu hören war, war Gunners leises Schniefen.

»Daddy!«, brüllte Keller jämmerlich. Er rannte zu Shane und schlang die Arme um seine Hüften.

»Was ist los, Kumpel?«, fragte er und sah mich verwirrt an.

»Tante Katie will mir keine Pfannkuchen machen!«

»Es geht hier um Pfannkuchen?«

Keller nickte, sein Gesicht in Shanes Seite gegraben.

»Konntest du ihm nicht einfach ein paar machen?«, fragte Shane ungehalten. Er schob seine Hände unter Kellers Arme und hob ihn hoch.

Mehr brauchte es nicht.

In der nächsten Sekunde war ich schon auf dem Weg ins Badezimmer, raste gerade rechtzeitig hinein und schlug die Tür hinter mir zu, ehe ich mich umdrehte und mich ins Waschbecken übergab. Es kam nichts als Galle. Ich fing an zu weinen, schließlich zu schluchzen, die eine Hand auf der Ablage, während ich mit der anderen das Becken sauber wusch. Ich hatte es nicht mal bis zum Klo geschafft.

Keller verhielt sich, als hätte ein außerirdischer Körperfresser seine sterbliche Hülle übernommen. Shane ignorierte mich. Sage machte sich weiterhin Sorgen, dass niemand sie von der Schule abholte. Und ich war nicht sicher, ob Gavin sich genauso gern wie sonst mit mir unterhielt.

Darüber hinaus hatte ich solche Schwangerschaftsbeschwerden, dass ich es nicht mal mehr zur Toilette schaffte, wenn ich mich übergeben musste.

Es war zu viel. Ich fühlte mich wie kurz vor einem Zusammenbruch.

Ich holte tief Luft. Drüben in der Küche redete Shane mit den Jungs. Ich nahm eines der Handtücher von der Stange und trocknete mir das Gesicht ab.

Wenn ich mich weiter im Badezimmer verkroch, würde das auch nicht viel bringen. Ich hatte ja kaum eine Ahnung, wieso er überhaupt zu Hause war. Ich musste mich zusammenreißen.

Also ging ich zurück in die Küche, wo Gavin und Gunner gerade zwei kleine Schälchen Joghurt aufaßen und Shane sich einen Kaffee einschenkte. Einen verdammt gut riechenden Kaffee.

»Ich hab Keller in sein Zimmer geschickt«, eröffnete mir Shane sanft und gab mir den Becher Kaffee, den er gerade eingegossen hatte. »Kannst du mir denn erklären, worum es da gerade ging?«

»Um Pfannkuchen«, erwiderte ich verbittert und nahm einen Packen Feuchttücher von der Anrichte, um den Kleinen die Hände und Gesichter sauber zu wischen.

»Ich wollte nicht …«

»Das kannst du nicht machen, Shane«, schnitt ich ihm das

Wort ab und half Gavin aus seinem Sitz. »Genau deshalb führt sich Keller so auf. Ich meine, wir alle wissen, dass du hier das Sagen hast, okay? Das ist allen klar. Aber wenn du mich jedes Mal zur Schnecke machst, sobald eines der Kinder einen Anfall bekommt, glauben sie nun mal, dass sie auf mich nicht zu hören brauchen.«

»Ich habe dich nicht ...«

»Und ob du das hast.« Ich hob Gunner aus dem Hochstuhl, und er kuschelte sein Gesicht in meine Halsbeuge. Offenbar war er immer noch ein wenig überfordert von dem ganzen Lärm.

»Ich bin ihr Vater. Sie sollten zu mir kommen, wenn etwas ist.«

»Ich sage auch nicht, dass sie das nicht sollen ...« Verdammt, meine Augen füllten sich bereits wieder mit Tränen, und ich verfluchte diese lästigen Schwangerschaftshormone, die durch meinen Körper schwirrten. »Ich sage, dass du mich ständig untergräbst, und jetzt denkt Keller sogar schon, er könnte mich herumkommandieren, als wäre ich sein Dienstmädchen.«

Gunner fing an zu zappeln, weil er runterwollte, und ich setzte ihn auf den Boden, wo er sich sofort auf allen vieren ins Wohnzimmer aufmachte, wo Gavin eine Zeichentricksendung angeschaltet hatte.

»Du behandelst mich wie den letzten Dreck, Shane.«

»Nein, tu ich nicht. Ich bemerke dich ja nicht mal.«

»Ganz genau. Du lässt dich kaum dazu herab, auch nur ein paar Takte mit mir zu reden, es sei denn, du willst, dass ich irgendwas erledige, und jedes Mal, wenn ich den Kindern etwas sage, kommst du und ...«

»Es ist nicht deine Aufgabe, sie zu erziehen«, bekundete er so freiheraus, dass ich scharf einatmete.

»Klar. Ich hatte natürlich absolut nicht das Recht, Keller auf sein Zimmer zu schicken, weil er ein kleiner Tyrann war.«

»Nenn ihn nicht so.«

»Das war er aber.«

»Konntest du ihm nicht einfach Pfannkuchen machen?«

»Willst du mich jetzt verarschen?«, zischte ich und ging einen Schritt auf ihn zu. »Ich mache Keller liebend gern Pfannkuchen! Wenn er mich gefragt hätte, hätte ich sogar gesagt: *Aber klar doch, mein Schatz, möchtest du Schokostückchen rein haben?* Aber er hat mich nicht gefragt. Er hat auf rotzfreche Art welche verlangt.«

»Er ist erst vier.«

»Er ist fünf. Und er weiß, dass er so nicht mit Erwachsenen reden darf.«

»Du machst aus einer Mücke einen Elefanten«, sagte er abweisend und drehte sich zur Kaffeemaschine, um sich selbst Kaffee einzuschenken.

»Dann darf er mich also schlagen? Ist es das, was du damit sagen willst? Gib ihm gefälligst, was er will, sonst macht er einen Riesenaufstand.«

»Ich hab ihm gesagt, dass er dich nicht hätte schlagen dürfen – deswegen sitzt er auch gerade in seinem Zimmer.«

Ich ließ mich schwer auf den Platz am Küchentisch fallen und presste mir die Daumenballen auf meine müden Augen. Shane hörte mich nicht mal. Er war so mit sich selbst beschäftigt, dass er nicht mal versuchte, meinen Standpunkt zu verstehen. »Wieso bist du überhaupt zu Hause?«

»Ich konnte früher gehen, weil Freitag ist und es nichts mehr zu tun gab«, erklärte er und setzte sich auf den Platz mir gegenüber.

»Na schön, okay. Dann sag ich Keller noch schnell Tschüss, bevor ich gehe.« Erschöpft erhob ich mich vom Tisch.

»Wir müssen reden. Hast du noch kurz Zeit, ehe du wegmusst?«

»Klar. Lass mich nur kurz zu Kell gehen«, antwortete ich und wandte mich zur Treppe.

Ich hasste Treppen; diese hier schien sich über mich und meine derzeitige Energielosigkeit lustig zu machen.

Als ich in sein Zimmer kam, lag er reglos schlafend am Fußende seines Bettes. Dieser gewaltige Wutanfall von eben musste ihn regelrecht umgehauen haben – entweder das, oder der Wutanfall rührte daher, dass er müde war. Mein Gott, wie ich den süßen kleinen Kerl vermisste, der mich stets angehimmelt hatte.

»Er schläft, genau das, was ich machen werde, sobald ich zu Hause bin«, sagte ich zu Shane, als ich wieder zurück in die Küche kam.

»Sag mal, hast du abgenommen?«, fragte er aus heiterem Himmel.

»Kann sein. Was wolltest du mit mir besprechen?«

»Würdest du dich immer noch bereit erklären, die Kinder zu übernehmen, wenn ich im Einsatz bin?«, fragte er besorgt.

»Na ja, die Frage kommt ein bisschen spät. Was, wenn ich Nein sage? Es sind nur noch ungefähr drei Wochen, Shane.«

»Sagst du denn Nein?«

»Natürlich nicht, aber es gibt noch etwas, worüber wir mal reden müssten.«

»Was denn?« Er drehte den Kaffeebecher in seinen Händen und schien den Blick nicht von dem rotierenden Gefäß nehmen zu können. Seine langen Finger – oh nein, damit würde ich jetzt gar nicht anfangen. »Ich hab der Bank einen Dauerauftrag erteilt, sodass immer etwas Geld für Rechnungen, Einkäufe und so weiter auf dein Konto geht, solange ich weg bin. Ich kann das jederzeit ändern las…«

»Ich bin schwanger«, platzte ich ohne Vorwarnung heraus. Wenn ich in dieser Sekunde ein geeignetes Sägemesser gehabt hätte, hätte ich mir auf der Stelle die Zunge abgeschnitten.

»Du … was?«

»Schwanger.«

Er starrte mich eine Weile ausdruckslos an, und ich hatte regelrecht Angst davor, noch ein Wort zu sagen. Dann verschwand dieser leere Ausdruck aus seinem Gesicht, und seine Miene wurde endgültig emotionslos.

»Kannst du trotzdem weiter auf die Kinder aufpassen, oder ist das ein Problem für dich?«

»Wie bitte?«

»Ich muss wissen, ob du weiterhin die Kinder übernimmst.«

»Natürlich kann ich das, Shane, meine Güte! Aber hast du nicht gehört, was ich gesagt habe?«, blaffte ich ihn an. Dass er so gut wie gar nicht reagierte, machte mich rasend. »Ich bin schwanger. Das Kind ist von dir. So, und jetzt bist du dran.«

»Ich weiß nicht so recht, was ich deiner Meinung nach jetzt sagen soll, Kate«, erwiderte er ruhig. Seine Finger jedoch umklammerten den Kaffeebecher nun fester, sodass seine Knöchel weiß hervortraten.

»Irgendwas. Unter diesen Umständen bin ich da erst einmal ziemlich anspruchslos«, gab ich erschöpft zurück und spürte meinen rasenden Herzschlag.

»Bist du sicher, dass es von mir ist?«

Mein Körper wurde schlagartig kalt, der Schweiß, der sich allmählich unter meinen Armen gebildet hatte, kühlte so schnell ab, dass ich beinahe erschauerte. »Okay, du hättest irgendwas sagen können«, flüsterte ich mit belegter Stimme, »nur nicht das.« Ich schüttelte unmerklich den Kopf, stand auf und ging ohne ein weiteres Wort. Er hielt mich nicht zurück, als ich jedem der Jungs einen Abschiedskuss gab und in meine Schuhe schlüpfte.

»Wenn Keller aufwacht, sag ihm bitte, dass ich ihn lieb habe«, rief ich noch, als ich an der Tür war. »Ich hole Sage heute trotzdem von der Schule ab, weil ich es ihr versprochen habe.«

Ich hörte, wie sein Stuhl über das Linoleum zurückglitt und er meinen Namen rief, doch ich drehte mich nicht um. An diesem Tag konnte ich einfach nicht noch mehr ertragen.

Kapitel 4

Kate

»Ich hab's vermasselt«, jammerte ich gleich als Erstes in den Hörer, als ich im Badezimmer auf dem Boden lag.

»Dir auch einen schönen Tag«, erwiderte Ani, mit der ich zusammen aufgewachsen bin. »Wieso hallt es bei dir so?«

»Ich bin gerade im Bad.«

»Ich möchte eigentlich nicht so gern mit dir telefonieren, während du gerade auf dem Klo sitzt«, begann sie.

»Ich sitze nicht auf dem Klo, Ani. Verdammter Mist, ich hab es so was von vermasselt.« Bei den letzten Worten versagte meine Stimme, und ich konnte den Schluchzer nicht zurückhalten, der sich Bahn brach.

Ich war so gottverdammt müde, und mein ganzer Körper tat weh von den vielen krampfhaften Versuchen, mich zu übergeben, die ich mittlerweile hinter mir hatte.

»Mensch, Katie! Was ist denn los? Geht's dir gut?« Sie klang nun ernsthaft besorgt.

»Ich bin schwanger«, sagte ich ganz leise, als würde sie so weniger heftig reagieren, wenn ich flüsterte.

»Hast du deine Spritze nicht gekriegt? Was zur Hölle, Kate? Du musst da regelmäßig hingehen.«

»Das hab ich. Ich schwöre, ich war pünktlich beim Arzt. Ich hab keine Ahnung, was da schiefgelaufen ist.«

»Hoffentlich weißt du, was überhaupt gelaufen ist«, erwiderte sie trocken.

»Ich hab dir noch nicht alles gesagt«, stöhnte ich und ließ den Kopf zurück auf das Handtuch sinken, das ich mir untergelegt hatte. »Es kommt noch schlimmer.«

»Lass mich raten, der Kerl war potthässlich?«

»Schlimmer.«

»Ein Gigolo?«

»Ach, viel schlimmer!«

»Verdammte Scheiße, Katie«, sagte sie leise, nachdem sie einen Moment geschwiegen hatte. »Du hast doch nicht …«

»Wir waren sturzbetrunken. Es war ein Ausrutscher.«

»Diese Entschuldigung hat bei mir schon nicht mehr gezogen, als du neunzehn warst. Und sie zieht ganz sicher nicht mit fast dreißig.«

»Ich weiß. Ich bin so ein Idiot. Mein Gott, was hab ich mir bloß dabei gedacht?«

»Weiß Shane schon Bescheid?«

Das Licht im Badezimmer war ausgeschaltet, aber es kam etwas Sonnenschein durch das kleine Fenster in der Dusche, und ich schloss die Augen, als ich dorthin sah. Verdammt, sogar meine Augäpfel taten weh. »Ja, ich hab es ihm heute Morgen gesagt.«

»Und wie hat er reagiert?«

»Eigentlich so gut wie gar nicht.«

»Wie, gar nicht?«

»Er wollte wissen, ob ich sicher bin, dass es von ihm ist.«

»So ein Arsch«, rief sie und machte meine Kopfschmerzen damit nur noch schlimmer. »Und da hast du ihm hoffentlich gleich ordentlich die Meinung gesagt.«

»Nein, ich bin weggegangen.«

»Was? Warum? Lass dich nicht so von ihm behandeln,

Katherine. Du hast dir all die Jahre schon genug von ihm bieten lassen.«

»Nein, ich weiß. Es ist nur ...« In diesem Moment fing ich unvermittelt an zu weinen, und ich fühlte mich erbärmlicher als je zuvor in meinem Leben. »Ich bin so fertig, Ani. Ich bin so verdammt müde, und ich muss mich ununterbrochen übergeben. Dazu kommt, dass Keller sich heute Morgen wie ein kleiner Tyrann aufgeführt hat. Er hat mich geschlagen. Und in dem Moment kam Shane und ist mir regelrecht in den Rücken gefallen. Ich konnte das einfach nicht länger ertragen und musste gehen, und Keller hat währenddessen geschlafen. Wahrscheinlich denkt er jetzt, seit er wieder wach ist, dass ich immer noch böse auf ihn bin.«

»Jetzt mal der Reihe nach«, beruhigte sie mich und wollte dann wissen: »Du leidest unter richtiger Übelkeit?«

»Das kann man wohl sagen«, krächzte ich. Mein Magen drehte sich bereits wieder um sich selbst. »Herrje, Ani. Ich hab seit Tagen nichts drinbehalten.«

»Seit wie vielen Tage genau?«

»Seit drei, glaub ich. Mann, das fühlt sich schon nach einer Ewigkeit an.«

»Dann bist du höchstwahrscheinlich völlig dehydriert, Kate, und musst zum Arzt.«

»Ich hab übermorgen einen Termin.«

»Nicht erst übermorgen, du musst sofort hin.«

»Ich bin zu kaputt. Ich kann ja kaum aufrecht stehen.«

Ich hörte sie mit irgendetwas rascheln. Kurz darauf kam ihre Stimme sehr viel klarer durch die Leitung. »Ich ruf dich gleich wieder an, Süße, abgemacht?«

»Gut«, sagte ich erschöpft. »Ich bin daheim.«

»Ich rufe dich gleich wieder an.«

»Okay.«

Ich legte auf, während mein Magen erneut zu krampfen begann, und diesmal bemühte ich mich nicht einmal mehr, in die Hocke zu gehen, um über den Klorand zu gelangen. In meinem Magen gab es sowieso nichts mehr, was ich hätte ausspucken können.

Als ich es hinter mich gebracht hatte, war ich schweißüberströmt, und meine Bauchmuskeln brannten schmerzhaft, was mich jedoch nicht daran hinderte, zusammengerollt auf dem Fußboden im Badezimmer einzuschlafen.

»Katie?«, hörte ich Shanes Stimme und wurde von seinem Ruf aus dem ersten richtigen Schlaf geweckt, der mir seit Tagen vergönnt war.

Bevor ich antworten konnte, erschien er im Türrahmen meines Badezimmers.

»Sorry, ich muss die Tür überhört haben«, sagte ich etwas begriffsstutzig. Shane hielt abrupt inne. »Mir ist gerade nicht so nach Gesellschaft.«

»Katie«, sagte er sanft und machte einen Schritt auf mich zu.

»Nein. Ich hab nur ... komm nicht näher. Ich rieche fürchterlich und bin völlig verschwitzt, total ... gib mir eine Minute, ja?«, schob ich schleppend hinterher und hockte mich vorsichtig auf die Knie.

»Beweg dich nicht, Baby«, erwiderte er behutsam und kam schließlich ganz ins Badezimmer. »Schaffen wir dich erst mal hier raus.«

Die zärtliche Art, auf die er mich angesprochen hatte, schnürte mir regelrecht die Kehle zu, aber ich verdrängte es, so gut es ging. »Wo sind die Kinder?«

»Sage habe ich vorhin abgeholt und sie und die anderen dann alle zusammen eine Weile zur Nachbarin gegeben.«

»Oh nein!« Ich versuchte auf die Füße zu kommen, schwankte jedoch völlig benommen und fing auf der Stelle wieder an zu weinen. »Ich sollte sie unbedingt von der Schule abholen. Herrgott, sie muss völlig aufgelöst gewesen sein, dass ich nicht da war.«

»Hey«, rief er sacht, »hör auf damit! Ich habe mit Anita telefoniert, sie hat mir erzählt, wie es dir geht, okay? Ich habe Sage pünktlich abgeholt. Es war alles gut, alles in Ordnung.«

»Mensch, es tut mir so leid. Ich bin eingeschlafen.«

»Das sehe ich. Es gibt nichts, wofür du dich entschuldigen müsstest.«

Er beugte sich herunter, und ich kroch über den Boden, um mich von ihm zu entfernen. »Bloß nicht, Shane.« Ich schnüffelte. »Ich stinke total. Ich muss unter die Dusche.«

Er starrte mich eine Weile schweigend an, ehe er schließlich über meinen ausgestreckten Körper hinweglangte und den Duschvorhang beiseiteschob.

»Was hast du vor?«

»Du willst duschen, oder nicht?«, sagte er und drehte das Wasser auf. »Also dann, unter die Dusche mit dir.«

Geschockt sah ich zu, wie er den Duschvorhang hinter uns wieder zuzog und nach unten fasste, um sich das eigene T-Shirt auszuziehen, und sich zugleich die Flip-Flops von den Füßen schüttelte. Als Nächstes schob er die Khaki-Shorts und den kurzen Herrenslip in einer einzigen schnellen Bewegung nach unten und stand schließlich nackt da.

»Was in Gottes Namen machst du da?«, fragte ich, als meine Stimme endlich wieder zu mir zurückkehrte.

»Komm, ich helfe dir auf.«

»Hast du komplett den Verstand verloren?«

»Hör sofort auf, auf meinen Schwanz zu starren«, warnte er mich.

»Er ist schließlich schuld, dass ich jetzt schwanger bin.«

»Stimmt. Ich werde dich jetzt nicht gegen die Wand gedrückt nehmen. Du bist schließlich krank und gehörst in ein Krankenhaus. Also lässt du mich dir entweder in die Dusche helfen oder ich nehme dich so, wie du bist, an Ort und Stelle – müffelnd wie ein Tier und schmutzig wie eine Landstreicherin.«

»Das war's dann wohl mit meiner Würde.«

»Gut, dann macht es dir wohl nichts aus, wenn ich dich nackt sehe.«

»Oh, glaub mir, tut es nicht«, erwiderte ich resigniert und ließ es zu, dass er mich vom Boden hochzog. »Du hast mir ja bereits gesagt, dass du mit mir nicht noch mal schlafen willst, also hab ich nichts zu verlieren.«

»Ich war ein Arsch.«

»Hey, keine Sorge, zumindest war der Sex toll«, sagte ich, während er mir mein T-Shirt über die schmerzenden Brüste streifte. »Vorsichtig.«

»Werde ich sein«, versprach er. Er schob mir meine Leggins und den Slip über die Beine nach unten.

»Ich hätte nichts davon zu dir sagen dürfen«, bekannte er aufrichtig. Er hielt meine Hand, als wir zusammen unter die Dusche stiegen. »An dem Morgen war ich so durcheinander …«

»Denkst du, ich nicht?« Er bugsierte mich langsam unter das herabplätschernde Wasser. »Hey, ich hab mich übergeben, verdammt noch eins. Ich hätte gleich erkennen sollen, dass das ein schlechtes Omen war.«

»Es tut mir ehrlich leid, Katie.« Er nahm meine Arme und legte sie sich um seinen Oberkörper, damit ich mich an ihm abstützen konnte, während er mir mit sanften Fingern durch die Haare strich. »Ich war so ein Idiot. Die ganze Zeit war mir klar, dass nichts davon dein Fehler war, aber was soll ich sagen? Ich war trotzdem so wütend.«

»Du weißt, dass ich sternhagelvoll war.«

»Das macht kei…«

»Doch, es macht einen Unterschied«, kam ich ihm eilig zuvor, bevor er den Satz beenden konnte. Ich hatte die Augen geschlossen, während er mir das Shampoo in die Haare und meine Kopfhaut einmassierte. »Du scheinst dich irgendwie der Illusion hinzugeben, dass ich dich ausgenutzt habe oder so was in der Art. Und das ist Bullshit. Wir hatten beide getrunken, und wenn ich mich richtig erinnere, hast du es mir besorgt, während ich mit dem Gesicht auf die Matratze gepresst dalag.«

»Gott, Katie.« Er zischte es mir ins Ohr, während er plötzlich gar nichts mehr tat, und ich spürte, wie sein Penis gegen meinen Bauch aufbegehrte.

»Nicht, dass ich mich in dem Moment darüber beschwert hätte«, murmelte ich, und der Griff seiner Finger in meinem Haar wurde fester, unnachgiebiger. »Verflixt, mein Magen fängt wieder an…« Ich löste mich ruckartig von ihm und hatte mich kaum nach vorn gebeugt, als ich auch schon anfing zu würgen. »Tut. Mir. Leid«, japste ich zwischen den heranrollenden Krämpfen. »Mann, ich hasse es so, verdammt…«

»Ssschhh«, machte er beruhigend, schlang einen Arm stützend vorne um meinen Oberkörper und strich mit der anderen über meinen Rücken. »Alles wird gut. Bald wird es dir besser gehen.«

»Herrgott noch mal«, keuchte ich. Mein Magen beruhigte sich allmählich wieder. »Warum bist du denn eigentlich hier?«

»Komm, wir müssen dich noch einseifen.«

»Nein, nein, das schaffe ich schon selber.«

»Ich lasse dich auf keinen Fall allein hier drin.«

»Also schön.« Ich wusch mich an den wichtigsten Körperstellen, ohne noch zusätzlich Energie für irgendetwas anderes zu verschwenden, und lag einige Minuten später in ein Handtuch gewickelt in Shanes Armen, während er mich in mein Zimmer trug.

»Was zur Hölle war denn das?«, fragte ich und ließ meinen Kopf ermattet auf seine Schulter sinken. »Hast du mir etwa gerade wirklich geholfen zu duschen?«

Noch ehe er antworten konnte, war ich weggedämmert. Ich spürte undeutlich, dass er mir frische Kleidung anzog. Zwischendurch wurde ich immer wieder flüchtig wach, sank aber gleich darauf wieder in meinen Erschöpfungsschlaf. Als ich das nächste Mal die Augen aufschlug und wirklich wach war, sah ich, dass Shane mich erneut in den Armen trug.

»Du Arsch«, schimpfte ich. Mein ganzer Körper spannte sich an, denn ich begriff, wo wir waren.

»Du musst zu einem Arzt«, beharrte er und schritt schnurstracks durch den Warteraum der Notaufnahme.

»Ich habe keine Krankenversicherung, Shane. Es ist doch nur Morgenübelkeit.«

»Rachel ging es kein einziges Mal so schlecht.«

»Ich bin aber nicht Rachel.«

»Du wirst jetzt durchgecheckt.«

»Seit wann bist du eigentlich an der ganzen Sache beteiligt?«

»Seit mein Telefon geklingelt und Anita mir verraten hat, dass du völlig elend zu Hause auf deinem Badezimmerteppich liegst.«

»Dass sie auch immer aus allem gleich ein Drama machen muss.«

»Und auf ebendiesem Teppich habe ich dich dann auch gefunden.«

»Ist ja schon gut«, murmelte ich, als wir an der Rezeption ankamen.

»Ich verstehe immer noch nicht, wieso du gekommen bist.« Ich rollte mich vorsichtig im Krankenhausbett herum. Das Bett war so verflucht unbequem, dass mir, wenn ich erst wieder hier rauskam, bestimmt alles noch mehr wehtun würde.

»Wir sind Freunde«, antwortete er und beschäftigte sich mit irgendwas an seinem Telefon.

Seit sie mich in das kleine Zimmer verfrachtet und nebenbei meine Schwangerschaft bestätigt hatten, war Shane laufend meinen Blicken ausgewichen und hatte kaum gewagt, mich anzusehen. Beim Ultraschall war er nach draußen gegangen und hatte selbst dann noch geschwiegen, als ich ihn dabei beobachtet hatte, wie er sich die Aufnahmen ansah, die ich der Einfachheit halber auf dem einzigen Stuhl im Raum liegen gelassen hatte. Er war unruhig, fast zappelig, und um ehrlich zu sein, erhöhte sich meine eigene Anspannung mit jeder kleinen Bewegung, die ich bei ihm sah.

»Wir sind keine Freunde, Shane«, eröffnete ich ihm in ernstem Tonfall. Sein Kopf fuhr ruckartig hoch, und er sah mich an. »Wir haben eine gemeinsame Vergangenheit und viel zusammen erlebt – aber Freunde sind wir schon lange nicht mehr.«

»Ich kann dich hier nicht allein liegen lassen.«

»Es geht mir gut. Wirklich. Du musst nach Hause zu den Kindern. Sage ist mittlerweile vermutlich schon am Durchdrehen.«

»Ich hab sie gerade angerufen. Mit ihr ist alles in Ordnung.«

»Nun, ich kann mir aber vorstellen, dass Megan den Verstand verliert mit all den Kindern um sich herum.«

»Mit ihr habe ich auch gerade gesprochen. Es gibt keinerlei Probleme.«

»Ich möchte dich hier nicht sehen«, sagte ich endlich. Ich wandte mich von seiner schockierten Miene ab. »Ich bin nicht sicher, was du vorhast, aber lass uns ehrlich sein, einverstanden?«

»Ich bin ehrlich.«

»Nein, du fühlst dich schuldig oder so was, aber du bist ganz bestimmt nicht ehrlich zu mir.«

»Und du jammerst nur in einer Tour.«

»Ah, kannst du doch ehrlich sein«, erwiderte ich trocken, um zu verbergen, wie sehr mich seine Worte trafen. »Ich weiß, dass du eigentlich nicht hier sein willst, klar? Du zappelst und seufzt hier herum und schaust bei jeder Gelegenheit auf die Uhr. Ehrlich gesagt würde dieses glorreiche Mittel gegen Übelkeit, das sie mir gegeben haben, viel besser wirken, wenn ich nicht dauernd das Gefühl hätte, dich von irgendetwas abzuhalten, was du stattdessen lieber tun würdest.«

»Ich will aber hier sein«, sagte er stur.

»Warum? Warum willst du das?«

»Weil du krank und schwanger bist. Ich kann dich nicht einfach allein lassen.«

»Und warum ist das dein Problem?« Ich starrte ihn an. Innerlich flehte ich darum, er würde das Kind anerkennen, das auf den Bildern neben seinem Ellbogen zu sehen war.

»Ist es wahrscheinlich nicht«, sagte er schließlich und stand auf.

»Willst du auch weiterhin so tun, als hätte ich mich selbst geschwängert?« Kraftlos blickte ich ihm ins Gesicht. »Die Daten stehen mit auf den Ultraschallabzügen, auf die du die ganze Zeit starrst. Ich glaube, selbst du kannst es dir ausrechnen.«

»Ich habe bereits vier Kinder«, entgegnete er grob und hob die Hand, um sich am Kinn zu kratzen. »Zusammen mit meiner Frau.«

»Was soll das heißen?« Ich sprach nur noch im Flüsterton und hatte das Gefühl, der Länge nach aufgeschlitzt zu werden.

»Sieh mal, du hattest bereits ein paar Tage Zeit, dir über alles Gedanken zu machen, okay?«, blaffte er. »Bei mir waren es höchstens ein paar Stunden, und einen Großteil davon habe ich damit verbracht, dich vom Boden zu kratzen und ins Krankenhaus zu bringen.«

»Tut mir furchtbar leid, dass ich dir so viele Umstände mache.«

»Kannst du mir nicht mal einen Augenblick für mich lassen? Verflucht noch mal, Kate, ich brauche doch einen Moment, um in Ruhe nachzudenken!«

Ich nickte und drehte mich dann langsam herum, sodass ich von ihm abgewandt lag.

»Genau, denn für mich ist es ja alles so viel einfacher«, sagte ich tonlos, ohne ihn anzusehen. »Nimm dir so viel Zeit, wie du willst.«

Ich konnte seinen Blick für eine ganze Weile auf meinem Hinterkopf spüren, biss jedoch die Zähne zusammen und versuchte, ganz normal zu atmen, bis ich hörte, wie er hinter mir die Tür öffnete und wieder schloss.

Dann brach ich in Tränen aus.

Verfluchte Schwangerschaftshormone!

Sie behielten mich lediglich ein paar Stunden länger da, brachten durch die raffinierte kleine Nadel in meinem Arm meinen Flüssigkeitshaushalt wieder in Ordnung und schickten mich schließlich nach Hause. Zuvor bekam ich noch ein Rezept für ein Mittel gegen Übelkeit und einige Vitamine, die man während der Schwangerschaft einnahm.

Ja, ja. Schwangerschaft. Es geschah wirklich. Ich würde Mutter werden. Oder war ich nicht längst eine? Was den Embryo anging, der zwischen meinen Beckenknochen schlummerte, fühlte ich mich bereits hundertprozentig als Beschützerin für ihn verantwortlich.

Ich nahm mir ein sündteures Taxi vom Krankenhaus zurück zu meiner Wohnung und stieg die Treppe hinauf, dankbar dafür, dass Shane so geistesgegenwärtig gewesen war, mir meinen Geldbeutel mit ins Krankenhaus zu bringen. Nachdem ich meinen Schlüssel unzählige Male verloren hatte, war es mir zur Gewohnheit geworden, immer einen Zweitschlüssel in meinem Portemonnaie aufzubewahren.

Als ich die Wohnung betrat, spürte ich, dass etwas anders war. Es dauerte eine Sekunde, ehe ich begriff, dass es am Zitronenduft lag. Was zum Henker?

Shane hatte das Bad geputzt.

Oh mein Gott.

Ich ließ mich schwer auf den blitzsauberen Toilettendeckel fallen und verfluchte mich, bis die Tränen, die mir in die Augen zu schießen drohten, nachließen. Bestimmt hatte er nur nett sein wollen. Oder er fühlte sich schuldig, was vermutlich der eigentliche Grund war.

Ich holte das Telefon aus meiner Handtasche, um ihn anzurufen, saß aber plötzlich still, als ich erkannte, dass meine Mutter mich in dieser Sekunde auf meinem stummgeschalteten Handy anrief. Mist! Anita hatte vermutlich mal wieder ihre Klappe nicht halten können.

»Hi, Mom!«, meldete ich mich fröhlich, schlurfte zum Bett und kroch unter die … – hatte er etwa auch die Laken gewechselt?

»Hey, Süße! Was machst du gerade?«

»Nichts Besonderes, ich hänge bloß zu Hause herum.«

»Ah, ja?«

»Ja.«

Mit ziemlicher Sicherheit wusste sie, dass ich schwanger war, wollte es aber von sich aus nicht ansprechen. Wenn ich eines wusste, dann, dass sie und Tante Ellie das volle *Du weißt, dass ich es weiß, aber ich warte so lange, bis ich es von dir selber höre*-Programm aus dem Effeff beherrschten. Mit dieser Strategie waren sie über die Jahre nicht wenigen Knirpsen auf die Schliche gekommen, Kindern, deren Gedanken man unmöglich nachvollziehen konnte und die ungefähr so zutraulich waren wie eine Antilope inmitten einer Horde Sibirischer Tiger.

Na schön, als Kind hatte ich eben eine Schwäche für exotische Tiere, verklagt mich doch.

Meine Tante und mein Onkel konnten selbst keine Kinder bekommen, und als die großartigen Menschen, die sie nun mal waren, hatten sie daraufhin beschlossen, Pflegekinder bei sich zu Hause aufzunehmen. Es konnte ihnen nicht leichtgefallen sein – weiß Gott, ich hatte am eigenen Leib erfahren, wie schwer es in Wirklichkeit war –, aber sie gerieten bei dem, wozu sie sich, wie mir meine Tante später erzählt hatte, berufen fühlten, kein einziges Mal ins Straucheln. Von meinem zweiten Lebensjahr an erlebte ich regelmäßig, wie plötzlich Cousins und Cousinen quasi aus dem Nichts auftauchten – stille, laute, ruhige, zerstörerische, traurige und wütende Cousins und Cousinen. Manche von ihnen blieben nicht lange; die meisten von ihnen blieben nicht lange, um genau zu sein. Doch es waren zwei darunter, bei denen es meiner Tante und meinem Onkel gelang, sie zu adoptieren – Trevor und Henry –, und ein paar andere, die den Kontakt hielten, auch noch lange nachdem sie wieder fortgegangen waren. Shane war eines von den Pflegekindern gewesen, die sich an die Familie von Ellie und Mike Harris geradezu geklammert hatten, auch wenn er einer der Ältesten gewesen war, den sie je zu sich geholt hatten.

Als ich fünf war und Trevor zu uns kam, um bei Tante Ellie und Onkel Mike zu leben, hatten meine Eltern so eine Art Erleuchtung. Weniger als ein Jahr darauf hatte auch meine Familie damit begonnen, Kinder aufzunehmen, die ein zweites Zuhause suchten. Nun hatte ich zum ersten Mal in meinem Leben Geschwister. Eine Menge Geschwister. Brüder und Schwestern, von denen ich mich viel öfter verabschieden musste als gewollt. Und dann aus heiterem Himmel im Hochsommer ein Brüderpaar, das meine Eltern adoptieren wollten – was hieß, dass ich diese beiden von nun an für immer würde behalten können. Meine Zwillingsbrüder, Alex und Abraham, setzten ihre Füße auf unsere Veranda, als ich acht war und sie zehn, und sie würden nie wieder fortmüssen! Gott sei Dank kam es auch genau so. Denn mein gutgläubiges und nachsichtiges Naturell brachte mich vier Jahre später in eine Situation, die schlimm hätte ausgehen können, falls Alex und Bram nicht im richtigen Moment aus dem Haus gekommen und mich und meinen neuesten Ziehbruder gefunden hätten.

Danach waren meine Eltern davon abgekommen, Kinder aufzunehmen, die älter waren als ich, und was Jungen anging, hatten sie sich ganz verweigert. Es war auch ihrer Unachtsamkeit geschuldet gewesen, dass es zu jener Situation gekommen war, und ich weiß beim besten Willen nicht, ob sie sich je dafür vergeben werden. Ihr letztes Pflegekind nahmen sie in Pflege, als ich siebzehn war, und dabei handelte es sich um Anita. Sie hatte nicht adoptiert werden wollen, doch auch sie ging letzten Endes nie wieder fort. Sie lebte während ihrer letzten beiden Highschool-Jahre noch bei meinen Eltern und zog in das Apartment über der Garage, wo sie auch in ihrer Collegezeit bleiben würde.

Mit all den Kindern und ihren Problemen waren meine Tante und meine Mutter zu wahren Vernehmungsbeamtinnen geworden, und zwar von der Sorte, die selbst bei der CIA Beachtung gefunden hätte. Sie sahen und hörten alles, und nichts und niemand konnte ihnen trotzen, wenn sie sich etwas in den Kopf gesetzt hatten. Unglücklicherweise führte das auch dazu, dass ich stets nicht anders konnte, als meiner Mutter genau das zu verraten, was sie wissen wollte.

»Gibt's was Neues?«

»Sie hat es dir erzählt!«, rief ich und hieb mit der Hand auf mein Bett, das den Duft frisch gewaschener Laken versprühte. Shane hatte die Bettwäsche gewaschen!

»Ich habe nicht den blassesten Schimmer, wovon du sprichst.«

»Ich bin schwanger«, erwiderte ich grollend.

»Was?« Ihre Überraschung war eindeutig gespielt.

»Ich bringe Anita um.«

»Nein, das wirst du nicht tun. Sie hat sich Sorgen gemacht. Bitte sei ihr nicht böse.«

»Nie kann sie was für sich behalten. Du hättest es von mir

erfahren müssen. Ich wollte es dir selber sagen.« Ich begann zu schluchzen. Nichts entwickelte sich so, wie ich mir das vorgestellt hatte. Nichts ging glatt.

»Ach, Süße«, tröstete mich Mom. »Das tut mir leid. Ich verstehe, dass dir das wichtig ist. Ich hätte ja gewartet, bis du mich anrufst, aber Ani meinte, es gehe dir schlecht, und da wurde ich unruhig …«

»Weiß ich doch, Mom. Ist schon gut. Ich bin nur … diese verfluchten Hormone! Ich komme einfach nicht damit klar. Am liebsten würde ich jemanden umbringen, das schwöre ich. Und ich fange sogar an zu heulen, wenn mir der Nagellack von einem Fußnagel absplittert.«

»Ich weiß noch genau, wie das ist. Wenn du nur ein bisschen nach mir kommst, dann wird es geradezu ein Albtraum sein, in deiner Nähe zu sein.«

»Na, dann ist es ja gut, dass ich allein lebe«, gab ich zurück und wischte mein Gesicht an die frisch bezogene Bettdecke.

»Möchtest du darüber reden?«

»Nicht so gern.«

»Wirst du es trotzdem tun?«

»Ja.« Ich seufzte, rollte mich zusammen wie ein Fötus und zog mir die Decke über den Kopf.

»Was ist denn los, Süße?«

»Shane und ich haben miteinander geschlafen«, murmelte ich. Ich hoffte, dass sie gar nicht erst verstand, was ich sagte.

»Nun ja … früher oder später musste das ja so kommen.«

»Wie bitte?«

»Katie, Shane und du, ihr schleicht seit Jahren umeinander herum – schon als ihr klein wart.«

»Mom, er hat meine beste Freundin geheiratet. Ich weiß nicht, ob man das *umeinander herumschleichen* nennen kann.«

»Katie, meine Süße, ich werde dir jetzt mal etwas sagen, ob du es willst oder nicht.«

»Ich glaube, ich will es gar nicht hören.«

»Tja, das Leben ist hart.«

Ich schnaubte, und es war das erste Mal, dass ich so etwas wie ein Lachen zustande brachte, seit ich erfahren hatte, dass ich schwanger war. Meine Mom hatte diese Fähigkeit schon immer besessen – das Schlechte mit nur ein paar wenigen sorgfältig ausgewählten Worten nicht mehr ganz so schlimm erscheinen zu lassen. Ich hoffte, dass ich dazu irgendwann auch in der Lage sein würde.

»Damals, als ihr noch jünger wart ... da ist Shane weggerannt.«

»Was meinst du?«

»Ich werde jetzt nicht behaupten, er hätte Rachel nicht geliebt. Das würde ich niemals sagen, weil es nämlich einfach nicht stimmen würde. Ich weiß, dass er sie geliebt hat – das merkte man, wann immer sie zusammen waren. Aber Katie, Süße ... sie haben nie wirklich längere Zeit zusammengelebt.«

»Das ist nun mal so bei seinem Job, Mom ...«

»Du musst ihn nicht gegen mich verteidigen, Katherine Eleanor. Ich kenne diesen Jungen, und ich liebe ihn seit dem Tag, als er bei deinem Onkel und deiner Tante eingezogen ist. Was ich sagen will ist, dass es für ihn leicht war, Rachel zu lieben. Das ist nicht notwendigerweise etwas Schlechtes. Sie war das, was er brauchte, und ich war immer froh darüber, dass er es bei ihr gefunden hat.«

»Sie waren ein perfektes Paar«, flüsterte ich, und meine Kehle schnürte sich zu.

»Nun, das würde ich nicht unbedingt sagen.«

»Was?«

»Shane brauchte jemanden, der ihn kompromisslos so annahm, wie er ist, und Rachel hat das getan … du dagegen nicht.«

»Was soll das denn nun bedeuten?« Mein Herz begann hart in meiner Brust zu klopfen, und ich bekam feuchte Hände.

»Nun, lass es mich so sagen: Tante Ellie und ich, wir waren immer der Auffassung, dass du irgendwie zu viel für ihn warst.«

»Na, vielen Dank.«

»Das ist auf keinen Fall etwas Schlechtes, Kate. Du hast ihn verstanden, und eine Weile konnte ich richtig sehen, wie er dadurch aufgeblüht ist. Er hat es geliebt, dass du ihn jederzeit mühelos durchschaut hast. Für ihn war das eine Herausforderung.«

»Er hat mich verlassen, Mom. Ich verstehe nicht ganz, wie du sagen kannst, dass er irgendetwas an mir so mochte.«

»Du bist ihm zu nahe gekommen, Katie. Dafür war er einfach nicht bereit.«

»Wie hätte ich das denn wissen sollen?«, rief ich aus und saß schlagartig kerzengerade im Bett. »Ich war neunzehn! Ich wusste doch gar nicht, was ich tat.«

»Und da sind die Hormone wieder.«

»Er hat mich fallen lassen, Mom. Hat sich nie um mich geschert. Du hättest sehen sollen …« Nein. Sie brauchte nicht zu wissen, dass Shane mich in meinem ersten Studienjahr täglich angerufen und von der Sekunde an, als er meiner besten Freundin über den Weg lief, so getan hatte, als wollte er nichts mehr mit mir zu tun haben. Ab da war ich ihm nicht mehr wichtig. »Er hat mir klipp und klar zu verstehen gegeben, dass er nichts von mir will. Zehn Jahre lang ist er mir aus dem Weg gegangen. Wenn das nicht eindeutig ist.«

»Ich wollte dich nicht aufregen, Süße.«

»Hast du nicht.«

»Okay, Themenwechsel?«

»Ja, bitte.«

»Wie hat Shane denn darauf reagiert?«

»Das ist dasselbe Thema!«

Am nächsten Morgen weckten mich Flüsterstimmen und ein milchiger Atem, der sanft über mein Gesicht strich.

»Ist sie schon wach?«

»Noch nicht! Daddy sagt, wir sollen leise sein.«

»Pst, leise!«

»Eise.«

»Es wäre aber so schön, wenn sie schon wach wäre.«

»Keller, lass das.«

»Wenn euer Daddy wollte, dass ich weiterschlafe, hätte er euch vier kleinen Ungeheuer bestimmt nicht in mein Bett gelassen«, knurrte ich und setzte mich augenblicklich auf, zu schnell für sie – und zu schnell für meinen Magen. Ich packte sie spielerisch und zog sie zu mir, während sie kreischten und mein Magen sich wieder zu drehen anfing.

»Hey-hey, Tante Kate braucht noch eine Minute, Jungs«, stöhnte ich und sank wieder in mein Kissen. »Wollt ihr ein klein bisschen kuscheln?«

Sie machten es sich um mich herum bequem. Gunner spielte an meinen offenen Haaren, Gavin legte den Kopf an meine immer noch schmerzenden Brüste, Keller bog in seiner Position mein Fußgelenk auf eine Weise, auf die es nicht verbogen werden wollte, während Sage mir während alledem die Hand hielt. Innerhalb von Sekunden fühlte ich mich gleich viel besser.

»Wo ist euer Daddy?«, fragte ich leise und ließ die Lider zufallen, während ich spürte, wie Gunners winzige Finger durch mein Haar streichelten.

»Auf dem Topf.«

»Er braucht aber ziemlich lange.«

»Ich wette, er macht groß«, schrie Keller. »Wenn er groß macht, stinkt es so doll!«

Ich musste kichern.

»Ich mache nicht groß, Keller«, hörte ich Shane irgendwo neben dem Bett murmeln und schlug die Augen auf. Seine Wangen waren ein klein wenig gerötet vor Scham, und ich musste zugeben, dass mich dieser Anblick insgeheim umhaute.

»Bei dir stinkt es viel schlimmer, Keller«, verkündete ich und sah Shane dabei in die Augen.

»Tut es gar nicht. Aber bei dir. Bei dir, Tante Katie, riecht es am schlimmsten!«

»Immsten«, schrie Gavin direkt an meinem Ohr.

Um Shanes Augen bildeten sich winzige Fältchen, als er versuchte, ein Schmunzeln zurückzuhalten.

»Ich dachte, du freust dich vielleicht, sie zu sehen«, sagte er. Er saß auf dem Bettrand. »Ich weiß, es geht dir nicht gut …«

»Danke«, unterbrach ich ihn sanft und ließ Gunner kurz los, um meine Hand auf sein Knie zu legen. »Wirklich, das ist genau das, was ich gebraucht habe.«

»Ich hab den Zweitschlüssel benutzt.«

»Dachte ich mir.«

»Möchtest du ihn zurückhaben?«

Ich flüsterte nur: »Nein.«

»Okay.«

»Warum bist du krank, Tante Kate? Was hast du?«, fragte Sage argwöhnisch und mit zitternder Stimme.

»Komm mal zu mir, Sage the Rage.« Und ich zog sie zu mir heran. »Ich hab Neuigkeiten.«

»Kate«, mahnte Shane mich mit tiefer Stimme.

»Ich kriege ein Baby.«

Meine Worte schienen die Kinder für einen Moment stumm zu machen vor Erstaunen, bevor sie alle gleichzeitig anfingen.

»Baby.«

»Bäbi.«

»Was?«

»Wirklich?«

»Ja! Wenn eine Mama ein Baby kriegt, geht es ihr manchmal nicht so gut, aber nie für sehr lange. Deshalb bin ich krank. Wenn mein Bauch erst ein bisschen größer ist, werde ich wieder gesund sein.«

»Du wirst ganz, ganz fett!«, rief Keller.

»Keller«, blaffte Shane.

Ich bedachte Shane mit einem leichten Kopfschütteln und blickte Keller an. Diesmal war er nicht frech ... er war besorgt.

»Komm mal her, Kell.«

Er krabbelte zu mir und setzte sich auf meine Oberschenkel.

»Aufpassen, Kumpel«, warnte ihn Shane.

»Ist schon okay«, sagte ich lächelnd. Ich sah Keller weiterhin an. »Ich kriege bloß ein Baby, mein Lieber. Aber das dauert ziemlich lange, weißt du? Erst mal bleibt alles noch eine ganze Weile so, wie es ist.«

»Wo steckt es?«, fragte er neugierig und schaute runter auf meinen verhältnismäßig flachen Bauch.

»Ungefähr ... hier.« Ich zeigte darauf, und die Kinder sahen aufmerksam dorthin, wo mein Finger war.

»Ich seh nix.«

»Weil es im Moment noch ganz klitzeklein ist.«

»Wie klein?«, erkundigte sich Keller argwöhnisch.

»So winzig wie eine kleine Bohne.«

»Und es wird größer?«

»Ja.«

»Cool.«

»Sehr cool«, stimmte ich zu.

»Wird das dann unser Cousin?«, fragte Sage und holte mich so aus meiner sanft geführten Unterredung mit Keller.

Ich schwieg, und erst nach einer Pause, die ziemlich lange zu dauern schien, sagte ich: »Bist du so lieb und holst mir ein Glas Wasser, Süße? Ich muss meine Medizin nehmen, bevor mir wieder schlecht wird.«

»Iiih!«, jaulte Keller und sprang schnell von mir herunter.

Während Sage vom Bett kletterte, wandte ich mich zu Shane um und schaute ihn an.

Er sah so durcheinander aus, wie ich mich fühlte.

Kapitel 5

Shane

Ich hatte das Gefühl, langsam, aber sicher durchzudrehen.

Während ich noch im Bett lag, konnte ich nicht anders, als daran zu denken, wie ich ein paar Tage zuvor morgens die Kinder zu Kate ins Schlafzimmer geschmuggelt hatte, um sie aufzuwecken. Sie hatte so tief und fest geschlafen, dass sie nicht einmal die Tür oder das leise Geplapper der Kinder gehört hatte, und eine Sekunde lang hatte mich so etwas wie eine Mischung aus Beschützerinstinkt und Besitzansprüchen überkommen.

Es hatte mich so durchgerüttelt, dass ich mich mit einer Ausrede in ihr Badezimmer geflüchtet und mich ein paar Minuten lang darin eingeschlossen hatte, um wieder runterzukommen. Mit dem Beschützerinstinkt konnte ich umgehen – das war kein neues Gefühl für mich, wenn es um Kate ging. Aber Besitzansprüche zu haben war falsch, und zwar auf so vielen Ebenen, dass ich mir schon allein dadurch, dass ich es so nannte, wie ein Widerling vorkam. Ich wollte sie nicht, und noch weniger gehörte sie mir auf irgendeine Art.

Sie gehörte mir nicht, auch wenn sie zurzeit mein Kind in sich trug.

Verunsichert schob ich die Decke in Richtung Füße und rollte mich auf die Seite, um eine bequeme Schlafposition zu finden. In nicht einmal zwei Wochen musste ich fort. Und obwohl ich innerlich schon wieder auf Arbeitsmodus schaltete und mich auf das vertraute Leben vorbereitete, das mich für die nächsten sechs oder sieben Monate unweigerlich erwarten würde, musste ich ununterbrochen daran denken, dass ich meine Kinder verlassen musste.

Ich war schon früher von ihnen getrennt gewesen. Ach was, ich hatte sie immer wieder aufs Neue zurückgelassen ... aber jetzt hatte sich alles grundlegend geändert. Ich würde sie nicht in der Obhut ihrer Mutter wissen können, in der sicheren Annahme, dass in meiner Abwesenheit alles blieb, wie es war. Ich ließ sie bei Kate – der ich sie bedenkenlos anvertraute. Doch aus irgendeinem Grund schaffte ich es nicht, das mit der Rolle zusammenzubringen, die sie neuerdings in meinem Leben spielte.

Sie war schwanger. Mein Gott, wie hatte ich nur so dumm sein können? Als wäre es nicht schon schlimm genug gewesen, mit Kate ins Bett zu gehen. Ich hatte es auch noch ungeschützt tun müssen.

Nicht, dass ich damals Kondome dabeigehabt hätte. Sex war bei mir seit einem Jahr nicht mehr drin gewesen, und ich hatte eigentlich vorgehabt, es noch eine ganze Weile länger dabei zu belassen. Eigentlich. Wenn ich da nicht diese wahnwitzige Idee gehabt hätte, mit Kate meiner Durststrecke ein Ende zu setzen.

Kate. Die beste Freundin meiner Frau. Die Nichte der einzigen Menschen, die ich je als Eltern bezeichnet hatte. Das war der schlimmste Fehler, den ich bislang in meinem Leben begangen hatte.

Ich konnte mich nicht entscheiden, ob ich wütend auf mich selbst oder traurig sein sollte, weil das Ganze sich so entwickelt hatte, dass ich auf der Stelle losheulen musste.

Ich wollte kein Kind mit Kate. Herrje, ich wollte überhaupt kein weiteres Kind mehr, Punkt.

Ich kam kaum mit allem anderen hinterher, selbst wenn Kate sich um die Kinder kümmerte, solange ich im Dienst war. Wie zur Hölle konnte ich da noch ein Kind in die Welt setzen? Als Rachel noch gelebt hatte, war ich ihr manchmal damit auf die Nerven gegangen, dass ich sagte, ich wolle eine Schar Kinder. Ich wusste, dass ich, der ständig weg war, ihr damit eine Menge auflud, sie aber hatte von ganzem Herzen diesem Traum von mir zugestimmt und sich nie auch nur ein einziges Mal beschwert.

Wenn sie an jenem Tag nicht gestorben wäre ... ich konnte mir gut vorstellen, dass sie dann bereits wieder schwanger gewesen wäre, und ich hätte mich auf den Familienzuwachs gefreut.

Doch Rachel war gestorben und Kate nun diejenige, die schwanger war. Das mache mich kein bisschen froh.

Und als ich mich auf den Bauch drehte und die Augen schloss, holte mich schließlich jene Angst ein, die ich bisher schon fast eine Woche verdrängt hatte.

Die Angst davor, dass ich Kates Kind nicht so lieben würde wie die anderen.

Die Angst, nichts für es zu empfinden.

»Bist du sicher, dass du mit ihnen zurechtkommen wirst?«, erkundigte ich mich zum dritten Mal und schraubte den Deckel auf meinen Kaffeebecher.

»Ich komme klar, Shane. Versprochen. Sage muss heute nicht zur Schule, deshalb lasse ich sie ausschlafen, solange sie wollen, und danach machen wir es uns auf der Couch gemütlich uns sehen uns DVDs an.«

»Übergibst du dich noch alle fünf Minuten?«, wollte ich wissen. Ich begutachtete ihr blasses Gesicht und die hastig hochgebundenen Haare. Sie sah immer noch nicht sehr gesund aus.

»Nein. Das Anti-Brech-Zeug, das sie mir da verschrieben haben, wirkt regelrecht Wunder. Ich habe schon seit …« Sie sah an mir vorbei auf die Uhr am Küchenofen, »… vier Stunden nicht mehr gespien.«

»Du warst um zwei Uhr nachts wach und hast dich übergeben? Wieso nimmst du das Zeug überhaupt, wenn es dir immer noch schlecht geht? Das ist doch sinnlos. Lass uns den Arzt anrufen und fragen, ob sie nicht noch was anderes haben – vielleicht einen anderen Hersteller. Du hast doch ein No-Name-Mittel gekauft, oder? Es heißt, dass das Zeug genauso wirkt wie die teuren Marken, aber …«

»Hey, immer mit der Ruhe!«, schnitt sie mir das Wort ab und hob mir abwehrend ihre Handflächen entgegen. »Man darf doch keine Wunder erwarten! Es macht es besser, aber es ist nun mal kein Allheilmittel. Mir ist es immer noch lieber, wenn ich mich alle sechs bis acht Stunden übergeben muss als jede fünf Minuten. Es wirkt doch. Ich behalte mein Essen bei mir und kann sogar wieder Flüssigkeit zu mir nehmen. Alles gut.«

»Schön, du kotzt trotzdem fröhlich weiter«, entgegnete ich, stur wie ich war.

»Mal sehen, wie viele verschiedene Bezeichnungen für *brechen* uns einfallen. Machst du mit? Drei haben wir schon. Warum versuche ich es nicht noch mit was anderem?« Sie schürzte die Lippen und schielte einen Moment, dann sagte sie: »Bröckelhusten. Jetzt du.«

»Was zum Teufel redest du denn da?«

»Ich lenke von einem Thema ab, über das du anscheinend

unbedingt mit mir streiten möchtest, obwohl es vergebliche Liebesmüh ist. Göbeln. Speien. Rückwärts essen.«

»Ich mache nicht mit bei deinem Spiel«, wehrte ich ärgerlich ab. Wenn sie partout nicht auf sich achtgeben wollte, war das nicht mein Problem. Es schien ihr nichts auszumachen, dass sie nach wie vor aussah und sich fühlte wie durch die Mangel gedreht – und wer war ich, ihr darin zu widersprechen?

»Reihern«, verkündete sie und folgte mir durch die Küche, als ich Portemonnaie und Schlüssel zusammensuchte. »Den Rolf rufen.«

»Hör auf, Kate.«

»Den Porzellanbus fahren«, setzte sie noch einen drauf, ein zufriedenes Lächeln im Gesicht.

Trotz ihrer sichtlich ausgezehrten Wangen und der wirren Frisur hätte ich sie in diesem Moment so gerne geküsst, dass es wehtat, und das ließ mich noch frustrierter werden. »Bist du es gewohnt, immer das zu bekommen, was du willst, indem du dich wie eine Nervensäge aufführst?«

»Wenn du dadurch jetzt genervt anstatt besorgt durch diese Tür zur Arbeit gehst, dann hat es geklappt.«

»Ich bin nicht besorgt.«

»Du läufst aber auf und ab wie ein Besessener.«

»Du bist krank, verdammt noch eins.«

»Ich hab es dir schon mal gesagt, ich komme klar. Ich freu mich richtig auf einen schulfreien Tag – nur meine kleinen Ungeheuer und ich.« Sie lächelte vergnügt.

»Es sind nicht deine.« Es war mir herausgerutscht, ehe ich mich zurückhalten konnte, doch ich bereute meine Worte in der Sekunde, in der ich sah, wie das Lächeln auf ihren Lippen erstarb.

»Ich nenne sie meine kleinen Ungeheuer, seit sie auf der Welt sind, Shane«, sagte sie tonlos. »Und ich höre jetzt nicht damit auf, nur weil du aus irgendeinem Grund, den ich nicht nachvollziehen kann, etwas dagegen hast.«

»Du bist …«

»Nein«, unterbrach sie mich. »Du springst nicht länger so mit mir um. Du nicht. Ich habe dir nicht das Geringste getan, und ich habe es satt, bei allem, was ich sage und tue, übervorsichtig zu sein. Ich habe geholfen, mich um die Kleinen zu kümmern, seit es sie gibt. Du wirst das nicht ändern können – reine Tatsache. Es tut mir leid, dass du glaubst, es wäre so etwas wie ein Wettkampf, oder was auch immer du dir da zurechtdenkst. Es sind deine kleinen Ungeheuer. Ich hab es kapiert. Aber das heißt nicht, dass ich ein Niemand bin oder du so tun kannst, als wäre es so.«

»Ich halte dich nicht für einen Niemand.«

»Hör zu, ich weiß, dass du mich nicht leiden kannst.«

»Das ist nicht …«

»Aber für die nächsten neunzehn Jahre wirst du mit mir zurechtkommen müssen.« Ihre Augen begannen sich mit Tränen zu füllen, und einige machten sich auf den Weg über ihre Wange nach unten. »Es tut mir leid, dass es so ist. Tut es wirklich. Aber wir werden wohl oder übel einen Weg finden müssen, das hinzukriegen. Ich bin nun mal hier, und es ist einfach anstrengend, so mit dir auskommen zu müssen.«

Kate wandte sich zum Gehen, und mein Magen verkrampfte sich. »Warum tust du das immer?«, fragte ich gereizt. »Warum lässt du mich nie etwas sagen, bevor du dich umdrehst und mich einfach stehen lässt?«

»Ich weiß schon, was du sagen willst, Shane. Du hast es bereits gesagt, schon vergessen? Ich erspare uns beiden nur, dass du wieder etwas sagst, das dir hinterher leidtut.«

»Du machst mich wütend, das ist alles, was du tust«, rief ich, als sie mich daraufhin wieder stehen ließ.

»Okay, dann ist das eben so«, beschied sie mir.

Frustriert kratzte ich mich am Kopf, bevor ich mir knurrend das Armeekäppi aufsetzte und zur Tür rausstiefelte.

Sie brachte mich dermaßen in Rage, tat geradezu so, als wäre ich der größte Arsch überhaupt, und klar, ich konnte mich lebhaft an die Augenblicke erinnern, in denen das zutraf. Und doch hatten wir im vergangenen Jahr auch gute Zeiten gehabt. Waren wir je gute Freunde gewesen? Eigentlich nicht. Aber deshalb war ich noch lange kein Arsch.

Außerdem machte es mich langsam wirklich wütend, dass sie ständig behauptete, ich würde sie nicht mögen. Das hatte ich nie gesagt. Sie war toll. Liebenswert. Nur eben niemand, mit dem ich in der kostbaren freien Zeit, die mir blieb, gern ständig herumhängen wollte. Auch das machte mich nicht zu einem Arsch.

Ich verstand nicht, wieso sie mich ständig weiter drängen wollte. Was erwartete sie? Dass ich auf die Knie sank und sie fragte, ob wir beste Freunde sein wollten? Keine Chance, niemals.

Ich hatte mich ganz bestimmt nie auch nur einen Moment so verhalten, als müsste sie bei allem, was sie sagt und tut, übervorsichtig sein.

Das war totaler Schwachsinn.

Was uns verband, waren die Kinder. Schluss. Aus. Ende. Ich würde nun nicht anfangen, so zu tun, als fände ich sie interessant, sexy oder besonders witzig. Es wäre ihr gegenüber einfach nicht fair gewesen, und offen gestanden hätte es die Dinge auch nur noch komplizierter gemacht, als sie ohnehin schon waren.

Als ich an diesem Abend nach einem verdammt langen Arbeitstag nach Hause kam, herrschte drinnen ein Heidenlärm. Ich hatte den lieben langen Tag Checklisten kontrolliert und wieder geprüft und war auf dem gesamten Stützpunkt unterwegs gewesen, um den Einsatz vorzubereiten, der langsam, aber sicher näher rückte. Müde, das war ich. Und wie. Müde und schlecht gelaunt.

»Super, Sage, das machst du ganz toll!«, tönte Kates Stimme über das Klappern der Pfannen und Töpfe hinweg, das Gavin und Gunner auf dem Fußboden veranstalteten. »Achte darauf, dass du bis ganz nach unten durchschneidest, ja?«

Keller war zum ersten Mal seit einer langen Zeit mucksmäuschenstill. Er saß am Küchentisch und baute etwas aus Lego, während Kate um Sage herumlief, die aus dem frisch ausgerollten Teig auf der Arbeitsfläche Kekse ausstach und dabei etwas benutzte, das wie eine leere Konservenbüchse für Mais aussah.

»Hier riecht es aber köstlich«, bekannte ich und legte die Schlüssel und mein Portemonnaie auf die Anrichte.

Kate lächelte schüchtern. »Wir haben einen Rinderbraten gemacht, nicht wahr, Sage? Heute war es irgendwie kalt draußen, da hatte ich Lust auf warme Hausmannskost.«

»Ist das das Teigrezept von Tante Ellie?«, fragte ich, während mir allein von dem Gedanken das Wasser im Mund zusammenlief.

»Genau, und das Bratenrezept von meiner Mutter.«

»Heiliges Kanonenrohr. Wann gibt's Essen?«, fragte ich und knöpfte mir die Uniformjacke auf. Mir war danach, so schnell es ging meine Montur loszuwerden und in meine Basketball-Shorts und ein frisches T-Shirt zu schlüpfen, das nicht nach Schweiß roch.

»Ähm«, stotterte Kate und blickte auf meine Finger. Ich

bemerkte, wie mein Herz heftig zu klopfen begann. »In zwanzig Minuten ungefähr«, sagte sie schließlich.

»Dann gehe ich vorher noch kurz duschen.«

»Okay.«

Sie starrte mich immer noch an. Keine Ahnung, ob es an dem stressigen Tag heute lag oder woran auch immer. Aber plötzlich wünschte ich mich mit ihr aus der Küche raus und weg von den vier Rabauken, die das ganze Getöse veranstalteten.

»Kann ich kurz mit dir reden?«, fragte ich und legte leicht den Kopf schief.

»Klar. Hey, Sage, kommst du kurz vom Hocker runter. Ich bin in einer Minute wieder da.«

Kate stellte sicher, dass Sage sich in ausreichendem Abstand zur Arbeitsplatte befand, nahm Gunner vom Boden hoch und setzte ihn in den Laufstall zwischen Küche und Wohnzimmer, der mit Spielzeug angefüllt war. Dann folgte sie mir in den Flur und die Treppe rauf.

Als wir in meinem Zimmer ankamen, lockerte ich mit knappen Bewegungen meine Schultern und versuchte, mir die engen Uniform-Arme über den Bizeps zu streifen. Das war das Problem mit straff aufgerollten Ärmeln; sie waren so eng, dass es einem jedes Mal furchtbar auf den Wecker ging, wenn man sie wieder ausziehen wollte.

Da fühlte ich auf einmal, wie sie mir ihre Finger zwischen die Haut und den Stoff der Uniformärmel schob. Ich vermied jede Regung, als sie mir erst den einen und dann den anderen Ärmel mit einem Ruck von den Armen streifte.

Ihr Atem ging leicht unregelmäßig, er klang kräftig und bibbernd zugleich, und der warme Hauch, den ich davon auf der Schulter spürte, war der Tropfen, der das Fass zum Überlaufen brachte.

»Ist das alles, was du ...«, fing Kate an.

Mein Mund war auf ihrem, noch bevor sie ausgeredet hatte, und ich gab einen Laut von mir, der geradezu peinlich verzweifelt klang, als ihre Lippen sich teilten und sie mich einließ.

Sie schmeckte nach Ingwer; vermutlich die Kekse, die sie heute Morgen mitgebracht hatte. Aus irgendeinem Grund verstärkte das mein Verlangen noch, bis ich regelrecht erschauerte.

Meine Hände zitterten, als ich damit über sie zu streichen begann. Eine bahnte sich ihren Weg zu dem Pferdeschwanz über ihrem Nacken, die andere glitt nach unten zu der herrlichen Stelle knapp unterhalb ihres Hinterns. Meine Finger umklammerten ihren Schenkel, und sie stöhnte in meinen Mund und versuchte auf mich zu klettern. Ohne darüber nachzudenken, zog ich ihr Bein an meine Hüfte.

Gott, sie war so heiß. Ich spürte es durch den Stoff ihrer Hose hindurch. Zum zweiten Mal in meinem Leben dankte ich Gott für die Erfindung der Yogapants und schob meine Hand hinten unter ihren Bund, immer tiefer, bis ich die Stelle erreichte, an der sie ganz feucht war.

Sie kippte ihre Hüfte nach hinten, um mehr Platz zu haben, und ich löste meine Lippen von ihrem Mund, um Atem zu holen.

»Nicht aufhören, bitte«, flehte sie und schwang mit den Hüften gegen meine Hand.

»Zieh dein Shirt hoch«, forderte ich energisch, während ich versuchte, an alles gleichzeitig ranzukommen. Ich brauchte alles. Und zwar jetzt auf der Stelle.

Anstatt das Tanktop hochzuziehen, das sie anhatte, schlüpfte sie mit den Armen unter den Trägern hindurch und zog es sich behutsam unter die Brüste. Kein BH. Yes. Ich zog die Hand hinten aus ihrer Hose und schob sie direkt vorn wieder hinein, stieß ohne Umwege auf ihre Klitoris und spielte mit ihr zwischen zwei Fingern, während ich mich runterbeugte.

»Bitte, sei zärtlich«, warnte sie mich und warf den Oberkörper zurück, als ich mich an ihre Brüste machte.

»Ich werde ganz sanft sein«, murmelte ich. »Du hast ja die Piercings rausgenommen.« Behutsam nahm ich ihre rechte Brustwarze in den Mund.

»Das schien mir besser so«, sagte sie und drückte den Rücken durch.

»Und das hast du auch rausgenommen«, stellte ich fest, drängte mit zwei Fingern tief in sie hinein und übte Druck aus, während ich mit dem Daumen weiter ihre Klitoris neckte. »Mir hat es gefallen.«

»Verdammt.« Sie stöhnte, zog ihre Beine noch weiter nach oben und beugte die Knie, um meine Finger tiefer in sich hineingleiten zu lassen. »Es reicht nicht.«

»Doch, das tut es.«

»Nein, bitte. Ich bin so kurz davor. Meine Güte, es ist fast ...«

In diesem Moment nahm ich ihren Nippel zwischen meine Zähne, ganz vorsichtig, weil sie so empfindlich waren, und sie kam unter heftigen Atemstößen und einem Schauder, der ihren gesamten Körper durchbebte. Meine Hand, mit der ich immer noch zwischen ihren Beinen war, überlief ihre Feuchte.

Ich zog meine Hand langsam hervor, strich über alle Regionen ihres Körpers, die ich erreichen konnte, hob sie schließlich an meinen Mund und schob mir genau diese beiden Finger zwischen die Lippen.

Sie schmeckte anders als in meiner Erinnerung. Vielleicht sogar besser.

Sie machte sich daran, meinen Armeegürtel zu öffnen, als

das Geräusch kleiner Füße, die die Treppe heraufstampften, an unsere Ohren drang.

Ach du Scheiße!

Wir stoben auseinander und zupften uns so gut es ging wieder zurecht, sie, indem sie das Tanktop wieder hoch über ihre hart aufgerichteten Nippel zog, ich, indem ich mir in die Hose fasste, meinen schmerzenden Ständer hochzog und ihn unter meinem Gürtel verbarg. Dazu zog ich mir das T-Shirt aus der Hose, damit es locker über alles fiel. Mist! Das hatte wehgetan.

»Ich hab Hunger!«, rief Keller, während er sich der Tür näherte.

»Okay, Kumpel«, erwiderte Kate unbeholfen. »Ich bin gleich unten.«

»Ich hab richtig Hunger«, beharrte Kell.

»Wir kommen gleich runter«, schaltete ich mich in meiner Dad-Stimme ein, die ihm allein durch die Tonlage klarmachte, dass diese Unterhaltung hiermit beendet war.

»Okay.« Er machte kehrt und rumpelte mit der Anmut eines Elefanten die Treppe wieder hinunter, und da waren wir, einen halben Meter voneinander getrennt, und fühlten uns komplett unsicher.

»Mann«, murmelte ich und fuhr mir mit den Händen über das Gesicht – was die Sache noch viel schlimmer machte, da meine Finger nach Kate rochen.

»Hat doch Spaß gemacht«, sagte sie mit einem Schmunzeln und blickte überallhin, nur nicht in meine Augen.

»Dir vielleicht«, murrte ich und brachte sie damit zum Lachen.

»Ach, du Armer. Hast du dir einfach nur ein wenig Erleichterung verschaffen müssen?« Sie trat an die Tür und rief zu Sage hinunter: »Geht's euch gut, Süße?«

»Wir gucken Trickfilme«, rief sie herauf.

»Okay, wir sind gleich unten«, verkündete Kate laut. Dann schloss sie sorgsam die Tür und verriegelte sie.

»Und was machen wir jetzt?«, fragte ich und wusste: Was immer wir taten, wäre höchstwahrscheinlich keine gute Idee.

»Du wirst überhaupt nichts machen«, sagte sie und griff nach meinem Gürtel. »Du wirst einfach nur da stehen bleiben.«

Sie ging auf die Knie, und sosehr mich auch mein Gewissen drängte, sofort dieses Zimmer zu verlassen, gab mir der Rest meines Bewusstseins deutlich ein, dass ich in Tränen ausbrechen würde, wenn ich versuchte, sie jetzt zu stoppen.

In Sekundenschnelle hatte sie meinen Gürtel und die Knöpfe meiner Hose geöffnet und zog mir die Boxershorts runter, bis sie direkt am Anschlag meiner prallen Hoden saßen, spürbar an den festen, angespannten Oberschenkeln.

»Ich habe einen außergewöhnlich nachgiebigen Würgereflex, der aber leider momentan etwas empfindlich ist«, sagte sie und streckte die Zunge heraus, um über meine Eichel zu lecken. »Du wirst also mit dem vorliebnehmen müssen, was ich anzubieten habe.«

Ich konnte mir nicht erklären, woran es lag, dass ihre Worte mich so anmachten, dachte aber auch nicht groß darüber nach, denn in diesem Moment nahm sie mich in den Mund und benutzte gleichzeitig eine ihrer Hände, um sie im Gleichtakt mit ihrem Mund vor und zurück zu bewegen. Ich schwöre, so gut hat mir selten jemand einen geblasen, dabei nahm sie ihn noch nicht einmal besonders tief hinein.

Die Art, wie sie mit der Hand über meinen Schenkel strich und meine Hoden sanft in der Handfläche massierte, ließ regelrecht meinen Blick verschwimmen. Sie war hochkonzentriert, und der Atem aus ihrer Nase blies in kraftvollen kleinen Stößen gegen mein Becken. Es dauerte nicht lange, bis ich sie an den Haaren zurückzog und schließlich ihren Mund ganz von meinem Penis löste.

Sie schluckte nicht, zog jedoch ihr Tanktop nach unten, sodass ich über ihre Brüste und ihren Hals kommen konnte, als markierte ich sie.

Nachdem sie fertig war, ging sie rüber zum Badezimmer. Ich schob mein Teil wieder in meine Hose. Als ich über das Geländer die Treppe hinabschaute, saß Gunner nach wie vor in seinem Laufstall, und seine Geschwister saßen gebannt da und schauten ihre Fernsehsendung.

Ich kehrte gerade wieder in mein Zimmer zurück, als sie aus dem Badezimmer kam, ihr Hals und ihre Brust wieder sauber und bekleidet, ihre Lippen rosig und leicht geschwollen.

Keller, der quasi reingeplatzt war, hatte mich nicht aus meiner Trance reißen können. Auch nicht die Veränderungen, die mit der Schwangerschaft an Kates Körper einhergingen. Ich hatte weder dann aufgehört, als ich ihren veränderten Geschmack bemerkt hatte, noch, als sie vor mir auf die Knie gesunken war. Aber aus irgendeinem Grund glichen die Worte, die jetzt aus ihrem Mund kamen, einem Eimer eiskaltem Wasser, der über meinem Kopf ausgeschüttet wurde und mich zurück in die Gegenwart holte.

»Ich gehe mal runter und mache das Essen fertig«, informierte sie mich mit einem leichten Lächeln.

Es war so übertrieben häuslich. *Freut mich, dass ich es dir besorgen konnte, Süßer. Aber nun muss ich leider wieder los und die Kinder füttern.*

»Das hätte nicht passieren dürfen«, sagte ich. Schlagartig erstarb das Lächeln auf ihren Lippen. »Was zur Hölle haben wir uns nur dabei gedacht?«

»Oh. Wow. Okay.« Sie gab ein äußerst verächtliches Lachen

von sich und schüttelte den Kopf. »Nein, hast völlig recht. Es wird nicht noch mal passieren«, versicherte sie mir mit einem knappen Ehrensalut.

»Das ist nicht dein Haus«, führte ich starrsinnig aus. Der Druck auf meiner Brust und das schwere Schuldgefühl in meinem Magen zerquetschten mich, bis ich glaubte, sie kämen gleich wie Feuer hervorgeschossen. »Und ich bin nicht dein Mann.«

»Ach nein. Wirklich?«

»Ich werde nicht anfangen, mit dir Vater-Mutter-Kind zu spielen, Kate.«

»Hab gar nicht gemerkt, dass es das ist, was wir tun.«

»Ich bin dankbar, verdammt dankbar, glaub mir, dass du dich so toll um die Kinder kümmerst. Ich weiß, dass du es aus Liebe zu ihnen tust und sie dich genauso lieben wie du sie.«

Sie schwieg, während ich versuchte, meine Gedanken zu ordnen, von denen allerdings so viele in meinem Kopf umherschwirrten, dass ich mich nicht dazu durchringen konnte, das zu sagen, was ich sagen wollte. Alles, was tatsächlich herauskam, klang verbittert und herablassend.

»Wir beide werden nie ein Paar sein, Kate. Hast du verstanden? Ich bin nicht sicher, was du dir vorstellst, ob du glaubst, wir würden einfach eine ganz normale glückliche Familie sein. Werden wir nie. Du bist nämlich nicht Rachel. Ja, ich finde dich nett, aber ich habe einfach nicht diese Art von Gefühlen für dich.«

Sie nickte, blickte über meine Schulter statt in meine Augen und schluckte schwer, bevor sie sich wegdrehte.

»Hast du gar nichts dazu zu sagen?«, fragte ich, als sie zur Tür ging.

»Ich denke, es wurde bereits alles gesagt, meinst du nicht?«

Ich glaubte von der Seite zu erkennen, wie sie eine Augenbraue hob. »Ich werde dir nicht nachlaufen, Shane. Worüber auch immer du dir Sorgen machst, ist nicht real. Du hast mich gebeten, mit dir in dieses Zimmer zu kommen. Du hast mich geküsst. Du hast es mir gemacht, also habe ich die Gefälligkeit erwidert. Nichts davon war meine Idee.«

»Stimmt. Mein Fehler«, brachte ich zähneknirschend hervor.

»Du empfindest nicht auf diese Art für mich. Aber du hast kein Problem damit, deine Finger in sämtliche Löcher zu stecken, die gerade in Reichweite sind.« Sie seufzte kopfschüttelnd. »Das muss ich mir wirklich nicht geben. Rühr mich nie wieder an, hörst du?«

Sobald ich sie die Treppe hinuntersteigen hörte, sprang ich unter die Dusche. Ich biss die Zähne zusammen, als ich meinen immer noch schmerzvoll pulsierenden Penis einseifte und mit Wasser abspülte. Sie hatte mir gerade einen geblasen, und es war so toll wie nie zuvor mit einer anderen Frau, und ich war immer noch erregt. Nachdem ich meinen Körper endlich wieder unter Kontrolle gebracht hatte, schlüpfte ich in ein Paar frische Shorts und ein altes T-Shirt und ging nach unten. In dem Moment hörte ich noch, wie die Haustür leise zugezogen wurde.

»Wo ist denn eure Tante?«, fragte ich an Sage gewandt, als ich Gunner aus dem Laufstall hob.

»Sie ist schon mal los. Sie hat gesagt, ich soll dir sagen, die Kekse stehen auf dem Ofen und der Braten ist schon im Schmortopf.« Sie ging an mir vorbei in die Küche.

Als die Kleinen endlich alle am Tisch saßen und jeder etwas zu essen auf dem Teller hatte, konnte ich endlich wieder erleichtert durchatmen. Genau so sollte es sein. Nur meine Kinder und ich.

Dann begriff ich, dass Kate still und leise gegangen war, ohne etwas von ihrer warmen Hausmannskost zu essen, auf die sie sich so gefreut hatte.

Ich fühlte mich tatsächlich wie der größte Arsch überhaupt.

Kapitel 6

Kate

»Hallo, Bruderherz!«, sagte ich so gut gelaunt wie möglich ins Telefon, während ich meine geschäftlichen E-Mails durchscrollte.

Bis zu Shanes Einsatz blieben nur wenige Tage, und ich bemühte mich, in der kurzen Zeit bis dahin so viel wie möglich abzuarbeiten, während er zu Hause bei den Kindern war. Zwischen dem Hüten der kleinen Ungeheuer und meinen anhaltenden Übelkeitsattacken fiel es mir nicht gerade leicht, mich um die wenigen Kunden zu kümmern, die mir noch geblieben waren – und die nebenbei auch langsam ungeduldig wurden. Ich war ausgepowert, und wenn ich abends nach Hause in meine winzige Wohnung kam, wollte ich meist nur noch unter meine Bettdecke kriechen und schlafen, konnte aber nicht. Denn die Arbeit wartete, und ohne die nötige Dosis Koffein wäre es mir kaum gelungen, bis spät in die Nacht wach zu bleiben, um zumindest ein paar Dinge geregelt zu bekommen.

»Was hast du, Katie-lein?«, fragte Alex mit einer gehörigen Portion Misstrauen in der Stimme.

»Ich nehme an, dass du die Neuigkeiten schon weißt«, sagte ich.

»Was für Neuigkeiten?«

»Nun tu nicht so.«

»Ja, okay. Mom hat mich angerufen.«

»Mannomann, werde ich es denn niemandem selbst erzählen können?«, grollte ich.

Er lachte. »Ach komm, ich bin sicher, dass sie dir Bram übrig lässt, sodass du es ihm als Erstes sagen kannst – am besten, wenn Shane bereits irgendwo am anderen Ende der Welt ist, damit er nicht nach San Diego geflogen kommen und ihn umbringen kann.«

»Aber dir hat sie es gesagt?«

»Ich hänge am Arsch der Welt in Missouri fest. Ich kann also niemand gefährlich werden, wie sie richtig vermutet hat.«

»Wie geht es dir dort? Wir haben uns ja eine Weile nicht gesprochen.« Ich schlang eine Hand auf meinen Rücken und griff mir in den schmerzenden Lendenbereich, während ich sprach. Alex' Leben in der Armee sorgte dafür, dass er ständig umziehen musste und nie lange an einem Ort blieb. Manchmal musste ich einige Minuten überlegen, bis mir einfiel, wo er gerade stationiert war.

»Ist okay. Langweilig, aber okay. Und wie sieht's bei dir aus? Die Kacke ist ja ganz schön am Dampfen, was?«, schloss er nicht ohne Mitgefühl.

»Meine Güte, Alex. Du hast ja keine Ahnung.«

»Wie um alles in der Welt bist du ausgerechnet mit Shane in der Kiste gelandet?«, fragte er.

Ich schnaubte. »Ja, nicht wahr? Der Kerl kann mich nicht mal leiden.«

»Katie, jeder mag dich doch. Aber manche Typen sind eben einfach Idioten.« Im Hintergrund hörte ich es knistern, gefolgt von einem Krachen, als er sich etwas Knuspriges in den Mund steckte. Er kaute auch noch mit offenem Mund. Meine werten Brüder hatten, sobald sie sich außerhalb von Moms Reichweite aufhielten, nie auch nur ansatzweise Manieren besessen.

»Er ist kein Idiot«, hielt ich lahm dagegen.

»Hey, ich mag den Kerl. Aber er ist Rachel schon immer so was von in den Hintern gekrochen, echt widerlich.«

»Das hast du aber nett gesagt.«

»Du weißt, was ich meine. Was ist denn nun passiert?«

»Ach, wie das eben so läuft, weißt du. Typ betrinkt sich am Vorabend des Todestags seiner Frau, Pflegemutter bittet dein Schwesterherz nachzusehen, ob alles in Ordnung ist. Schwesterherz bringt den Mut auf hinzufahren, und betrinkt sich mit Whisky, und dann führt eins zum anderen …«

»Wow, er hat dich an Rachels Todestag geschwängert?«

»Gutes Timing, oder?«

»Verdammt, Kate. Das ist krass.«

Ich lehnte mich seufzend zurück und klappte den Computer zu. »Es ist, wie es ist. Daran lässt sich jetzt nichts mehr ändern.«

»Wie fühlst du dich? Mom sagt, du wärst ziemlich krank.«

»Es geht mir schon etwas besser. Ich hab etwas gegen die Übelkeit verschrieben bekommen, das hilft. Jetzt macht es mir bloß noch zu schaffen, dass ich die ganze Zeit so kaputt bin.«

»Und Shane fährt in ein paar Tagen schon los, oder?«

»Ja genau. Ich bringe meine Sachen morgen in seiner Garage unter, und dann kümmere ich mich die ganze Zeit um die Kids. Shane fährt am Tag darauf.«

»Ich wünschte, ich könnte da sein und dir beim Packen helfen. Bist du aufgeregt?«

»Wegen der Kinder? Eigentlich nicht. Ich meine, ich habe sie sowieso schon den ganzen Tag um mich.«

»Wegen Shanes Einsatz, meinte ich. Tu nicht so, als wäre das nicht weiter der Rede wert.«

»Klar bin ich aufgeregt deswegen.« Ich hielt inne, rang nach Worten. »Aber es kommt mir so vor, als wäre es nicht mein Recht, deshalb nervös zu sein. Ich meine, er geht ja kaum darauf ein, dass ich überhaupt da bin. Deshalb kommt es mir eigentlich nicht so vor, als sollte ich mir über ihn den Kopf zerbrechen ...«

»Ich weiß, dass du ihn sehr magst, Katie. Sonst hättest du auch nicht mit ihm geschlafen.«

»Für ihn gilt leider das Gegenteil. Keine Ahnung, Al. Aber ich komme mir vor wie ein Platzhalter oder so etwas. Als wären unsere Rollen nie wirklich festgelegt worden. Ich passe einfach ganz gut. Wenn er nicht da ist, mache ich eben das, was gemacht werden muss, jetzt wo Rachel nicht mehr da ist, um es zu tun. Aber jetzt, mit dem Baby ... plötzlich bringt mich dieser Auslandseinsatz viel mehr aus dem Konzept als je zuvor.«

»Das verstehe ich, Süße. Du hattest für Shane immer schon etwas übrig, so oder so. Verdammt, es geht uns allen so. Das nun ist eine große Sache. Fünf Kinder, um die du dich in den nächsten sechs oder sieben Monaten ganz allein kümmern musst. Du bist alles, was sie haben, Süße.«

»Ich weiß.«

»Hat er für die Reise alles geregelt?«

»Ja. Daueraufträge, Lebensversicherung und Zuschüsse sind alle auf mich umgeschrieben worden. Das ist der Teil des Ganzen, bei dem ich mich am liebsten gleich wieder übergeben möchte.«

»Klingt so, als würdest du in letzter Zeit nicht viel anderes tun als dich übergeben.«

»Ach wirklich? Wenigstens hab ich dadurch ein paar Pfund abgenommen. Wollte ich sowieso loswerden.«

»Jetzt fang nicht mit solchen Sprüchen an«, versetzte Alex und klang wirklich zornig. »Du bist genau richtig, so wie du bist. Ans Abnehmen solltest du gar nicht erst denken. Erst recht nicht, wenn du eigentlich Gewicht zulegen solltest.«

»Es war nur ein Witz, Al.«

»Kein guter.«

»Ich komme wirklich klar, okay?«, versicherte ich ihm sanft und wünschte mir so sehr, er wäre hier.

»Du bist also bereit, Katie-lein?«

»Ich fürchte, ich muss.«

»Du wirst eine fantastische Mutter sein.«

»Glaubst du?«

»Ich weiß es. Du warst bereits das gesamte letzte Jahr über nichts anderes, oder?«

»Du bist so ziemlich der beste Bruder, den man haben kann, weißt du das?«

»Klar weiß ich das. Aber du solltest das Bram sagen, abgemacht?«

Ich lachte, und wir sprachen noch eine Weile miteinander, bevor er aufhören musste und ich mit meinen Gedanken allein zurückblieb.

Bis auf die Badezimmersachen und die Bettwäsche war die Wohnung komplett zusammengepackt, und ich konnte nicht sagen, dass ich besonders traurig gewesen wäre, die Bude zu verlassen. Gemietet hatte ich sie, als ich im vergangenen Jahr wegen der Doppelbelastung Abstriche hatte machen müssen, und zu Hause gefühlt hatte ich mich hier eigentlich nie. Vielmehr hing ich noch immer an meiner früheren Dreizimmerwohnung in Carlsbad, die ich zu einem Spottpreis bekommen hatte. Mir fehlte es einfach, dass ich nicht mal jemanden einladen konnte, ohne mir Gedanken darüber zu machen, dass derjenige womöglich keinen Platz finden würde, wo er sich hinsetzen könnte. Und ich vermisste es, die BHs nicht einfach am Fußende des Bettes liegen lassen zu können, ohne Gefahr zu laufen, sie jedem zu präsentieren, der zur Tür hereinkam.

Aber bei Shane einzuziehen versetzte mich auch nicht gerade in Hochstimmung. Das Haus in der Oceanside gehörte mir nicht. Ich kam dort unter wie ein längerfristiger Hausgast, und auch wenn Shane nicht da sein und jede meiner Bewegungen überwachen würde, machte mich das Ganze doch etwas nervös. Das Haus gehörte Shane ... es war Rachels Heim. Seit ihrem Tod hatte es sich nicht sehr verändert. Wann immer ich dort gewesen war, um die Kinder zu hüten, hatte mich das nicht wirklich gestört. Zu Hause wartete ja mein eigener kleiner Bereich auf mich – mein Zufluchtsort, angefüllt mit meinen Dingen, dekoriert nach meinen Wünschen.

Das würde ich nun nicht mehr haben. Stattdessen sollte ich nun im Haus eines anderen leben. Das Leben einer anderen leben.

Wenigstens hatte Shane seit unserem kurzen Intermezzo in seinem Schlafzimmer vor ein oder zwei Wochen die Wutausbrüche, die er mir gegenüber an den Tag legte, auf ein Minimum reduziert. Meine Güte, das war wirklich nicht gut ausgegangen.

Ich war nie gut darin gewesen, eine Sache zu Ende zu denken. Einige meiner frühesten Kindheitserinnerungen beinhalteten Kratzer und schlimme Schürfwunden, die ich mir zugezogen hatte, weil ich etwas getan hatte, ohne an die Konsequenzen zu denken. Als ich ihm an jenem Abend zugesehen hatte, wie er sein Uniformhemd öffnete, hatte ich deshalb an nichts anderes gedacht als an die Art und Weise, wie seine Finger sich bewegten, während sie die Knöpfe durch die kleinen Löcher knipsten. Er hatte es gar nicht bewusst getan, sondern als liefe er auf Autopilot.

Doch zuerst einmal hatte ich mich ja überhaupt von ihm in seine Welt locken lassen.

Und auch wenn er sich danach wie ein Arsch aufgeführt hatte, bereute ich die Sache im Grunde nicht. Ich hatte dieses Verlangen nach ihm gehabt, und zwar sehr stark. Und ein paar Minuten lang hatte ich exakt das bekommen, was ich brauchte.

Ich gab mich nicht der Illusion hin, dass Shane sich auf irgendeine magische Weise in mich verlieben würde. Es gab keine Tagträume darüber, wie wir zum Altar schritten. Nicht einmal, wie wir Hand in Hand die Straße entlanggingen. Ich hatte ihn mein halbes Leben lang aus der Ferne geliebt, und auch wenn ich wusste, dass sich das nicht so bald ändern würde, erwartete ich keineswegs, dass er meine Gefühle je erwidern würde.

Ich hatte mich damit abgefunden. Größtenteils.

Immer noch hatte ich Angst vor dem Tag, an dem er eine neue Frau kennenlernen würde. Mein Leben, das wusste ich, würde von jenem Augenblick an ein komplett anderes sein. Trotzdem lebte ich in der ständigen Erwartung, dass genau das passieren würde. Ich hatte schon früh gelernt, dass Menschen einen eben manchmal verließen, ob sie es selber nun wollten oder nicht. Und es wäre mir lieber, wenn Shane sich von mir wegen einer, die ihn glücklich machte, abwendete.

Als ich neun war, hatten meine Eltern einmal einen kleinen Jungen aufgenommen, der das Gewicht der ganzen Welt auf seinen Schultern zu tragen schien. Er war ein Jahr jünger als ich und doch ein ganzes Stück kleiner. Ich erinnere mich, dass er nicht viel sagte. Tat er es doch, war er stets überaus höflich. In der Wahrnehmung der Neunjährigen, die ich damals war, erschien mir dieser Junge fast wie ein Geist, und schon damals war mir klar, dass ein Geist Freunde braucht. Also versuchte ich mich mit ihm anzufreunden. Obwohl er mich schätzte, glaube ich nicht, dass er mich je besonders mochte. Als eines Tages nach der Schule sein Sozialarbeiter auftauchte, sah ich ihn zum ersten Mal lächeln. Anscheinend hatte die Mutter sich von dem gewalttätigen Vater getrennt, und nun war ihr endlich das alleinige Sorgerecht zugesprochen worden. Mit einem Lächeln, so breit, wie ich es weder vorher noch nachher je wieder bei jemandem gesehen habe, kehrte er unserer Familie den Rücken und ging. Ich vermisste es, ihn um mich zu haben, aber ebenso froh war ich auch gewesen, ihn bei seinem Abschied derart glücklich zu sehen.

Falls Shane eine andere fände, wünschte ich mir, dass er ebenso fortging – fröhlich. Auch wenn es mich innerlich zerriss.

»Die Kids sind bei Megan, das heißt, wir müssen uns beeilen«, teilte Shane mir mit, als er am nächsten Morgen in meiner Wohnung an mir vorbeihastete. »Hast du alles fertig gepackt?«

»Ja.« Ich bekam große Augen, als ich die beiden Männer sah, die hinter ihm hereinkamen. »Hi, und wer seid ihr?«

»Das sind Eric und Miles«, bekundete Shane aus der Küche und stapelte gleich drei Kisten übereinander, um sie auf einmal zu tragen. »Sie werden dir beim Umzug helfen.«

»Wow. Vielen Dank, Jungs.«

»Kein Problem. Shane hat letztes Jahr beim Umzug von mir und meiner Frau geholfen«, sagte der größere der beiden und ging in die Hocke, um eine schwere Kiste hochzunehmen, die in der Mitte des Zimmers stand.

»Er hat mir Bier versprochen«, flüsterte der andere, der näher bei mir stand. Verflixt, er hatte diese süße Nerd-Nummer total drauf.

»Na, wenn ihr auch noch auspackt, sobald alles drüben ist, back ich euch sogar einen Kuchen«, gab ich augenzwinkernd zurück.

»Los geht's, Jungs«, sagte Shane streng. Er machte sich mit der ersten Ladung von Kisten auf den Weg nach draußen.

Ich griff mir die Müllsäcke, in die ich noch an diesem Morgen die Bettwäsche gepackt hatte, und folgte den Männern nach draußen. Während die unhandlichen Säcke auf meinem Weg immer wieder gegen das Geländer der Außentreppe stießen, schnaubte ich böse.

»Was zur Hölle machst du denn da?«, bellte Shane mich an und riss mir die Säcke aus der Hand, noch bevor ich wieder ebenen Boden unter den Füßen hatte.

»Und was machst du?«

»Du sollst doch nichts die Treppe runtertragen.«

»Es sind bloß Decken, Shane. Die wiegen vielleicht zwei Kilo.«

»Du wärst gerade fast hingefallen.«

»Dann hätten die Decken meinen Sturz aufgefangen«, entgegnete ich stur. Er ging mir auf die Nerven. Auch wenn ich nichts dagegen hatte, den Umzug auszusitzen, gefiel mir der Ton nicht, in dem er zu mir sprach.

»Wie wäre es, wenn du einfach schon mal vorfährst und wir uns dann im Haus treffen?«

»Ich hätte da eine andere Idee. Wie wäre es, wenn ich wieder hochgehe und die nächste Fuhre an Sachen hole, damit wir hier mal fertig werden?«

»Du wirst jetzt nicht beim Kistenschleppen mitmachen.«

Ich schwieg, während Shanes Kumpels an uns vorbeikamen und die Treppe hinaufliefen, um die nächste Ladung zu holen, und starrte Shane so lange an, bis sie außer Hörweite waren. »Du wirst gerade wieder ein bisschen zu einem Arsch.«

»Weil ich nicht will, dass du mit Kisten beladen die Treppe runterläufst?«, fragte er tonlos.

»Nein, weil du mit mir redest, als wäre ich ein Idiot!« Oha, offenbar kam da der nächste Hormonschub.

»Mensch, Katie«, hob er beschwichtigend an und nahm eine Stufe. »Ich will nur nicht, dass du dir was tust. Könntest du uns nicht einfach nur beaufsichtigen oder so was?«

»Wow. Das war jetzt eine komplette 180-Grad-Wende. Ich bin beeindruckt.«

»Manchmal frag ich mich, ob du nicht einfach nur versuchst, mich auf die Palme zu bringen«, sagte er verzweifelt und wechselte die Taschen, die er trug, von der einen in die andere Hand.

»Vielleicht musst du mir mal den Hintern versohlen«, erwiderte ich, ohne mit der Wimper zu zucken, bevor ich mich umwandte und wieder die Treppe hinauflief, während er mit offenem Mund dastand.

Ich wusste nicht genau, ob ich mich darüber schämen sollte, dass ich so wenig besaß, oder lieber davon beeindruckt sein sollte, dass die Jungs alles so fix gepackt hatten, denn nur dreißig Minuten später waren die Pick-ups vollgeladen und wir befanden uns auf dem Weg zum Anderson-Haus.

Es war an der Zeit, in jene Fußstapfen zu treten, die nicht wirklich meine waren.

»Tante Katie! Wir haben eine Überraschung für dich!«, rief Sage, als Megan sie und ihre Brüder über die Straße geleitete.

»Danke fürs Aufpassen, Megan«, sagte ich und nahm einen schläfrigen Gunner aus ihren Händen entgegen.

»Kein Problem, Frau Nachbarin. Eric war ohnehin damit beschäftigt, euch zu helfen.«

»Oh, ist dein Mann der große Typ oder der heiße Typ?«

»Er ist beides.«

»Okay, dann also der große.«

Wir lachten, nahmen die kleinen Hände, die uns entgegengestreckt wurden, und trabten über den Rasen, als die Männer gerade Shanes Truck rückwärts in die Auffahrt setzten.

»Komm gucken, Tante!«, quengelte Keller und zerrte an meinem Arm.

»Komm gucken!«

»Komm gucken!«

»Okay, okay. Ich komm ja schon.« Ich wandte mich Megan zu, die gerade damit beschäftigt war, ihren Sohn daran zu hindern, sich hinter den Truck zu stellen. »Danke noch mal, Megan.«

Die Kinder quasselten aufgeregt durcheinander, als wir ins Haus gingen, und auf meinem Weg ins Gästeschlafzimmer schoben und zogen sie mich abwechselnd. Als Sage mit überschwänglicher Geste die Tür öffnete, konnte ich die Tränen nicht zurückhalten, die mir in die Augen traten.

»Wir dachten, du bräuchtest vielleicht ein besseres Bett«, ließ Shane sich hinter mir vernehmen. »Ist nichts Besonderes, aber die Matratze ist neu, und ...«

»Ich liebe es.«

»Ja?«

»Es ist das beste Bett, das es jemals in der Geschichte der Betten gegeben hat.«

»So weit würde ich zwar nicht gehen, aber gut.« Er lächelte sanft, als ich mich zu ihm umsah. »Dein altes schaffen wir einfach erst mal in die Garage, für den Fall, dass du es später mal als Gästebett benutzen willst oder so was in der Art.«

»Ihr habt das für mich gemacht?«, rief ich den Kindern zu, die bereits auf dem neuen Bett auf und ab sprangen. »Ihr seid so lieb!«

»Neue Betttücher hast du auch«, rief Sage über den Lärm ihrer Brüder hinweg. »Weil Daddy gesagt hat, deine alten passen nicht auf das neue Bett. Aber er hat sie erst heute Morgen gewaschen, weil er es vergessen hat. Sie sind noch im Trockner.«

Ich warf einen kurzen Blick über die Schulter zu Shane und sah ihn lachen. Er bedachte mich mit einem knappen Achselzucken. »Ups. Aber mittlerweile sind sie bestimmt fertig.«

»Sage und Keller«, rief ich und hatte augenblicklich ihre Aufmerksamkeit, »wie wär's, wenn ihr meine frische Bettwäsche aus dem Trockner holt und wir dann zusammen mein Bett beziehen?«

»Ja!«, bestimmte Keller und schoss bereits an mir vorbei.

»Sie hat uns beide gefragt, Keller!«, gab Sage entrüstet zurück.

Ihre kleine Zankerei brachte mich zum Schmunzeln. Gavin begriff soeben, dass er nun niemanden mehr zum Herumspringen hatte, und ließ sich mit einem Plumps auf die federnde Matratze fallen. Der Menge von Sabber nach zu urteilen, der mir die Schulter nass machte, nahm ich an, dass Gunner bereits auf meinem Arm eingeschlafen war.

»Sag mal, die Kisten, die ins Haus sollen, hast du alle markiert, oder?«, fragte Shane, als Sage und Keller wieder hereingerannt kamen. Sie wetteiferten darum, wem von ihnen es gelänge, auf seiner Seite das Betttuch schneller auf die Matratze zu ziehen.

»Ja, ich habe es überall draufgeschrieben. Es sind elf Stück. Habe extra nachgezählt.«

»Okay, dann hol ich die als Erstes. Soll ich Gunner rauf ins

Bett bringen?« Er streckte die Hand aus, um Gunner über den Kopf zu streicheln.

»Nein, aber meinst du, du könntest die restlichen kleinen Ungeheuer kurz mit rausnehmen?«, fragte ich reumütig. »Ich würde es mir einfach gern mit Gunner in diesem frischen neuen Bett gemütlich und ein Nickerchen machen.«

Als Antwort zeigte er mir ein liebevolles Lächeln und nickte – sein Gesichtsausdruck raubte mir den Atem.

»Sage! Keller! Gavin!«, rief er. »Wir lassen Kate und das Baby jetzt ein bisschen schlafen. Ihr könnt uns beim Ausladen helfen.«

Nachdem alle mit Shane zur Tür hinaus waren, kroch ich unter die durcheinandergeworfenen Laken in das riesige Bett und rollte mich mit Gunner im Arm darauf zusammen. Meine Decken und Kissen von zu Hause hatten es nicht mal ins Haus geschafft, und doch schlief ich beinahe auf der Stelle ein, sobald mein Kopf die Matratze berührte.

Etwas später erwachte ich und lag unter meiner Lieblingssteppdecke. Aber Gunner war nicht mehr bei mir.

»Gunner?«, rief ich panisch.

Mit einem Sprung war ich auf den Beinen und rannte bereits die Treppe runter, wo ich Shane und die Kinder in der Küche rumoren hörte.

»Wo ist Gun…« Er saß in seinem Hochstuhl und ließ sich ein paar Blaubeeren schmecken.

»Sorry«, sagte Shane etwas betreten von dort, wo er mit dem süßen Nerd-Typen in eine Unterhaltung vertieft gewesen war. »Ich war mal oben, um nach euch zu sehen, und da ist er grad aufgewacht, also hab ich ihn mit runtergenommen.«

»Großer Gott, ich dachte, ich hätte ihn verloren«, sagte ich atemlos und schlug die Hand vor den Mund.

»Er wäre nicht weit gekommen. Wir haben doch die

Gittertür oben an der Treppe«, erinnerte mich Shane mit einem Lachen.

Ja, für ihn war es vielleicht lustig. Aber ich fing gleich darauf an zu weinen.

»Oh-oh«, bekundete der süße Nerd-Typ leise.

»Grundgütiger, Kate«, seufzte Shane. »Warum weinst du denn jetzt?«

»Ich hab es einfach verschlafen! Mir ist nicht mal aufgefallen, dass er weg war.«

»Du warst müde«, murmelte Shane mir ins Ohr.

»Ich bin ständig müde! Oh Gott, was, wenn ich nicht wach werde, wenn mich einer von ihnen braucht!«

»Hör auf, Katie«, forderte Shane streng und fuhr mit seiner Hand meinen Rücken herauf, um mich am Kopf zu fassen. »Hör auf zu weinen. Hey! Du wusstest, dass ich hier war, oder etwa nicht? Auch als du geschlafen hast, hast du innerlich gewusst, dass ich nicht zulassen würde, dass euch etwas passiert.«

»Schätze schon.« Ich schniefte.

»Genau, und deshalb hast du es wahrscheinlich bemerkt, dass ich Gunner hochgenommen habe, und dir nichts dabei gedacht. Du hast dich einfach rumgedreht und weitergeschlafen.«

»Ja, aber ...«

Er war mit seinem Gesicht ganz nah an meinem, und ich konnte seine leisen Worte deutlich hören, auch wenn die Kinder am Küchentisch beim Essen einen Heidenlärm veranstalteten. »Kein Grund mehr, zu weinen«, sagte er mit einem sanften Lächeln und wischte mir die Tränen von der Wange.

»Tante Kate kriegt ein Baby!«, rief Keller über den Lärm hinweg. »Deshalb weint sie die ganze Zeit!« Shane erstarrte auf einen Schlag.

Er ließ mich gehen und drehte sich zu seinem Freund um,

der uns mit großen Augen anschaute. Die Neuigkeit an sich hätte den süßen Nerd-Typen vermutlich gar nicht mal interessiert – viele Frauen in meinem Alter waren schwanger, ohne verheiratet zu sein. Aber die Art, wie Shane mich gehalten hatte, und die plötzliche Veränderung seiner Körpersprache auf Kellers Durchsage hin hatten ihn vermutlich hellhörig werden lassen.

»Das Essen steht auf dem Tisch, Kate«, sagte Shane, ohne mich noch einmal anzusehen. »Du solltest besser etwas essen.«

Ich nickte, auch wenn er mich nicht angeschaut hatte, und ging zu Gunner, dem sein Essen im Gesicht klebte. »Hast du schön geschlafen, mein Äffchen?«, fragte ich sanft.

»Effchen«, erwiderte er mit breitem Grinsen.

»Auf dem Bett springen!«, rief Gavin, als ich an ihm vorbeirutschte.

»Wenn ich auch nur ein Äffchen erwische, das auf meinem neuen Bett herumturnt!«, drohte ich spaßeshalber und knuffte ihn leicht in die Seite.

Gott sei Dank war dieser Tag endlich vorbei. Zur Schlafenszeit waren die Kinder so aufgedreht gewesen, dass es sich angefühlt hatte, als würden sie nie einschlafen. Ich konnte es verstehen. Am nächsten Morgen musste Shane gehen, und seine Abreise verunsicherte sie. Wir hatten beschlossen, dass der süße Nerd-Typ, der übrigens Miles hieß, Shane zum Sammelpunkt fahren würde, ohne die Kinder mit dorthin zu bringen. Ich war mir nicht sicher, wie es dort werden würde, hatte aber das Gefühl, dass der Anblick all dieser Familien, die sich voneinander verabschiedeten, sie zerreißen würde.

Ich zog mir ein Nachthemd an, schlüpfte unter die Decke und sank gemütlich in mein liebstes Kissen. Mist, auch mir graute vor dem nächsten Morgen. Ich wusste nicht, wie ich in dieser Nacht auch nur ein Auge zutun sollte. Meine Beunruhigung wuchs mit jedem Umspringen der Ziffern auf dem Digitalwecker.

»Tante Katie, kann ich bei dir schlafen?«, flüsterte Sage von der Tür her und unterbrach die ganzen Was-wäre-wenn-Szenarien, die mir durch den Kopf gingen.

»Aber ja, kuschle dich her«, flüsterte ich zurück und schlug die Decke nach hinten. »In diesem Bett ist mindestens Platz für zwanzig Leute.«

»Ich auch!«, rief Gavin und kam auf seinen stämmigen Beinchen ins Schlafzimmer gerannt.

»Ich dachte, ihr schlaft längst.«

»Gavin hat dauernd gegen die Wand getreten«, sagte Sage mit düsterer Miene.

»Bin nicht müde«, erklärte Gavin und kletterte mit einem leisen Murren über Sage und mich.

»Okay, aber ich bin müde. Ihr müsst also gleich wieder einschlafen, abgemacht?«

»Okay«, murrte er und legte den Kopf auf meine Schulter. Ich rollte mich zu ihm herum und zog ihn an mich, während ich fühlte, wie Sage sich von hinten an mich kuschelte.

Eine Zeit lang war es still, die Kinder waren schließlich eingeschlafen, und Gavin gab dieses leise, schnüffelnde Schnarchen von sich, das ich von ihm kannte. Dabei merkte ich gar nicht, dass auch Keller ins Zimmer gekommen war, bis er aufs Fußende des Bettes gekrabbelt kam.

»Hey, kleiner Mann«, rief ich gedämpft, als er nichts sagte. »Kannst du nicht schlafen?«

»Ich war jetzt ganz alleine«, klagte er mit einem leisen Schniefen.

Er kletterte auf die Seite gegenüber von Gavin und legte sich, das Gesicht uns zugewandt, dicht an uns ran.

»Dann schläfst du einfach auch bei uns. Möchtest du das?« Nachdem er sich zwei Jahre lang ein Zimmer mit Gavin geteilt hatte, hasste Keller es, allein zu schlafen. Ich fragte mich, ob er das jemals ablegen würde.

»Ja.«

Innerhalb von Minuten war er eingenickt, und ich lag lange da und strich mit meinen Fingern durch seine Haare. Keller war derjenige, den ich in den kommenden Wochen am meisten im Auge würde behalten müssen.

Sage nahmen alle Dinge sehr mit, aber sie tendierte auch dazu, sie zu verinnerlichen, bis sie herausgefunden hatte, was los war, um sich dann damit zu arrangieren, was es auch war. Nach Rachels Tod hatte sie sich tief in sich selbst zurückgezogen, bis sie nach einigen Monaten wieder ganz die alte Sage gewesen war, abgesehen von der abrupten Art, mit der sie aus dem Schlaf auffuhr.

Gavin schwamm einfach mit dem Strom. Er war so unbekümmert – fast schon zu unbekümmert. Ich fragte mich, ob es an seinem Alter lag oder der liebe Gott ganz einfach entschieden hatte, dass Shane und Rachel jemanden brauchten, der das exakte Gegenteil ihres ältesten Sohnes war, damit sie nicht noch den Verstand verloren.

Keller nahm alles ganz schwer. Wenn er Probleme hatte, merkte man ihm das sofort an. Er war äußerst sensibel. Die meisten Leute, überlegte ich, hätten wahrscheinlich angenommen, dass sein Verhalten einfach auf eine schlechte Erziehung zurückzuführen war. Aber ich kannte ihn seit seiner Geburt. Das arme Kind nahm sich alles unmittelbar zu Herzen, und wenn seine Gefühle ihn schließlich überforderten – ob es nun Angst, Traurigkeit oder Besorgnis war –, wusste er sich nicht anders zu helfen, als wütend zu werden.

Ich lauschte auf die leisen Geräusche im Haus, das rings um uns zur Ruhe kam, und betete darum, dass ich in der Lage sein würde, auch ganz allein auf mich gestellt für all diese kleinen Menschen zu sorgen.

»Sieht nach einer richtigen Party aus hier drin«, hörte ich Shane von der Tür her sagen. Er kam um das Bett herum, sodass ich ihn sehen konnte. »Gut, dass ich dir ein King-Size-Bett besorgt habe.«

»Aber wirklich. Gott sei Dank liegt Gunner noch in seinem Kinderbett, sonst würde hier an allen Seiten jemand rausplumpsen, fürchte ich.«

»Soll ich sie in ihre Betten bringen?«

»Ja, dort schlafen sie wahrscheinlich besser«, sagte ich und küsste Gavins verschwitzte Stirn.

Shane machte sich wieder auf den Weg um das Bett herum, fasste Sage unter und hob sie schwungvoll hoch. Leise ging er zur Tür hinaus, während ich aufstand.

»Du musst nicht aufstehen«, flüsterte er, als er wiederkam.

»Nimm Gavin zuerst. Wenn Keller wach wird, bevor Gavin wieder in seinem Zimmer liegt, rastet er wahrscheinlich aus.«

»Da hast du recht.« Er nickte und beugte sich herunter, um Gavin zu nehmen. »Ich komme gleich zurück und hole Keller.«

Ich rollte mich in dem nun plötzlich verlassenen Bett zusammen, und Shane kam und brachte auch Keller auf sein Zimmer zurück. Ich bereute es schon, dass ich ihm erlaubt hatte, die Kinder wegzubringen. In diesem Moment kam Shane wieder ins Zimmer.

»Rutsch rüber«, forderte er mich auf und schloss die Tür hinter sich.

Ich strampelte mich auf die andere Seite des Bettes und schluckte schwer, als er das T-Shirt über dem Kopf auszog und sich schließlich zu mir legte, sodass wir uns direkt gegenüberlagen und uns ansahen.

»Konntest du nicht schlafen?«, fragte er.

»Ich wünschte, du müsstest nicht gehen«, platzte ich heraus und presste gleich darauf die Lider fest zu, damit ich ihn nicht ansehen musste.

»Das wünschte ich auch«, erwiderte er mit einem Seufzen, der mich die Augen wieder aufschlagen ließ.

»Ich dachte immer – na ja, Rachel meinte damals immer, dass du es nie abwarten konntest, wieder loszuziehen.«

»Die Dinge haben sich geändert.«

»Das ist leicht untertrieben.«

»Ich mache mir keine Sorgen wegen dir und den Kindern. Das weißt du hoffentlich, oder?«, sagte er, nahm mich an einem Arm und zog mich zu sich heran, bis ich eng an seinen Körper geschmiegt dalag. »Ich vertraue niemandem mehr als dir.«

»Ich mache mir schon Sorgen.«

»Kann ich verstehen. Man ist rund um die Uhr mit ihnen beschäftigt.«

»Ich mache mir Sorgen um dich.«

»Das brauchst du nicht.«

»Ich kann es aber nicht ändern.«

»Ich werde wieder da sein, ehe du dich's versiehst.«

»Und wenn du zurückkommst, werde ich kugelrund sein«, klagte ich.

Er lachte und brachte das gesamte Bett zum Wackeln. »Wahrscheinlich.«

»Du hast mir gefehlt«, flüsterte ich sanft und grub meine Hand in seine große Faust, die auf seiner Brust ruhte.

»Ich bin doch noch nicht mal weg.«

»Nein, ich meine, du hast mir eine lange Zeit davor gefehlt.«

Er schwieg so lange, dass ich mich schon fragte, ob ich es gehörig verpatzt hatte, indem ich das direkt angesprochen hatte, um das wir nun schon das ganze letzte Jahr herumeierten.

»Ich war damals ein Arsch.«

»Du warst mein bester Freund.«

»Ich weiß.« Er seufzte und zog meinen Körper enger an sich.

»Es war bloß eine alberne Schwärmerei. Ich wäre drüber hinweggekommen. Was ich auch bin«, sagte ich.

»Und ich war einundzwanzig und sauer auf die ganze Welt«, rief er mir ins Gedächtnis zurück. »Es fiel mir leichter, so zu tun, als gäbe es dich gar nicht. Ich wusste, wenn mir klar würde, wie du mich mit deinen traurigen großen braunen Augen ansiehst, dann würde ich eine Dummheit begehen.«

»Also hast du dich an meine Mitbewohnerin rangemacht. Meine Güte, das war so eine miese Nummer.«

»Stimmt.« Er lachte in sich hinein. »Aber verdammt, Rachel war heiß.«

»Okay, Unterhaltung beendet.«

»Sorry.«

»Sie war ziemlich heiß«, grummelte ich. »Wenn ich auf Frauen stehen würde, hätte ich mich todsicher an sie rangemacht.«

Er stieß ein überraschtes Lachen aus, und in meinem Körper breitete sich diese Wärme aus.

»Du spinnst.«

»Ich vermisse sie«, gestand ich mit zugeschnürter Kehle.

»Mann, und ich erst.«

»Manchmal greife ich nach wie vor zum Telefon, um ihr eine SMS zu schreiben.«

»Ich hab mich lange Zeit morgens im Bett umgedreht und erwartet, sie dort neben mir liegen zu sehen.«

»Sie hat es wirklich zugelassen, dass du sie ohne Make-up siehst? Ich hab mir immer vorgestellt, wie sie aus dem Bett springt und sich schminkt, bevor du wach wirst«, scherzte ich.

»Im ersten Jahr, als wir zusammen waren, hat sie das auch allen Ernstes gemacht«, erklärte er immer noch von Lachen begleitet. »Irgendwann musste ich sie mir packen, bevor sie sich davonstehlen konnte, und sie festhalten, damit sie es sein ließ.«

»Ich schwöre dir, sie war das genaue Gegenteil von mir«, murrte ich. »Ich hasse es, mich zu schminken und mir die Haare zu machen.«

Ich legte den Kopf in den Nacken, um ihm ins Gesicht zu blicken – und sah, dass er lächelte.

»Du hast es nicht nötig.«

»Was?«

»Du brauchst diesen ganzen Blödsinn nicht – Make-up, meine ich.«

»Brauch ich schon. Ich bin nur zu faul.«

»Brauchst du nicht – deine Haut ist makellos«, beharrte er sanft. Er streckte die Hand aus und strich mit einem Finger über meine Wange. »Deine Lippen sind schon so rot, und wenn du lächelst, können die Leute gar nicht anders, als zurückzulächeln, ich schwör's. Es ist richtig ansteckend.«

»Du musst das nicht sagen.«

»Was denn, die Wahrheit? Kate, du bist von Natur aus

selbstsicher. Rachel war wunderschön, ja. Aber sie hat etwas dafür getan, weil sie sich dessen selbst nie sicher war.« Er sah mich mit einem traurigen Lächeln an. »Vergleich dich nicht mit ihr. Ihr seid völlig andere Typen.«

»Schätze, alte Gewohnheiten lassen sich schwer überwinden.«

»Ich bin sicher, dass ich dabei auch nicht gerade eine große Hilfe war.«

»Warst du wirklich nicht. Du Arsch«, schob ich hinterher und setzte einen spielerisch finsteren Blick auf.

»Ich hasse es, dass ich dich nackt gesehen habe.« Er schüttelte den Kopf, und ich wich baff zurück.

»Wow, du mich auch.«

Ich stieß mich von ihm ab, doch er zog mich noch enger an seine Brust.

»Du hast wirklich eine Wahnsinnsfigur, Kate«, sagte er zu mir und rollte sich herum, bis er über mich gebeugt lag. »Wenn ich dich anschaue, sehe ich nicht mehr die schäbigen Klamotten, die du anhast, sondern wie deine Brüste wippen, wenn ich an deinen Nippeln spiele. Ich sehe, wie du die Zähne aufeinanderbeißt, wenn du kommst, und deine rosigen großen Lippen, nachdem du es mir mit dem Mund gemacht hast.«

Mir klappte der Unterkiefer herunter, und ich sah ihn erstaunt an.

»Du warst die beste Freundin meiner Frau. Meiner Frau, die jetzt tot ist. Begreifst du nicht? Ich schaue dich an und sehe nicht länger die Katie, die mir auf die Nerven ging, als wir klein waren, oder die Katie, die so gut mit Rachel befreundet war. Ich sehe Kate, die Frau, die mich herausfordert und anschließend nach mehr verlangt. Das ist nicht gut. Wie zum Teufel soll ich damit umgehen?«

Es war keine rein hypothetische Frage. Er wollte wissen, was er tun sollte – und ich hatte keinen blassen Schimmer, was ich antworten konnte.

Seine Arme zitterten, und sein Blick verfinsterte sich, weil er so verwirrt war. Es erinnerte mich daran, wie ich ihn zum allerersten Mal gesehen hatte, am Esstisch von Onkel Mike und Tante Ellie – als er so beharrlich versucht hatte, auf Distanz zu bleiben, während sie ihn in ein Gespräch verwickelten.

Ich hob meine Hand und legte sie ihm behutsam auf die Wange, erfüllt von Mitgefühl. Ob es nun an meinem weichen Herz lag oder an den Schwangerschaftshormonen, die mich sogar zum Weinen brachten, wenn ich Hundefutter-Werbung im Fernsehen sah: In diesem Moment wollte ich ihn so sehr besänftigen.

Ich kannte diesen Mann in- und auswendig. Wusste, was er schon alles durchgemacht hatte. Seine Schuldgefühle konnte ich praktisch wie Wellen spüren, die von ihm ausgingen.

»Du musst dir nicht heute Nacht darüber klar werden«, flüsterte ich. »Erst mal musst du gar nichts tun.«

»Doch, ich denke, das muss ich.« Es klang schmerzerfüllt.

Dann kamen seine Lippen mit meinen in Berührung, so sanft, dass ich es kaum fühlen konnte.

»Du solltest mich wegschicken.«

»Wieso zum Teufel sollte ich das tun?«, fragte ich und saugte seine Unterlippe in meinen Mund. »Ist ja nicht so, dass du mich noch schwängern könntest.«

Daraufhin erstarrte er, und ich bereute sofort, was ich da gesagt hatte.

Ohne ein weiteres Wort glitt er an meinem Körper hinab und schob sachte mein Nachthemd hoch. Als er endlich zwischen meinen Knien saß, neigte ich mich vor und drückte sein Gesicht an meinen Bauch.

»Du bekommst mein Kind«, sagte er an meine Haut geschmiegt.

Ich fühlte, wie mir Tränen in die Augen traten und mir über die Wangen liefen.

Endlich. Er hatte es gesagt.

»Na klar«, erwiderte ich, und die Nonchalance, mit der ich es sagte, konnte nicht über die Heiserkeit in meiner Stimme hinwegtäuschen.

»Ich werde mein Bestes tun, okay?«, sagte er nervös. »Ich verspreche es. Ich werde ein guter Vater sein.«

»Das bist du bereits.«

»Aber für dieses Baby auch«, beharrte er, hob den Kopf und legte mir die Hand auf den Bauch. »Ich werde ein guter Vater für dieses Baby sein.«

»Daran hab ich nie gezweifelt.«

»Ich schon«, bekannte er und hob den Kopf noch weiter, um mich beschämt anzusehen.

Die Aufrichtigkeit in seinen Worten traf mich wie ein Blitz, und ich begriff endlich, warum er sich so lange geweigert hatte, es als sein Kind anzuerkennen.

Ich nickte, und er erwiderte die Regung, als schlössen wir hier und jetzt einen wortlosen Pakt, für dieses Kind zu sorgen, das wir weder gewollt noch geplant hatten.

»Tja, ich werde also lange keinen Sex mehr haben«, sagte ich unter Tränen und löste damit die Spannung, die ihn, wie ich ahnte, bereits um den Verstand brachte. »Du weißt schon, mit dem ganzen Schwangerschaftsding und allem. Und du wirst lange keinen Sex haben, weil du ja für dein Land kämpfen musst.« Ich zog die Augenbrauen hoch und strich mir mit den Händen über die Wangen, als ich sah, dass er erleichtert wirkte.

»Das ist allerdings wahr. Woran denkst du?«, fragte er mit einem listigen Lächeln.

»Daran, dass heute wohl unsere letzte Gelegenheit sein wird, eine heiße Nacht zu erleben, und zwar für sehr lange Zeit.«

»Versuchen Sie mich zu verführen, Mrs. Robinson?«

»Wenn du die Frage stellen musst, mache ich es wahrscheinlich falsch«, erwiderte ich.

Er zupfte an meinem Höschen und zog es langsam nach unten.

»Du bist schon feucht«, erkannte er überrascht, als er meine Knie schließlich auseinanderbewegte.

Verlegen bedeckte ich mit einem Arm meine Augen. »Na ja, du warst mit deinem Gesicht ja auch schon ziemlich nahe an meinem Schmuckkästchen!«

»Deinem Schmuckkästchen?«, fragte er amüsiert. Sein Atem streichelte über meine erhitzte Haut.

»Wie würdest du es denn nennen?«

»Vagina. Spalte. Muschi. Klitoris.«

»Soso«, stieß ich hervor, als er anfing, mich zu lecken. »Sie haben ein schmutziges Mundwerk, Mr. Anderson.«

»Ich kann es noch schmutziger werden lassen«, entgegnete er und nahm meinen Kitzler zwischen die Lippen.

Shanes Hand glitt über meine Schenkel, während sich dazwischen seine Zunge und seine Lippen bewegten. Zum ersten Mal hatte er es nicht mehr eilig. Jedes Lecken und jedes Saugen geschahen mit Bedacht, und auf diese Weise brachte er mich sanft bis kurz vor den Orgasmus und holte mich anschließend wieder ebenso sanft zurück, bis ich mich schwitzend und windend auf meine neuen Laken drückte.

»Bist du bereit?«, fragte er atemlos und machte sich schließlich von mir los. Er schob sich die Shorts über die Hüften nach unten.

»Wenn du mich nicht in den nächsten dreißig Sekunden zum Kommen bringst, muss ich dir wehtun«, winselte ich und brachte ihn zum Lachen.

»Wenn du kommst, pulsiert deine Muschi richtig, und du wirst so herrlich feucht.« Er flüsterte es mir ins Ohr und stieg auf mich. »Ich will in dir sein, wenn es so weit ist.«

Shane glitt sanft in mich, ein einziger lang anhaltender Schub. Dann zog er eines meiner Knie hoch, bis mein angewinkeltes Bein zwischen uns war. Er beobachtete aufmerksam jede Regung meines Gesichts, während er immer und immer wieder in mich hineinstieß. Dabei dirigierte er meine Beinstellung sorgsam, wählte verschiedene Winkel, bis er eine Stelle erwischte, bei der es mich am gesamten Körper erschauern ließ.

»Da haben wir's«, flüsterte er mit einem genüsslichen Lächeln. »Pass auf, Baby.«

»Du meine Güte«, drang es aus meinem Mund, während er immer wieder über diese Stelle hinglitt. Mein Körper erstarrte unter seinen Bewegungen. Ich fürchtete, er würde den süßen Punkt wieder verlieren, wenn ich mich bewegte, und dieses Gefühl, dass er über meinen G-Punkt rieb, wollte ich einfach nicht loslassen.

»So süß bist du«, sagte Shane mit einem Lächeln, während ich ihn mit großen Augen ansah. »Du versuchst so sehr, stillzuhalten.«

»Oh ja«, stöhnte ich. Er bewegte sich jetzt schneller. »Das fühlt sich gut an.«

»Wenn du willst, dass ich weitermache, dann fass mich an«, versetzte er und schob seine Hüfte vor. »Ich kenn die Stelle inzwischen. Nichts, was du tust, kann mich daran hindern, sie wiederzufinden.«

»Was, wenn ...«

»Berühr mich«, forderte er. »Jetzt.«

Ich streckte die Hände nach seinem Oberkörper aus. Eine legte ich ihm auf den Rücken, die andere wölbte ich behutsam vorn um seinen Hals.

Er gab einen tiefen Laut von sich, und ich fühlte, wie er schluckte, als er sein Gesicht dicht über mich neigte und den Winkel seiner Hüften anpasste, sodass wir uns küssten und ich dabei, die Lippen ganz auf seinem Mund, stöhnende Laute von mir stieß.

»Es ist okay, ich hab dich«, keuchte er. Er fasste meine Beine unter und hob sie hoch, bis meine Waden an seiner Brust anlagen. Und dann rieb er wieder meinen G-Punkt. »Da.«

»Bitte.« Ich flehte mit heiserer Stimme.

»Fester?« Er zog sich zurück und stieß dann mit verzweifeltem Druck in mich, während er mir den Mund auf die Lippen presste.

»Ja. Ja. Das mag ich.«

»Herrje, du bist so sexy«, murmelte er in meinem Mund. »Gleich bist du so weit. Komm schon, Kate. Verdammt!«

Das tat ich, und er knapp nach mir, begleitet von tiefem Stöhnen. Unsere Körper waren ganz rutschig vom Schweiß, und als er seinen Schwanz rauszog, fühlte ich mich, als wäre ich kilometerweit gerannt.

»Wie fühlst du dich?«, erkundigte er sich behutsam, während er mir dabei half, meine Beine wieder lang auszustrecken.

»Ich bin ziemlich erschöpft«, erwiderte ich und stieg aus dem Bett.

»Wo gehst du hin?«

»Ins Badezimmer«, murmelte ich. Die Lider waren mir bereits schwer. »Mit einer Harninfektion ist nicht zu spaßen.«

»Sexy«, scherzte er.

»Reine Biologie«, erwiderte ich und wankte los.

Als ich zurück ins Schlafzimmer kam, war ich ehrlich gesagt überrascht darüber, dass Shane noch immer dort in meinem Bett lag.

»Wenn du ganz dicht an mich gedrängt schläfst, muss keiner im Nassen liegen«, informierte er mich sachkundig. »Es sei denn, du möchtest, dass ich verschwinde.«

»Nein, bleib.« Müde kroch ich neben ihn und legte mich hin. »Aber ich schlafe bestimmt gleich ein.«

»Ich weiß nicht, was wir hier tun, Kate«, sagte Shane, als er mich in Löffelchenstellung zu sich hinzog. »Wahrscheinlich haben wir jetzt alles noch komplizierter gemacht.«

Meine Augenlider fuhren fast automatisch wieder nach oben. »Du bereust es also?«, fragte ich leichthin. »So schnell schon?«

»Nein. Ich bereue es nicht«, versicherte er mir und drückte mich einmal ganz fest.

»Heute Nacht müssen wir bestimmt nicht mehr groß was herausfinden«, erinnerte ich ihn. Mein Magen revoltierte gerade wieder. »Oder?«

»Ja, okay.«

Ich spürte seinen Atem an meinem Hinterkopf. Mir war nicht so recht klar, was ich erwartet hatte. Meine Augen füllten sich mit Tränen, von denen ich nicht wollte, dass sie wirklich flossen. Ich war nicht die Art Frau, die Sex mit Liebe verwechselte – das war mir noch nie so ergangen. Sexuelle Anziehung hatte nicht notwendigerweise etwas mit stärkeren Gefühlen zu tun. Über die Jahre hatte ich bisweilen auch den ein oder anderen One-Night-Stand erlebt.

Doch der Mann neben mir war Shane.

Ich war nicht sicher, wie lange ich es aushalten konnte, bis Gefühle von früher wieder an die Oberfläche gelangten, und eines wusste ich: In der Sekunde, in der sie das taten, würde er auf und davon sein.

Nur würde der Preis dann umso höher sein.

Kapitel 7

Shane

Beim Duschen ließ ich mir Zeit, ich genoss die saubere Wanne unter meinen Füßen und die morgendliche Stille um mich herum. Ich wusste nicht, wie lange es dauern würde, bis ich wieder in den Genuss eines dieser beiden Dinge käme.

Abmarschbefehle waren für mich nichts Neues. Ich kannte das alles schon – von den Kindern fortgehen, aus einem Paar Seesäcken leben, bestialisch stinken, sechs Monate am Stück, der Zustand permanenter Wachsamkeit, der einem nicht eine Nacht ruhigen Schlaf ermöglichte.

Aber an diesem Morgen fühlte ich eine Enge in meiner Brust, die ich noch nie zuvor gespürt hatte. Ich glaubte, es lag daran, dass meine Gefühle diesmal ein wenig zu tief waren, und das war für einen Mann in meiner Situation durchaus gefährlich. Ich musste all das niederkämpfen, mich an meine Routinen erinnern, die mir genau sagten, wohin ich meine Gedanken wandern lassen konnte – und was ich unbedingt verdrängen musste.

Als das Wasser schließlich kühler wurde, drehte ich die Dusche ab und zog den Vorhang beiseite.

Kate stand in ihrem Nachthemd vor mir.

Ich zuckte überrascht zusammen. »Was ist los?«

Sie hatte die Arme fest um sich geschlungen, die Augen weit

aufgerissen, und ihre Lippen zitterten leicht. »Ich dachte, du wärst schon weg«, sagte sie gedämpft und bibberte. »Du ... ich dachte, du wärst einfach weg.«

Ich nahm mein Handtuch von der Stange und trocknete mich so schnell es ging ab, um sie fest in den Arm nehmen zu können.

»Ich würde niemals gehen, ohne mich zu verabschieden.«

»Ich weiß. Keine Ahnung, warum ich so in Panik geraten bin.«

»Du zitterst ja, so kalt ist dir. Komm.« Ich zog sie sanft in mein Schlafzimmer, nahm einen Pullover oben aus meinem Schrank und zog in ihr über den Kopf. »Besser?«, fragte ich, während sie die Arme durch die Ärmel steckte.

»Ja.«

Ich bugsierte sie ans Fußende des Bettes und war froh, dass sie ruhig dort sitzen blieb, damit ich meine Uniform in gewohnter Weise anlegen konnte.

Am Tag der Abreise war die Routine wichtig, das hatte ich bei meinen ersten paar Einsatzbefehlen schnell gelernt. Es hatte weniger etwas mit Aberglauben zu tun – für solche Dinge hatte ich nichts übrig – als vielmehr damit, dass es meine Nervosität linderte.

Zuerst zog ich die kurzen Boxershorts an, dann die Socken, das Unterhemd, die Hose, den Gürtel, die Stiefel, Stiefelbänder und schließlich die Uniformjacke. Ich schob das Portemonnaie in die Tasche, legte die Armbanduhr an und knöpfte das Hemd zu. Die Fotos von den Kindern steckte ich in meine Brusttasche.

Als ich fertig war und mich umdrehte, fiel mir auf, dass Kate mich aufmerksam betrachtete.

»Sollen wir jetzt die Kinder wecken?«, fragte ich.

»Wie viel Zeit haben wir noch?«, fragte sie heiser.

»Etwas über eine Stunde«, antwortete ich mit einem Blick auf die Uhr.

»Können wir nicht noch ein paar Minuten warten? Bloß so lange, bis meine Tabletten wirken.«

»Nimmst du die etwa immer noch?« Mir war nicht klar gewesen, dass sie immer noch Beschwerden hatte, auch wenn sie zugegebenermaßen die ganze Zeit recht müde aussah. Ihre Schwangerschaftsbeschwerden schienen sehr schwer zu sein.

»Es ist nicht mehr so schlimm«, sagte sie, als ich mich neben sie setzte.

Ihre Haare standen in alle Richtungen ab, während sie vom Schlafen am Hinterkopf ganz platt gedrückt waren. Sie hatte dicke Augenringe, und ihre Lippen waren leicht spröde. Mein Pullover war viel zu weit für sie und hing an ihr hinunter, außer dort, wo er sich über ihre üppigen Brüste spannte. Der Nagellack an ihren Fußnägeln bestand aus acht verschiedenen Farben, von denen alle bereits abblätterten.

Sonderbarerweise sah sie trotzdem umwerfend aus.

Ich streckte den Arm zu ihr aus und nahm ihre Hand in meine.

»Wir werden es ganz schnell hinter uns haben«, versicherte ich ihr. Sie nickte, den Blick zur Wand gerichtet. »Du musst dir keine Sorgen machen, Katie.«

»Ich kann das hier nicht besonders gut, oder?«, fragte sie mit einem verheulten Kichern und sah mich an.

Nein, das konnte sie wirklich nicht. Sie war nicht so ruhig und gelassen, wie Rachel es gewesen war. Sie versuchte nicht andauernd, mich zu beschwichtigen, dass alles gut werden und die Zeit, die wir getrennt sein würden, im Handumdrehen vorbei sein würde. Weder trug sie Rachels gleichgültige Miene zur Schau, noch tat sie, als würde sie mit meiner Abwesenheit mühelos klarkommen.

Ich war Rachel für alle diese Dinge sehr dankbar gewesen. Das hatte es für mich unendlich viel leichter gemacht, fortzugehen, sobald der Tag gekommen war. Zu wissen, dass sie auch ohne mich wunderbar zurechtkommen würde.

Aber auf Kate traf das nicht zu. Kate war nicht wie Rachel. Sie trug ihr Herz auf der Zunge; ihre Gefühle waren immer unmittelbar da, gut sichtbar für alle Welt. Wenn Kate so getan hätte, als wären meine sechs Monate weit weg von hier nicht das geringste Problem gewesen, hätte ich nicht gewusst, wie ich damit umgehen sollte.

»Du machst es schon ganz gut«, sagte ich mit einem Lächeln und brachte sie damit zum Lachen, während ihr gleichzeitig Tränen die Wange hinunterliefen. »Komm her.«

Ich zog sie auf meinen Schoß, und sie schmiegte ihr Gesicht in meine Halsbeuge. Ihre Fingernägel stachen durch mein T-Shirt in meinen Rücken, als sie mich umarmte, und als Reaktion darauf verstärkte ich meinen Griff um sie.

Ihr Haar roch nach mir. Verflixt, ihr ganzer Körper roch nach mir.

»Es sind diese verdammten Hormone«, murmelte sie und rümpfte die Nase.

»Na, hoffentlich bekommst du das rechtzeitig unter Kontrolle, bis ich wieder da bin«, erwiderte ich trocken und küsste sie auf den Haaransatz.

»Halt bloß den Mund, du.« Sie neigte sich zurück und versetzte mir einen leichten Schlag gegen die Brust. Die Tränen in ihrem Gesicht trockneten bereits wieder. »Komm, lass uns jetzt die Kinder wecken.«

»Socken!«, rief ich, als der Zeitpunkt meiner Abreise näher rückte.

Die Kinder und ich lagen auf der Couch und kuschelten ein letztes Mal miteinander. Es war eine Tradition, mit der ich begonnen hatte, als Sage noch ein Baby gewesen war und ich nicht gewusst hatte, wie ich sie zurücklassen sollte. Ich hatte so viel Zeit wie möglich mit ihnen verbracht, um dadurch die Kraft zu haben, länger von ihnen getrennt zu sein.

Gereicht hatte es nie.

Jedes Mal, wenn ich ging, musste ich mit der Gewissheit leben, dass meine Kinder bei meiner Rückkehr andere Menschen sein würden. In der Zwischenzeit wurden sie größer, bekamen Zähne, ihre Haare wurden länger und sie lernten dazu. Ihr Interesse für neue Themen wurde geweckt, während sie sich daran gewöhnten, dass ich nicht da war. Das tat weh.

»Hier sind meine!«, rief Sage fröhlich, zog sich eine ihrer Socken vom Fuß und gab sie mir.

»Meine!« Gavin tat es ihr gleich.

»Schau mal, hier«, flüsterte Kate an Gunner gewandt, der auf meinem Schoß saß, zog ihm eines seiner winzigen Söckchen aus und gab es ihm in die Hand. »Wie sagst du?«

»Eine!«, schrie Gunner und schmiss mir sein Söckchen ins Gesicht.

Kate prustete, und ich stimmte in ihr Lachen ein, ehe ich mich Keller zuwandte.

»Hier ist meine«, sagte Keller bedrückt und gab sie mir.

»Puh!«, foppte ich ihn, als ich die kleinen Socken allesamt in meine Hosentasche steckte. »Du solltest dir doch die Füße waschen, Mann. Die hier müffelt!«

Keller lachte, zufrieden mit sich, und warf sich mit voller Wucht gegen meine Brust. »Ich hab dich lieb, Daddy.«

»Ich hab dich auch lieb, Kell.« Ich drückte mein Gesicht in seine Haare, atmete den Geruch nach Babyshampoo ein und küsste ihn heftig.

Wir alle erstarrten, als es an der Tür klingelte.

»Er ist früh dran«, wisperte Kate mit tapferem Lächeln. »Ist okay, er kann ja kurz warten.«

Sie ließ die Kinder und mich auf der Couch und ging an die Tür. Ich sah, wie sie aufmachte und plötzlich ihr Gesicht in beiden Händen barg, um zu schluchzen.

»Opa ist da!«, rief mein Pflegevater durchs Haus, und meine Pflegemutter schlang die Arme um Kate und wiegte sie sanft hin und her.

Gott sei Dank waren sie rechtzeitig angekommen.

»Opa!«, riefen die Kinder und sprangen begeistert von der Couch auf – alle außer Keller.

Ich stand auf. »Hey, Kumpel, hilfst du mir mit meinen Taschen?« Ich nahm ihn hoch und hob ihn auf meine Hüfte.

Gemeinsam gingen wir nach oben und holten meine Sachen. Keller gab ich meinen kleinen Rucksack mit den Badezimmerutensilien, dem iPod und der zweiten Tarnuniform. Auf seinen kleinen Schultern wirkte er riesig, und er taumelte leicht, bevor er den Rücken streckte und vor mir her wieder nach unten marschierte.

»Hey, Junge«, begrüßte mich Mike, als ich die Taschen an der Tür abstellte. »Alles bereit?«

»Ja, alles klar«, sagte ich mit einem Nicken. Er gab mir die Hand, zog mich zu sich und schloss mich in die Arme.

»Danke, dass du gekommen bist, Dad«, sagte ich, während er mich weiterhin fest umarmt hielt. »Es wird Kate schwerfallen, dass ich weg bin.«

»Es gibt keinen Ort, an dem ich lieber wäre.«

»Davon möchte ich auch was abhaben«, schritt Ellie ein und

drängte Mike sanft mit der Hüfte beiseite, um mich ebenfalls zu umarmen. »Alles bereit?«

Ich lachte über die schon einmal gehörte Frage. »Ja, so weit alles fertig.«

»Wir haben ein Geschenk für dich, Daddy!«, rief Sage plötzlich und rannte auf mich zu. Keller und Gavin waren ihr dicht auf den Fersen.

»Wirklich?«

Es klingelte ein zweites Mal an der Tür, und ich musste schwer schlucken.

»Ich geh schon«, sagte Mike und setzte sich in Bewegung. »Mach du mal schön dein Geschenk auf.«

Kate stand mit Gunner auf dem Arm da, und wir sahen uns lange an, bevor ich meinen Blick auf das Geschenk richtete, das Keller mir in die Hände schob. Es war in die Zeitungsseiten der Sonntagsausgabe mit den Cartoons geschlagen, und der vertraute Anblick ließ mich unwillkürlich lächeln. Ellie hatte immer schon jegliche Geschenke mit diesem witzigen Zeitungspapier verpackt – mit der Bemerkung, nur weil sie mit einem Mann verheiratet sei, der im Holzhandel tätig sei, hieße das nicht, dass man Papier verschwenden könne – und sammelte für diesen Zweck das ganze Jahr über die Cartoons für Weihnachten und diverse Geburtstage.

»Ein Kindle!«, verdarb Keller die Überraschung und sprang auf und ab, während Miles und Mike von der Haustür kamen.

»Das ist das beste Geschenk der Welt«, beschied ich den Kindern aufrichtig. Ich gab ihnen allen einen Kuss. »Danke.«

»Ist es jetzt so weit, dass du gehst?«, fragte Sage in einem Tonfall, der für eine Achtjährige fast zu ernst klang.

»Ja. Jetzt muss ich wirklich los.« Ich beugte mich hinunter, nahm sie hoch und drückte sie fest an mich. »Und ehe du dich's versiehst, werde ich wieder zurück sein, du wirst sehen.«

Dann umarmte und küsste ich noch einmal alle, bevor ich Ellie bat, die Kinder zum Frühstücken in die Küche zu bringen.

»Kommst du noch mit raus?«, fragte ich Kate. Ich hatte einen Kloß im Hals.

»Na klar.«

Mike und Miles brachten meine Taschen voraus in den Truck und ließen Kate und mich in unserer stillen kleinen Blase zurück. Ich schlang ihr die Arme um die Schultern und legte die Finger seitlich an ihren Hals, den Daumen direkt dort, wo ihr Puls war.

»Ich hab ein paar Bücher auf den Kindle geladen. Männersachen, klar. Militärgeschichte, Thriller und ein paar Krimis. Ich wusste nicht so richtig, was du …«, plapperte sie in einem fort.

Als wir vor der hinteren Tür des Trucks standen, unterbrach ich sie kurzerhand, indem ich meine Lippen auf ihre presste. Zum Glück waren die hinteren Fenster des Wagens getönt, und ich wusste auch, dass Mike und Miles sowieso eifrig in die andere Richtung schauten … aber es hätte auch keinen Unterschied gemacht.

Sie weinte leise und nahm meinen Kopf zwischen ihre Hände, als sich meine Zunge in ihren Mund vortastete. Ich konnte nicht widerstehen, ihren Po fest mit beiden Händen zu packen und sie hochzuheben, bis sie mit dem Rücken gegen den Truck gepresst an mir hing, die Beine um mich geschlungen.

Ich wusste nicht, was ich da tat. Die Dinge zwischen uns wurden immer komplizierter. Zu kompliziert.

Aber ich konnte erst gehen, nachdem ich sie zuvor noch einmal innig geküsst hatte.

»Lass es Keller nicht durchgehen, wenn er pampig ist«, sagte ich, als ich schließlich meinen Mund von ihrem löste und meine Stirn an ihre legte.

»Okay.«

»Sage wird sich total zurückziehen. Gib gut auf sie acht, ja?«

»Das werde ich«, versprach sie mit einem Nicken.

»Ich glaube, Gavin kann mittlerweile über das Gitter am Treppenabsatz klettern, also bring ihm lieber bei, wie er es öffnet, damit er nicht runterstürzt, wenn er ausbüxen will.«

»Mache ich.«

»Gunner hasst es, wenn er ins Bett muss, aber lass ihn nicht bei dir schlafen. Sonst wirst du ihn danach nie mehr an sein Kinderbett gewöhnen können.«

»Alles klar, ja«, flüsterte sie und fuhr mit ihren Daumen an meinen Schläfen auf und ab, immer wieder.

»Denk dran, deine Vitamine einzunehmen, okay?«, ermahnte ich sie und strich mit meinen Lippen über ihre Wange und ihr Kinn. »Du bist noch immer ziemlich mitgenommen.«

Ich ließ ihre Beine wieder über meine Hüften nach unten rutschen und setzte sie ab. Sie erstarrte völlig und sah auf einmal ganz ängstlich drein.

»Sorg gut für meine Kinder«, flüsterte ich, schob meine Hand unter ihr Nachthemd und legte sie auf ihren warmen Bauch.

»Das werde ich, versprochen.«

Ich nickte und küsste sie innig. Dann zog ich ihre Hände von meinem Gesicht.

»Ich rufe an, wann immer ich kann«, beteuerte ich, ihre Hände fest umklammert.

Sie versuchte sie wegzuziehen, um mich zu umarmen, gab es

jedoch auf, als ich ihre Hände an meinen Mund hob und sie küsste, jeden Knöchel einmal. »Geh rein.«

»Nein.« Sie schüttelte fieberhaft den Kopf.

»Geh bitte ins Haus, Kate.«

»Nein. Nein.« Sie machte mich fertig.

»Ich möchte aber nicht, dass du am Ende alleine hier stehst. Geh nach drinnen. Jetzt gleich, Katie.« Ich versetzte ihr einen sanften Schubs. Mein Magen war völlig verkrampft.

Sie starrte mich mit großen Augen an, nickte schließlich, trat einen Schritt zurück – und küsste mich ein letztes Mal innig.

Ich blickte ihr nach, wie sie eilig zum Haus davonlief, mit erhobenem Kopf, die Schultern gestreckt, und als sie durch die Vordertür trat, schwang ich mich auf die Rückbank von Miles' Truck.

»Jetzt wird es aber knapp, Mann«, sagte Miles und setzte aus der Ausfahrt zurück.

»Fahr einfach«, wies ich ihn an. Ich ließ den Kopf gegen die Sitzlehne fallen und steckte eine meiner zitternden Hände in die Tasche, um die vier kleinen Socken zu umschließen, die den Geruch meiner Kinder in sich trugen.

Es würde ein langer Einsatz werden.

»Hallo?«

Als ich Kates Stimme hörte, atmete ich tief ein, denn die aufgeheizte Luft schnürte mir förmlich die Kehle zu. Weniger als eine Woche war vergangen, seit ich sie in Kalifornien zurückgelassen hatte, und auch wenn ich wusste, dass es mit der Zeit erträglicher werden würde, war mein Heimweh in diesem Moment unerträglich.

»Hey, ich bin's.«

»Shane!«, kreischte sie, und ich musste lachen. »Ich hätte gar nicht gedacht, dass du dich schon so früh meldest!«

»Ich hatte gerade etwas Zeit, und da dachte ich, will ich doch mal schauen, wie es so läuft. Wie geht's den Kindern?«

»Gut. Oh mein Gott, sie werden ausflippen, wenn sie hören, dass du anrufst. Ich hol sie sofort ...«

»Warte!«, kam ich ihr zuvor. »Ich will erst mal mit dir sprechen. Wie machen sich Kell und Sage?«

»Alles okay mit den beiden. Na gut, Kell hatte ein paar Ausraster, aber nichts richtig Schlimmes. Sage schläft jetzt mehr oder weniger jede Nacht bei mir, doch es geht ihr gut. Ich glaube, es hilft ziemlich, dass Tante Ellie und Onkel Mike hier sind.«

»Gut. Das ist sehr gut.« Ich zog meine Sonnenbrille ab und kniff mir in den Nasenrücken. »Wie sieht es mit Gavin und Gunner aus?«

»Gavin ist, na ja, eben Gavin. Das Kind scheint wirklich nichts aus der Ruhe bringen zu können, oder? Und Gunner genießt es, sich von Tante Ellie verhätscheln zu lassen. Ich schwöre, dass sie ihn noch kein einziges Mal abgesetzt hat.« Kate gab ein leises Lachen von sich, das angespannt klang.

»Was ist mit dir? Wie geht es dir?«

»Oh, auch gut«, sagte sie leichthin.

»Kate«, hakte ich in warnendem Tonfall nach.

»Wirklich, absolut gut.«

»Kate.« Ich konnte genau hören, wann sie log. Das hatte ich schon immer gleich bemerkt. Sie hatte sich angewöhnt, in diesem Fall das letzte Wort des Satzes, den sie sagte, etwas höher klingen zu lassen als den Rest.

»Die ersten paar Tage waren hart, zufrieden? Ich war ganz schön durcheinander, und ich fürchte, dadurch, dass Tante

Ellie und Onkel Mike hier sind, hatte ich eine Art Freibrief, ein bisschen durchzudrehen.«

»Was ist passiert?« Ich saß sofort aufrecht in meinem Stuhl und spürte, wie sich mein Magen verkrampfte. Wovon zur Hölle sprach sie?

»Die Übelkeit war wieder schlimmer«, gab sie verhalten zu.

»Wieso hast du die Tabletten nicht genommen?« Die Frage kam in schärferem Ton heraus als beabsichtigt, und als Antwort schickte Kate ein leises, ärgerliches Schnauben durchs Telefon.

»Ich konnte sie nicht drinbehalten«, murmelte sie schließlich.

»Verdammt noch mal, Kate.« Meine kurzen Fingernägel stachen mir in den Handballen, als ich über die Kopfschmerzen, die in meinen Schläfen zu wummern begannen, die Hände zu Fäusten ballte. »Du bist hoffentlich in die Notaufnahme gefahren?«

»Nein, bin ich nicht«, entgegnete sie. »Es ging dann schon wieder. Ich glaube, es war bloß so eine Art emotionale Überlastung. Nach ein paar Tagen war alles wieder halbwegs normal.«

»Das kannst du nicht machen«, grollte ich und spürte, wie ich außer mich geriet. Ich rieb mir mit der freien Hand das Gesicht. »Ich habe meine Kinder in deiner Obhut gelassen, Kate. Du kannst es dir nicht leisten, jetzt zusammenzubrechen.«

»Wow. Okay, ähm …« Ich hörte, wie sie die Nase rümpfte, und fühlte mich sofort wieder als der größte Arsch überhaupt. Ich wollte sie nicht zum Weinen bringen. Mist.

Aber ich kam einfach nicht um den zunehmenden Ärger herum, den meine Hilflosigkeit hervorrief. Ich konnte mich jetzt nicht darum kümmern, begriff sie das denn nicht? Konnte sie nicht einsehen, worauf ich meine gesamte Aufmerksamkeit stattdessen konzentrieren musste und wie fatal es wäre, wenn meine Gedanken zu Hause bei ihr wären, weil ich davon ausgehen musste, dass sie dort vor die Hunde ging? Verdammt. Ich war darauf angewiesen, dass sie die Dinge in Kalifornien unter Kontrolle hatte.

Bei Rachel hatte ich mir deshalb nie Sorgen machen müssen.

»Ich hole Sage ans Telefon«, versetzte sie heiser. »Hast du noch genug Zeit?«

»Ja, ein paar Minuten noch.« Gern hätte ich mich entschuldigt. Ich wusste, dass ich sie verletzt hatte, aber sie konnte einfach nicht schlappmachen, während ich am anderen Ende der Welt war. Sie hatte mir versprochen, sich um die Kinder zu kümmern. Was zur Hölle sollte ich tun, wenn sie das nicht schaffte?

»Ich vermisse dich«, flüsterte Kate, doch ehe ich etwas erwidern konnte, gab sie das Telefon weiter.

In dem Moment wusste ich, dass ich es vermasselt hatte. Mal wieder.

»Hallo?«, hörte ich Sages herrliche Stimme durch die Leitung dringen.

»Hey, Prinzessin.«

»Opa, Daddy ist dran!« Im Hintergrund konnte ich Mike lachen hören.

»Wie geht's dir, Kleine?«

»Gunner ist in den Mülleimer gekrochen«, plapperte sie fröhlich drauflos.

»Wie um alles in der Welt ist das denn passiert?«

»Oma hat Tante Katie im Bad geholfen ...«

»Und warum war Tante Katie im Bad?«, wollte ich wissen.

»Was?«, fragte sie, sodass ich die Frage wiederholen musste.

»Ihr war wieder schlecht, wegen dem Baby«, sagte Sage. »Aber jetzt geht es ihr wieder besser. Opa sollte auf Gunner aufpassen, aber Kell ist auf der Couch gehüpft, und da musste Opa ihn wegholen, bevor er sich den Kopf aufschlägt.« Bei den letzten drei Worten wurde ihre Stimme tiefer, als ahmte sie Mikes Sprechweise nach, und ich konnte mir mein anschließendes Gelächter unmöglich verkneifen.

Ich weiß nicht, wie oft ich diese Worte in ebendiesem Tonfall aus Mikes Mund gehört hatte.

»Soll ich dir Keller geben?«

»Klar. Ich hab dich lieb, Prinzessin.«

»Hab dich auch lieb, Daddy!«

In der Leitung rauschte es, und nach einem Moment hörte ich Keller.

»Daddy!«

»Hey, Kumpel!«

»Was machst du?« Es klang, als kaue er auf etwas Knackigem herum. Einer Möhre? In meinem Kopf versuchte ich mir genau auszumalen, wie er dabei aussah, bis hin zu den Sachen, die er wahrscheinlich gerade trug.

»Ich arbeite bloß. Was hast du so getrieben?«

»Opa und ich haben gespielt. Gestern waren wir im Park, und da hab ich das ganze Klettergerüst alleine geschafft.«

»Wow. Du wirst riesige Muckis haben, wenn ich wieder da bin«, sagte ich, und er lachte.

»Kommst du denn ganz bald zurück?«

Mir rutschte das Herz in die Hose. »Ich muss noch eine Weile hierbleiben, Kumpel.«

Einer der Leute am anderen Ende des Raums winkte und gab mir zu verstehen, dass meine Zeit um war. Verdammt.

»Hör mal, Kell, ich muss los.«

»Okay«, grummelte er schleppend.

»Ich ruf dich bald wieder an, ja?«, schob ich hinterher und stand auf. »Ich werde Tante Katie sagen, dass sie den Computer einrichten soll, dann können wir dort sprechen.«

»Okay. Ich hab dich lieb, Daddy.«

»Ich hab dich auch lieb, Kell. Gib den beiden Kleinen einen Kuss von mir, ja?«

»Okay.«

»Und, Kell?«

»Ja?«

»Kein Springen auf der Couch mehr, einverstanden?«

»Sage!«, hörte ich ihn schreien, ehe die Verbindung unterbrochen wurde.

»Tschüss, mein Sohn«, murmelte ich in die Leitung, die jetzt still war, und hängte den Hörer wieder in den Empfänger.

Auf meinem Weg durch das Callcenter nach draußen setzte ich mein Käppi wieder auf und schob mir die Sonnenbrille auf die Nase. Ich liebte die seltenen Gelegenheiten, an denen ich daheim anrufen konnte. Aber ich würde darauf achten müssen, es nicht öfter als ein- oder zweimal die Woche zu tun, vorausgesetzt, ich hatte überhaupt die Zeit. Mit Kate und den Kindern zu sprechen hatte mich zwar erleichtert, doch ich wusste auch, dass ich nun für den Rest des Tages niedergeschlagen sein würde.

Wie wütend Kate war, konnte ich schlecht einschätzen. Ich war ohne Zweifel ein Idiot gewesen, aber die Worte waren einfach aus mir hervorgesprudelt. Um es schlicht und einfach zu sagen: Ich war frustriert.

Ich hasste es, dass Rachel nicht mehr da war. Ich hasste es, dass ich sie manchmal immer noch irgendwie erreichen wollte, besonders seit ich in diesem Drecksloch festsaß, in dem es heißer war als in der Hölle. Und dass Kate jeden freien Winkel in meinem Schädel ausfüllte, dass sie darüber hinaus alles andere allmählich einnahm, ging mir ebenfalls gewaltig gegen den Strich. Ich hasste es nämlich auch, dass ich sie darum bitten musste, sich um meine Kinder zu kümmern, weil meine Kinder keine Mutter mehr hatten. Ich hasste es, ihr dafür so viel schuldig zu sein.

Und ich hasste es, die schulischen Fortschritte, die neuen Zähne und alle anderen bedeutenden Entwicklungen zu verpassen.

Ich vermisste meine Kinder so sehr.

Ich vermisste Kate.

Wenn ich das nächste Mal zu Hause anrief, beschloss ich, würde ich mich bei ihr entschuldigen. Sie hatte meine schlechte Laune nicht verdient, wenn es ihr sowieso schon so mies ging.

Und warum zum Teufel war sie überhaupt immer noch krank? Hätten ihre Beschwerden nicht längst weg sein müssen?

Die Sorgen um meine Familie lagen mir schwer im Magen, und daran änderte sich lange nichts.

Kapitel 8

Kate

Als Shane zum zweiten Mal anrief, ließ ich Tante Ellie rangehen und das Gespräch an die Kinder weitergeben.

Beim dritten Mal verließ ich das Haus.

Als es das vierte Mal so weit war, befanden sich Onkel Mike und Tante Ellie bereits wieder zu Hause in Oregon, und mir blieb nichts anderes übrig, als mit ihm zu sprechen – zumindest kurz, bis ich das Telefon weiterreichen konnte.

»Hallo?«, meldete ich mich tonlos.

»Katie? Ich bin es«, sagte er zögerlich.

»Hey, Shane. Ich hole Sage.«

»Warte!«, rief er, ehe ich das Telefon vom Ohr nehmen konnte.

»Was gibt's?«

»Wie geht es den Kindern? Und dir?« Sein Tonfall klang nahezu verzweifelt.

»Die Kids schlagen sich gut. Keller hatte heute einen Mega-Wutanfall, weil er seine Legosteine mit Gavin teilen sollte. Sage hatte schulfrei, weil die Lehrer damit beschäftigt sind, ihre Klassenberichte zu schreiben. Und Gunner stopft sich andauernd meine Kosmetiksachen in den Mund. Er hatte den ganzen Tag lang Lippenstift im Gesicht. Das hartnäckige Zeug, weißt du, das achtzehn Stunden lang halten soll. Ich hab es kaum abbekommen.«

Er lachte, und bei mir brach sich ein Lächeln Bahn.

»Und du?«, fragte er vorsichtig.

»Mir geht's auch gut.«

»War dir wieder schlecht?«

»Nein, keine Sorge. Ich hab alles im Griff.«

»Deshalb frag ich nicht.«

»Doch, das tust du.« Ich stieß ein kurzes verärgertes Lachen hervor. »Ist völlig okay.«

»Es tut mir wirklich leid, Katie.«

»Es muss dir nichts leidtun«, entgegnete ich ruhig.

Ich würde dieses Spiel nicht noch einmal mit ihm spielen. Dieses ständige Hin und Her aus Anziehen und Wegstoßen, das zwischen uns abzugehen schien, hatte ich gründlich satt. Wenn es ihm wirklich leidtäte, dachte ich mir, dann hätte er nicht dauernd neue blöde Sachen gesagt.

Ich wusste, wie er aufgewachsen war. Er hatte seine ganze Kindheit damit zugebracht, von einer Pflegefamilie in die nächste verfrachtet zu werden. Ich wusste auch, dass es ihm schwerfiel, erst zu denken, ehe er den Mund aufmachte, besonders wenn er Farbe bekennen und über seine Gefühle reden sollte. Das hatten wir sogar gemeinsam. Trotzdem war ich niemand, der so rasch und zornerfüllt um sich schlug, wie Shane es tat. Ich hatte eine ganz andere Kindheit als er, und aus diesem Grund hatte ich ihm sehr oft sehr viel verziehen. An irgendeinem Punkt musste man allerdings auch mal ernst werden und sich wie ein Erwachsener verhalten.

»Hör auf, so zu sein«, sagte Shane.

»Wie denn?«

»Als hätte ich deine Gefühle nicht verletzt!«, blaffte er durchs Telefon.

»Hast du nicht. Du warst besorgt wegen der Kinder – ich verstehe das.«

»Verdammt noch mal.« Er seufzte.

Sekundenlang schwiegen wir uns einfach nur an, bevor er wieder anhob und weitersprach.

»Hast du eine Ahnung, wie schwer das hier für mich ist?«, fragte er. »Dir geht es nicht gut, und ich kann nicht das Geringste dagegen tun, weil ich verdammt noch mal hier festsitze. Es spielt keine Rolle, wie krank du bist oder was auch immer zu Hause geschieht. Ich. Kann. Hier. Nicht. Weg.«

»Ich verstehe ja, dass das schwer sein muss …«, warf ich ein.

»Es tut mir leid, okay? Ich hätte dich bei unserem ersten Telefonat nicht so anfahren sollen. Ich war nicht böse auf dich.«

»Ist nicht weiter der Rede wert.«

»Hör schon auf, bitte.«

»Shane, ich habe keine Lust mehr auf dieses Hin und Her mit dir. Du kannst mich nicht ab, dann willst du mich wieder. Du findest mich total prima und ganz plötzlich wieder nervig. Ich bin schwanger und kümmere mich um vier kleine Kinder. Ich habe weder die Zeit noch die Energie, mir Gedanken darüber zu machen, was du für mich empfindest.«

»Katie …« Er hielt eine Weile inne und sprach nicht weiter. »Ich war frustriert darüber, wie schwer du es hattest, und darauf hab ich einfach nicht sehr gut reagiert. Es hat nichts damit zu tun, dass ich denke, du könntest nicht gut genug für die Kinder sorgen … Es hat damit zu tun, dass ich wütend darüber war, nicht bei dir und ihnen sein zu können und mich selber um alles zu kümmern. Okay?«

»Hey, du bist aber gesprächig heute«, erwiderte ich. Der Scherz ging in die Hose. Ich hatte keine Ahnung, wie ich mit den Worten umgehen sollte, die da aus seinem Mund gepurzelt kamen. Wie sollte ich mich verhalten?

»Mensch, Kate. Ich hab zwei Wochen gebraucht, um dich wieder ans Telefon zu bekommen«, grummelte er. »Genug Zeit, um mir ein paar passende Entschuldigungen zurechtzulegen.«

Ich schnaubte. »Versuch einfach … den Ball flach zu halten, einverstanden?« Ich ging aus der Küche, in der ich gerade beim Kochen gewesen war. »Du musst mich nicht jedes Mal anschnauzen, wenn du dir Sorgen machst. Das ist mordsmäßig anstrengend und geht mir tierisch auf den Zeiger.«

»Ja, und du bist ziemlich gut darin, einen mit Schweigen zu bestrafen.«

»Verdammt richtig.«

»Ist denn nun alles mit dir in Ordnung?«, wechselte er abrupt das Thema.

»Ja, es geht mir gut, Shane. Ich werde allmählicher runder. Der Arzt meint, das soll so sein.«

»Ich wette, du siehst verdammt süß aus. Ach, wo wir gerade beim Aussehen sind – es gibt Computer hier, das heißt, wir können miteinander skypen. Könntest du das bei dir einrichten?«

»Ich bin Webdesignerin, Shane. Skype hab ich durchaus schon benutzt.«

»Super. Mist, die Zeit ist um«, sagte er, und ich konnte jemanden im Hintergrund hören. »Ich ruf wieder an, sobald es geht. Sag den Kids, dass ich sie lieb habe, okay?«

»Nein! Jetzt hattest du nicht mal die Möglichkeit, mit ihnen zu sprechen.«

»Ich schicke dir später eine E-Mail, wie du mich über Skype kontaktieren kannst. Dann können wir ausmachen, wann wir diese Woche reden wollen. Sie werden begeistert sein.«

»Ja, da werden sie ausrasten. Pass auf dich auf, ja?«

»Immer.«

Ich wartete darauf, dass er auflegte, konnte ihn jedoch Augenblicke später immer noch am anderen Ende der Leitung hören.

»Hey, Katie?«, sagte er leise.

»Ja?«

»Ich bin echt froh, dass es dir besser geht, meine Schöne. Pass auf meinen Sohn auf, okay?«

Ich brauchte eine Sekunde, um zu begreifen, was er da sagte, und als ich es tat, konnte ich mir das Lächeln nicht verkneifen, das sich auf meinen Lippen ausbreitete. »Es könnte übrigens auch ein Mädchen sein, nur so nebenbei.«

»Nein. Es wird ein Junge«, entgegnete er, und ich hörte an seiner Stimme, dass er ebenfalls lächelte. »Bye, Katie.«

»Bye, Shane.«

Ich stand eine Ewigkeit in dem Durchgang zwischen Wohnzimmer und Küche und sah den Kindern beim Spielen zu. Es waren fünf sehr lange Monate, die uns noch bevorstanden.

Die nächsten paar Monate gingen langsam und schnell zugleich vorbei. Wenn die Kinder und ich auf einen Skype-Anruf von Shane warteten, schien alles nur im Schneckentempo abzulaufen, aber wenn die Deadline einer meiner Kunden näher rückte, musste ich ein halsbrecherisches Tempo vorlegen, um sie einzuhalten.

Die Arbeit lief zufriedenstellend, auch wenn ich erneut Abstriche machen musste. Ich hatte einfach nicht die Energie, so viele Aufträge anzunehmen wie früher und sie obendrein auch noch gut zu machen. Der Gedanke, mittelmäßige Ergebnisse abzuliefern, war unerträglich für mich. Ich hatte außerdem nicht damit gerechnet, mich jetzt, wo ich fast im sechsten Monat war, immer noch gesundheitlich derart schlecht zu fühlen.

Die Ärzte erklärten, dass es sich nach wie vor um die Auswirkungen der Schwangerschaftsübelkeit handele und ich unter Blutarmut leide.

Meine Mutter sagte, ich arbeite zu viel.

Mein Bruder Alex meinte, ich trage ein Alien aus, das mir meine Lebenskraft aussauge.

Und Shane gab gar nichts zum Besten, denn ich hielt vor ihm geheim, dass ich weiterhin unter denselben Beschwerden litt.

Seit er sich dafür entschuldigt hatte, mir am Telefon den Kopf abgerissen zu haben, lief es gut zwischen uns. Prächtig, um genau zu sein. Uns blieb kaum Zeit, miteinander zu sprechen, weil die Kinder unsere Skype-Anrufe – zu Recht natürlich – an sich rissen. Aber die Lücken füllten wir, indem wir uns täglich mailten. Wir schrieben über alles – von Filmen, die wir mochten (einer seiner Kameraden auf dem Stützpunkt hatte einen kleinen DVD Player und eine Verlobte, die ihm zuverlässig sämtliche Neuerscheinungen zusandte), über das, was die Kinder am jeweiligen Tag angestellt hatten, bis hin zu Websites, die mich in den Wahnsinn trieben. Außerdem lud ich tonnenweise Fotos bei Facebook hoch, damit er sie durchsehen konnte, wann immer er einen kurzen Moment Zeit hatte. So hielt ich jeden wichtigen Schritt in der Entwicklung der Kinder fest, von verlorenen Milchzähnen bis hin zur ersten Nacht, da einer der Kleinen trocken war.

Durch unseren E-Mail-Austausch waren wir erneut so etwas wie Freunde geworden, und das war ein wirklich gutes Gefühl. Doch es brachte auch mit sich, dass meine Anspannung stieg. Je näher wir uns kamen, desto mehr Angst hatte ich davor, dass ihm etwas zustieß – und wollte ihm umso weniger Sorgen mit den Dingen bereiten, die daheim in Kalifornien vor sich gingen.

Ich wollte nicht, dass er erfuhr, wie ich nachts bis ein oder zwei Uhr aufblieb, um dringende Projekte abzuschließen, und anschließend, sechs Stunden später, aus dem Bett fiel, um Sage für die Schule fertig zu machen. Ich erzählte ihm auch nicht, dass ich mir angewöhnt hatte, mich auf einen Stuhl zu setzen, wenn ich das Abendessen machte, da ich um fünf Uhr nachmittags herum bereits zu kaputt war zum Stehen. Und ich verheimlichte aus irgendeinem Grund, dass Gunner angefangen hatte, viermal die Woche um vier Uhr nachts aufzuwachen, und wir beide es kaum schafften, wieder einzuschlafen, bevor mein Wecker klingelte. Meistens gelang es nur mithilfe meiner Gitarre, die ich hervorholte, um für ihn zu singen. Die Songs der isländischen Band *Of Monsters and Men* mochte er dabei am liebsten.

Doch ich schaffte es. Klar, ich sah geradezu beschissen aus, abgesehen von den Abenden, an denen ich wusste, dass er mich auf dem Computerbildschirm sehen würde – aber hey, ich musste ja auch niemanden beeindrucken.

Es war der dritte Monat des Auslandseinsatzes, als Shanes Geburtstag anstand. Er versprach, sich am Abend über Skype zu melden, und ich verbrachte den Abend damit, die Jungs zu baden und dem Anlass entsprechend herauszuputzen. Auf dem Weg von Sages Schule nach Hause besorgte ich sogar noch einen Kuchen, damit es sich wie eine richtige Party anfühlte.

Als an diesem Abend um acht Uhr der Computer das Signal eines eingehenden Anrufs von sich gab, waren wir bereit. Fast jedenfalls. Meinen Laptop hatte ich auf einen Stuhl am Ende des Zimmers gezwängt, damit er sehen konnte, wie die Kinder aufgeregt umherrannten und ich mit Gunner und der Gitarre im Anschlag auf der Couch saß.

»Happy Birthday!«, schrien die Kinder, als Shanes sonnengebräuntes Gesicht auf dem Bildschirm auftauchte.

»Danke, ihr Lieben!«, sagte er mit einem riesigen Grinsen auf dem Gesicht, während er noch an seinen Ohrstöpseln fummelte, die er trug, um uns hören zu können.

Ich schlug die ersten Akkorde des Geburtstagsliedes an, wie wir es vorher geübt hatten, und die Kinder fingen ausgelassen zu singen an, während Gunner mit großen Augen neben mir saß und dazu mit dem Kopf nickte. Kurioserweise war der Einjährige der Einzige, der so etwas wie Rhythmusgefühl zu haben schien.

Als wir fertig gesungen hatten, rief Keller auf und ab springend: »Wir haben einen Kuchen für dich!«

»Wirklich?«, erwiderte Shane und hob die Augenbrauen. »Was denn für einen?«

»Ich hol ihn!«

»Einen Moment, Kumpel!«, rief ich Keller zu. In meiner Vorstellung kratzte ich bereits dicken Zuckerguss vom Wohnzimmerteppich. »Wieso lässt du ihn nicht Sage holen?«

Sage rannte hinaus, und Shane kicherte leise. »Was habt ihr heute so gemacht?«

»Ich habe gebadet«, verkündete Gavin mit finsterem Gesicht.

»Mit meinen Bauklötzen gespielt«, schrie Keller wieder.

»Nicht so laut, Kumpel«, warnte ich ihn. Gunner rutschte eben runter auf meinen Schoß – das hieß, zwischen mich und die Gitarre, die ich immer noch hielt, um meinen größer werdenden Bauch zu verdecken.

Es war albern, doch normalerweise stand der Laptop so, dass Shane uns nur von der Brust aufwärts sehen konnte, und ich fühlte mich mittlerweile etwas befangen, da ich mir selbst so bewusst war.

»Es sind auch meine Bauklötze!«, versetzte Gavin an Keller gewandt.

»Eigentlich aber meine«, entgegnete Keller.

»Jungs«, mahnte Shane streng, und die beiden waren sofort still. »Genug jetzt.«

Weiß Gott, ich wünschte, dass jemals drei Worte aus meinem Mund ausgereicht hätten, um sie so schnell zum Schweigen zu bringen.

»Guck, Daddy«, rief Sage und trat nah vor die Kamera, den kleinen Kuchen vor sich, den ich geholt hatte.

»Das ist ein ganz toller Kuchen!«, sagte Shane nickend. »Schokolade?«

»Jaaa!«

»Warum setzt ihr euch nicht schon mal an den Tisch und Tante Katie bringt den Laptop in die Küche, während ihr esst?«

»Jaaa!«, schrien Keller und Gavin im Gleichklang, und ihr vereintes Gekreisch ließ Shane heftig zusammenzucken, bevor er lachte. Die plötzliche Steigerung der Lautstärke musste in seinen Ohren wie eine Explosion geklungen haben.

Ich setzte Gunner ab, damit er den anderen in die Küche folgen konnte, und stand auf, die Gitarre noch immer etwas unbeholfen vor mir.

»Hey«, sagte ich, ehe ich die Lippen zusammenpresste und ein mildes Lächeln aufsetzte.

»Hey.« Er lächelte erfreut zurück.

Es war das erste Mal seit Wochen, dass ich ihn vor mir hatte und mit ihm sprechen konnte, ohne dass die Kinder an mir rauf- und runterkletterten. Auf einmal war ich schüchtern, so relativ allein mit ihm.

»Was machst du denn immer noch mit der Gitarre?«, wollte er wissen.

»Ähm.« Großartig, Katherine. Ähm ist keine Antwort. Reiß dich zusammen.

»Ich würde dich so gern sehen«, sagte er sanft. »Nimm die Gitarre runter.«

»Ähm. Ich bin schon ein bisschen dicker geworden ...«

»Lass mich mal sehen, Katie«, verlangte er gutmütig.

Ich drehte mich einmal ganz herum, um die Gitarre zurück in ihren Koffer zu legen, als mich ein bewundernder Pfiff zusammenschrecken ließ, der durch die Lautsprecher des Laptops schrillte.

Ich lachte, als ich mich wieder zu ihm umwandte, doch der Blick auf seinem Gesicht ließ mich sofort verstummen.

»Sie macht sich langsam bemerkbar«, bekannte ich etwas verlegen und strich mit einer Hand über die deutliche Wölbung meines Bauches.

»Sieh dich einer an«, hauchte er. Ein leichtes Lächeln stahl sich auf seine Lippen. »Du bist wunderschön.«

»Ja?«

»Oh ja.« Sein Lächeln wurde breit.

»Tante Kate, komm endlich!«, rief Keller aus der Küche herüber und beendete unseren intimen Moment.

»Jetzt lasst uns den Geburtstagskuchen anschneiden«, sagte ich und ging auf den Laptop zu.

»Kann es kaum erwarten«, erwiderte er schmunzelnd, und ich hatte das eindeutige Gefühl, dass er mir auf die Brüste starrte.

Die Kinder waren den Rest des Abends völlig aus dem Häuschen, und ich konnte es ihnen kaum verübeln. Ein Skype-Anruf und Kuchen, alles an einem Abend? Das war fast wie Weihnachten.

Als ich endlich ins Bett ging und den Laptop auf meinem Schoß platzierte, war ich nicht sicher, wie lange es dauern würde, bis mir die Augen zufielen. Ich musste mir noch dringend Gedanken über ein paar Vorschläge für einen Kunden machen, und ich wusste, dass sich diese als ziemlich großer Mist entpuppen würden, wenn ich noch heute Nacht versuchte, sie zu brainstormen.

Also loggte ich mich stattdessen auf Facebook ein und fing an, die Bilder des heutigen Abends hochzuladen. Ich wusste, dass meine Mom und Tante Ellie sich mordsmäßig freuen würden, wenn sie sahen, wie aufgeregt die Kids anlässlich der Geburtstagsparty gewesen waren. Als Shane mich plötzlich anchattete, streckte ich unvermittelt den Rücken, als könnte er mich sehen.

Shane: *Bist du noch wach?*

Ich ließ die Knöchel knacken, schüttelte die Hände über der Tastatur aus und starrte auf die beiden Wörter. Verdammt, wenn ich nicht antwortete, würde er sich wieder ausloggen!

Kate: *Ja, lade gerade ein paar Bilder von heute Abend hoch :)*

Shane: *Sind bestimmt toll geworden.*

Kate: *Auf einem hat Gunner Kuchenglasur in den Haaren und in der Nase.*

Shane: *Haha. Wie hat er denn das geschafft?*

Kate: *Bin relativ sicher, dass Keller da mehr weiß.*

Shane: *Würde mich nicht wundern.*

Kate: *Und … was machst du schon wieder online?*

Shane: *Hatte noch ein bisschen Zeit.*

Kate: *Und da dachtest du, stalke ich sie mal auf Facebook?*

Shane: *So ungefähr.*

Kate: *Na, dann stalke mal.*

Shane: *Hey, vorhin hast du von dem Baby als »sie« gesprochen …*

Kate: *Und?*

Shane: *Weißt du es etwa schon?*

Kate: *Ach! Nein! Du sagst bloß immer »er«, also hab ich mich entschieden, »sie« zu sagen. So, habe ich mir gedacht, liegt wenigstens einer von uns beiden richtig. Der Termin war noch nicht.*

Shane: *Ist aber ziemlich bald, oder?*

Kate: *Ja, nächste Woche. Ich hab erst dann einen Termin bekommen.*

Shane: *Meinst du, du könntest mir zuallererst Bescheid geben? Ich weiß, dass du es unbedingt deiner Mom erzählen willst.*

Kate: *Gut, du wirst es als Erster erfahren, ich versprech's.*

Eine Zeit lang tauchte keine weitere Nachricht auf, und ich behielt das grüne Häkchen auf dem Bildschirm im Auge, das anzeigte, dass er online war, aus Angst, es würde im nächsten Moment verschwinden.

Shane: *Du siehst umwerfend aus.*

Mein Magen machte einen kleinen Sprung, und ich verdrehte die Augen, als ich mir vorstellte, was er sähe, wenn wir jetzt skypen würden. Das leichte Augen-Make-up, das ich vorher getragen hatte, und der Abdeckstift, der meine dunklen Augenringe kaschiert hatte, waren längst abgewischt. Ich sah einfach nur fertig aus.

Kate: *Ha! Du willst doch bloß Sex.*

Shane: *Na ja, das auch. LOL*

Kate: *Bekommst du aber nicht!*

Shane: *Du solltest besser auch keinen bekommen.*

Kate: *Wann hätte ich denn schon Zeit dafür?*

Shane: *Kate.*

Kate: *Hör auf mit diesem »Kate«. Du weißt, dass ich es mit niemand anderem treibe.*

Shane: *Treiben klingt komisch.*

Kate: *Treiben treiben treiben treiben.*

Shane: … *und schon ist er steif.*

Kate: *Ernsthaft?*

Shane: *Fast.*

Kate: **Prust* Wie alt bist du? Dreizehn?*

Shane: *Du hast riesige Brüste gekriegt.*

Kate: *Gespräch beendet.*

Shane: *LOL. Es stimmt aber.*

Kate: *Auch wieder wahr.*

Shane: *Vermisse dich.*

Meine Hände schwebten zitternd über der Tastatur. Ich war unschlüssig, ob ich dasselbe zurückschreiben sollte.

Kate: *Wir vermissen dich auch.*

Shane: *Schick mir mal ein paar Bilder.*

Kate: *Ich poste doch ständig welche! Scroll durch meine Facebook-Timeline.*

Shane: *Auf denen bist aber nirgends du drauf.*

Kate: *Das könnte daran liegen, dass ich diejenige bin, die die Bilder macht.*

Shane: *Ich will dich sehen.*

Kate: *Okay.*

Shane: *Keine Nacktbilder. Jedes Mal, wenn ich mich hinsetze, schaut mir irgendein Typ über die Schulter – ich schwör's.*

Kate: *Ich hätte dir doch keine Nacktbilder geschickt!*

Shane: *Und ob du das hättest :)*

Kate: *Reines Wunschdenken.*

Shane: *Und wie. Du. Kannst. Es. Dir. Nicht. Vorstellen.*

Er flirtete mit mir. Flirtete. Mit mir! Ich wusste gar nicht, wie ich darauf reagieren sollte. Klar hatten wir unsere gemeinsamen Momente gehabt, aber abgesehen davon, dass wir ein paarmal zusammen im Bett gelandet waren, hatten sich unsere Gespräche aufs Platonische beschränkt.

Shane: *Bist du noch da?*

Die Nachricht riss mich aus meiner Benommenheit.

Kate: *Bin hier.*

Shane: *Ich lass dich mal besser in Ruhe – ist ja schon spät bei euch. Du solltest längst schlafen.*

In Wahrheit hatte ich noch mindestens zwei Stunden Arbeit vor mir.

Kate: *Okay. Pass auf dich auf. Skypen wir bald wieder?*

Shane: *Tu ich immer.*
Ja, übernächste Woche.

Mein Magen verkrampfte. Ich wusste, dass es besser war, keine Fragen zu stellen, aber bislang hatte er jede Woche einmal die Möglichkeit gehabt, zu skypen. Ich wollte mir gar nicht ausmalen, was der Grund dafür war, dass es diesmal anders sein sollte.

Shane: *Gute Nacht, Katie.*

Kate: *Dir auch.*

Ich starrte auf den Bildschirm, wartete, dass er sich abmelden würde, als nach ein paar Sekunden eine weitere Nachricht ankam.

Shane: *Wirklich wunderschön.*

Bevor ich darauf antworten konnte, war er weg. Vermutlich war es auch besser so.

»Keller, komm sofort wieder zurück an den Tisch damit!«, rief ich den Tränen nahe, während ich versuchte, Gunner sauber zu kriegen.

Bei dem armen Jungen kamen gerade die Backenzähne, was mit Durchfall einherging. Beim ersten Mal, als das passiert war, hatte ich mich total erschrocken, doch als ich völlig panisch beim Kinderarzt anrief, beruhigte mich die Sprechstundenhilfe. Anscheinend reagierten manche Kinder auf neue Zähne mit Durchfall, und ausgerechnet einem meiner Jungs ging es eben so, ich Glückspilz! Gunner hatte noch nie halbe Sachen gemacht.

»Kell! An den Tisch! Jetzt sofort!« Meine Nerven gerieten zunehmend ins Flattern, als Gavin auch noch sein Eis vorn auf sein grünes T-Shirt schmierte.

»Tante Kate, ich kann die Windeln nicht finden«, klagte Sage verzweifelt und kam die Treppe herunter.

»Sie müssen auf dem Wickeltisch liegen, wo sie immer liegen«, gab ich zurück und pustete mir eine Haarsträhne aus der Stirn.

»Ich glaub, sie sind alle.«

»Shit«, entfuhr es mir, als mir einfiel, dass ich heute hatte welche kaufen wollen.

»Shit«, plapperte Gunner mir nach.

Ich ignorierte ihn, als plötzlich mein Laptop Geräusche von sich gab.

»Daddy!«, rief Keller und blieb abrupt vor dem Küchentisch stehen.

»Keller, wenn du diesen Laptop mit deinen klebrigen Fingern auch nur berührst, hast du die restliche Woche Nintendo-Verbot!«, kreischte ich, hob Gunner mit seinem nackten Hintern vom Boden und stand auf.

Wir hatten seit fast drei Wochen nicht mehr mit Shane gesprochen, bis ich am Abend zuvor endlich eine E-Mail bekommen hatte, dass er uns am folgenden Tag anrufen würde. Unglücklicherweise stellte sich dieser ausgerechnet als einer der härtesten Tage heraus, die ich bislang seit seiner Abreise erlebt hatte.

»Darf ich rangehen?«, fragte Sage, den Finger über der Tastatur.

»Mach nur, Sage.« Ich seufzte und gesellte mich zu den großen Kids, die alle um den Laptop herum versammelt standen.

»Hey, ihr Lieben!«, rief Shane fröhlich.

»Hi, Daddy!«

»Ich hab beim Diktat alles richtig geschrieben!«, übertönte Sage Kellers Begrüßung.

»Hab ’nen Kratzer abgekriegt«, schrie Gavin und hielt den Arm hoch, an dem er eine mittlerweile verschorfte, fünf Zentimeter lange Schürfwunde trug. »Ist ein Pflaster drauf.«

»Das ist ganz toll, Prinzessin. Und der Kratzer sieht ja richtig fies aus«, antwortete Shane einem nach dem anderen wie ein Profi. »Wie ist das passiert?«

»Ich hab vier Impfungen gekriegt«, verkündete Keller, um nicht übergangen zu werden.

»Sehr tapfer, Kumpel. Jetzt kannst du nächstes Jahr in den Kindergarten.«

»Hey, Katie«, fügte Shane lächelnd hinzu, als ich mich schließlich von der Seite in die Gruppe vor dem Bildschirm zwängte, um Gunner seinen Dad zu zeigen. »Hi, Gunner.«

Gunner lächelte und drehte sich schnell weg, um sein

Gesicht in meine Halsbeuge zu legen. In letzter Zeit verhielt er sich allen Leuten gegenüber wahnsinnig schüchtern, einschließlich Shane.

»Hey …«

»Gunner pinkelt!«, rief Keller und fing hysterisch zu lachen an.

Ich fühlte, wie sich der warme nasse Fleck seitlich auf meinem Bauch ausbreitete.

»Ach, verdammt«, murmelte ich, und meine Lider fuhren vor Ärger herab.

»Wieso ist er denn ohne Windel?«, fragte Shane durch sein eigenes Gelächter hindurch.

»Tante Kate hat vergessen, welche zu besorgen, und jetzt haben wir keine mehr«, half Sage mit einer Erklärung aus.

Meine Augen füllten sich mit Tränen.

Gunner war halb nackt, Gavin sah wie ein Schmuddelkind aus, das T-Shirt mit lila Zuckerkram bedeckt, Keller verhielt sich noch störrischer als sonst, und Sage hatte mich soeben ungewollt verpetzt. Um dem Ganzen die Krone aufzusetzen, sah ich selbst auch noch furchtbar aus – und fühlte mich noch schlimmer.

»Sage«, rief Shane, den Blick gespannt auf den Bildschirm gerichtet, »hast du in der Wickeltasche nachgesehen?«

»Nein!« Sie zwängte sich durch die Jungs und rannte in den Flur in Richtung Haustür, wo wir die Tasche aufbewahrten.

»Macht ihr es eurer Tante heute ein bisschen schwer?«, fragte er die Jungs, als Sage weg war.

»Nein!«

»Ich war ganz brav!«

»Tante Kate sieht aber aus, als hätte sie einen anstrengenden Tag gehabt«, teilte Shane ihnen mit, worauf alle ihre Köpfe mir zuwandten.

Sie sahen mich an, als hätten sie nicht ansatzweise mitbekommen, dass ich den ganzen Tag schon drauf und dran war, durchzudrehen.

»Ist schon okay, Shane«, sagte ich und lächelte den Jungs zu. »Ich bin bloß etwas müde.«

»Und sie muss wegen dem Baby immer weinen«, setzte Keller ernst hinzu.

»Ah ja? Wie oft denn?«

»Nicht so oft«, kam ich ihm zuvor.

»Ich hab eine gefunden!«, rief Sage und kam zurückgerannt.

»Oh, Gott sei Dank. Ich hätte auch nicht gewusst, wie ich so mit ihm in den Laden hätte gehen sollen«, gab ich zu und schnappte die Windel aus Sages ausgestreckter Hand.

»Hey, ihr Großen, ihr kommt jetzt alle und redet mit euerm Daddy«, sagte Shane. »Damit Tante Katie so lange Gunner wickeln kann.« Die kleinen Ungeheuer waren sofort still.

»Na dann, los geht's, mein Äffchen«, raunte ich Gunner zu und trug ihn die Treppe rauf.

Nachdem ich uns beide umgezogen hatte, trottete ich wieder nach unten, Gunner seitlich auf meinen Bauch geschmiegt. Ich wurde von Tag zu Tag dicker, ich schwör's. Schon bald würde Gunner ganz darauf sitzen können.

»Okay, die Zeit ist um, meine Lieben«, hörte ich Shane zu den Kindern sagen, die sich alle auf einen einzigen Küchenstuhl gequetscht hatten, um mit ihrem Dad zu reden. »Holt ihr mal Kate?«

»Hier bin ich«, rief ich und eilte in die Küche.

»Hab euch lieb«, verabschiedete sich Shane von den Kindern, die ihm Kusshände zuwarfen und zum Abschied winkten. »Heute Abend steht noch, Katie?«

»Ja.«

Mehr sagten wir nicht. Wenn die Kids rauskriegten, dass wir

später noch einmal skypen würden, hätten sie sich nie und nimmer ins Bett bringen lassen.

»Und den Supermarkt nicht vergessen.«

»Glaub mir, ganz bestimmt nicht«, murrte ich und brachte ihn damit zum Lächeln.

»Tschüss, meine Lieben!«

Der Bildschirm wurde dunkel, und er war weg.

Ich hasste es jedes Mal, wenn das geschah.

»So, Andersons! Ab ins Auto. Wir brauchen Windeln und Milch, sonst verhungern wir hier noch, überflutet von Gunners Pipi.«

Ich hielt den Umschlag in der Hand und zwang mich, ihn noch nicht zu öffnen. Seit zwei Wochen lag er nun hier, und ich konnte es nicht länger hinauszögern. Ich steckte den Finger in den schmalen Schlitz, durch den ich bereits hineingelinst hatte, und bekam fast einen Herzinfarkt, als der Laptop klingelte.

»Hey, Fremde.«

»Selber hey.«

Wir lächelten uns eine ganze Zeit an. Es war so herrlich, einmal sein Gesicht zu sehen, ohne dass vier kleine Ungeheuer um einen herumsprangen und versuchten, sich gegenseitig zu übertönen.

»Anstrengender Tag, was?«, fragte er schließlich.

»Hör bloß auf. Zum Glück haben wir wenigstens eine Riesenpackung Windeln gekauft. Die sollte für eine Weile reichen. Ein paar hab ich sogar da und dort im Haus versteckt, für alle Fälle.«

»Gut gemacht.« Er lachte und hob die Hand, um sich über das Gesicht zu reiben. »War der Ultraschalltermin schon?«

»Ja, alles bestens. Dein kleines Ungeheuer ist etwas groß geraten, aber sonst verläuft alles prima.«

»Gut. Das ist sehr gut.«

Ich lächelte selbstgefällig, während er ungeduldig herumzappelte. Er versuchte genügend Mut aufzubringen, um mich zu fragen, und ich hatte ihn noch nie so nervös erlebt.

»Und?«, fragte er endlich.

»Und was?«

»Was kriegen wir?«

»Ein Baby«, versetzte ich unschuldig.

»Kate«, grollte er. Ich musste lachen.

»Ich weiß es nicht.«

»Was? Warum haben sie es dir denn nicht gesagt ...« Er erstarrte, als er den Umschlag sah, den ich langsam ins Bild hob. Ich wedelte damit. »Ich fand, wir könnten ja zusammen reinschauen«, sagte ich lächelnd.

Zu sehen, wie sein Gesichtsausdruck von Verärgerung zu ehrfurchtsvoller Freude wechselte, war ein Anblick, den ich nie im Leben vergessen würde.

»Du hast gewartet?«, fragte er mit weicher Stimme.

»Ich hab mir gedacht, du wolltest es vielleicht zusammen mit mir erfahren.«

»Danke, Katie.«

»Tja, jetzt schuldest du mir was. Ich musste mich ganz schön beherrschen, um ihn nicht öffnen.«

»Und du hast nicht geguckt?«

»Hab durchaus dran gedacht.« Ich hielt den Umschlag so, dass er den schmalen Spalt sehen konnte. »Aber ich wollte, dass es eine Überraschung wird, also hab ich mich zusammengerissen.«

»Das ist dir gelungen.«

»Ja?«

»Ja.«

Ich schob meinen Finger in den kleinen Schlitz und riss den Umschlag ganz auf. Danach machte ich eine kurze Pause, ehe ich das Blatt herauszog.

»Ist es dir wichtig? Ich meine, macht es für dich einen Unterschied, ob es ein Junge oder ein Mädchen wird?« Plötzlich war auch ich nervös. Wir befanden uns hier auf unerforschtem Gebiet, und im Grunde war zwischen uns nichts geregelt. Was, wenn er enttäuscht sein würde?

»Es macht keinen Unterschied für mich, Katie«, antwortete Shane mit einer solchen Zärtlichkeit, dass ich einen Kloß im Hals spürte. »Und jetzt mach schon, ich halte es jetzt wirklich nicht mehr aus.«

Ich gab ein tränenersticktes Lachen von mir und zog das Blatt heraus. Nachdem ich es entfaltet hatte, hielt ich es vor den Bildschirm, damit ich allein Shanes Reaktion sehen konnte.

Sein Mund blieb offen stehen, dann schloss er ihn rasch wieder und sah mich an, den Unterkiefer gespannt. Er schniefte einmal durch die Nase und rieb sich danach mit der Hand seitlich über das Gesicht.

»Willst du nicht auch nachsehen?«, fragte er mit einem leisen verlegenen Lachen.

»Nein«, erwiderte ich gedehnt. Dazu hatte ich mich entschieden, noch ehe ich das Blatt auf den Schoß sinken ließ. »Ich möchte es von dir hören.«

Er fuhr sich mit beiden Händen über das Gesicht, bevor er tief Luft holte und zu lächeln anfing. »Eine Prinzessin.«

Meine Augen wurden groß vor Erstaunen, und er lachte über meine verblüffte Miene. Ich hatte ihn immer damit aufgezogen, dass wir ein Mädchen kriegen würden, doch selber hatte ich im Grunde nicht daran geglaubt. Nachdem er so viele Jungen gezeugt hatte, war ich auf den Gedanken verfallen, dass Sage im Grunde ein Ausrutscher war. »Niemals.«

»Also, wenn die Ultraschalluntersuchung nicht völlig danebenging, dann ...«

»Sie haben eine komplette Aufnahme von allem gemacht«, murmelte ich zerstreut und nahm das Blatt. Ich drehte es, um mich selbst zu vergewissern. Da war unser Töchterchen, mit einem Pfeil daneben, der auf es deutete, und der Angabe des Geschlechts.

Er lachte schallend. »Wie konntest du denn übersehen, dass da der kleine Penis fehlt?«

»Ich hab doch keine Ahnung, wie das alles im Mutterleib auszusehen hat!« Ich schüttelte den Kopf. »Ich kann nicht fassen, dass wir ein kleines Mädchen kriegen.«

»Du weißt, was das bedeutet, oder?«, fragte Shane mit einem kurzen Schnauben.

»Was?«

»Von Gunners Sachen wird nichts zu ihr passen. Sie wird alles in Rosarot brauchen, und dazu viele Rüschen.«

»Oh, wer schert sich denn um so was! Sie kann ja wohl in einem blauen Pyjama schlafen.«

»Und was ist mit dem Kindersitz, den übrigen Anziehsachen, den Mützen, Strampelanzügen, Socken ...«

»Ja, ist ja schon gut. Ich hab verstanden!«, unterbrach ich ihn.

»Noch ein kleines Mädchen«, sagte er sanft.

»Ja.« Meine Mundwinkel zuckten. »Denkst du, Sage wird sauer darüber sein?«

»Aber nein! Sie wird die Einzige von dem Haufen sein, die sich richtig drüber freut.«

»Wahrscheinlich hast du recht«, stimmte ich ihm zu. »Ist es komisch, dass ich es plötzlich viel weniger erwarten kann, deinen Nachwuchs auf die Welt zu bringen?«

»Ich wünschte, ich könnte dich jetzt anfassen«, vermeldete er und riss mich aus meinem Tagtraum, der aus Sonntagskleidern zu Ostern und riesigen rosa Schleifen bestand, die auf einem niedlichen kleinen Köpfchen saßen. »Was?«, fragte ich. Dabei hatte ich ihn genau verstanden.

»Ich wünschte, ich könnte dich jetzt in diesem Augenblick anfassen.«

Ich sah, wie sein Adamsapfel hüpfte, als er schwer schluckte. »Und spüren, wie sie sich in deinem Bauch bewegt. Ich würde dir den Rücken massieren und dich küssen. Ich hasse es, dass ich alles verpasse.«

»Ich vermiss dich auch«, gab ich murmelnd zurück.

»Heb doch mal dein T-Shirt«, bat er leise und warf einen verstohlenen Blick über seine Schulter.

»Oh nein.«

»Ich will dich sehen. Komm schon. Mir zuliebe.«

Ich starrte ihn widerwillig an.

»Bitte.«

Mein Magen vollführte einen kleinen Sprung, als ich nachgab, und mein Herz raste förmlich, als ich die Hände an den unteren Saum meines Shirts legte.

»Mein altes T-Shirt wird sowieso bald total ausgeleiert sein.«

»Stört dich das?«

»Kein bisschen.«

Er richtete den Blick konzentriert auf den Bildschirm, während ich am Saum des Shirts fummelte, und seine Augen begannen zu leuchten, als ich es über meinen Bauch zog und an meine Brüste drückte.

»Zieh es aus«, forderte er ruppig, die Sehnen an seinem Hals gespannt. »Ganz, Kate.«

Ich schloss die Augen und zog mir das T-Shirt über den Kopf. Ich machte die Augen erst wieder auf, als ich ihn tief ausatmen hörte.

»Verdammt«, stöhnte er. Seine Pupillen waren erweitert zu fast gänzlicher Schwärze. »Weißt du, was wir jetzt tun würden, wenn ich bei dir wäre?«

Ich nickte stumm und sah zu, wie er mich betrachtete.

»Du bist einfach unglaublich, Kate. Junge, diese Brüste ...« Ich geriet über sein Schwärmen etwas ins Lachen. Gleich darauf schob ich meinen Kopf wieder in das Shirt, zog es herab und verbarg meinen Körper vor seinen Blicken.

Nicht verbergen ließ sich dagegen, wie meine Nippel sich unter seinem Blick gehärtet hatten. Sie rieben nun deutlich spürbar unter seinem alten T-Shirt.

»Ich werde jetzt mal duschen gehen«, versetzte er und schob den Stuhl zurück.

»Moment mal – jetzt?«

»Jetzt sofort.«

Ich musste total lachen, als ich sah, wie ihm die Röte in die Wangen schoss.

»Okay, na dann. Sei vorsichtig.«

»Immer.«

»Skypen wir bald wieder?«

»Ich schick dir nachher eine Mail. Schlaf gut, du siehst erschöpft aus.«

»Na danke«, murrte ich.

»Schlaf, Katie.«

»Na schön, mache ich. Hör auf, dir Sorgen zu machen.«

»Hey, Kate?«, sagte er, als ich schon nach der Tastatur greifen wollte.

»Ja?«

»Danke. So etwas hat noch nie jemand für mich getan. Das war die schönste Überraschung überhaupt.«

Der Bildschirm wurde schwarz, als ein unmerkliches Lächeln um meine Mundwinkel spielte.

Was war nur mit diesem Mann los, dass er immer das letzte Wort haben musste?

Kapitel 9

Shane

Vor Zorn die Hände zu Fäusten geballt, zwang ich mich, nicht loszubrüllen, während mich mein Pflegevater zutextete. Ich liebte ihn, aber es reizte mich maßlos, dass er nicht endlich Kate ans Telefon holte. Das war nun schon das dritte Mal, dass ich anrief und an der Nase herumgeführt wurde, dabei war ich längst kurz davor, irgendetwas kurz und klein zu schlagen.

Kate hatte die Kids zum Ende des Spätsommers mit nach Oregon genommen, worüber ich nicht allzu begeistert gewesen war. Ich wusste, sie liebten es, dort zu sein, und mir war auch klar, dass unsere Verwandtschaft sie höchstwahrscheinlich verwöhnen würde bis zum Gehtnichtmehr. Aber Kate war jetzt in der letzten Phase ihrer Schwangerschaft, und der Gedanke, dass sie sich allein mit vier Kindern ins Flugzeug setzte, hatte mir gar nicht gefallen. Als wir knapp eine Woche nach ihrer Ankunft dort geskypt hatten, war ich es schließlich leid gewesen, weiter herumzunörgeln.

Mir war kaum klar gewesen, wie erschöpft sie in den letzten paar Monaten ausgesehen hatte. Doch als ich sie am Küchentisch ihrer Eltern hatte sitzen sehen – mit rosigen Wangen und einem fröhlichen Grinsen im Gesicht, fast keine Spur mehr von irgendwelchen dunklen Ringen unter ihren Augen –, war der Unterschied selbst für mich kaum noch zu übersehen gewesen. Endlich versprühte sie dieses Leuchten, das man schwangeren Frauen nachsagte und das zumeist dann einsetzte, wenn sie sich nicht mehr laufend übergaben, sondern ihr Essen auch mal drinbehielten und dazu ein paar Nächte durchschliefen.

Es überrumpelte mich völlig, doch obwohl ich sie in Wahrheit monatelang nicht gesehen hatte, waren wir uns während meiner Abwesenheit nähergekommen. Nun, da mein Einsatz sich dem Ende näherte, konnte ich es kaum abwarten, wieder zu ihr nach Hause zurückzukehren. Irgendwann hatten meine Gefühle sich verändert, von Verwirrung und Schuld hin zu etwas, das sich weniger leicht deuten ließ. Sie war witzig. Sie ließ sich meinen Kram nicht bieten, wurde aber auch ganz selten nur wütend oder fies. Stattdessen entschärfte sie unsere Streitereien entweder durch Sarkasmus oder indem sie das Thema ganz wechselte und über etwas anderes sprach, was bei mir regelmäßig dazu führte, dass ich Schwierigkeiten hatte, ihr gedanklich noch zu folgen. Sie war klüger als ich, und ich fand das unendlich sexy.

Hübsch war sie schon immer gewesen. Doch wenn wir redeten und uns gegenseitig neckten, war mir, als könnte ich sie ganz neu wertschätzen. Ihre Rundungen, auf die ich sonst nie einen zweiten Blick verschwendet hätte, begannen mich zu faszinieren. Meine Güte, ich begann sogar zu träumen – von der Breite ihrer Schenkel und der glatten Haut dazwischen. Beschämt wie ein Teenager fuhr ich nachts aus feuchten Träumen auf.

Es veränderte sich etwas, und das ging schon seit einer Weile so. Genau deshalb war ich allmählich stinksauer, dass mich anscheinend niemand mit ihr reden ließ. Die E-Mails, die ich ihr in den letzten beiden Tagen geschrieben hatte, hatte sie umgehend beantwortet, war allerdings nie darauf eingegangen, dass ich mit ihr skypen wollte. Und jedes Mal, wenn ich entweder bei ihren oder meinen Eltern anrief, schien ganz offenbar niemand bereit zu sein, mir zu sagen, was los war.

»Wo zum Donnerwetter ist Kate?«, fauchte ich schließlich. Ich hatte Mike mitten im Satz unterbrochen. »Und wieso zur Hölle ist sie immer noch nicht wieder mit meinen Kindern in Kalifornien? Die Schule fängt bald an.«

»Beruhige dich, Sohn.«

»Nein, das ist einfach lächerlich. Sag Kate, dass ich heute Abend um sieben Uhr eurer Zeit online bin. Ich will mit meinen Kindern skypen.«

Ich knallte den Hörer auf und wischte mir mit einem Papiertaschentuch, das ich in der Tasche herumtrug, den Schweiß vom Gesicht. Es war höchste Zeit, dieses ganze Drama zu beenden. Ich musste schleunigst nach Hause.

»Hi, Daddy!«, begrüßte mich Sage, als die Verbindung endlich stand.

Ich stieß vor Erleichterung einen Seufzer aus, als ich Kate inmitten der Kinder sitzen sah, mit Sage und Gavin auf der einen Seite und Keller auf der anderen. Sie quetschten sich eng zusammen, und außer ihren Gesichtern konnte ich kaum etwas erkennen.

»Hey, meine Lieben. Habt ihr Spaß bei Oma und Opa?«

»Wir sind mit dem großen Lkw gefahren«, berichtete mir Gavin außer sich. Dabei wedelte er mit den Armen und traf Kate um ein Haar im Gesicht.

»Ach ja?«

»Onkel Bram hat mich auf dem Trecker mitfahren lassen. Opa hat uns zum Angeln mitgenommen.«

»Wow, ihr wart ja wirklich gut beschäftigt.« Ich musste lächeln, als ich ihre vergnügten Gesichter sah, und zum ersten Mal seit Tagen hörte mein Magen auf zu revoltieren. »Wo steckt denn Gunner?«

»Bringst du ihn mal rüber zu uns, Mom?«, bat Kate und sah zur Seite.

Zuerst tauchten seine Arme auf, dann die eine Seite seines Kopfes. Ich wollte gar nicht glauben, wie sehr er in meiner Abwesenheit gewachsen war. Sein Haar sah so viel voller und länger aus als damals, da ich ihn zuletzt auf dem Arm gehalten hatte, und sein Körperbau war so viel stämmiger.

Ich grinste, als ich sah, wie Keller das Gesicht verzog, als Gunner ihm den Blick auf den Bildschirm versperrte.

Dann gefror mir auf einmal das Blut in den Adern.

»Mama! Mama! Mama!«, jammerte Gunner, wandte und drehte sich, um in Kates Arm zu gelangen.

Nein. Das hatte sie nicht getan.

»Shane?«, fragte Katie verwundert, als sie meinen Gesichtsausdruck sah. »Was ist denn?«

Ich brachte keinen Ton heraus.

Das hatte sie nicht wirklich getan. Ich kannte Kate. In- und auswendig. Sie hätte Gunner nie im Leben beigebracht, »Mama« zu ihr zu sagen. Oder etwa doch?

»Meine Zeit ist um«, verkündete ich mit einem halbherzigen Lächeln für die Kinder. »Ich rufe euch später über Opas Telefon wieder an.«

»Tschüss, Daddy!«, riefen die Kinder nahezu einstimmig.

»Ich hab euch lieb. Wir sprechen bald.«

»Shane? Was …«

Ich klickte mit zitternden Händen das Fenster zu und stand schnell auf.

Ich hatte Sachen zu erledigen. Ich musste sie einfach nur hinter mich bringen. Mich beschäftigen. Bald würde ich wieder daheim sein, und dann würde ich das alles in Ordnung bringen.

Der Ärger in mir wuchs, während ich den Computerraum verließ, und als ich schließlich meinen Kram zusammenpackte, spürte ich, dass ich kurz davorstand, endgültig die Beherrschung zu verlieren.

Es war ausgeschlossen, dass ich noch einmal mit ihr sprechen konnte, ehe ich die Heimreise antrat.

Völlig ausgeschlossen.

»Hi, Dad. Sind die Kids in der Nähe?«, fragte ich ein paar Stunden später. Ich hatte heute weiß Gott mehr Anrufe getätigt als sonst in einer ganzen Woche.

»Nur Keller. Die Jungs können nicht gut einschlafen.«

»Mist, ich hab zu lange gewartet mit dem Anrufen. Mir ist was dazwischengekommen«, sagte ich enttäuscht.

Ich vermisste meine Kids.

»Was war denn vorhin? Mom war der Meinung …«

»Kannst du mir bitte mal Keller geben?«, unterbrach ich ihn. Der Streit betraf nur Kate und mich, und mir lag nichts daran, die Sache mit allen anderen durchzukauen.

»Klar, Junge.«

Es herrschte ein paar Minuten Stille, bevor Kellers schläfrige Stimme zu mir drang.

»Hi, Daddy.«

»Hey, Kumpel. Warum bist du denn noch wach?«

»Ich hab auf dich gewartet.«

»Oh. Das tut mir leid. Ich musste arbeiten.«

»Ist schon gut. Opa und ich haben was über Angeln im Fernsehen angeschaut.«

»Ich wollte auch bloß schnell Hallo sagen und dir sagen, dass ich dich lieb hab, Kumpel. Schlaf jetzt, okay?«

»Okay, Daddy. Ich hab dich auch lieb.«

»Bye, Keller.«

»Bye.« Ich hörte sein lautes Gähnen, ehe die Verbindung unterbrochen wurde, und ich lehnte mich enttäuscht in meinem Stuhl zurück.

In wenigen Stunden fuhr ich ab, endlich nach Hause, und niemand würde dort auf mich warten, um mich zu begrüßen.

Halt. Ausgeschlossen. Das ging nicht. Ich griff erneut nach dem Telefon.

»Hallo?«, meldete sich Mike barsch.

»Sag Kate, sie soll die Kinder nach Hause bringen.«

»Also ...«

»Ich habe sie gebeten, nicht nach Oregon zu fahren, und sie hat es trotzdem getan. Ist mir völlig gleich, wie viel Spaß sie da oben hat. Ich will, dass meine Kinder zurück in Oceanside sind, wenn ich ankomme.«

Mike war einen Augenblick still, bevor er einen rauen Ton aus seiner Kehle von sich gab. »Ich habe dich nicht dazu erzogen, ein Mistkerl zu sein.«

»Du hast mich überhaupt nicht erzogen«, blaffte ich zurück und bereute die Worte, sobald sie mir über die Lippen gekommen waren.

»Ich werde deine Nachricht weitergeben«, sagte Mike schließlich leise. Dass er über das, was ich gerade zu ihm gesagt hatte, gar nicht aufgebracht war, schnürte mir die Kehle zu.

»Dad ...«

Er legte auf, bevor ich noch etwas sagen konnte.

Herrgott.

Warum musste ich immer jedes Mal genau das sagen, was mir in den Sinn kam, sobald ich wütend wurde? Zu meinen Kindern war ich niemals gemein, egal wie frustriert ich auch gerade war, doch Erwachsenen gegenüber konnte ich das leider nicht von mir behaupten. Es war, als ob meine Urteilskraft jedes Mal komplett über Bord ging, wenn ich anfing, mich aufzuregen. Ich hatte Mike da gerade eben nicht zum ersten Mal verletzt – was nicht heißen sollte, dass ich mich deswegen besser fühlte. Wenn überhaupt, so ließ mich der Gedanke, dass er diesen ganzen Scheiß von mir schon über zwölf Jahre lang mitmachte, meinen Spruch noch viel mehr bereuen.

Mir blieb keine Zeit mehr, ihn zurückzurufen. Stattdessen setzte ich mir das Käppi wieder auf und machte mich auf den Weg in meine Unterkunft, um mein Gepäck zu holen.

Es war endlich Zeit, nach Hause zu fahren.

Als ich einige Tage später zu Hause eintraf, war das Haus ringsum verriegelt und ganz verlassen.

Kate war nicht mit den Kindern zurückgekommen.

Kaum zwei Stunden später hatte ich einen Flug gebucht und befand mich auf dem Weg zum Flughafen.

Sieben Stunden nach der Landung in San Diego schritt ich durch das Ankunftsterminal in Portland, mit nichts als einem Rucksack voller Klamotten, die ich zusammengelegt daheim im Schrank gefunden hatte, und genug Wut im Bauch, um alles und jeden dazu zu bringen, sich von mir fernzuhalten.

Ich mietete einen Wagen und fuhr nach Osten in Richtung

des elterlichen Heims, das ungefähr eine Stunde entfernt lag. Es war eine Weile her, seit ich diese Straßen entlanggefahren war, aber es gab Dinge, die man einfach nicht vergaß. Die Fahrt verlief ohne Zwischenfälle, und um sieben Uhr abends bog ich in die Einfahrt zum Haus meiner Eltern ein.

»Jemand zu Hause?«, rief ich, als ich durch die unverschlossene Vordertür trat.

»Shane?« Mike kam völlig verdattert aus einem der Gästezimmer. »Was um alles in der Welt ist passiert?«

Er stürzte zu mir und nahm mich fest in den Arm. Es war, als hätte das Telefonat von vor einigen Tagen nie stattgefunden. »Was machst du hier?«

»Ich wollte die Kinder holen. Wo sind sie?«

»Ellie ist mit ihnen nach …« Ausgelassener Lärm schnitt ihm das Wort ab, als die Haustür aufging und meine Kids hereingerannt kamen.

»Mike, wem gehört denn das Au…?«

»Daddy!«

Ich ging in die Knie, als Sage und Keller auf mich zugerast kamen. Sie zogen an meinem T-Shirt und schlangen ihre kleinen Arme um meinen Hals.

»Oh, ihr habt mir so gefehlt«, flüsterte ich, den Mund in ihre Haare versenkt. Ich küsste sie beide, ehe ich den Blick hob und Gavin und Gunner ansah, die bewusst auf Abstand blieben. Sie beobachteten uns von der Tür her, und Gunner hatte den Arm fest um Ellies Bein gelegt, das in einer Jeanshose steckte.

»Hey, Jungs«, begrüßte ich sie sanft. »Ich hab euch vermisst.«

Gavin betrachtete mich zurückhaltend von oben bis unten und machte einen kleinen Schritt vor, in Gunners Augen dagegen fand ich nicht den Funken eines Erkennens. Er erinnerte sich nicht an mich, auch nicht nach all den Gesprächen per Skype.

Es machte mich fertig.

»Hattet ihr Spaß mit Oma und Opa?«, wollte ich wissen, als Gavin plötzlich vorsprang. Ich wäre fast auf meinen Hintern geplumpst, als er in das Gewirr aus kleinen Armen und Körpern hineinrannte, die mich bereits umschlungen hielten.

»Hey, Kumpel«, sagte ich mit einem Lächeln, die Stimme hörbar belegt und heiser vor Rührung.

Ich schloss die Augen und atmete tief. Endlich. Gott, wie hatte ich sie vermisst!

Als Gunner zu jammern anfing, nahm Ellie ihn auf den Arm, und ich arbeitete mich hoch und setzte die Kids wieder auf die Füße. Sie hielten mich weiter mit ihren Händen fest, schwiegen jedoch alle drei. Ich verstand das Schweigen. Auch mir ging es so, dass ich dieses Gefühl, diesen Moment einfach nur in mich aufnehmen wollte.

»Wo ist Kate?«, fragte ich Ellie, den Blick an ihr vorbei durch den leeren Türrahmen gerichtet.

Ellies Antwort kam langsam. »Sie ist im Krankenhaus.«

»Was?« Meine Stimme hallte durch den Flur, und die Kinder erschraken.

»Tante Katie muss die ganze Zeit im Bett bleiben«, meldete sich Keller und legte den Kopf in den Nacken, um mich anzusehen. »Damit das Baby nicht rauskommt.«

»Erklär es mir«, forderte ich ihn voller Panik auf.

»Ihr wurde strengste Bettruhe verordnet«, sagte Ellie. »Seit ... wie lange jetzt, Mike?«

»Ungefähr drei Wochen.«

»Vorige Woche haben die Wehen eingesetzt, da haben sie sie über Nacht dabehalten, um es zu verzögern. Am nächsten Tag ließen sie sie wieder gehen, aber gestern fing es erneut an. Sieht ganz so aus, als müsste sie erst mal eine Weile dortbleiben.«

Mein Zorn ebbte ab, und plötzlich war ich nur noch verwirrt. »Wieso hat mir denn keiner etwas gesagt?«

»Kate wollte nicht, dass du dir Sorgen machst …«

»Das ist doch Blödsinn.«

»Aber es stimmt.«

»In welchem Krankenhaus ist sie?« Ich nahm bereits die Hand von Kellers Kopf, um die Schlüssel des Leihwagens aus der Tasche zu ziehen.

»OHSU«, sagte Mike, und ich beugte mich hinunter, um den Kids noch einen Kuss zu geben.

»Sie werden dich heute Abend aber nicht mehr reinlassen«, versetzte Ellie. Sie kam zu mir und nahm Gunner von einer Seite auf die andere. »Die Besuchszeit ist schon vorbei, und die sind da sehr streng, was das angeht. Kate braucht Ruhe.«

»Dann müssen sie eben eine Ausnahme machen«, widersprach ich. Die Kinder begannen durcheinanderzureden, um wieder meine Aufmerksamkeit zu bekommen.

»Werden sie nicht.« Ellie schüttelte entschieden den Kopf. »Kate ist völlig erschöpft, Shane. Es ist das Einzige, was sie tun können, um absolut sicherzugehen, dass sie Ruhe bekommt.«

Mein gesamter Körper fühlte sich an wic unter Strom, und ich wandte mich ruhelos hin und her, unschlüssig, was ich tun sollte.

»Verbringe den Abend mit den Kindern, Junge«, wies mich Mike an und drückte mir die Schultern. »Du hast ihnen wie verrückt gefehlt. Du kannst Kate auch morgen noch besuchen.«

»Daddy, guck mal!«, rief Sage und deutete auf eine Zahnlücke in ihrem Mund. »Dafür hab ich vier Dollar gekriegt!« Sie führte einen kleinen Freudentanz auf.

Ich war hin- und hergerissen zwischen dem Drang, sofort ins Krankenhaus zu düsen, um Kate zu sehen, und der

Notwendigkeit, dringend verpasste Zeit mit meinen Kids nachzuholen. Ich wollte ihnen nicht schon wieder den Rücken zuwenden. Es gab Monate aufzuholen.

»Wow! Die Zahnfee muss aber ein ganz besonders tolles Jahr erwischt haben«, erwiderte ich und knuffte Sage in die Seite, bis sie anfing zu giggeln.

Ellie kam zu mir, und ich streichelte Gunner sanft über den Rücken. Meine Entscheidung war gefallen. »Hey, Gunner«, begrüßte ich ihn liebevoll. »Wie geht's dir, kleiner Mann?«

Er betrachtete mich neugierig.

»Möchtest du nicht Hallo sagen, Gunner?«, fragte Ellie.

»Hi.« Seine Stimme klang rauer, als mir von den paar Lauten in Erinnerung geblieben war, die er vor meiner Abreise ein halbes Jahr zuvor von sich gegeben hatte. Meine Brust wurde eng. So vieles, das ich verpasst hatte.

»Hi!« Ich lächelte. »Willst du ein bisschen Zeit mit mir und deinen Geschwistern verbringen?«

Ich streckte ihm die Hände hin und wartete eine gefühlte Ewigkeit, bis er sich endlich von Ellie abwandte und die Arme nach mir ausstreckte.

Er war kleiner als Keller und Gavin in seinem Alter. Meine beiden Ältesten waren schon immer ziemlich stämmig, Gunner war da von seiner Statur her schon etwas schmaler. Ich biss die Zähne zusammen und küsste ihn auf die Stirn, während er mich aufmerksam ansah.

Ich erinnerte mich an solch einen Moment auch bei Sage und Gavin. Beide waren so klein gewesen, als ich jeweils meine Einsatzbefehle erhalten hatte, und auch sie hatten sich nicht an mich erinnert, als ich wieder nach Hause gekommen war. Doch glücklicherweise passten Kleinkinder sich für gewöhnlich schnell an neue Situationen an. Ich hatte nicht damit gerechnet, dass es bei Gunner anders laufen würde. Es würde nun mal einfach ein paar Tage dauern, bis er sich wieder an mich gewöhnt hatte.

Ich wusste nicht, ob ich jemals so glücklich gewesen war, wieder zu Hause zu sein, wie in diesem Moment.

»Okay, Kids.« Ich sah der Reihe nach meine Kinder an, die in der Diele herumsprangen. »Dann erzählt mal, was ihr so angestellt habt, während ich weg war.«

Kapitel 10

Kate

Ich sank zurück in mein Krankenbett und fing an, mir die nassen Haare aus dem Gesicht zu bürsten. Mein Gott, wie ich es hasste, im Krankenhaus zu sein.

Ich vermisste die Kinder. Ich vermisste es, gut zu schlafen. Ich vermisste das Essen, das meine Mutter kochte, und den Geruch des Sommers im Freien.

Ich lag noch nicht lange auf der Station, und die Ärzte hatten bereits erklärt, dass sie mich nur einen Tag länger dabehalten würden, weil ich das Ende meiner Schwangerschaft nun sowieso erreicht hatte. Trotzdem hatte ich einen Koller. Shane würde bald nach Hause kommen, und meine Anspannung stieg ins Unermessliche, wenn ich mir vorstellte, dass er sein Haus betrat und begriff, dass wir noch in Oregon waren.

Bei unserer Ankunft bei meinen Eltern hatte ich geweint vor Erleichterung. Ich war so unfassbar müde gewesen. In den ersten paar Wochen hatte ich mich wie neugeboren gefühlt. Mit der Unterstützung meiner Familie hatte ich viel mehr Zeit für mich. Jeder kümmerte sich um die Kinder, sodass ich auch wieder tagsüber arbeiten konnte, statt notwendigerweise auf die Nacht auszuweichen. Auch musste ich mit meinem Kugelbauch nicht länger über der Badewanne herumkriechen, um die Kinder zu baden – meine Mutter oder Tante Ellie übernahmen das, was dazu führte, dass mich beim Ins-Bett-gehen auch keine Rückenschmerzen mehr quälten.

Zum ersten Mal, seit Shane fortgegangen war, hatte ich mich wirklich entspannt.

Und diese Ruhepause war bitter nötig gewesen.

Erst als ich mich allmählich wieder darauf vorbereitete, nach Kalifornien zurückzukehren, mit meinen kleinen Ungeheuern im Schlepptau, und nach und nach von den anderen Frauen in der Familie wieder das alltägliche Pflichtprogramm übernahm, fing mein Körper an zu protestieren. Offenbar war ich außerstande, wieder auf die Leistungsstufe zurückzukehren, die ich zuvor bewältigt hatte, sobald mein Körper erst einmal geraume Zeit entspannt gewesen war und begriffen hatte, dass so etwas überhaupt ging.

Die Wehen hatten eingesetzt, und die Ärzte hatten mir Bettruhe verordnet.

Das Zeitfenster, in dem ich es zurück nach Hause schaffen konnte, um das Baby in Kalifornien zu bekommen, war vorbei, aber das konnte ich Shane auf keinen Fall verraten. Und so ignorierte ich die Fragen, die er in seinen E-Mails stellte, und vermied jedes Gespräch, indem ich seinen Anrufen auswich.

Ich wollte nicht, dass er sich Sorgen machte, während er am anderen Ende der Welt war, insbesondere wenn diese Sorgen ihn von wichtigen Dingen ablenken konnten ... Ich wollte auch nicht, dass er wütend wurde. In den letzten sechs Monaten waren wir uns so nahegekommen, dass es mir regelrecht vor jeder Kleinigkeit graute, die unser zerbrechliches Gleichgewicht wieder durcheinanderbringen konnte.

Er hatte mir die Reise mit den Kindern nach Oregon zwar nicht ausdrücklich verboten, doch begeistert war er davon nicht. Ich konnte schlecht abschätzen, wie er reagieren würde, wenn er erfuhr, dass wir festsaßen.

Ich legte meine Bürste gerade wieder auf den kleinen Tisch neben dem Bett, als sich die Tür zum Krankenzimmer langsam öffnete. Doch es folgte keine Begrüßung.

»Was ... Shane!«

Ich traute meinen Augen nicht.

Da stand er. Sonnengebräunt baute er sich in der Tür zu meinem Zimmer auf. Er sah aus wie das blühende Leben. Mein Herz fing an zu hämmern.

»Wie fühlst du dich?«, fragte er endlich und trat ins Zimmer. Die Tür fiel hinter ihm zu.

»Gut«, antwortete ich mit einem verblüfften Lächeln, wobei ich die Augen verdrehte. »Keine einzige Wehe in den letzten zwölf Stunden, aber sie wollen trotzdem noch vorsichtig sein. Wie geht es dir, jetzt, wo du wieder zu Hause bist?«

Ich war so klug, nicht aus dem Bett zu springen und mich ihm in die Arme zu werfen, konnte mich aber auch nur schwer zurückhalten, als ich ihn so reglos an der Tür stehen sah. Je länger er dort verharrte, desto unbehaglicher wurde der Moment, bis ich schließlich spürte, wie mir die Finger zu zittern begannen.

Ich hatte mit etwas Vorlaufzeit gerechnet, um mich vorbereiten zu können, und jetzt, da es plötzlich so weit war, kam ich mir in meinem eigenen Krankenbett fehl am Platz vor. Auf einmal war mir überaus bewusst, dass ich einen hässlichen Krankenhauskittel trug und meine Füße total geschwollen waren. Mein Bauch kam mir plötzlich runder und sehr viel auffälliger vor, und ich hasste meine nassen Haare, die ich einfach achtlos nach hinten gebürstet hatte.

»Das hättest du mir sagen sollen«, hob er an.

»Warum? Damit du dir vor Sorge den Kopf zerbrichst? Es geht mir gut.« Ich schüttelte den Kopf. »Unserem Baby geht es gut, den Kindern geht es gut – es ist alles geregelt.«

»Ich habe dir die Verantwortung übertragen«, wendete er ein. »Glaubst du nicht, ich hätte erfahren sollen, dass die Kinder nicht länger bei der Person sind, der ich die Verantwortung übertragen habe? Dass Ellie und Mike sich stattdessen um meine Kinder kümmern, während ich weg bin?«

»Ich … ich wollte nicht …«

»Es steht dir nicht zu, allein die Entscheidung über meine Kinder zu treffen, Kate. Das übersteigt deine Gehaltsklasse, hast du verstanden?«

Er war äußerlich ganz ruhig, die Stimme hob er kein einziges Mal. Ich hingegen fühlte mich, als hätte ich eine Ohrfeige gekriegt.

»Es tut mir leid«, erwiderte ich. »Ich habe nach bestem Gewissen entschieden. Ich wollte verhindern, dass du dir Sorgen machst, und habe die Kinder jeden Tag gesehen, an dem ich hier lag. Meine Mutter oder Ellie, eine von beiden, hat sie immer hergefahren.«

Ich wälzte mich im Bett herum, von einem Gefühl der Angst begleitet, als ich spürte, wie es in meinem Unterleib zog. Es war höchste Zeit, sich auf die Seite zu legen, wie es die Ärzte empfahlen.

Ich sah ihm nicht in die Augen, als ich meine Beine anzog und unter der Bettdecke verschwinden ließ, doch aus den Augenwinkeln sah ich, wie er näher kam, während ich mir ein Kissen zwischen die Knie schob und endlich mit nachlassender Spannung den Kopf ins Kissen sinken lassen konnte.

»Ich weiß, du hast getan, was du für das Beste hieltest, Kate.« Er setzte sich auf die Bettkante. »Bist du ganz sicher, dass mit dem Baby alles in Ordnung ist?«

»Ja. Morgen darf ich nach Hause.«

»Das ist gut.«

»Ich hab dich vermisst«, flüsterte ich in dem Versuch, jenen

Shane wachzurufen, mit dem ich die letzten Monate über immer wieder gesprochen hatte. Er verhielt sich nicht wie dieser Shane, den ich kannte, und das machte mir Angst, denn es erinnerte mich daran, wie Rachels Shane mich behandelt hatte – als wäre ich Luft.

»Für Sage und Keller fängt nächste Woche die Schule wieder an«, teilte er mir mit, ohne auf meine Worte einzugehen.

»Ich weiß.« Ich verzog das Gesicht. Einen Plan, wie sich das regeln ließ, hatte ich nicht gehabt.

»Deshalb nehme ich die Kids wieder mit zurück nach San Diego.«

Mit einem Mal war mir, als bekäme ich keine Luft mehr.

»Ich weiß, dass du im Moment nicht fliegen und deshalb nicht mitkommen kannst, tut mir leid.«

»Was?« Das konnte er nicht ernst meinen.

»Sie müssen sich wieder an den Alltag gewöhnen, bevor die Schule losgeht. Besonders Keller.«

Er sprach in einem höflichen Ton, zurückhaltend, doch in seinen Augen lag nichts als ein blanker Ausdruck. Ich regte mich nicht, während er mich betrachtete, aber sprechen konnte ich ebenso wenig. Um ehrlich zu sein, glaubte ich nicht, momentan etwas anderes tun zu können, als loszuschreien, sobald ich den Mund öffnete, oder, schlimmer noch, mir die Augen aus dem Kopf zu heulen.

Was tat er da? Und wieso zur Hölle glaubte er auch nur das kleinste bisschen über die Alltagsroutinen der Kinder zu wissen? Ich war diejenige, die ihren Alltag immer schon geregelt hatte. Ich war diejenige, die wusste, wann sie ins Bett zu gehen hatten. Ich.

Meine schlimmste Befürchtung hatte sich bewahrheitet: Er nahm sie mir weg, und es gab nichts, was ich dagegen tun konnte.

»Warum?«, fragte ich, als ich schließlich meine Stimme wiederfand. »Bist du so böse, weil ich dir nicht gesagt habe, dass ich im Krankenhaus bin?«

»Nein.« Er rieb sich mit einer Hand das Gesicht. »Ich muss zurück, Kate. Die nächsten paar Tage habe ich frei. Aber mein befehlshabender Offizier weiß nicht einmal, dass ich nach Oregon geflogen bin.«

»Okay, also. Wann kannst du Urlaub nehmen? Kannst du nicht einfach …«

»Sie gehören zu mir, Katie. Ich bin ihr Vater.«

»Und ich zähle überhaupt nicht?«

»Das habe ich nicht gesagt.«

»Das ist es aber, was du die ganze Zeit andeutest.«

»Dreh mir nicht die Worte im Mund herum. Ich weiß, dass du ihnen wichtig bist!«, platzte es jäh aus ihm heraus. Er verlor die Kontrolle und fuhr vom Bett hoch. »Aber du bist nicht ihre Mutter!«

Ich presste die Augen fest zu und zuckte zurück, als ich hörte, wie giftig seine Worte klangen.

»Hey, was ist denn das für ein Geschrei?«, rief mein Bruder Bram, der in diesem Moment zur Tür reinkam. »Man kann euch ja auf der ganzen Station hören.«

»Es ist nichts«, sagte ich augenblicklich. Ich wollte nicht, dass mein überfürsorglicher Bruder da mit reingezogen wurde.

»Hey, Bram«, sagte Shane. Seine Stimme hatte sich wieder beruhigt.

»Hey, Arschgeige«, nickte Bram ihm zu. »Schön, dich wieder hierzuhaben.«

»Bram, sei jetzt kein Mistkerl«, zischte ich. Mein Gott, manchmal ging er mir wirklich auf die Nerven.

»Ist schon okay. Ich wollte sowieso gerade gehen«, versetzte Shane.

»Warte, du bist doch gerade erst gekommen!«

»Ich sollte besser die Kinder holen.«

»Unsere Mom sitzt mit ihnen schon im Auto auf dem Weg hierher«, schaltete Bram sich mit einem fiesen Grinsen ein. »Wahrscheinlich siehst du sie auf dem Highway an dir vorüberfahren.«

»Dann hole ich mir eben einen Kaffee«, murmelte Shane, bevor er das Zimmer verließ.

Ich starrte meinen Bruder wütend an, während er Shane hinterhersah.

»Musstest du dich wirklich wie ein Arsch aufführen? Konntest du dich nicht wie ein normaler Mensch verhalten?« Ich versuchte, die Tränen panischer Angst, die ich hinter meinen Augen spürte, in den Griff zu bekommen.

»Du kannst froh sein, dass ich mich entschieden habe, ihm nicht den Kopf abzureißen – jedenfalls nicht, bis ich vom Ende des Flurs hörte, wie er dich angeschrien hat.«

»Er hat nicht geschrien.«

»Du bist so weich, vergibst einfach zu viel.«

»Und du vergibst niemandem!«

»Aber mich nutzt auch niemand so aus, oder?«, fragte er und hob die Augenbrauen. »Ich hab dir einen Donut mitgebracht.«

»Danke.«

»Möchtest du drüber reden?« Er gab mir eine kleine Papiertüte, in der der Donut drin sein musste.

»Er nimmt die Kinder mit zurück nach Kalifornien«, sagte ich mit brüchiger Stimme.

»Was zur Hölle?« Bram sah so entsetzt drein, wie ich mich fühlte. »Verbiete es ihm!«

»Es gibt nichts, was ich dagegen tun kann, Bram.«

»Scheiß drauf. Ich werde …«

»Nein«, sagte ich in warnendem Tonfall und legte die Tüte mit dem Donut auf den Tisch neben mir. »Ich will dich da nicht mit reinziehen.«

»Du hast mich immer mit da reingezogen, seit ich zehn Jahre alt bin.«

»Und dafür liebe ich dich, aber diesmal hast du keine Wahl. Nicht, wenn du alles nicht noch schlimmer machen willst.«

Ein paar Minuten darauf schlurfte meine Mom zur Tür herein, eine Schar Andersons hinter sich wie eine Entenmutter, und ich musste meine Kiefer fest zusammenpressen, um nicht auf der Stelle loszuheulen.

»Anne!«, rief Gunner, als meine Mom ihn zu mir aufs Bett setzte. Er beherrschte es noch nicht, die *ts* von *Tante* auszusprechen. »Anne. Anne. Anne.« Er legte sich neben mich und rollte sich um meinen Bauch herum ein, den Kopf in die Mulde zwischen meinem Kinn und meiner Brust geschmiegt.

»Er hat schon den ganzen Morgen nach dir gefragt«, bekannte meine Mutter lächelnd. »Wie geht's dir?«

»Gut«, flüsterte ich mit zittriger Stimme und zog Gunner an mich, während ich Sage und Keller um den einzigen Stuhl im Zimmer raufen sah und Gavin Bram die Hand hinhielt, um ihm etwas zu zeigen, das darin lag.

Was sollte ich tun, verdammt?

Am nächsten Morgen nach meiner offiziellen Entlassung holte Shane mich ab, und wir fuhren schweigend zurück zum Haus meiner Eltern. Ich war nicht sicher, warum er so still war. Schließlich hatte er mir den Boden unter den Füßen weggezogen. Auch war mir nicht ganz klar, wieso er und nicht meine Mom mich abholte, wie wir es verabredet hatten.

Shane bog gerade in die Einfahrt, als er schließlich das Schweigen zwischen uns brach. »Wir fahren um vier weg«, sagte er. »Der Flug geht um halb sieben.«

»Ist das dein Ernst?«

»Ich muss zu Hause sein, für den Fall, dass ich zum Einsatz gerufen werde. Bis jetzt hatte ich bloß Glück«, setzte er leise hinzu.

»Das war es dann also?« Ich schnaubte verächtlich. »Was willst du mit den Kindern machen, wenn du wegmusst?«

»Megan hat gesagt, dass sie aufpassen wird, bis ich eine passende freie Kita gefunden habe.«

»Du steckst sie lieber in die Kita, anstatt sie bei ihrer Familie zu lassen, die sie so sehr liebt«, sagte ich tonlos, als wir vor dem Haus anhielten. »Tolle Idee.«

»Sie gehören zu mir, und ich lebe in Kalifornien.«

»Es gibt nichts, was ich tun kann, um deine Meinung zu ändern, oder?«, fragte ich im Ton der Verzweiflung.

Shane schüttelte einmalig den Kopf, die Kiefermuskeln angespannt.

»Schön.« Ich starrte eine Weile aus der Windschutzscheibe, nachdem er den Motor abgestellt hatte. Ich wusste nicht, was ich mit mir anfangen sollte. Es fühlte sich an, als säße ein Loch in meiner Brust, das rasch größer wurde und dabei eine Schneise der Verwüstung hinterließ.

»Vielen, vielen Dank, dass du dich für mich um sie gekümmert hast ...« Ich stieß die Tür auf und stieg aus, um mir diesen Blödsinn nicht auch noch anhören zu müssen.

»Hab schon verstanden«, zischte ich, als Shane um das Auto herumeilte und mich am Ellbogen fasste. »Lass es.«

»Kate ...«, begann er mit strapazierter Stimme.

»Nein. Du kommst nicht damit durch, so zu entscheiden und dann auch noch so zu tun, als wäre alles in bester Ordnung.«

»Dir wurde Bettruhe verordnet! Es ist nicht so, als könntest du dich kümmern …«

»Süße?« Bram stand an der Tür. Jetzt kam er auf uns zu. »Brauchst du Hilfe?«

Ich wandte mich zu meinem Bruder um, der nahezu vibrierte vor körperlicher Anspannung. Er gab sein Bestes, das wusste ich, aber es kostete ihn Unmengen an Überwindung, tatenlos zuzusehen, wenn er wusste, dass mir wehgetan wurde. Mein Beschützer.

Als Alex und Bram zu unserer Familie gestoßen waren, war ich neugierig gewesen zu erfahren, ob zwei Jungs, die sich so ähnlich sahen, auch in ihrem Verhalten vergleichbar waren. Seinerzeit war noch unklar gewesen, ob meine Eltern sie adoptieren würden – das geschah erst zwei Jahre später –, doch was mich betraf, waren sie meine Brüder gewesen, seit sie zum ersten Mal einen Fuß in die Tür gesetzt hatten. Und das Beste war, dass sie gleich im Doppelpack waren.

Bald schon sah ich ein, dass die beiden Jungen, obwohl sie Zwillinge waren, so unterschiedlich waren wie Tag und Nacht. Alex wurde zu meiner Vertrauensperson. Mit seiner ruhigen und verständnisvollen Art hörte er mir in allem zu, was ich sagte. Und Bram? Nun, der interessierte sich nicht dafür, was ein acht Jahre altes Mädchen zu sagen hatte. Er war nicht mal daran interessiert, sich überhaupt im Mindesten mit mir abzugeben. In mir war deshalb die Überzeugung gereift, dass er mich schlicht nicht ausstehen konnte. Bis ich eines Tages aus Versehen zu tief in ein Brombeergebüsch geraten war und mir ein Augenlid aufschlitzte. Ich schrie und taumelte orientierungslos herum, während mir Blut in das Auge lief und mich vorübergehend erblinden ließ. Bram kam angerannt, größer als ich, selbst damals schon, nahm mich in den Arm und trug mich den ganzen Weg bis nach Hause.

Da hatte ich gewusst, dass Bram, auch wenn er sich nicht um meine alltäglichen Dramen scherte, nicht zögern würde, sobald er überzeugt war, dass ich Hilfe bräuchte. Er war der zuverlässigste Mensch, den ich kannte. Standhaft. Loyal. Und er hätte den Mann, der gerade neben mir stand, am liebsten grün und blau geschlagen.

»Hilfst du mir rein?«, bat ich ihn bebend. Shane gab einen leisen Protestlaut von sich.

»Klar, kein Problem.« Bram sprang von den Stufen der Veranda, kam zu uns und hob mich in den Arm, um mich wie eine Braut hineinzutragen. »Die Kids warten schon auf dich.«

»Ihr werdet mit eurem Dad zurück nach San Diego fahren«, versuchte ich es den beiden Älteren zum gefühlt zwanzigsten Mal an diesem Abend zu erklären. Der Einzige, der sich mit der Situation vollkommen abzufinden schien, war Gunner. Er saß nichts ahnend da und tat sich an einer kleinen Schale mit Marshmallows gütlich. Es war ungelogen die einzige Möglichkeit, die ich gefunden hatte, um das Kind für mehr als ein paar Minuten stillsitzen zu lassen. Ich hatte das schon vor Monaten rausgekriegt und es als Trick jedes Mal angewendet, wenn Shane und wir skypten.

»Und was machst du?«, erkundigte sich Sage verwirrt.

»Ich muss hierbleiben, Sage the Rage. Ich kann nicht fliegen. Eigentlich sollte ich nicht mal aufstehen.«

»Dann bleiben wir aber lieber auch hier«, befand Keller mit

einem Stirnrunzeln auf seiner kleinen Stirn. »Damit du nicht alleine bist.«

»Mir wird es gut gehen. Ich habe ja meine Mom und eure Oma, die kümmern sich um mich.« Tränen traten mir in die Augen, als ich das sagte.

»Ich will aber nicht zurück.«

»Du kommst nächste Woche in den Kindergarten, Kumpel. Du willst doch nicht als einziger Nachzügler anfangen, oder?«

»Wir können hier zur Schule gehen«, unterbrach mich Sage begeistert. »Wir fahren mit dem Bus.«

Ich blickte hoch zu Shane, der in der Tür zu meinem Zimmer stand, und zuckte unmerklich zusammen, als ich die Niedergeschlagenheit in seinen Augen sah.

»Du wirst mit deinem Vater mitfahren müssen, Sweetie«, brachte ich ihr sanft bei. »Er hat euch fürchterlich vermisst.«

»Aber du wirst uns auch vermissen«, gab Keller zu bedenken und wandte sich an seinen Vater. »Sie wird uns vermissen, wenn wir sie hierlassen.«

»Ich weiß, Kumpel«, versuchte Shane ihn zu beschwichtigen. »Aber sie kommt ja nach …«

»Sie kann sich nicht bewegen, bis Iris rauskommt«, entgegnete Keller laut und fing am ganzen Körper plötzlich vor Wut zu zittern an. »Sie muss im Bett bleiben.«

»Aber doch nicht für immer, Liebling«, versuchte ich ihn zu beruhigen.

»Iris?«, fragte Shane.

»So heißt das Baby«, antwortete Sage. »Das ist eine Blume, und es sind vier Buchstaben, wie bei mir!«

»Das ist toll.« Shane lächelte.

»Ich gehe nicht«, beschloss Keller. Seine Stimme zitterte. »Ich bleibe hier bei Tante Kate.«

Gavin hatte bis jetzt ruhig dagesessen und zugesehen, wie sich alles entwickelte. Auf Kellers Worte hin fing er an zu weinen.

»Oh, mein Äffchen«, redete ich ihm sanft zu und setzte mich auf, um ihn mir auf den Schoß zu setzen – jedenfalls soweit in meinem Schoß noch Platz dafür war. »Es ist doch alles gut.«

Murmelnd gab er etwas zurück, das ich nicht verstand, und fing an zu schluchzen, als ich mich langsam vor- und zurückwiegte.

»Junge«, hörte ich Mike vom Flur aus sagen, »es wird Zeit aufzubrechen, falls du aufbrechen willst.«

Mir wurde am ganzen Körper kalt.

»Gebt eurer Tante Kate noch einen Kuss, ihr Lieben«, sagte Shane und trat auf das Bett zu. »Wir fahren.«

»Nein«, entgegnete Keller, und Sage entgleisten die Gesichtszüge. Sie blickte zwischen Shane und mir hin und her, und ihre Unterlippe begann zu zittern.

»Gib mir einen Kuss, Süße.« Meine Stimme hatte Aussetzer. »Wir müssen uns jetzt verabschieden.«

Sie neigte sich zu mir, gab mir einen Kuss und schlang die Arme um mich und Gavin, den ich immer noch hielt. Ich schloss die Augen und versuchte, meine Gefühle in den Griff zu bekommen. Wenn ich weinte, würde ihnen der Abschied dadurch nur noch schwerer fallen, und das durfte ich nicht zulassen.

Sage krabbelte vom Bett hinunter und ging zur Tür, ohne sich noch einmal umzudrehen. Sie stieß die Hand weg, die Shane ihr hinhielt.

»Gib mir ein Küsschen, mein Äffchen«, sagte ich Gavin ins Ohr, als er hickste. »Du fliegst gleich in einem Flugzeug!«

»Will nicht.«

»Du wirst es lieben, zu fliegen! Ich wette, die Stewardessen geben dir sogar ein paar Bretzeln, wenn du brav bist.«

Dann kam Ellie ins Zimmer. Ich riss die Augen auf, als ich ihre abgespannte Miene sah. »Komm, Gavie.« Und sie nahm mir Gavin nach einem weiteren raschen Kuss vom Schoß. »Oma hilft dir, dich anzuschnallen.«

»Mama!«, rief Gunner, als ich zusah, wie Ellie Gavin zur Tür hinaustrug. »Anne! Mama! Mama!«

»Das ist genug, Schatz«, sagte ich unter leisem Schniefen und stellte die kleine Schüssel mit Marshmallows beiseite, während ich ihn aus den Augenwinkeln weiter im Blick behielt. Er war vom Bett gekrabbelt und stellte sich störrisch vor Shane auf.

»Krieg ich keinen Kuss?«, fragte ich Gunner und zog ihn zu mir.

»Nein! Ich will Mama!« Er wand sich und kämpfte, wütend auf mich, weil ich ihm keine Marshmallows mehr erlaubte. Aber noch ehe ich ihn beruhigen konnte, wurde er mir aus den Armen gehoben.

»Er sagt Mama zu Marshmallows?«, fragte Shane mit einem seltsamen Ausdruck im Gesicht.

Ich nickte. Ich brachte es nicht über mich, etwas zu sagen.

»Wir besorgen dir ein paar Mamas für die Fahrt, kleiner Mann«, sagte Shane und streichelte über Gunners Rücken, während er mich ansah. »Ich bring ihn runter. Komm, auf, Kell«, forderte er ohne jegliche Gefühlsregung in der Stimme.

»Nein, ich will bei Tante Katie bleiben«, beharrte Keller in aufrührerischem Ton.

»Keller«, warnte Shane mit strengem Blick, bevor er mit meinem Baby das Zimmer verließ.

»Mama! Anne! Anne! Mama!«, rief Gunner ängstlich, indem er versuchte, sich von Shane loszumachen. Er fühlte sich immer noch nicht so richtig wohl bei seinem Daddy, und mir wurde mulmig zumute, als ich ihn weinen hörte.

Als sie nicht mehr zu sehen waren, wandte ich mich Keller zu. Tränen rollten mir über die Wangen.

»Ich bleibe hier«, sagte er, reckte die Hand und wischte mir mit seinen schmutzigen Fingern die Tränen aus dem Gesicht. »Nicht weinen.«

Seine Worte sorgten lediglich dafür, dass ich noch mehr weinte.

»Du musst mitgehen, Schatz«, sagte ich. »Dein Dad möchte das so. Er hat dich schrecklich vermisst.«

»Er kann Sage und Gavie und Gunner haben.« Als wir Shanes Schritte den Flur herabkommen hörten, streckte er den Rücken. »Und ich bleib bei dir.«

»Los geht's, Kumpel«, befahl Shane eisern und blieb im Türrahmen stehen.

»Ich bleibe hier.«

»Nein, tust du nicht. Steig ins Auto, Keller.«

»Nein.«

Shane trat auf uns zu, seine Kiefermuskeln arbeiteten, und Keller kletterte hinter mir aufs Bett.

»Nein!«, schrie er. Mir blutete das Herz. »Nicht!«

Sanft, aber entschlossen zog Shane ihn zu sich. Keller krallte sich an mir fest und zerrte an meinem Hemd, an meinen Armen.

»Lass ihn mich nicht mitnehmen«, rief er voller Panik. »Tante Kate! Tante Kate! Bitte! Bitte!«

Er kämpfte gegen Shane. Weiß Gott, er kämpfte erbittert. Aber gegen einen ausgewachsenen Mann hatte er keine Chance.

Ich grub mir die Fingernägel in die Daumenballen, während ich ihm nachrief: »Es ist gut, mein Schatz. Es ist alles gut. Ich rufe dich heute Abend an. Ich hab dich lieb! Alles wird gut, du wirst sehen.«

Sie verschwanden nach draußen, und ich saß still hier und hörte zu, wie Keller den ganzen Weg bis zum Auto brüllte und schrie. Mir blieb keine andere Wahl.

Ich war fast dreißig Jahre alt, und ich hatte noch nie jemanden in meinem Leben wirklich gehasst. Bis zu diesem Moment.

Kapitel 11

Kate

Ich wusste, dass Zeit vergangen war, seit Shane mir meine Kinder weggenommen hatte, aber nicht, wie viel. Es fühlte sich wie eine Ewigkeit an. Das Licht vor meinen geschlossenen Lidern dämmerte allmählich weg, während draußen die Sonne unterging, und irgendwann schaltete jemand die Lampe auf meinem Nachttisch ein. Aber ich öffnete die Augen nicht, um zu sehen, wer es war. Es war mir egal.

Ich konnte mich nicht bewegen, konnte kaum atmen. Meine Arme und Beine waren so schwer, dass ich nicht mal wusste, ob ich mich umdrehen konnte. Ich fragte mich, ob es sich so anfühlte, wenn man tot war.

Immer wieder kam jemand aus meiner Familie in das kleine Schlafzimmer, um nach mir zu sehen. Sie sprachen in leisem Flüsterton miteinander, von dem sie glaubten, ich höre ihn nicht. Vielleicht glaubten sie auch, dass ich schlief, doch dem war nicht so. Ich schlief keine Sekunde lang. Ich war mir nicht mal im Klaren, ob ich je wieder würde schlafen können.

Ich konnte Kellers Schreie einfach nicht vergessen, so lange, bis ich den Arm an der Kante des Bettes heraufzog und ihn mir seitlich über den Kopf legte, den Bizeps hart ans Ohr gepresst. Es half nichts. Ich hörte ihn immer noch. Sah, wie er mich mit panischem Blick anstarrte, wie er um sich trat und schrie.

Zu meiner Erleichterung ebbten die Schreie irgendwann doch ab, bis sie nur mehr weißes Rauschen waren. Es herrschte allumfassende Leere, als schwebte ich zwischen Schlaf und Wachsein.

»Ich will dir nur etwas Gesellschaft leisten, Süße«, hörte ich die Stimme meines Vaters über jene Leere hinweg. Auf die Laute von etwas Schwerem, das den Teppich berührte, folgte Geraschel und schließlich der erleichterte Seufzer, den mein Vater immer von sich gab, wenn er sich setzte.

Dann wieder nichts.

Stimmen wurden laut und verschwanden. Jemand bürstete mir die Haare aus dem Gesicht, aber ich regte mich immer noch nicht.

Iris wandte sich unruhig hin und her und schlief dann offenbar ein. Mein Magen zog sich regelmäßig zusammen und entspannte sich wieder, was mir allerdings keine Schmerzen bereitete, sodass ich es ignorierte.

»Ich wünschte, Alex wäre hier«, sagte Ani sanft und legte sich neben mich ins Bett.

Ich war mir nicht sicher, ob sie mit mir redete oder nicht, doch ich gab keine Antwort. Ich wollte Alex nicht hierhaben. Meinen Dad, der mich partout nicht allein lassen wollte, wollte ich auch nicht hierhaben, genauso wenig wie meine Tante, die sich ans Fußende des Bettes setzte und mir die Füße massierte. Ich wollte weder Ani oder Bram noch meinen Onkel und meine Tante bei mir haben, die eine Weile bei mir gesessen hatten, jedoch nicht geblieben waren. Es musste seltsam für sie sein, zu wissen, dass ein Mann, den sie ihren Sohn nannten, mir das angetan hatte.

Unsere Familiensituation war überhaupt so eigenartig; manchmal fragte ich mich ernsthaft, wie wir auf die Welt da draußen wirkten.

Bram, Alex, Trevor, Henry und ich waren alle zusammen aufgewachsen. Wir standen wie Cousins und Cousinen zueinander und wirkten auch so, auch wenn wir äußerlich sehr verschieden waren. Über die Jahre hatten wir von unseren Eltern sogar dieselbe Mimik und Gestik übernommen, was die Ähnlichkeit noch verstärkte. Shane und Anita hingegen waren zu einem Zeitpunkt dazugekommen, als die meisten von uns bereits fast erwachsen gewesen waren. Wir betrachteten sie als zugehörig, teilten mit ihnen aber nicht dieselbe Vergangenheit und dieselbe Art von Bindung – was vermutlich auch gut so war, zog man in Betracht, dass ich von Shane ein Kind erwartete und Anita und Bram … nun, ich wusste nicht, was zwischen ihnen lief, doch etwas brodelte da unter der Oberfläche, über das keiner von beiden sprechen wollte.

Anita bewegte sich neben mir, und ich hätte am liebsten geschrien, dass sie mich allein lassen solle. Ich wollte nicht spüren, wie sie eine andere Liegeposition einnahm oder Bram etwas zuflüsterte. Ich wollte gar nichts sein. Ich wollte diesen leeren Punkt in mir finden und dort verweilen, einfach damit sich meine Brust nicht jedes Mal anfühlte wie kurz vor dem Zerreißen, wenn ich Luft holte. Wenn das Baby nicht gewesen wäre, dass ich unter meinem Herzen trug, hätte ich nicht gewusst, wie ich diesen Punkt hätte finden sollen.

»Was zum Teufel willst du?«, grollte Brams Stimme von irgendwo unterhalb des Bettes. Wahrscheinlich saß er auf dem Boden, aber ich machte mir nicht die Mühe, die Augen zu öffnen, um zu sehen, ob es auch stimmte. Das alles spielte keine Rolle. »Du mich auch, Arschgeige«, versetzte Bram. Falls er vorhatte, weiterzutelefonieren, würde er gehen müssen.

»Ist gar nicht so leicht wie du dachtest, ein Kind von der einzigen Mutter wegzureißen, die es je kennengelernt hat, oder?«, sagte Bram in hämischem Tonfall.

»Bram, ist das Shane?«, wollte meine Mutter verdattert wissen.

In meiner Kehle stieg Galle auf, und ich versuchte, wacker zu schlucken. Ich konnte nicht mehr atmen. Bram bestätigte es mit einem Brummen, und mein Hals schnürte sich zu.

»Warte«, blaffte Bram ins Telefon. »Katie-lein, Shane ist dran.«

»Was ist?«, würgte ich hervor und nahm den Arm von meiner Stirn. Ich hatte so lange in dieser Stellung hier gelegen, dass der Arm vollkommen taub geworden war und ich ihn kaum hochheben konnte.

»Er sagt, dass Gunner völlig von der Rolle ist und er ihn nicht beruhigen kann«, erklärte Bram und stemmte sich vom Boden hoch.

Ich hatte nicht mal bemerkt, dass ich weinte, bis ich nickte und mir die Luft über die nassen Stellen auf meinen Wangen strich. »Hey, Dad«, sagte ich mit heiserer Stimme. »Könntest du mir meine Gitarre geben, bitte?«

Ich stemmte mich unbeholfen von der Matratze auf und setzte mich – mit Anis Hilfe – auf. Mein Dad öffnete den Gitarrenkoffer, der in der Ecke stand. Mir fiel nur eine Möglichkeit ein, wie man Gunner so spätabends noch besänftigen konnte. Mit einem zittrigen Atemzug grub ich die Finger in meine Augenhöhlen und versuchte, das Gefühl von Hilflosigkeit loszuwerden. Mein kleiner Mann weinte, und ich konnte ihn nicht in den Arm nehmen oder auch nur über seinen Rücken streicheln – das hier aber, zumindest das hier konnte ich tun.

»Sag ihm, er soll das Telefon auf Lautsprecher stellen, okay?«, wies ich Bram an, als meine Stimme auf dem letzten Worte schließlich brach. Mein Magen verhärtete sich zu einem Stein, und der Schmerz traf mich mit der Wucht eines Vorschlaghammers, als ich die Gitarre aus den Händen meines Vaters entgegennahm und sie auf meinen Schenkeln in Anschlag brachte. Einen Augenblick atmete ich tief durch die Nase, während ich so tat, als bereite ich mich vor. Mit dem gewaltigen Bauch im Weg konnte ich die Saiten der Gitarre kaum mit den Fingern erreichen. »Stell deins auch auf Lautsprecher, Bram«, sagte ich und wartete, bis Bram nickte und schließlich die Lautsprecher-Taste drückte, bevor er das Telefon aufs Bett legte.

Aus meiner Kehle stieg ein unfreiwilliges Wimmern hervor, als ich hörte, wie das Weinen der Jungs über den Lautsprecher ins Zimmer tönte. Es war nicht nur Gunner. Auch Gavin weinte.

»Hey, ihr lieben Äffchen«, rief ich über den Lärm hinweg mit brechender Stimme. »Gunner? Gavin? Wo sind meine Äffchen?«

Daraufhin nahm der Lärm über den Lautsprecher allmählich ab.

»Anne?«, schrie Gunner. Mein Gott, er klang völlig verängstigt.

»Hey, mein Schatz«, sagte ich und hob die Hand, um mir die Augen zuzuhalten. Wenn ich das Zimmer nicht sah, in dem ich mich gerade befand, gelang es mir vielleicht besser, mir vorzustellen, dass sie gerade bei mir waren. »Warum weint ihr denn?«

»Anne«, klagte Gunner.

»Ihr müsst jetzt einen Augenblick ganz leise sein, ja?«, rief ich. Mir zitterten die Hände. »Gavin, bist du bereit?«

»Ja«, drang Gavins Stimme schrill herein.

»Sind Sage und Keller auch da?«

»Ja.«

Ich schlug Gunners Lieblingslied an, und ein Schauder

durchfuhr mich, als ich hörte, wie die Stimmen der Kleinen sich nach und nach beruhigten. Fast hätte ich wieder aufgehört, um sie weiter hören zu können. Die Augen erneut geschlossen, fing ich an zu singen. Meine Stimme klang tiefer als sonst, kratzig und brüchig, doch das war egal. Mein Magen zog sich zusammen, und mir stockte der Atem angesichts der stechenden Schmerzen, die zwischen meinen Hüften zu pulsieren schienen. Als Reaktion zog ich beide Schultern nach vorne, und mein Körper begann zu zittern. Ich hörte trotzdem nicht auf zu singen.

Das waren Wehen, begriff ich, als der Schmerz eben wieder nachließ. *Meine Wehen setzen ein.*

Urplötzlich erklang Sages Stimme durch den Lautsprecher, als sie den Chorus mitsang, hoch und klar. Mir sank mein Kinn auf die Brust, als ich mich anstrengte, nicht loszuheulen. Die Wehen mussten warten.

Ich erschauerte vor Schmerzen, als mich die nächste Wehe überrollte, und gerade als das Lied zu Ende ging, spürte ich einen Schwall Flüssigkeit zwischen meinen Beinen, doch meine Finger hörten nicht auf, sich über die Saiten zu bewegen, während ich zu einem neuen Song überleitete. Ich war noch nicht bereit, aufzuhören, auch wenn die Kinder sich längst beruhigt hatten. Ich konnte es nicht ertragen, aufzulegen und die einzige Verbindung zu kappen, die zwischen ihnen und mir noch bestand.

Bram taumelte rücklings gegen die Wand, als meine Stimme kippte, doch ich ignorierte ihn, spielte einfach weiter, bis plötzlich Shane durch den Lautsprecher sprach.

Ich biss die Zähne zusammen, meine Finger – auf einmal waren sie taub.

»Sie schlafen«, sagte er ruhig. »Danke, Ka…«

Bram nahm sein Telefon vom Bett, wo er es hingelegt hatte,

und schleuderte es gegen die Wand, wo es in unzählige kleine Teile zersprang und Shane so das Wort abschnitt.

»Das hätte nun auch nicht sein müssen«, gab ich zu bedenken und ließ die Gitarre nach vorn plumpsen, als ich nach Brams Hand griff.

»Ich besorg mir ein neues«, erwiderte er.

»Gut, denn meine Fruchtblase ist gerade geplatzt, und jemand muss dringend Alex anrufen«, verkündete ich. Meine Lippen begannen zu zittern, als sich in mir eine Mischung aus Aufregung und Angst mit meiner inneren Leere bekriegte. Ich hatte mich nicht mal verabschieden können.

»Du spinnst.« Er schüttelte lächelnd den Kopf, und unser Dad kam ums Bett herum, nahm mich hoch und trug mich im Arm.

»Wenn hier jemand spinnt, dann du«, gab ich Bram kraftlos über Dads Schulter hinweg zu verstehen. Meine Mutter sagte etwas davon, dass man mich in die Dusche bringen sollte.

Wieder krampfte mein Magen. Daddy umschlang mich noch fester, und mein gesamter Körper erstarrte unter heftigen Schmerzen. »Du wirst das wunderbar hinkriegen, Katie-lein«, beruhigte er mich. Im Badezimmer angekommen, stellte er mich auf die Füße. »Sie ist ein bisschen früh dran, aber es wird alles gut werden.«

Er musste sich irren. Ich glaubte nicht, dass jemals wieder irgendetwas gut werden würde.

Kapitel 12

Shane

Ich hatte es vermasselt. Und zwar richtig.

Mit einem Seufzer fiel ich auf die Couch und rieb mir das Gesicht. Ich hatte keinen blassen Schimmer, was ich tun sollte.

Die Entscheidung, meine Kinder zu mir nach Hause mitzunehmen, hatte ich ja nicht aus Boshaftigkeit getroffen. Mein Gott, wenn überhaupt, dann hatte ich es getan, weil ich es für das Richtige hielt.

Meine Kinder sollten bei mir sein, Punkt. Ich hasste es, dass Kate in Oregon bleiben musste, aber es war auch nicht meine Schuld. Ich hatte sie gewarnt, hatte ihr klargemacht, dass es besser wäre, überhaupt nicht erst hinzufahren, und jetzt hatten wir den Salat.

Mit vier todunglücklichen Kindern war ich zurück nach Kalifornien geflogen, und sie war dortgeblieben.

Ich wusste, dass es für die Kids eine Umstellung werden würde. Kate hatte sie umsorgt, solange sie denken konnten, und ich war für sie fast so etwas wie ein Fremder. Das war mir klar. Wirklich. Was ich allerdings nicht vorhergesehen hatte, war, dass meine beiden Ältesten mich so sehr hassen würden. Sage brachte kein Wort heraus – zu niemandem –, und Keller gebärdete sich wie ein tollwütiger Hund.

Bald würde das Baby auf der Welt sein, und Kate könnte wieder nach Hause kommen. Ich hatte es sehr wohl bedacht, dass sie nachkommen würde, als ich entschieden hatte, die Kinder mitzunehmen. Aber was ich nicht beabsichtigt hatte, war das Affentheater, bei dem ich soeben hatte mitspielen dürfen.

Ich kam mir wie der Entführer meiner eigenen Kinder vor.

Das Klopfen an der Haustür ließ mich aufschrecken, und ich sprang auf, um zu sehen, wer es war. Es war doch recht ungewöhnlich, dass gegen Mitternacht noch jemand etwas von mir wollte.

»Alex?«, fragte ich erstaunt. »Was zur Hölle machst du in Oceanside?«

»Kann ich reinkommen, Champ? Wir haben viel zu bereden.«

»Klar, komm rein.«

Verdattert sah ich zu, wie er eine enorme Reisetasche im Flur ablud und in die Küche ging.

»Hast du Bier da?«, rief er über die Schulter.

»Keine Ahnung. Ich bin ja selbst gerade erst heimgekommen.«

»Tja, das hab ich mitgekriegt«, antwortete er und kam mit zwei Bierdosen in der Hand wieder zurück.

»Was ist los?«, fragte ich und fing das Bier auf, das er mir zuwarf.

»Oh, ich bin ziemlich sicher, dass du weißt, warum ich hier bin.«

»Es ist wegen Kate«, erwiderte ich und ließ mich wieder auf die Couch fallen.

»Was zum Henker ist mit dir los, Shane? Selbst für deine Verhältnisse war das ziemlich mies.«

»Was soll das denn heißen, verdammt?«

»Du konntest Kate nie besonders gut leiden – das hat jeder gemerkt. Also wieso zum Teufel hast du dann mit ihr geschlafen?«

»Wir waren betrunken«, sprudelte es aus mir hervor.

»Netter Versuch. Aber du bist kein Teenie mehr, und das war keine Studentenparty.«

»Das geht dich doch überhaupt nichts an.«

»Na ja, weißt du, es ist nämlich so.« Alex lehnte sich vor und stützte die Ellbogen auf die Knie. »Bram und ich haben auf unsere Schwester aufgepasst, seit sie acht Jahre alt war. Wir waren immer für sie da und haben sie beschützt. Zur Hölle, wir wären fast ins Gefängnis gewandert für sie, als dieses miese kleine Arschloch von Pflegejunge versucht hat, sie zu vergewaltigen …«

»Was?«, rief ich und sprang von der Couch auf.

»Ach, reg dich ab, Arschgeige. Er ist nicht gerade weit gekommen, und es ist viele Jahre her.«

»Wann war das?«

»Mal überlegen. Sie muss so zwölf gewesen sein, glaube ich. Lange bevor du überhaupt da warst.«

»Himmel.«

»Wir kommen hier vom Thema ab«, sagte Alex mit einem Kopfschütteln.

»Warum zur Hölle hat mir das nie jemand erzählt?«, fragte ich außer mir.

»Was zum Henker kümmert es dich denn? Bis vor ungefähr neun Monaten hätte es dich doch nicht mal interessiert, wenn Kate auf der Straße tot umgefallen wäre.«

»Das ist totaler Mist.«

»Nein, es ist die Wahrheit«, versetzte er und ballte die Hände zu Fäusten. »Als wir klein waren, hab ich den Scheiß doch jedes Mal mitbekommen – wie du mit Kate rumhingst und dir genommen hast, was du wolltest, ohne je etwas zurückzugeben. Mann, wir alle haben es mitbekommen. Aber Kate ist eben Kate. Sie flehte uns an, nichts zu tun. Aus irgendeinem unerfindlichen Grund hat sie weiterhin blind ihr Vertrauen verschenkt, selbst nach dem, was dieser kleine Mistkerl Jahre zuvor versucht hatte ... und du hast das genutzt, um sie richtig zu verarschen, nicht wahr?«

»So war es nicht«, wehrte ich mich und spürte die Hitze in mein Gesicht steigen.

»Ach, es war ganz genau so. Du wolltest die süße Kate nicht. Für dich war sie nämlich nicht cool genug. Nicht heiß genug. Was auch immer, Mann, das ist dein Problem. Aber zappeln lassen hast du sie, jahrelang, bevor sie sich endlich von dir befreien konnte ... doch das hat sie gar nicht, jedenfalls nicht wirklich.«

Ich zerquetschte die Dose in meiner Hand, und das Bier spritzte in alle Richtungen und rann auf den Boden.

»Nein, nein. Du musstest ja noch mehr Salz in die Wunde streuen, nicht wahr? Musstest dir unbedingt einen letzten Gnadenstoß genehmigen. Also hast du dich, anstatt Leine zu ziehen, einfach an ihre beste Freundin rangemacht. An die, die es als Einzige geschafft hatte, dass Kate sich auch ein bisschen cool vorkam. Die einzige Frau, der Kate jemals begegnet war, die sie ernst nahm und nichts an ihr auszusetzen hatte.«

»Ich habe mich in sie verliebt!«, brauste ich auf. »Was sollte ich denn tun, verdammt noch mal? Rachel einfach fallen lassen, weil es Kate nicht gefiel?«

»Ja«, antwortete er rundheraus. »Du hättest mit dem Scheiß erst gar nicht anfangen sollen, aber hey, das war eine Jugendsünde. Völlig danebenbenommen ihr gegenüber hast du dich ja dann erst später.«

»Ich habe Kate gar nichts getan. Wovon redest du, zum Teufel?«

»Du weißt es nicht?« Er schüttelte den Kopf und lehnte sich im Stuhl zurück, den Blick an die Decke gerichtet. »Herrgott, ich habe ja nicht geahnt, dass du so blöd bist.«

»Hör lieber auf, mich blöd zu nennen, bevor ich dir eine reinhaue.«

»Kannst es ja mal versuchen. Weiß aber nicht, ob du 's auch schaffst.«

»Verschwinde aus meinem Haus! Das muss ich mir nicht geben.«

»Oh, ich bin noch nicht fertig.« Alex saß immer noch ganz entspannt auf seinem Stuhl, während mein Körper vor zurückgehaltenem Zorn bebte.

»Ich aber«, versetzte ich.

»Hast du gewusst, dass Rachel quasi mit Kate zusammengelebt hat, wenn du auf deinen Einsätzen warst?«, fragte er in gespielt beiläufigem Ton.

»Was?«

»Ja. In dem Augenblick, als du deinen Fuß vor die Tür gesetzt hast, hat Rachel bei Katie angerufen und sie gebeten, rüberzukommen und ihr zu helfen.«

»Das hat sie nicht.« Ich versuchte, mich an die Anrufe und Mails von Rachel während meiner vorigen Einsätze zu erinnern. Aber leider konnte ich mich an deren Inhalt kaum mehr erinnern.

»Doch, Mann, das hat sie«, sagte Alex. »Rachel konnte nicht gut alleine sein, weißt du? Keine Ahnung, ob du es überhaupt nicht bemerkt hast oder ob sie das bloß sehr gut vor dir versteckte, aber Rachel – sie war ein guter Mensch, versteh mich nicht falsch – hat Kate jahrelang benutzt.«

»Du irrst dich«, entgegnete ich und schüttelte den Kopf.

»Ich habe recht, Mann, und wenn du zurückdenkst, wirst du ganz genau draufkommen, was ich meine. Kate ist wegen Rachel hierhergezogen. Ihren Job hätte sie überall machen können, warum ist sie dann nicht in Oregon geblieben, wo ihre ganze Familie wohnt? Sie hat alles dafür getan, um an der Seite deiner Frau zu sein, jahrelang, während du zu einem Einsatz nach dem anderen geflogen bist. Kates eigene Beziehungen dauerten nie länger als ein oder zwei Jahre, weil der Freund sich das eine Weile lang ansah und damit entweder nicht klarkam oder versuchte, sie drauf anzusprechen, und dann hat Kate ihn fallen lassen. Sie hat deine Kinder praktisch aufgezogen, Mann.«

»Oh mein Gott.«

»Versteh mich nicht falsch, Kate hat es von Herzen gern getan.« Er seufzte vor Müdigkeit und schüttelte den Kopf. »Für ihre Freunde macht sie alles, und in Sage war sie von dem Augenblick an vernarrt, als sie sie das erste Mal sah. Ich glaube, sie war die Erste, die Gavin auf dem Arm hielt. Diese Kinder sind ihr Ein und Alles, und wenn ich sie jetzt fragen würde, würde sie mir ganz sicher vom Kopf weg sagen, dass sie keine Minute der letzten neun Jahre eintauschen will. Was schon ein verfluchtes Zugeständnis ist, denn weißt du, wie es war, wenn du zu Hause warst? Dann hat sie das alles verloren. Dann brauchte Rachel sie nämlich nicht mehr. Sie hatte ja plötzlich wieder dich, nicht wahr?«

»Halt«, verlangte ich mit erhobener Hand. Ich versuchte, mich an etwas zu erinnern, das Keller vergangenes Jahr zu mir gesagt hatte. Was war es noch gleich gewesen?

»Auf die eine oder andere Art bestimmst du ihr Leben und ob sie glücklich ist, schon ihr halbes Leben lang, du selbstgerechter Arsch. So bist du schon immer gewesen. Ihr Leben dreht sich quasi nur um dich«, grollte Alex voller Frust. »Und jetzt, wo sie von dir schwanger ist, nimmst du ihr die Kinder weg und verlässt sie?«

»Es sind nicht ihre …«

»Sprich diesen Satz nicht zu Ende«, unterbrach er mich, »oder ich schlag dich grün und blau.« Er stellte die Bierdose vor sich auf den Couchtisch. »Ich nehme an, mittlerweile ist sie das schon richtig gewöhnt, oder? Du kommst vom Einsatz nach Hause, und sie kann sich wieder trollen.«

»Jetzt können wir Tante Katie wieder jeden Tag sehen. Ich mag es, wenn wir sie jeden Tag sehen … aber ich wollte nie, dass du wegfährst, Daddy. Auch wenn wir Tante Katie dann nicht gesehen haben … ich mag es, wenn du hier bist.«

Kellers Worte, sie kamen mir endlich wieder in den Sinn, und ich barg den Kopf in meinen Händen. »Ich glaub es nicht.«

»Hör zu. Kate wird nicht gerade erfreut sein, wenn sie erfährt, dass ich hergekommen bin, um dir das alles zu erzählen …«

»Warum bist du dann hier?«, fragte ich ärgerlich und blickte zu ihm hoch.

»Weil sie im Krankenhaus ist und deine Tochter zur Welt bringt, und da ich deshalb sowieso auf dem Weg nach Westen war, fand ich, jemand sollte es dir persönlich sagen.«

»Was?« Ich schoss von der Couch hoch und sah mich panisch im Zimmer um. »Der Geburtstermin ist doch erst in ein paar Wochen.«

»Ich kann hier bei den Kindern bleiben, wenn du willst. Ich fahre morgen früh hinterher – ich war vor ein paar Monaten mal zu Besuch, sie wissen also, wer ich bin.« Er stand auf und streckte seinen hochgewachsenen Körper. »Wenn du nicht willst, setz ich mich einfach in den Flieger und mach mich allein auf den Weg.«

»Nein! Nein, ich muss bloß ...« Ich sah mich völlig verwirrt um. »Ich muss meinen befehlshabenden Offizier anrufen und klarmachen, dass ich freikriege und äh ...«

»Okay, leg los, Mann. Ich such dir einen Flug raus.«

Er ging zu seiner Reisetasche und zog einen Laptop heraus, und ich rannte leise die Treppe herauf. Ich musste Kate sehen, ich musste zu ihr. Niemals hätte ich sie überhaupt allein zurücklassen dürfen.

Meine Gedanken jagten mindestens so schnell wie mein Puls, während ich den Inhalt des Rucksacks auf mein Bett schüttete und anfing, alles neu zu packen. Gleichzeitig rief ich meinen Vorgesetzten an.

Das waren zu viele Enthüllungen für einen einzigen Abend. Ich kam nicht mehr mit, geschweige denn konnte ich meine Erinnerungen mit denen von Alex unter einen Hut bringen.

War Rachel wirklich so mit Kate umgesprungen? Wie hatte es sein können, dass ich das nicht bemerkt hatte? Wie war es möglich, dass mir so etwas Grundlegendes entgangen war? Hatten Sage und Keller stets mehr von Kate gesprochen, als ich mir eingestand? So wie Alex es erklärt hatte, war Kate für sie wie eine zweite Mutter gewesen, und ich hatte es nie bemerkt.

Jetzt war kaum der richtige Zeitpunkt, um darüber nachzudenken. Ich musste nach Oregon. Wenn ich erst wieder bei Kate war, könnte ich mir über alles klar werden.

Ich hatte kaum zwei Schritte ins Wartezimmer gemacht, als mich ein Kinnhaken traf und ich ins Taumeln geriet.

»Was um alles in der Welt?«

»Zieh Leine, verflucht«, wütete Bram und zeigte auf die Tür.

»Abraham, hör sofort auf!«, verlangte Kates Dad, Dan, mit ruppiger Stimme. »Das ist weder der richtige Zeitpunkt noch der richtige Ort, mein Junge.«

»Ich mach dich alle, du«, versicherte mir Bram, als sein Dad sich von seinem Stuhl erhob. »Pass bloß auf.«

»Geht es ihr gut?«, fragte ich in den Raum gewandt, während ich mich aufrappelte. Bram schritt mürrisch davon.

»Es ist alles wirklich gut gelaufen«, versicherte mir Ellie, die zu mir kam. »Beide sind wohlauf.«

»Sie ist schon da?«, fragte ich verblüfft und gleichzeitig enttäuscht.

»Seit einer Stunde ungefähr, mein Lieber«, verkündete Ellie mitfühlend. Sie streckte die Arme zu mir hoch, um mich zu begrüßen.

»Verflucht.«

»Möchtest du sie sehen?«

»Ja.«

Ich folgte Ellie den Flur hinunter, aber als wir die Tür zu Kates Zimmer erreicht hatten, blieb ich stehen. Meine Handflächen waren schweißnass. Ich war total blockiert. Ich war absolut nicht sicher, ob ich in dieses Zimmer gehen konnte.

Doch als Ellie die Tür öffnete, bewegten sich meine Füße von selbst und trugen mich zu Kate und dem Baby, die beide still im Bett lagen.

»Katie?«, sagte ich sanft. Ihre Mom stand von dem Platz an der Seite des Bettes auf und ging mit Ellie zusammen nach draußen. »Ich bin's, Baby.«

Ihre Augen waren geschlossen, als ich sie berührte und mit den Fingerspitzen sacht durch ihr Haar strich. Ihre Augen und ihre Lippen waren geschwollen und die Wangen, wo die winzigen Kapillaren während der Geburt geplatzt sein mussten, mit kleinen roten Frieseln überzogen. Sie sah sehr abgekämpft aus.

Aber unfassbar schön.

Kate war schon immer die Richtige für mich gewesen. Meine Hände begannen zu zittern, als mir das schlagartig klar wurde. Das zeichnete sich schon ab, als ich noch ein dummer kleiner Junge gewesen war.

»Fass mich nicht an«, sagte sie mit unsicherer Stimme, als sie schließlich die Augen aufschlug. »Geh.«

»Katie, ich …«

»Wo sind meine Kinder?«, fragte sie, der Blick verschleiert durch die Wirkung der ihr verabreichten Medikamente.

»In Kalif…«

Sie zog unsere Tochter fester an sich, als fürchtete sie, ich könnte sie ihr wegnehmen. »Geh.«

»Katie, es tut mir so leid.«

»Ich hasse dich«, flüsterte sie, und Tränen traten ihr in die Augen. »Ich wünschte, du wärst tot, denn dann könnte ich wenigstens meine Kinder wiederhaben.«

Taumelnd wich ich vom Bett zurück, zutiefst erschrocken, und sah, wie sie wieder einschlief, als wäre ich nie hier gewesen.

Gottverdammt. Was hatte ich bloß getan?

Kapitel 13

Kate

»Dann ziehen wir dir mal was an, meine Süße«, raunte ich der schlafenden Iris zu, als ich sie auf das Krankenbett legte. »Wir haben noch kein eigenes Zuhause, aber bei Oma wird es dir gefallen. Deinen Brüdern und Schwestern gefällt es dort auch.«

Ein Neugeborenes anzuziehen ähnelt dem Versuch, einen Oktopus in Klamotten zu stecken: Die kleinen Arme und Beine sind so biegsam, dass es zur Geduldsprobe wird, sie durch die winzigen Löcher der Kleidungsstücke zu bekommen – ganz zu schweigen von dem wabbeligen Genick und dem überdimensionalen Kopf.

»Keine Sorge, Iris«, murmelte ich, »da wirst du schon noch hineinwachsen, genau wie es Keller getan hat.« Ich zog ihr vorsichtig die kleine Mütze auf. »Ich kann zwar nicht sagen, dass ich unglücklich gewesen wäre, wenn dein Kopf etwas kleiner gewesen wäre, aber hey, wir haben ihn wenigstens schon mal durchgekriegt, nicht wahr?«

Die Geburt war sehr schnell gegangen. Zu dem Zeitpunkt, als meine Eltern mich ins Krankenhaus gefahren hatten, war ich bereits vollständig geweitet gewesen, und trotzdem hatte ich stundenlang pressen müssen, bis sie endlich hinaus in die Welt glitt. Zwischendurch hatte ich die Beherrschung verloren – mir wurde ganz heiß im Gesicht, als ich an die Beschimpfungen dachte, die ich meiner armen Familie entgegengeschleudert hatte, während ich an die Grenze meiner Belastbarkeit gekommen war.

Eigentlich, so meine Erwartung, hätte mir Dads und Brams Gegenwart bei der Geburt peinlich sein müssen, doch es stellte sich heraus, dass es mir auf seltsame Art und Weise recht war, sie dabeizuhaben. Der Raum war aus allen Nähten geplatzt. Mom, Ani und Tante Ellie, alle mittendrin. Aber Dad und Bram waren ebenfalls dageblieben – auf Kopfhöhe, wohlgemerkt. Ich ging davon aus, dass sie das, was unten bei mir abging, ebenso wenig sehen wollten, wie mir etwas daran lag, dass sie es sahen.

Aber mich allein zu lassen, das war ihnen nicht in den Kopf gekommen, ganz egal, wie unschön es werden würde. Ich konnte es ihnen keineswegs vorwerfen, auch wenn ich insgeheim glaubte, dass es für Bram besser gewesen wäre, draußen im Wartezimmer zu sitzen. Phasenweise hatte ich geglaubt, er würde den Kreißsaal kurz und klein schlagen.

Ich lächelte, als ich Iris hochnahm und mit ihr rüber zum Kindersitz trabte. Eigentlich hatte ich Gunners alten Sitz für sie benutzen wollen, aber den Plan hatte ich verwerfen müssen, da sich der alte Kindersitz noch in der Garage in Kalifornien befand. Mir stockte der Atem.

Sage, Keller, Gavin und Gunner fehlten mir mehr, als ich es je für möglich gehalten hätte. Es fühlte sich nicht so an, als hätte ich sie erst am Abend zuvor gesehen. Eher so, als wären sie mir wochenlang nicht begegnet. Vielleicht lag es an der großen räumlichen Trennung. Ich konnte mich nicht einfach ins Auto setzen und zu ihnen fahren, besonders nicht mit der kleinen Schnecke, die ich gerade in ihrem Kindersitz festmachte.

»Hey, Süße. Bist du so weit?«, fragte Bram, als er in unser Zimmer kam.

»Was machst du denn hier? Ich dachte, Mom holt mich ab.« Ich sagte es mit einem breiten Grinsen. Mein Bruder sah aus, als hätte er seit gestern weder geschlafen noch geduscht, der Bart und die Haare standen ihm so wild von seinem Gesicht ab wie bei einem Neandertaler.

»Ja, also, ich dachte, vielleicht wäre es besser, wenn ich euch hole. Wie geht's denn meinem kleinen Fräulein?«

»Alles prima. Vorhin mussten alle ein bisschen an ihr rumstupsen und sie ärgern – was sie, glaube ich, ziemlich sauer gemacht hat –, aber nachdem sie ein bisschen getrunken hat, ist sie gleich eingeschlafen. Hat mich an Dad erinnert.«

»Sie ist ja wohl viel zu hübsch, um sie mit dem runzligen alten Herrn zu vergleichen«, spottete Bram.

»Pass bloß auf, dass ihm das nicht zu Ohren kommt!«

»Ich würde es sofort abstreiten«, sagte er mit einem Lächeln und hob Iris in ihrem Sitz hoch. »Bereit?«

»Ja. Lass mich nur noch schnell meine Tasche holen.«

»Ich mach das schon«, wandte er ein, nahm sie mir weg und schwang sie sich über die Schulter. »Du läufst gerade ein bisschen wie eine alte Oma. Ich nehme an, dass du, ähm, wund bist.« Er wurde rot im Gesicht, und ich musste lachen.

»Ja. *Wund* ist genau das richtige Wort dafür.«

»Ich kann mir vorstellen, dass die Naht, ähm …«

»Genau, belassen wir es dabei, ja?«, unterbrach ich ihn kichernd.

»Okay. Fahren wir. Ich bin mit meinem Truck da; ich dachte, dann können wir die Kleine beim Fahren im Blick behalten. Außerdem, na ja, ist das Ding so groß und sicher wie ein Panzer.«

»Moms Auto hätte vollkommen gereicht«, schnaubte ich. »Aber der Truck ist auch gut.«

Die Fahrt zurück zu meinen Eltern fühlte sich an, als würde sie nie enden, besonders da Iris zwanzig Minuten vor unserer Ankunft zu schreien anfing.

»Was ist denn?«, murrte Bram verzweifelt über den Lärm hinweg.

»Ich denke mal, sie hat Hunger«, rief ich ihm zwischen meinen Beruhigungslauten für Iris zu. »Fahr nur weiter. Wir sind ja fast da, dann kann ich sie füttern.«

Iris hatte ein Gesicht so rot wie eine Rübe und schrie ungehindert weiter. Als wir die lange Auffahrt zum Haus erreichten, waren Brams und meine Nerven so strapaziert, dass ich fürchtete, wir würden bei der geringsten Provokation explodieren.

In der Sekunde, als der Motor verstummte, hatte ich Iris bereits abgeschnallt und nahm sie an meine Brust.

»Schhh. Du meine Güte, Süße, bei der Lautstärke hast du ja bald gar keine Stimme mehr«, sagte ich sanft in ihr Ohr, während sie schluchzte.

»Ich nehm alles«, sagte Bram, »geh nur schon rein.« Er hielt mir die Tür auf und half mir beim Aussteigen.

»Vielen Dank fürs Abholen, Bruderherz.«

»Ist doch Ehrensache.«

Beim Anblick der Veranda musste ich lächeln. An jedem einzelnen Pfosten waren lila- und rosafarbene Luftballons befestigt, selbst an den Armlehnen der Hollywoodschaukel hingen welche.

In der Haustür stand Mom. Sie trug eine seltsame Miene zur Schau, doch ich lief ohne zu zögern geradewegs an ihr vorbei ins Haus. Iris musste gewickelt werden und die Brust kriegen, und zwar dalli.

»Katie-lein …«

»Lass uns im Gehen sprechen, Mom. Sie schreit schon zwanzig Minuten.«

»Du hast Besuch …«, begann sie, als ich an der Tür zum Wohnzimmer abrupt stehen blieb.

Mein Herz begann zu pochen, und ein vergnügtes Lächeln eroberte mein Gesicht. »Die Kinder sind hier?«, fragte ich. Mein Blick sprang zwischen Shane und Dad hin und her, die sich an entgegengesetzten Enden des Zimmers gegenüberzustehen schienen. »Wo stecken sie?«

»Nein«, krächzte Shane, den Blick auf Iris gerichtet. »Ich habe sie nicht …«

»Dann mach verdammt noch mal, dass du wegkommst«, schnitt ich ihm das Wort ab, und mir wurde ganz schwer ums Herz.

»Katie …«

»Nenn mich nicht Katie«, versetzte ich und wandte mich an meine Mutter. »Ich stille sie in meinem Zimmer.«

Damit ging ich.

»Kate!«

»Sie will dich nicht sehen«, hörte ich Bram hinter mir grollen.

»Aber wir müssen reden!«

Ich missachtete Shane und ging in mein Zimmer im hinteren Teil des Hauses. Tränen rannen mir über das Gesicht. Ich wollte einfach nur meine Kinder wiedersehen.

»Du kannst ihn nicht bis in alle Ewigkeit ignorieren«, gab Anita zu bedenken und wiegte Iris sanft hin und her, während ich mich anzog. Gott, ich war immer noch ganz aufgedunsen und empfindlich von der Geburt, und die Naht, die ich danach vom Arzt verpasst bekommen hatte, juckte wie verrückt.

»Ich will ihn nicht sehen.«

»Er sollte wenigstens die Möglichkeit haben, Iris zu sehen.«

»Er hat sie gesehen.«

»Er hat sie bis jetzt nicht mal im Arm halten können.«

»Tja, er ist eben ein Arsch, und ich möchte nicht, dass sie sich bei ihm ansteckt.«

»Sieh mal, ich wäre die Erste, die ihn gern am nächsten Baum aufhängen würde, aber … Herrgott noch mal, Süße. Das sieht dir gar nicht ähnlich.«

»Was?«, fragte ich, während ich vorsichtig an meinem Still-BH zupfte. Meine Brüste waren sogar noch gewaltiger geworden und fühlten sich fast heiß an, wenn man sie berührte. Meinen Milcheinschuss hatte ich noch nicht gehabt, aber die Schwestern hatten mir versichert, es sei nur eine Frage von wenigen Tagen. Meine Hoffnung war gewesen, dass die beiden sich bis dahin nicht mehr wie zwei Bowlingkugeln anfühlen würden; so langsam wurde das Ganze etwas lächerlich.

»Du. Wie du Shane links liegen lässt. Ich weiß, dass du wütend bist, aber es wird sich nichts zwischen euch ändern, wenn du nicht mal bereit bist, mit ihm zu reden. Du weißt ja gar nicht, was er dir zu sagen hat. Vielleicht hat er ja beschlossen, die Kinder hier oben bei dir wohnen zu lassen. Aber du wirst es eben nicht erfahren, solange du es nicht mal tolerierst, dass er im selben Zimmer mit dir ist.«

»Ich bezweifle stark, dass er seine Kinder einfach so zu ihrer Tante in einen anderen Bundesstaat gibt. Sei doch realistisch.«

»Du hast nicht den blassesten Schimmer, was er will, Katielein, das ist alles, was ich sage. Falls er echterweise eine Lösung für euch beide finden will, würdest du das dann nicht auch wollen?«

»Echterweise?«

»Was?«

»Das ist doch nicht mal ein richtiges Wort.«

»Ist es doch.«

»Seit wann?«

»Seit gerade eben. Und jetzt hör auf abzulenken. Er ist schon zwei Tage hier. Du solltest mit ihm sprechen.«

»Na schön«, murrte ich. »Aber ich nehme Iris mit.«

Vorsichtig trat ich auf Ani zu und entwand meine Tochter den Fängen ihrer Tante.

»Wie kannst du es wagen, der Tante ihr Baby zu stehlen!«, empörte sich Ani.

»Ernsthaft?«

»War das noch zu früh?«

»Ja. Viel zu früh, blöde Kuh.«

Sie kicherte, während ich das Zimmer verließ und dabei mein Grinsen verbarg. Anita war immer schon etwas ungeschliffen gewesen, dafür aber die Erste, die einem den Rücken freihielt, wenn man in eine schwierige Lage geriet, ob nun körperlich oder verbal. Sie war in einer so späten Phase unserer Kindheit zur Familie gestoßen, dass sie sich immer ein wenig abseits von allem fühlte, und doch hatte ich sie immer schon als meine Schwester betrachtet, selbst wenn sie vollkommen unangebrachte Scherze machte. Am Ende würde sie auch das noch lernen.

»Kate«, sagte Shane und erhob sich vom Küchentisch.

»Du auch?«, fragte ich meinen Vater, der sitzen blieb. »Ich wusste gar nicht, dass du dich mit Arschgeigen an einen Tisch setzt.«

»Das ist albern, Katie«, beschied mir Dad.

»Egal, vergessen wir's.« Ich schüttelte den Kopf. »Was willst du, Shane?«

»Ich wollte mit dir reden«, sagte Shane zögernd, und sein Blick ging zwischen meinem Dad und mir hin und her.

»Ich geh mal los und sehe nach eurer Mutter«, verkündete Dad und stemmte beide Hände auf die Tischfläche, um aufzustehen. »Reich mir meine Enkelin.«

»Aber ich hab sie grad erst wiederbekommen«, protestierte ich, als er sie mir sanft aus dem Arm nahm.

»Du hast ja erst mal was, worum du dich kümmern musst«, erwiderte er im Flüstern und gab mir einen Kuss auf die Wange, ehe er hinausging.

»Also?«, fragte ich mit verschränkten Armen. »Ich höre.«

»Kate ...« Shane rieb sich mit beiden Händen über sein ungepflegtes Gesicht. »Ich war der Meinung, ich hätte das Richtige getan ...«

»Okay, Gespräch beendet«, gab ich mit einem Kopfschütteln zu verstehen.

»Hör mir zu!«, blaffte er und sprang auf. »Grundgütiger, hör mir nur eine Sekunde lang zu, okay?«

»Was zum Teufel gibt es denn noch zu sagen?«, schrie ich ihm entgegen und ballte die Hände zu Fäusten. »Ich habe dir alles gegeben, Shane. Ich habe mich mit allem arrangiert, und was ist der Dank dafür? Um alles habe ich mich gekümmert, damit du dir keine Sorgen zu machen brauchst. Selbst, als du weg warst und so getan hast, als wären wir uns nie begegnet. Was um alles in der Welt kannst du jetzt noch von mir wollen?«

»Einfach nur eine Chance«, antwortete er verhalten. »Um das zwischen uns zu klären und wieder in Ordnung zu bringen.«

»Du willst das zwischen euch klären und wieder in Ordnung bringen?«, fragte Bram höhnisch von der Tür und jagte mir einen Schrecken ein. Ich wirbelte herum und sah, dass er an seinem Handy herumfummelte.

Dann kam er auf uns zu und ließ das Telefon, aus dem plötzlich die Stimme meiner Mutter drang, über den Küchentisch rutschen.

»Du machst das so gut, Süße. Nur noch ein bisschen pressen!«

»Ich kann nicht mehr«, schluchzte ich. »Wo ist Shane?«

»Süße, das haben wir doch schon so oft besprochen. Du weißt, dass Shane nicht hier ist.«

»Ich will Shane«, flehte ich verzweifelt. »Bitte, hol Shane her, ich will, dass er hier ist. Geh und schaff ihn her. Bram, wo ist Shane?«

Die Stimme meiner Mutter murmelte etwas Unverständliches, das jedoch keinerlei Wirkung zu haben schien.

»Bitte. Ich will nicht. Ich bin zu erschöpft. Ich will Shane. Hol Shane, Mama. Bitte.«

Von dem Moment an, da ich meine flehenden Worte hörte, schloss ich die Augen, als die Aufnahme allerdings zu Ende war, schlug ich sie wieder auf.

In der Küche war es still. Shane stand da wie versteinert. Er glotzte auf Brams Handy, als erwartete er, dass es gleich in tausend Teile zersprang. Seine Gesichtshaut war schlaff und seine Augen weit aufgerissen und mit Tränen gefüllt.

»Gottverdammt, Bram.« Ich drehte mich um und wollte ihn aus dem Raum schieben. »Was zur Hölle ist mit dir los?«

»Wie willst du das denn wieder klären und in Ordnung bringen?«, ereiferte sich Bram verächtlich, während er mir immer wieder auswich und Shane anstarrte.

Dann begegnete er meinem Blick, und in seinem Ausdruck

war nicht das geringste Anzeichen einer Entschuldigung zu sehen. »Du hast etwas Besseres verdient.«

Bram wollte nach mir greifen, ich aber wich ihm ruckartig aus. Ich war so wütend und beschämt, dass ich ihn am liebsten geschlagen hätte. Er schüttelte den Kopf, bevor er auf dem Absatz kehrtmachte und aus der Küche stürmte.

»Kate, ich ...« Shane stammelte, doch dann hörte ich, wie jemand draußen vor dem Haus vorfuhr. Mit erhobener Hand forderte ich ihn zum Schweigen auf und lauschte angestrengt. Ich machte mich eilig zur Vordertür auf.

In der Auffahrt stand ein silberner Minivan, den ich nicht kannte, und die Reflexion des Sonnenlichts auf der Windschutzscheibe verhinderte, dass ich den Fahrer erkennen konnte. Jäh glitt die hintere Tür auf, und eine kleine Gestalt kam herausgesprungen und rannte auf mich zu.

»Tante Kate!«, schrie Keller. »Ich bin es! Tante Kate!«

Ich hastete über die Veranda, den Schmerz zwischen meinen Beinen missachtend, und kam Keller zum unteren Treppenabsatz entgegen, wo ich mich hinhockte, während mir Tränen über das Gesicht liefen.

»Du hast mir so gefehlt«, sagte ich heulend, als sein Körper sich in meinen warf – seine Arme und Beine nahmen mich richtig in die Zange. »Oh, wie hast du mir gefehlt.«

»Ich bin zurückgekommen«, vertraute er mir ruhig an, den Mund an meinem Ohr. »Weil ich dich einfach zu sehr vermisst hab.«

»Das ist der schönste Tag überhaupt«, erwiderte ich und stützte mich mit einem Arm hinter mir ab, während ich mich auf die unterste Stufe niederließ.

Ich schaute hoch, als mein Bruder Alex aus dem Auto stieg. Mit einem Lächeln im Gesicht ging er zur Wagentür und ließ sie ganz zurückgleiten. Es dauerte ein paar Sekunden, bevor etwas geschah, und schließlich kamen erst Gavin, dann Sage und als Letzter Gunner zu mir gerannt. Sie rieben sich die Augen und sahen müde aus.

»Hey!«, rief ich ihnen entgegen. Ich lachte, während ich weinte.

»Anne!«, rief Gunner und plumpste auf den Kiesweg, stand jedoch gleich wieder auf, um weiterzurennen, diesmal lauthals schluchzend über die Kratzer an seinen Handballen. »Anne! Anne!«

Gavin und Sage erreichten mich vor ihm und umarmten mich innig. Ihre kleinen Hände zerrten an meinem Shirt.

»Hey, hey«, beschwor ich, umschlungen von ihrem Klammergriff. Ich zog Gunner auf meinen Schoß. »Ist ja gut, ihr Lieben.«

»Gavin hat in seinen Kindersitz gepieselt, und Onkel Alex musste eine Mülltüte drübermachen!«, verkündete Keller.

»Es war ein Servehen!«, wehrte sich Gavin mit rotem Gesicht. »Servehen passieren jedem, Keller!«

»Er hat recht, Kumpel«, pflichtete ich an Keller gewandt bei. »Du würdest doch auch nicht wollen, dass Gavin sich über dich lustig macht.«

»Ich hab ein Armband für dich gemacht«, begann Sage leise und steckte die Hand in die Tasche, um ein verheddertes Stück Stickgarn hervorzuziehen.

»Danke schön, Prinzessin!« Ich hielt ihr meinen Arm hin, damit sie es um mein Handgelenk binden konnte.

»Baby?«, fragte Gunner jäh mit einem Ausdruck der Verwirrung, indem er auf meinen immer noch ganz wabbligen Bauch drückte.

»Wo ist Iris?«, schrie Keller und legte den Kopf in den Nacken.

Mir tat schon das ganze Gesicht weh, so breit grinste ich, als ich mit hörbarem Flüstern sagte: »Sie ist drin bei Onkel Mike und Tante Liz.«

»Ist sie rausgekommen?«, fragte Gavin mit großen Augen.

»Jawohl!«

Die Kids krabbelten von mir herunter, und zusammen wandten wir uns zum Haus und wollten losgehen – als wir alle erstarrten.

Shane stand draußen vor der geschlossenen Tür. Er sah vollkommen niedergeschlagen aus. »Geht ihr rein, um euch Iris anzusehen?«, fragte er mit sanftem Ton. Sein Blick sprang zwischen uns hin und her, aber er vermied es, mich direkt anzusehen. »Dann müsst ihr ganz leise und vorsichtig sein, damit sie sich nicht erschreckt, ja? Sie ist wirklich noch sehr klein.«

Die Kinder willigten ein, und er drückte die Tür auf, damit wir an ihm vorbei hineingehen konnten. Ich ließ die Kleinen vor, und als ich an der Reihe war, hielt er mich mit einer Hand an der Hüfte zurück.

»Es tut mir leid, Katie.« Er neigte sich zu mir und flüsterte in mein Ohr: »Ich werde es niemals wieder tun.« Ich stand wie vom Donner gerührt da, als sein Atem über meine Wangen strich, und fuhr zusammen, als seine Lippen meine berührten.

Noch ehe ich mich von ihm losmachen konnte, schritt er auf die Terrasse hinaus und zog die Tür zwischen uns beiden zu.

»Der Kerl liebt dich«, sagte Alex aus ein paar Schritten Entfernung.

»Hey, Bruderherz«, grüßte ich und nahm ihn fest in den Arm.

»Ganz lieben Dank, dass du die Kinder mitgenommen hast.«

»Tut er wirklich, weißt du.«

»Hast du die Kleine schon gesehen?«, fragte ich, ohne auf seine Beteuerungen einzugehen.

»Nee, ich warte nur noch auf dich«, antwortete er mit einem frechen Grinsen.

»Sie ist so süß«, sprudelte es aus mir heraus, während ich ihn in Richtung Wohnzimmer zog, wohin sich meine Eltern mit großer Wahrscheinlichkeit zurückgezogen hatten. »Hat zwar kaum Haare, aber ich habe gehört, dass sich das irgendwann ändert ...«

Als ich ins Wohnzimmer trat, war ich richtig aufgedreht. Meine Mom hielt Iris im Arm, und die Kinder standen um sie geschart. Sie starrten mit offenen Mündern und zeigten sich die verschiedenen Einzelheiten. Gavin wollte wissen, warum sie so fest eingemummelt war, Keller wollte ihr die Mütze abziehen, Sage wollte sie mal halten, und Gunner stupste ihr immer wieder in ihr winziges Gesichtchen und sagte »Nase«.

Es war wie Weihnachten, Halloween und alle Geburtstage, die ich jemals gehabt hatte, zusammen. Und möglicherweise war dies der schönste Moment in meinem Leben.

»Wenn du wirklich hier schläfst, wird Iris dich irgendwann wecken«, gab ich Keller zu bedenken und schaute zu Iris, die bei mir auf dem Bett lag. »Sie muss sehr oft gefüttert werden.«

»Ich kann ihr das Fläschchen machen«, entgegnete er stur.

Im Fernseher auf der anderen Seite des Zimmers lief ein Film, und während Sage und Gavin den ganzen Tag abwechselnd drinnen und draußen verbracht hatten, waren Keller und Gunner mir kaum von der Seite gewichen.

»Schlafenszeit«, verkündete Shane, und Kellers gesamte Körperhaltung versteifte sich, als sein Dad den Raum betrat. »Noch fünfzehn Minuten.«

»Ich schlafe hier«, beschied ihm Keller in aufsässigem Ton. »Und ich mache Iris das Fläschchen.«

»Moment«, sagte Shane. »Ich glaube nicht, dass Iris schon das Fläschchen kriegt, Kumpel.« Sein Blick streifte einmal rasch meine Brüste.

»Was isst sie denn dann?«, wollte Gavin perplex wissen, ohne auch nur den Blick von seiner kleinen Schwester zu nehmen.

»Na ja, sie bekommt noch die Brust«, erklärte ich den Kindern besonnen und gab mein Bestes, keine Miene zu verziehen. Im Laufe des Tages hatte ich mich immer wieder heimlich davongestohlen, um Iris zu füttern, da es keine Möglichkeit gab, es unauffällig zu tun, solange Iris den Saugreflex noch nicht richtig draufhatte. Und vor Alex und Dad hatte ich meine Brüste nicht unbedingt präsentieren wollen.

»Was?« Keller klang verwirrt.

»Tante Kate füttert sie mit ihren Brüsten!«, antwortete Sage, bevor ich etwas sagen konnte. Ich schmunzelte.

»Eklig!«

»Iiih!«

»Ekik.«

Auf den Gesichtern der Jungs zeichneten sich unterschiedliche Abstufungen von Abscheu ab, und ich konnte das Lachen, das aus meinem Mund wollte, nicht länger in mir behalten. »Wie bei den Tieren, ihr Lieben.«

»Das ist komisch. Ich glaube, dass sie lieber das Fläschchen möchte«, stellte Keller mit ernstem Ton in den Raum.

»Wenn ich ihr die Brust gebe, ist das sehr gut für sie, kleiner Mann«, versicherte ich ihm.

»Okay, nun aber ab ins Bett«, mahnte ein amüsierter Shane vom Fußende des Bettes her.

Gunner fing auf der Stelle an zu weinen, als hätte man ihm das Herz gebrochen, und krabbelte eilig auf meinen Schoß. Dabei ruckelte er Iris wach, die daraufhin in Nullkommanichts in sein Geschrei einstimmte. Meine Brüste fühlten sich mit einem Mal komisch an.

»Da, Pfütze«, sagte Gunner nach kurzer Stille mit einem Hicks. Er lehnte sich gegen meine Brust. »Anne nass.«

Ich schaute runter und spürte, wie ich leicht errötete. Was für ein toller Moment für den ersten Milcheinschuss.

»Scheiße«, murmelte ich.

»Scheiße«, sagte mir Gunner nach.

»Na los, Kinder«, meldete sich Shane zu Wort. Er strengte sich an, ein Lachen zu unterdrücken. »Ab ins Bett.«

Gavin, Sage und Keller krochen gemächlich aus dem Bett, von Murren und Brummen begleitet. Ich lächelte, als ich sah, wie die beiden Jungs verärgert die Arme vor der Brust verschränkten.

»Wenn ihr wach werdet, ich bin hier«, beschied ich ihnen über Iris' Winseln hinweg. »Geht schön schlafen, und morgen könnt ihr mir helfen, Iris zu baden.«

Shane scheuchte sie vergnügt nach draußen und ging mit, und ich setzte Gunner neben mich und griff nach einer der kleinen Windeln, die auf dem Nachttisch lagen.

»Wahrscheinlich braucht sie eine neue Windel«, erklärte ich ihm, während ich meinem Baby das Nachthemdchen auszog. »Allerdings mag sie es nicht besonders, wenn man sie ihr wechselt.«

»Pini?«, erkundigte er sich, während ich die durchnässte Windel unter Iris wegzog und ihr die neue, trockene unterlegte.

»Ja, sie hat keinen, stimmt's? Mädchen haben keinen Penis wie Jungen. Du bist ein Junge, und Iris ist ein Mädchen.«

»Ich wusste gar nicht, dass wir Gunner schon mit zwei Jahren aufklären wollen«, scherzte Shane. Er stand an der Tür.

»Nun ja, der kleine Mann ist eben sehr neugierig«, gab ich zurück. Ich hob Iris hoch und strich ihr über den Rücken.

»Soll ich ihn nehmen?«

Aber Gunner hatte sich bereits hingelegt, Zeige- und Mittelfinger im Mund, und seine Augen waren ganz schläfrig.

»Nein, nein, er kann hierbleiben.« Ich legte mich neben ihn und bettete Iris behutsam zwischen uns. »Ich muss sie noch stillen, und er schläft bestimmt besser ein, wenn er hier ist.«

Iris wandte sich mir zu, und mir stieg die Hitze ins Gesicht, als ich erkannte, dass Shane keine Anstalten machte hinauszugehen.

»Wenn es dir nichts ausmacht«, sagte ich irritiert und zog an meinem Stillhemd.

»Absolut nicht«, versetzte er lächelnd und kam ganz herein.

Ich versperrte ihm die Sicht, als ich das feuchte Stillhemd herunterzog und Iris' Köpfchen zu meiner Brustwarze bugsierte. Beim Andocken waren wir noch nicht die großen Profis, aber ich hatte das Gefühl, dass sie den Drch bald heraushaben würde.

Im Zimmer wurde es still, und Iris begann zu saugen. Ich fühlte, wie mein gesamter Körper sich entspannte und in die Kissen sank.

»Bäbi«, murmelte Gunner mit den Fingern in seinem Mund und streckte den Arm aus, um Iris an der Stirn zu berühren.

»Und du wirst mal ein ganz großer Junge werden«, flüsterte ich zu ihm zurück, strich ihm mit den Fingerspitzen über den kleinen Arm. »Schlafenszeit, mein Äffchen.«

Nach ein paar Minuten nahm er die Hand zurück, drehte sie vor der Brust ein und fiel in den Schlaf. Als es Zeit wurde, mit Iris die Brust zu wechseln, steckte ich ihr ganz sachte den Finger in den Mund, machte sie los und setzte sie dann auf.

Ich spähte aus den Augenwinkeln zu Shane hinüber. Er hielt das Handy und machte ein Foto von uns, woraufhin ich schnell meine nackte Brust bedeckte. Ich hatte ihn natürlich nicht vergessen, nur ignoriert, während ich mit den Kleinen gekuschelt hatte.

»Ich wollte bloß eins, auf dem Gunner und Iris zusammen drauf sind«, erklärte er leise, indem er das Telefon zurück in seine Tasche schob. »Komm, lass uns dich mal aus diesem nassen Hemd holen.«

Er nahm eins meiner Tops vom unteren Ende des Bettes und kam zu mir, das Kleidungsstück über die Schulter geworfen. »Lass mich dir helfen. Ich weiß, dass du wund bist.«

»Ich mach das schon«, entgegnete ich und zog ihm das Top von der Schulter.

»Bitte, Kate. Ich will dir einfach nur helfen.«

»Umdrehen«, verlangte ich. Seine Schultern sackten ein, und er gab sich geschlagen.

»Ist ja nicht, als hätte ich irgendwas davon noch nicht gesehen«, murrte er von mir abgewandt. »Also, so was Albernes.«

»Na ja, das war eben zu der Zeit, als ich noch deinen Fußabtreter gespielt habe. Die Brüste kannst du dir abschminken.«

Er bellte ein leises Lachen heraus, und ich verdrehte die Augen und streifte das Stillhemd über meine Hüften nach unten, damit ich es nicht auf anderem Weg über meine schmerzenden Brüste zerren musste.

»Du warst doch nie mein Fußabtreter, Katie«, sagte er mit

großem Ernst und drehte sich um, bevor ich so weit war. »Du warst einfach ... du hast mich eben geliebt.«

Ich öffnete den Mund, um zu antworten, als Iris zu protestieren begann.

»Ich muss sie zu Ende stillen«, sagte ich, drehte mich weg und erklomm das Bett. Für Iris und mich schien es am besten zu funktionieren, wenn ich auf der Seite und sie an mich geschmiegt nebendran lag, also hob ich sie hoch und legte mich zwischen sie und Gunner. Als wir unsere richtige Liegeposition gefunden hatten, trottete Shane ein paar Schritte näher zum Bett und kletterte schließlich auf Iris' Seite herauf.

»Verdammt, was tust du da?«, fragte ich erstaunt. Dieser Mann kannte ja wohl keine Scham.

»Ich rühr dich auch nicht an«, versprach er und wurde rot. »Ich möchte bloß ... ich möchte dabei sein, okay? Ich hatte nicht wirklich viel von ihr bis jetzt ...«

Shanes Blick glitt von mir herunter und landete auf dem Baby, das zwischen uns ruhte. Er streckte die Hand aus und strich mit einem Finger ihren kleinen Nacken entlang, was Iris aufmerken ließ.

»Sie ist wunderschön«, bemerkte er, die Stimme lediglich ein Flüstern. »Manche Babys, na ja, du kannst dich sicher noch an Keller erinnern, oder? Sie sind einfach niedlich, weil sie so winzig sind, auch wenn sie eigentlich aussehen wie Gremlins.«

Ich lachte ein wenig. Keller war ein recht unansehnliches süßes Ding gewesen.

»Aber sie. Sie ist wirklich wunderbar. Sie könnte ein Model für Babybrei werden oder so.«

»Unsere Tochter wird kein Model für irgendwas sein.«

»Natürlich nicht. Ich meinte ja nur, na ja, du weißt schon, sie könnte es eben.« Unsere Blicke trafen sich. »Katie, ich ...«

»Nicht, Shane«, unterbrach ich ihn. »Nicht jetzt.«

»Ich hätte gern, dass du mit uns kommst, zurück nach Hause.«

»Ach, halt den Mund, Shane.«

»Du gehörst nach Hause zu uns. Wir sind deine Familie.«

»Ach, das hast du gerade so beschlossen, ja?«, versetzte ich mit arbeitenden Kiefermuskeln. »War wohl nicht gerade leicht mit den Kids ohne Hilfe, was?«

»Das hat übcrhaupt nichts damit zu …«

»Klar hat es. Du schaffst es nicht allein, deshalb hoffst du, dass ich jetzt wieder auf der Matte stehe und die Kinderfrau für dich spiele«, zischte ich. »Du mich auch.« Iris' Mund hörte auf zu saugen, und sie ließ von meiner Brust ab.

Er wollte mich berühren, und als ich zurückweichen wollte, fasste er mir ans Kinn, fest und doch sanft.

»Ich …« Er stockte, während er mich ansah, und sein Mund ging ein paarmal auf und zu, bevor er kurz die Augen schloss. »Ich will dich bei uns in San Diego haben«, sagte er, als ich von ihm abrückte.

Ich nahm Iris schwungvoll hoch und presste sie sanft gegen meine Brust, ehe ich vom Bett krabbelte.

»Die Kinder und ich wollen dich bei uns haben.«

»Das war ein Schlag unter die Gürtellinie«, murmelte ich verdrossen und legte Iris in die Wiege.

»Es war nicht als Schlag gemeint. Herrje, Kate. Du willst doch auch zurück.«

»Ich kann nicht wieder dahin zurück, wie es gewesen ist, Shane. Du …« Ich schloss die Augen und zwang den Kloß hinunter, der sich in meinem Hals gebildet hatte. »Ich musste mit ansehen, wie du sie mir weggenommen hast, strampelnd und schreiend.«

»Das werde ich nie wieder tun«, versicherte er mir mit einem Schritt nach vorn. »Das verspreche ich.«

»Klar, aber auf deine Versprechen gebe ich nichts mehr«, sagte ich ausdruckslos. »Könntest du Gunner bitte in den Laufstall im Kinderzimmer bringen?«

»Ja.« Mit einem Seufzer hob er Gunners schlaffen Körper vom Bett. »Denk nur einfach darüber nach, bitte.«

Ich nickte und sah zu, wie er mit Gunner im Flur verschwand. Gleich darauf kroch ich, von meinen Gefühlen überwältigt, ins Bett und schlug die Hand vor den Mund, um die Schluchzer zu unterdrücken.

Ich musste überhaupt nicht nachdenken. Natürlich würde ich meinen Kindern nach Kalifornien folgen.

Nur hatte ich panische Angst davor, dass ich das wenige, was mir von mir selbst geblieben war, auch noch verlieren würde, sobald ich zurückkehrte.

Kapitel 14

Kate

»Hältst du das denn für die beste Idee?«, fragte meine Mom, während sie mir beim Packen der Babysachen half. »Warum wartest du nicht ein paar Wochen, und dann fahren Dad und ich dich zusammen runter …«

»Ich möchte nicht so lange von den Kindern getrennt sein«, gab ich zurück und zog den Reißverschluss der Wickeltasche zu.

»Warum bleiben sie dann nicht mit dir zusammen hier? Dann können wir alle gemeinsam …«

»Mom«, unterbrach ich sie, »in vier Tagen fängt für Sage und Keller die Schule wieder an. Sie müssen zurück nach Oceanside.«

»Ich verstehe nicht, warum du nicht wenigstens das Flugzeug nehmen kannst. Du bist doch nicht bereit für eine so lange Fahrt. Du hast gerade ein Kind zur Welt gebracht, um Himmels willen.«

»Iris kann noch nicht unter so viele Leute. Ihr Immunsystem packt das noch nicht.«

»Also, das ist doch wirklich das Albernste, was ich je gehört habe«, schnaubte sie und schloss einen der Koffer.

»Hallo, alle zusammen!«, rief Anita, als sie ins Zimmer kam. »Du fährst also wirklich, stimmt's?«

»Ja, morgen früh geht's los. Sehr früh«, schob ich nach. »Dann schlafen die Kids hoffentlich die ersten paar Stunden.« Ich schlang die Arme um meine Schwester und legte die Stirn an ihre Schulter. »Ich bin schon wieder völlig fertig.«

»Das glaube ich. Wie geht's denn meinem Baby heute?«

»Großartig. Dad ist mit ihr im Wohnzimmer. Ich glaube, er und die Kinder schauen einen Film.«

»Äh, als ich ankam, hab ich Dad und die großen Kids zum Fluss gehen sehen.«

Ich sah sie verwirrt an und trat um sie herum, um das Zimmer zu verlassen und den Weg durch den kurzen Flur bis ins Wohnzimmer zurückzulegen. Als ich dort ankam, pochte mein Herz fast schmerzlich in meiner Brust.

»Dad hätte ich sie ja weggenommen«, murmelte Anita und tätschelte mir im Vorbeigehen den Rücken.

Shane saß in Daddys Ruhesessel, auf seinem Schoß lag Iris – völlig aus ihrer Decke freigestrampelt und mit den anderen Anziehsachen auch nur noch halb angezogen.

»Tut mir leid«, sagte Shane eilig, als ich auf ihn zutrat. »Ich wollte es wie du machen, aber … ich wollte sie einfach nur mal im Arm halten.«

»Hat das einen bestimmten Grund, wieso sie halb nackt ist?«, fragte ich und baute mich vor ihm auf.

Die Röte schoss ihm ins Gesicht, als er unbeholfen begann, ihre kleinen Füße zurück in den Pyjama zu stopfen. »Ich wollte mir bloß alles ansehen. Zählen, ob die Zehen dran sind und so was. Ich hatte ja noch keine Gelegenheit … na ja, jedenfalls konnte ich bislang keinen richtigen Blick auf sie werfen.«

Ich sah ihm zu, machte aber keine Anstalten, ihm dabei zu helfen, wie er den Strampler zuknöpfte und dabei die falschen Knöpfe zueinander wählte, sodass er das Ganze zweimal neu anfangen musste. Als er es endlich geschafft hatte, wickelte er sie wieder in die Decke wie ein Profi, und als er sie sich dicht an die Brust schmiegte, ließ ich mich erschöpft auf die Couch plumpsen.

»Du hast sie noch nie auf dem Arm gehalten?«, fragte ich sanft und sah zu, wie er ihr über den Rücken streichelte.

»Ich dachte mir, du willst es vielleicht nicht …«

»Doch. Meinetwegen.«

»Danke. Ich verpasse immer so viel, was die Kinder angeht, verstehst du?« Er sah zu mir herüber, und ich nickte. »Ab sofort will ich das nicht mehr, etwas verpassen – solange ich es nicht verhindern kann. Sie ist einfach hier bei uns, und ich wollte dich nicht wütend machen, aber … Ich musste sie einfach halten. Sie weiß wahrscheinlich nicht mal, wer ich bin.«

»Sie weiß überhaupt nicht, wer irgendwer ist. Sie ist vier Tage alt.«

»Dich kennt sie.«

»Weil ich den Stoff liefere«, sagte ich und deutete mit dem Kinn auf meine Brüste.

»Nein, dein Geruch und deine Stimme sind ihr vertraut. Sie kommt jedes Mal sofort zur Ruhe, wenn du sie hast. Es ist das Schönste, was ich je gesehen habe.«

»Du hast schon vier. Das dürfte wohl kaum neu für dich sein.«

»Weiß ich doch«, erwiderte er leise und sah mir in die Augen. »Bei Gunner war es auch so. Sobald du ihn hochnahmst, war er rundum zufrieden.«

»Sage, Keller und Gavin haben sich bei Rachel auch so verhalten«, erinnerte ich ihn.

»Wahrscheinlich hab ich bloß nie drauf geachtet.« Er bedachte mich mit einem geknickten Lächeln und schüttelte den Kopf. »Ich hab überhaupt auf wenig geachtet, worauf ich hätte achtgeben sollen.«

»Du hattest eben viel um die Ohren.«

»In den letzten zwei Jahren hatte ich mehr Stress als je zuvor, und trotzdem bemerke ich jedes Mal, wenn du einen Raum betrittst. Hab es jedes Mal mitbekommen, wenn du Gavin den Bauch geprustet oder Sage bei den Hausaufgaben geholfen hast.«

»Du hast einfach auf viel mehr geachtet, weil …«

»… ich meinen Blick einfach nicht von dir abwenden kann«, kam er mir zuvor, ehe ich ein weiteres Wort sagen konnte.

»Tante Kate!«, schrie Sage und kam zur Haustür reingeplatzt. »Keller ist in den Fluss gefallen!«

»Du meine Güte«, stieß ich im Flüsterton hervor und stand auf. »Wo ist er jetzt?«

»Draußen. Opa zieht ihm die Sachen aus, weil er von oben bis unten voll mit Matsch ist.«

»Okay«, wandte ich mich wieder an Shane. »Behältst du sie?«, fragte ich mit einem Kopfnicken zu Iris.

»Aber ja.«

»Dann lass ich Keller ein Bad ein. Wahrscheinlich hat er das Zeug jetzt überall an sich.«

Shane schenkte mir ein liebevolles Lächeln und nickte, ehe er sich Sage zuwandte, die einen Blick auf Iris zu erhaschen versuchte. Was dieses Lächeln genau bedeutete, konnte ich nicht sagen, aber mir blieb auch keine Gelegenheit, darüber nachzudenken. Denn nur mit einer Unterhose am Leib kam Keller hereingelaufen, das Gesicht und die Arme von grünem Schleim bedeckt, unter dem sein breites Grinsen trotzdem nicht zu übersehen war.

Spät in der Nacht saß ich mit Iris beim Stillen. Bram lief neben mir auf und ab, während Alex sich es in Dads Ruhesessel gemütlich gemacht hatte.

»Das ist doch Unsinn, Katie«, fauchte Bram. »Du solltest nicht den ganzen Weg nach Kalifornien mit dem Auto fahren – und erst recht nicht mit der Arschgeige.«

»Er passt schon auf«, meldete sich Alex schleppend zu Wort, eine Dose Bier vorm Mund.

»Klar, wo er doch in der jüngsten Vergangenheit immer so vorsichtig war«, versetzte Bram und sah mich an. »Und mehr hast du nicht zu sagen?«

»Ich glaube, ihr beide habt so weit alles ganz gut verstanden«, erwiderte ich sarkastisch grinsend.

Seit fast einer geschlagenen Stunde führten meine Brüder bereits ein und dasselbe Gespräch, und je weiter die Zeit voranschritt, desto ungehaltener wurde Bram und desto entspannter Alex.

»Wieso machst du das?«, wollte Bram wissen und verharrte. »Er schikaniert dich doch nur, Katherine.«

»Oho, er nennt dich beim vollen Namen«, fiel Alex belustigt auf.

»Halt die Klappe, Alexander.«

»Immer schön locker bleiben, Abraham.«

»Macht ihr Jungs Witze?«, schnaubte ich verärgert. »Ihr seid dreißig. Werdet erwachsen.«

»Wir sind einunddreißig«, ließen die beiden sich nicht nehmen, im Gleichklang zu entgegnen, bevor sie einander weiter wütend anstarrten.

»Eben. Also hört endlich auf.«

»Du bist eine Pfeife, Kate«, rumpelte Bram los.

»Lass sie in Ruhe, Bram«, warnte Shane. Mit nichts als einer Jogginghose bekleidet kam er ins Zimmer.

»Du hältst dich mal ganz raus«, ereiferte sich Bram und deutete mit dem Finger auf Shane. »Du hast bei dem Thema ja wohl überhaupt nichts zu vermelden.«

»Interessant. Hört sich aber ganz so an, als wäre ich das Thema dieses Gesprächs.«

»Ich hab dich nur deshalb nicht grün und blau geschlagen, weil mein Dad mich drum gebeten hat«, teilte ihm Bram mit und verschränkte die Arme vor der Brust.

Trotz der Anspannung, die in der Luft lag, konnte ich es nicht verhindern, lauthals zu lachen. Endlich wusste ich, wo die beiden Jüngsten diese Geste herhatten und warum sie immer die Arme verschränkten, wenn sie etwas nicht wollten.

»Was um alles in der Welt gibt es da jetzt zu lachen?«, fragte Bram und zog die Stirn in Falten.

»Okay, das reicht jetzt«, beschloss Shane. Er schob sich um die Couch herum zwischen Bram und mich. »Halt sie gut fest, Baby.«

Ich nahm Iris eng an meine Brust, und Shane beugte sich über uns, breitete die Arme aus und holte uns in seine Umarmung herein. Er regte sich kein bisschen, als Bram anfing, wüst zu schimpfen, und nickte lediglich Alex zu, der grinsend im Sessel saß, ehe er uns in den Flur führte.

Als wir vor meiner Schlafzimmertür standen, sah ich noch einmal zu meinen Brüdern zurück. Alex hatte die Hand auf Brams Schulter gelegt, seine Finger krallten sich richtig in den Flanellstoff. Er sagte etwas zu ihm, das ich nicht verstand, aber was es auch war, Bram entspannte sich zusehends und fing an zu nicken.

»Dein Bruder ist völlig daneben«, grummelte Shane und schob die Schlafzimmertür leise mit dem Fuß hinter uns zu. Er brachte mich zum Bett und ließ mich hinsetzen.

»Er macht sich eben Sorgen.« Ich zog die nervige Stillschürze aus, die ich in der Gegenwart meiner Brüder anließ.

»Es ist nicht so, als würde ich dir etwas tun«, krächzte er und ließ sich neben mich aufs Bett fallen, während er sich mit einer Hand über den Kopf strich.

»Das hast du bereits. Und Brams Ansicht nach ist das viel schlimmer.«

Er sah mich mit traurigen Augen an und nickte unmerklich. »Es tut mir leid.«

»Ja, das hast du schon mal gesagt.«

»Aber ich meine es auch so.«

»Du meinst es immer so, Shane«, sagte ich, mit meinen Kräften so ziemlich am Ende. Iris ließ mit einem Bäuerchen von mir ab, und ich stand auf und trug sie zur Wiege, dankbar für den Vorwand, mich von Shanes Seite zu stehlen.

»Ich gebe mir wirklich Mühe, Katie.« Er ließ die Hände in den Schoß sinken.

»Ich weiß nicht, was du von mir willst.« Die Hände auf beiden Seiten zu Fäusten geballt, stand ich mitten im Zimmer.

»Ich will dich.«

»Warum?«, fragte ich leise. »Ich habe bereits zugestimmt, dass ich mit zurückkomme. Du hast also, was du willst.«

»Komm mal her«, forderte er mich auf.

»Nein.«

Er erhob sich, und mein Herz fing sofort zu rasen an.

»Warum sind wir so zueinander?«, wollte er wissen und ging auf mich zu. Erst einen Schritt von mir entfernt hielt er inne.

»Ich weiß nicht, wovon du sprichst.«

»Doch, das weißt du.«

»Du hast es vermasselt«, flüsterte ich, und Tränen traten mir in die Augen.

»Ich hab's vermasselt«, pflichtete er mir bei und streckte die Hand aus, um mich mit achtsam gewölbter Hand seitlich am Hals zu umfassen. »Und ich werde es nicht wieder tun.«

»Das hast du das letzte Mal auch gesagt.«

»Erinnerst du dich daran, wie du mir deinen Bauch gezeigt hast?«, fragte er.

Die Kuppe seines Daumens strich an meinem Hals auf und ab. »Da warst du gerade frisch dabei zuzunehmen und hattest richtig Sorge, dass ich dich sehen könnte.«

Ich nickte mit einem schweren Schlucken.

»Damals dachte ich: *Niemand hat in diesem Moment jemals schöner ausgesehen als du.*« Er hob auch die andere Hand, um mit seinen Fingern die Linien meines Gesichts nachzuzeichnen.

Ich schnaubte höhnisch. »Wenn wir geskypt haben, hab ich mir jedes Mal die Haare gemacht und mich geschminkt. In echt sah ich total fertig aus.«

»Du hast dich aufgebrezelt?«, fragte er mit verhaltenem Lächeln. »Für mich?«

»Du verstehst es nicht. Das war nicht ich. Ich würde nie Make-up tragen. Und ich hasse es, mir die Haare zu machen. Für solchen Kram hab ich eigentlich eh nie Zeit.« Ich versuchte, mich wegzudrehen, aber seine Hand, die auf meinem Gesicht lag, wanderte hinab, landete auf meinem Rücken, und er umarmte mich.

»Ich hab dich gesehen«, sagte er weiterhin lächelnd. »Im Krankenhaus, nachdem du Iris bekommen hast, hast du noch schöner ausgesehen.«

Ich horchte auf. »Was?« Im Krankenhaus hatte ich ihn nicht gesehen.

Ein betrübter Ausdruck huschte über sein Gesicht und verscheuchte das Lächeln. »Ich bin gekommen, so schnell ich konnte, und du lagst da und hast geschlafen. Immer noch ein wenig verschwitzt ...« Ich verzog das Gesicht, als mir einfiel, wie abscheulich ich mich gefühlt hatte, geschweige denn erst ausgesehen haben musste.

»Dein Gesicht war ganz verschwollen, und da waren überall diese kleinen roten Stellen auf deinen Wangen.« Er griff hoch und betastete die Partien unter meinen Augen. »Völlig ausgepowert sahst du aus.«

»War ich auch.«

»Und ich hatte in meinem ganzen Leben noch keine Frau gesehen, die so schön war.«

»Ich muss schrecklich ausgesehen haben«, entgegnete ich.

»Nein. Du sahst aus, als hättest du gerade meine Tochter zur Welt gebracht.«

Mein Herz schlug schneller, als ich einen Schritt zurücktat und mich aus seiner Umarmung herauswand. »Was machst du?«

»Wie meinst du das?«

»Du kannst nicht ... ich kann das nicht mehr mit dir«, weinte ich leise. »Du musst aufhören, es zu versuchen.«

Er blickte mich an – verwirrt. »Kate? Was ...«

»Verlass jetzt mein Zimmer«, forderte ich ihn heiser auf und stieß rückwärts gegen mein Bett. »Schlaf gut und bis morgen früh.«

»Was ist los?« Er machte einen Schritt auf mich zu. »Was hab ich denn getan?«

»Ich werde nach Kalifornien gehen, um bei den Kindern zu sein, aber ich glaube, du verwechselst da etwas«, blaffte ich, die Hände erhoben, um ihn zum Stehen zu bringen. »Ich werde bei diesem beschissenen Spiel nicht mehr mitmachen. Ich werde keine Art Ersatz-Ehefrau für dich werden – die Hausarbeit erledigen und dir hin und wieder einen blasen, wenn's gerade mal passt. Ich bin nicht Rachel ...«

»Lass sie da raus«, verlangte er und stand plötzlich still.

»Hau ab!«

»Kate …«

»Bis morgen früh, Shane«, beschied ich, und meine Stimme blieb fest. Ich starrte ihn an, bis er sich auf dem Absatz umdrehte und rausging.

Dann sackte ich auf dem Bett zusammen, die Hände zitternd im Schoß. Ein Teil von mir fühlte sich bestärkt, weil ich ihm endlich Widerstand geleistet hatte, aber der Rest war erfüllt von schrecklicher Angst, dass ich die Dinge zwischen uns nur noch verschlimmert hatte. Er sagte genau die richtigen Dinge im richtigen Moment, und mein Gott, er konnte so süß sein … doch es dauerte nie lange, ehe er sich so verhielt, dass ich mir wieder wie ein Stück Dreck vorkam, und das konnte und wollte ich nicht mehr zulassen.

Als er nicht da gewesen war, hatte sich alles so einfach angefühlt. Er war mein bester Freund geworden, hatte sich jederzeit mein Geschwafel angehört und mit mir geflirtet, aber das war nicht das echte Leben. Ich war jetzt fast dreißig, und ich hatte Kinder, um die ich mich kümmern musste. Mich wegen Shane verrückt zu machen, das konnte ich mir nicht länger leisten.

Nach Abschiedsküssen um vier Uhr früh für Eltern und Geschwister machten wir uns auf den Weg nach Süden. Dankenswerterweise hatten sich Onkel Mike, Tante Ellie und Trevor schon am Tag vorher von uns verabschiedet, sodass wir nicht extra bei ihnen zu Hause vorbeifahren mussten, um ihnen Lebewohl zu sagen.

Die Kinder waren verständlicherweise schlecht gelaunt darüber, dass wir eng zusammengepfercht in dem gemieteten Van hockten, und ich wusste, es würde nicht lange dauern, bis Iris anfing, unleidlich zu werden. Kaum dass wir eine Stunde gefahren waren, graute mir bereits bei der Vorstellung von zwei weiteren Tagen unterwegs.

Zum Glück gab es in dem Van einen DVD-Player, der die Kids ein Weilchen ablenkte, doch mir war klar, dass das kaum ausreichen würde. Für Kinder, die so umtriebig waren wie meine, kam es eher einer Folter gleich, zwei Tage still in einem Auto sitzen zu müssen, besonders wenn sie dieselbe Fahrt bereits weniger als eine Woche zuvor über sich hatten ergehen lassen müssen. Wie Alex die Reise in den Norden überlebt hatte, war mir ein Rätsel.

»Wie fühlst du dich?«, fragte Shane leise, obwohl die Kinder Kopfhörer aufhatten.

»Gut.« Ich starrte nach draußen, wo in diesem Moment die Sonne aufging. Innerlich war ich bereits sowohl gelangweilt als auch mit den Nerven am Ende, und ich wartete nur darauf, dass Iris wach wurde.

»Wie heißt Iris eigentlich mit vollem Namen?«, fragte er unvermittelt.

Ich drehte den Kopf, um ihn anzusehen. Seine Hände umklammerten das Lenkrad, doch er richtete den Blick immer wieder auf mich, während er die Antwort abwartete.

Ich fing an zu murmeln: »Ich war nicht sicher, was du …«

»Evans?«, riet er mit hängenden Schultern.

»Nein«, entgegnete ich zurückhaltend. »Anderson.«

Er nickte und blickte starr geradeaus. Ich sah, wie er schluckte. »Danke.«

»Iris Rachel Anderson.«

»Das ist eine tolle Wahl. Es hätte ihr sehr gefallen.« Und

er rieb sich mit der Hand über die untere Hälfte seines Gesichts.

»Hm, möglicherweise nicht, wenn man bedenkt, dass ich es mit ihrem Mann getrieben habe«, gab ich trocken zurück. »Keine Ahnung, ob ihr das gefallen hätte.«

Er presste ein Lachen hervor und sah mich an, als hätte ich den Verstand verloren. »Damit hatte ich zuerst große Probleme«, bekannte er und fuhr rüber auf die andere Spur. Er wechselte auf den Freeway. »Mann, dieses Schuldgefühl war ziemlich heftig.«

»Stimmt, das kann ich bezeugen.«

»Ich hab 'ne ganze Weile gebraucht, bis mir etwas klar wurde«, sagte er, dann schwieg er.

Ich wollte nicht darauf eingehen. Mir war klar, dass er vorhatte, mich in ein Gespräch zu verwickeln, und am liebsten hätte ich ihn vollkommen ignoriert. Aber schließlich fragte ich doch: »Und was?«

»Dass es Rachel nicht groß gekümmert hätte«, sagte er prompt mit einem Blick in den Innenspiegel, um sich zu vergewissern, dass die Kinder weiterhin beschäftigt waren. »Sie fehlt mir. Ehrlich, wenn manchmal einer von ihnen etwas Lustiges tut oder Sage dieses Lächeln aufsetzt, dann bin ich fest davon überzeugt, dass ich sie mein ganzes Leben lang vermissen werde.«

Ich nickte und zog mir den Sweater über meine Arme, denn mir war plötzlich kalt.

»Aber sie ist weg, Katie, und sie wird nie mehr wiederkommen. Es interessiert sie nicht die Bohne, was ich jetzt mache.«

»Shane ...« Mir versagte die Stimme. Ich wusste nicht, was ich noch sagen sollte. Stimmte ich ihm zu? Größtenteils. Ich glaubte, dass, wo immer Rachel jetzt war, sie sich sehr wohl um Shane sorgte, wenn auch auf andere Weise, als er es auffasste. Rachel hatte ihn geliebt; sie hätte gewollt, dass er ein glückliches und zufriedenes Leben führte. Ich bezweifelte, dass Eifersucht eins der Gefühle war, die man mit ins Jenseits nahm, wenn man starb.

»Glaubst du, für mich war es nicht schwer?«, fragte ich schließlich in die Stille hinein.

»Ich habe keine Ahnung, wie es für dich war, Kate«, erwiderte er aufrichtig. »Du hast nie einen Ton gesagt.«

»Was hätte ich auch sagen sollen, Shane?«, fragte ich inständig. »Du wolltest nichts mit mir zu tun haben. Hätte ich dir etwa damit kommen sollen, wie mies ich mich fühlte, wo du doch sowieso schon eifrig dabei warst, mir die Schuld für alles zu geben?«

»Dafür habe ich mich entschuldigt.«

»Dafür, dass du dich wie ein Arsch aufgeführt hast, ja, aber das heißt nicht, dass du mit der Situation einverstanden warst«, gab ich zu bedenken.

»Was willst du denn von mir hören, Kate? Sag es, und ich spreche es aus. Ich hatte einfach verdammte Schuldgefühle. Zehn Jahre lang war ich mit niemand anderem als Rachel zusammen, und dann, auf einmal, hab ich es mit dir auf einem Hotelbett getrieben. Da war ich etwas überfordert.«

»Ha, na ja. Willkommen im Club. Ich hab dich aber zumindest nicht mies behandelt.«

»Wenn ich die Zeit zurückdrehen und die Dinge ändern könnte, würde ich es tun«, seufzte er. »Ich hätte die Dinge anders gehandhabt.« Er drückte sich in den Sitz.

»Keiner von uns beiden hat die Dinge besonders gut gehandhabt, denke ich.«

»Kate, nicht.«

»Ich war viel zu beschäftigt damit, mir unsere Nacht immer

wieder vor Augen zu führen«, bekannte ich mit einem zufriedenen Gurren.

»Kannst du nicht mal eine Minute lang ernst sein?«

»Wer sagt denn, dass das nicht ernst gemeint war?«

Er schnaubte und schwieg, und ein paar Minuten darauf meldete sich Iris lautstark zu Wort und beendete unser Gespräch.

»Wir sind gut angekommen«, gab ich Mom per Telefon Bescheid und ließ mich auf die Bank im Garten fallen. Die Rückreise nach Kalifornien hatte insgesamt drei Tage gedauert, alle paar Stunden unterbrochen von Pinkelpausen, Snackpausen, Nur-mal-so-Pausen, und das hatte diese Tage für mich zu den längsten drei meines Lebens werden lassen. »So eine Tortur mache ich nie wieder mit.«

»Wie geht's dir?«, wollte sie unter leisem Gekicher wissen. »Und was machen die Kinder?«

»Sie haben jede Sekunde gehasst, und als wir durch den Freizeitpark Six Flags kamen, war ich so weit, dass ich bei 120 km/h fast aus dem Auto gesprungen wäre.«

»Und Shane?«

»Alles gut. Erstaunlich geduldig. Er ist grad noch mal los, um den Leihwagen wegzubringen.«

»Habt ihr irgendwas geklärt?«

»Da gibt es nichts zu klären.«

»Katherine«, sagte sie mit einem warnenden Unterton.

»Wir vertragen uns, Mom, okay?«, stieß ich hervor und stupste den Kindersitz, in dem Iris unruhig wurde, mit dem Fuß an, sodass er zu schaukeln begann. »Für alles andere bin ich jetzt gerade einfach zu kaputt.«

»Ihr zwei beide müsst …«

»Mom!«, unterbrach ich sie und rieb mir den verspannten Nacken. »Lass es sein.«

»Na schön«, murrte sie. »Ich denke allerdings, dass Bram drauf und dran ist, nach Kalifornien zu ziehen.«

»Er war wirklich ein Blödmann.«

»Er war in Sorge um dich.«

»Wieso kann er nicht so sein wie Alex?«

»Hör auf, deine Brüder miteinander zu vergleichen. Das ist keinem von beiden gegenüber fair.«

»Mist.« Ich ließ kraftlos den Kopf zurücksinken, bis mein Gesicht in den Himmel gerichtet war. »Weiß ich doch. Es ist nur … es ist bloß frustrierend.«

»Tja, was soll ich sagen, er und Anita haben gleich als Nächste angefangen, gleich nachdem ihr weg wart.«

»Was? Warum? Keller, bleib vom Pool weg!«

»Wer weiß das schon bei den beiden? Sie sind wie Hund und Katze. Zum Schluss hat sich Alex Ani einfach geschnappt, sie sich über die Schulter geworfen und ist mit ihr rausmarschiert.«

»Wieso hast du sie nicht zurückgehalten?«

»Du weißt, dass ich immer darauf geachtet habe, dass ihr Kinder eure Streitigkeiten, die ihr miteinander habt, selbst austragt.«

»Sie sind mittlerweile erwachsen.«

»Umso mehr Grund für sie, es allein zu regeln.«

»Ups, Mom. Ich muss Schluss machen. Gunner hat sich grad irgendwas in den Mund gesteckt.« Ich stand auf, schubste das Handy über die Bank und rief Gunner zu, dass er ausspucken sollte, was immer er da gerade in den Mund genommen hatte. Als ich bei ihm war, würgte er einen Klumpen Dreck hervor und fing an zu weinen.

»Alles okay?«, erkundigte sich Shane, der Sage nach draußen trug, die dünnen Beine seiner Tochter um seine Hüften geschlungen.

»Ja«, schnaubte ich. »Gunner hat sich Dreck in den Mund gestopft und bereut es plötzlich.«

Ich ging mit Gunner zum Haus, blieb jedoch stehen, als Shane mich mit ausgestrecktem Arm zurückhielt.

»Die Kinder müssen gleich ins Bett«, sagte er behutsam und wischte mir eine wütende Träne von der Wange. »Ich sehe zu, dass sie sich waschen, okay?«

»Alles gut. Ich muss bloß ...« Ich wollte nicht, dass er mir aushalf. Was zum Teufel hatte ich hier sonst zu suchen, wenn ich mich nicht um die Kinder kümmerte?

»Ich bring sie ins Bad, Katie«, bestimmte er, bevor er nach den Jungs rief.

Iris entschied sich in diesem Moment, aufzuwachen und zu schreien, und ich gab wortlos klein bei. Ich brauchte bloß einen Tag, um wieder auf die Füße zu kommen. Morgen früh würde ich mich besser fühlen.

»Tut mir leid«, sagte ich und zog verdrossen den Kopf ein, als Shane spät in der Nacht in mein Zimmer kam und die Tür hinter sich schloss. »Ich weiß nicht, was mit ihr los ist – das hat sie vorher noch nie getan.«

Mir liefen wieder Tränen über die Wangen, während ich erschöpft auf und ab tigerte. Iris schrie inzwischen bereits seit zwanzig Minuten, doch gefühlt waren bereits Stunden vergangen. Ich war am Ende mit meinem Latein. Ich hatte sie gestillt, ihr die Windel gewechselt und sie schön eingewickelt, wie sie es mochte. Es gab absolut keinen Grund für sie, auf einmal aus dem Nichts heraus so empfindlich zu sein.

»Hast du ein bisschen geschlafen?«, fragte er mit so tiefer Stimme, dass ich seine Worte fast nicht verstanden hätte.

»Schon, ich hab noch eine Stunde, bevor sie wieder trinken muss. Sie wollte nicht wieder zurück in ihre Wiege, also hab ich sie die ganze Zeit im Arm gehalten.« Ich schluchzte.

Ich war so wahnsinnig müde.

»Komm mal her«, redete er mir leise zu und nahm Iris zu sich. »Hast du es schon mit einem Schnuller probiert?«

»Ich … sie hat noch nie einen gekriegt.«

»Und hast du denn einen?« Er wiegte die schreiende Iris behutsam.

»Vielleicht in ihrer Tasche. Meine Mom hat ihr ein paar besorgt, als wir im Krankenhaus waren.« Ich klappte den Deckel des Koffers hoch, kramte herum und zog schließlich einen Plastikbeutel mit einem Satz Nuckel heraus. »Sie hat die Dinger sogar desinfiziert.«

»Gib mir einen«, bat er ruhig und hielt mir die Hand hin.

Er musste ein paar Minuten mit dem Schnuller vor ihren Lippen herumspielen, bis sie ihn schließlich annahm und in ihren Mund saugte. Ich stieß einen erleichterten Seufzer aus, als sich die Stille im Zimmer ausbreitete. Meine Augen waren von der ganzen Heulerei, die ich selbst veranstaltet hatte, ganz trocken und müde, und ich musste alle Willenskraft aufbringen, um sie mir nicht zu reiben wie ein kleines Kind.

»Husch ins Bett«, raunte Shane einladend, sah aber weiterhin Iris an, während er mit mir sprach.

Ich kroch unter die Decke und seufzte, als ich mich entspannte. Kurz darauf ging Shane zur Tür, lehnte sie an und machte das Licht aus, sodass wir nahezu im Dunkeln lagen.

Ich rollte mich auf die Seite und drehte meinen Arm, der zuunterst lag, unter dem Kissen ein, während Shane mir Iris vor die Brust schmiegte.

Mein Atem setzte aus, als ich ihn um das Bett herumgehen hörte und dann spürte, wie er hinter mir unter die Decke schlüpfte.

»Ich weiß, dass die Dinge zwischen uns nicht gerade …« Er ließ einen Seufzer hören und kam mit seinem Körper an mich herangerutscht, bis er in Löffelchenstellung hinter mir lag. »Ich will nicht mehr ohne dich schlafen.«

»Das ist keine gute Idee«, gab ich murmelnd zurück, den Blick unverwandt auf den Streifen Licht gerichtet, der durch meine Schlafzimmertür fiel.

»Schlaf, Baby«, sagte er begütigend und strich mir die Haare aus Gesicht und Nacken. »Sie wird schon bald wieder trinken müssen. Du solltest wirklich schlafen.«

Ich glaubte zwar nicht, dass ich mit seinem warmen Körper an mir würde einschlafen können, doch nur Minuten darauf war ich weg.

»Pscht«, weckte mich Shanes Flüstern vom Fuß des Bettes her. »Daddy wechselt dir im Nu die Windel, Kleine, damit du wieder sauber bist, wenn Mami dich füttert. Du willst doch nicht mit nasser Windel dein Frühstück kriegen, oder, du?«

Ich öffnete die Augen einen Spalt und schaute nach unten. Shane war dort und versuchte ungelenk, Iris eine saubere Windel anzuziehen. Er war nicht sehr erfolgreich darin, während sie strampelte und die Beinchen anzog und streckte.

»Komm schon, Süße. Wir schaffen das. Ich will doch, dass Mami zufrieden mit mir ist. Hilf mir ein bisschen, hm?«

Ich schnaubte, und Shane sah sofort zu mir hoch. Er wurde rot, während wir Blickkontakt hielten. »Wie lange bist du schon wach?«

»Nicht so lange«, krächzte ich benommen. »Mir tut alles weh.«

»Ja, sie hat fast vier Stunden geschlafen. Muss sich heute Nacht ganz schön verausgabt haben, die Kleine.« Er brachte mir Iris.

Ich fummelte an dem kleinen Knopf vorn an meinem Stillhemd und zog eine Seite herunter, den Blick noch ganz verschleiert vom Schlaf. Iris fing an zu brabbeln. Ich bekam die Augen immer noch nicht auf, als er sie neben mich bettete, und schreckte auf, als ich die kühle Fingerkuppe spürte, die über meinen Nippel strich.

»Sie sind dunkler geworden«, sagte Shane beiläufig, als er Iris zu mir drehte.

»Wie in der Mitte einer Zielscheibe«, murmelte ich und schaffte es endlich, einen Arm in Bewegung zu setzen, um Iris passend hinzulegen und sie zu stillen.

Shane gab ein leichtes Lachen von sich, und ich musste lächeln. In dem nebulösen Zustand zwischen Schlafen und Wachsein hatte alles seine Richtigkeit.

»Sie sieht dir so ähnlich«, bekannte er und streichelte Iris die Wange. »Ihre Augen, ihre Nase.«

»Aber die Haut hat sie von dir«, sagte ich und schlug müde die Augen zu. Vier Stunden waren wohl kaum genug Schlaf.

Nach einer Weile erwachte ich wieder und bekam mit, wie Shane Iris von meiner Brust losmachte und mich zum Umdrehen bewegte. Nach leichtem Manövrieren hatte ich mich schließlich auf die andere Seite gewälzt, und Iris saugte erneut.

»Schon gut, Baby«, sagte Shane, während ich versuchte, die Augen offen zu halten. »Schlaf nur.«

»Bleibst du da?« Ich ließ entspannt den Kopf ins Kissen sinken.

»Ich gehe nirgendwohin«, antwortete er.

Ich fiel in tiefen Schlaf und merkte nur noch, wie Iris' winzige Finger sich in die Haut an meiner Brust gruben.

»Ich bin ja schon wach«, murmelte ich, als Sage am nächsten Morgen in mein Zimmer gestürmt kam.

»Daddy macht Frühstück«, eröffnete sie mir ganz entzückt und stieg aufs Bett. »Und Gunner hat im Schlaf gekackt. Es ist überall hingekommen. So eklig.«

»Bist du froh, wieder zu Hause zu sein, Sage the Rage?«, wollte ich wissen und zog sie an mich.

»Ja, weil du jetzt wieder da bist.«

»Euer Daddy hat nur gemacht, was er für das Beste hielt.« Ich drückte sie. »Das weißt du doch, oder?«

»Ja, aber es war total blöd.«

»Ich bin deiner Meinung, Kleines.«

»Tante Katie«, begann sie sachte.

»Ja, Prinzessin?«

»Wer ist denn Iris' Daddy?«

Mir blieb die Luft weg, so baff war ich über die Frage. Monate waren vergangen, seit sich zuletzt eines der Kinder nach Iris' Vater erkundigt hatte, doch wahrscheinlich hätte ich gar nicht erst davon ausgehen dürfen, dass mir noch mehr Zeit blieb. Sage war beinahe neun – sie würde sich nicht mehr lange irgendwelchen Unsinn erzählen lassen.

»Ich bin Iris' Daddy«, sagte Shane vorsichtig. Er stand an der Tür und hielt das kleine Mädchen auf dem Arm, von dem die Rede war. »Aber das hast du dir wahrscheinlich schon gedacht, oder?«

Er bahnte sich seinen Weg ins Zimmer und setzte sich zu uns.

»Ja, hab ich mir gedacht«, bekannte Sage. »Du verhältst dich wie ihr Vater.«

»Nun, dagegen kann ich nichts machen«, gab Shane mit sanftem Lächeln zu.

»Was geht dir durch den Kopf, Sage?«, fragte ich, nachdem sie ein paar Minuten still dagesessen hatte.

»Heiratet ihr dann jetzt?«

»Nein«, brach es mit Bestimmtheit aus mir hervor, ehe Shane den Mund aufmachen konnte. Ich konnte sehen, dass er die Zähne zusammengebissen hatte und wie sich seine Kiefermuskeln anspannten.

»Darf ich's Keller verraten?«

»Ähm, schätze schon.« Mir wurde von Sekunde zu Sekunde unwohler bei dem Ganzen.

Sage krabbelte vom Bett und rannte zur Tür. Dann drehte sie sich noch einmal mit einem seltsamen Gesichtsausdruck um. »Iris ist doch meine Schwester, oder?«

»Ja«, antwortete Shane ohne Umschweife.

»Toll«, verkündete Sage und führte einen kleinen Freudentanz auf, ehe sie den Flur hinunterrannte.

»Keller wird Fragen haben«, wähnte ich verhalten und setzte mich auf.

»Wahrscheinlich.«

»Was werden wir sagen?«, fragte ich und konnte kaum die Hände stillhalten.

Shane begegnete meinem Blick. »Dass ich Iris' Dad bin und du seine Mom. Ganz einfach, Katie. Das genügt ihm.«

»Er wird völlig verwirrt sein«, widersprach ich.

»Ich glaube, er wird viel mehr verstehen, als du ihm zutraust.«

Wir verfielen in Schweigen und lauschten dem Trommeln

vieler kleiner Füße, die die Treppe heraufgerannt kamen. Ganz offenbar hatte Sage die Neuigkeit verkündet und die Bombe platzen lassen. Ich machte mich bereit für den Ansturm.

Kapitel 15

Shane

Ich spornte mich zu Höchstleistungen an, während ich an der Tankstelle ein paar Meilen vom Haus entfernt vorbeijoggte. Mit verhaltenem Fluchen quittierte ich den Ohrstöpsel, der mir herausfiel.

Ich hatte keine Zeit, ihn wieder einzustecken. Kate war mit den Kindern zu Hause, und ich hasste diesen Blick, den sie mir zugeworfen hatte, als ich zur Tür rausgegangen war. Sie stand kurz vor einem Zusammenbruch – verständlicherweise –, und ich wusste, dass ihr vor dem Gedanken graute, mich am nächsten Morgen ganz früh wieder zum Dienst gehen zu sehen. Ich hatte mir so lange freigenommen wie möglich, aber die Pflicht rief – zumindest für die nächsten zwei Wochen.

Ich musste antanzen und ein bisschen was nachholen, ehe ich den Urlaub, der mir nach dem Auslandseinsatz zustand, nehmen konnte. Daran führte kein Weg vorbei, sosehr es mir auch gegen den Strich ging. Mein befehlshabender Offizier war schon sehr nachsichtig gewesen, als ich ihm erzählt hatte, was los war. Aber auch seine Geduld war irgendwann zu Ende.

Ich spürte, wie mein Magen sich verkrampfte, als ich daran dachte, was Kate in der letzten Woche durchgemacht hatte – ach was, in den letzten Monaten! Ich selbst war so mit meinen eigenen Problemen beschäftigt gewesen – damit, wie es mir ging –, dass ich dabei die einzige Frau verletzt hatte, die mich je ansatzweise so geliebt hatte wie meine Pflegemutter.

Mein Gott, als Bram die Tonaufnahme von Kate über den Tisch geschoben hatte, hatte ich ernsthaft gemeint, gleich den Verstand zu verlieren. Ich hatte sie dermaßen mies behandelt, so getan, als zähle sie nicht das Geringste – obwohl in Wahrheit doch genau das Gegenteil der Fall war. Und trotzdem hatte sie nach mir gerufen. Sie hatte mich gebraucht, während ich in San Diego gehockt hatte, vertieft in meine Rolle als selbstgerechte Arschgeige. Und Mann, als ich kapiert hatte, dass Gunner, wenn er »Mama«, sagte, nicht Kate meinte, sondern Marshmallows, wäre ich am liebsten im Boden versunken vor Scham. Doch ich war bereits der Überzeugung gewesen, dass es zu spät wäre, das Steuer noch herumzureißen.

Bram hatte mich gefragt, wie ich mir vorstellte, alles zu klären und wieder in Ordnung zu bringen. Ich wusste, dass ich es nicht konnte. Es gab nichts, was ich tun konnte, um etwas von dem, was ich ihr angetan hatte, wieder rückgängig oder ungeschehen zu machen. Das Leid in ihrem Gesicht, als sie geweint hatte, verursachte mir Albträume.

Ich schüttelte den Kopf, machte kehrt und lief den Weg zum Haus zurück. Die Vergangenheit ließ sich nicht ändern, aber ich wollte verdammt sein, wenn ich nicht derjenige sein konnte, den Kate hier und jetzt dringend brauchte. Ich musste sichergehen, dass sie aß und Ruhe bekam. Ich würde mit den Jungs eine Runde rausgehen, damit sie etwas Zeit für sich hatte, und ich würde Frühstück machen, damit sie liegen bleiben konnte.

Zum ersten Mal in meinem Leben wollte ich zusätzlich etwas auf mich nehmen, um die Last von ihren Schultern zu nehmen.

Dass ich dasselbe bei Rachel nie empfunden hatte, machte mich fast verrückt. An einem bestimmten Punkt meiner Ehe war ich zu dem Schluss gelangt, dass es Rachels Aufgabe war, sich um die Kinder zu kümmern, während ich zur Arbeit ging und das Geld nach Hause brachte. Nicht, dass ich ihr nie geholfen hätte – das hatte ich ... wenn Zeit war. Zu meinen Prioritäten gemacht hatte ich es jedoch nicht gerade, und weil sie nie etwas gesagt hatte, war mir nicht klar gewesen, wie schwer es für sie gewesen sein musste.

Vielleicht war es für Rachel aber auch nicht so schwer gewesen wie für Kate. Rachel hatte drei Kinder und eine beste Freundin gehabt, die anscheinend jedes Mal ohne Murren alles stehen und liegen ließ und ihr zu Hilfe eilte, sobald sie, Rachel, sich überfordert fühlte. Kate hatte fünf Kinder und niemanden, der ihr unter die Arme griff, abgesehen von einem Mistkerl, auf den sie nicht wirklich zählen konnte, wenn es darum ging, ihr unter die Arme zu greifen. Jedes Mal, wenn ich mit den Kindern bei irgendetwas aushalf, musste sie argwöhnisch jeden meiner Handgriffe im Auge behalten, und dabei schämte ich mich so, dass ich tat, als bemerkte ich es nicht.

Abend für Abend kroch ich zu ihr ins Bett wie ein Hündchen, das um Aufmerksamkeit hechelte, und beschloss, einfach nicht darauf zu achten, wie sie jedes Mal richtig erstarrte, bevor sie erschöpft in den Schlaf fiel.

Kate war der nachsichtigste Mensch, den ich je getroffen hatte, und mir wurde hundeelend, wenn ich an all die Gelegenheiten dachte, an denen sie mich mit Recht hätte aus ihrem Leben katapultieren müssen:

»Was tust du da?«, kicherte Rachel, während ich sie mit dem Mund im Nacken kitzelte.

Wir standen ein paar Meter vom Lagerfeuer entfernt, das die Jungs und ich hinten auf unserem Grundstück aufgeschichtet hatten. Zum ersten Mal seit über einem Jahr waren die Kinder der Familien Harris und Evans nicht auf diverse Militärbasen und Ausbildungsstätten des Landes verteilt gewesen, sondern zusammen, und diesen Anlass hatten wir zu feiern beschlossen, mit Dosenbier und Lagerfeuer.

»Na, ich geb dir einen Kuss«, murmelte ich und fuhr mit den Lippen ihr Kinn hinauf. Gottverdammt, sie war das heißeste Mädchen, das ich je gesehen hatte, und in meiner Fantasie ging ich ihr in den geschlagenen zwei Tagen seit ihrer Ankunft permanent an die Wäsche. Die beiden waren einander wirklich kaum von der Seite gewichen, und in der Sekunde, als Kate ins Haus verschwunden war, um sich einen Pulli zu holen, hatte ich die Gelegenheit ergriffen.

»Ich dachte, Kate und du, ihr ...«, raunte sie mir protestierend zu, neigte aber im Widerspruch dazu ihren Kopf genüsslich nach vorn, um mir leichteren Zugang zu ihrem Nacken zu bieten.

»Was ist mit Kate und mir?«, fragte ich beiläufig. Aus den Augenwinkeln sah ich, wie Kate und Anita zwischen den Bäumen zurückkamen. Wenn Katie diesem Mädchen Lügen über mich erzählt hatte, würde ich verflucht sauer auf sie sein.

»Sie redet ständig von dir«, erwiderte Rachel, als ich meine Hände auf ihren Hintern wandern ließ. »Deshalb dachte ich, vielleicht ...«

Ich schnitt ihr das Wort ab, als Kate und Anita gerade den Rand der Baumgruppe ein paar Meter von uns entfernt erreicht hatten: »Zwischen Kate und mir läuft gar nichts«, sagte ich gegen ihren Mund gepresst.

Kate blieb stocksteif stehen. Unsere Blicke begegneten sich.

»Sie steht auf mich, aber ich wollte nie was von ihr.« Ich drängte mit meinen Lippen gegen Rachels, stöhnte, als sie mir ihre Zunge in den Mund schob. Doch die Blicke von Kate und mir blieben aneinandergeheftet – selbst, als sie Anita zurückhielt, die auf uns losstürmen wollte.

Kate trat in den Feuerschein, Tränen rannen ihr über das Gesicht, und ich schloss die Augen und genoss es, wie Rachels Hüften sich eng an meine schmiegten und sich zu bewegen begannen.

Soviel ich wusste, hatte Kate in Rachels Gegenwart nie ein böses Wort über mich verloren. Nach nur sechs Monaten hatte ich Rachel dazu überredet, mit mir nach San Diego zu ziehen, und ein paar weitere Monate darauf hatten wir geheiratet. Als Kate hinter uns hergezogen war, hatte ich sie stillschweigend ignoriert – heimlich besorgt, dass sie vielleicht meinetwegen gekommen war –, aber sie hatte nie etwas gesagt. Mit den ersten paar Jahren, die ins Land zogen, verwandelte sich meine Skepsis in Gleichgültigkeit, und es hatte mich nicht länger gestört, dass Kate Zeit mit Rachel zu verbringen schien, wann immer ich nicht da war.

Hätte sie vorgehabt, Rachel zu überzeugen, was für ein Arsch ich war, hätte sie es vermutlich längst getan, nahm ich an, und zwar vor unserer Hochzeit.

Ich ignorierte jahrelang, dass sie ein Teil unseres Lebens war, schaltete auf Durchzug, wenn Rachel auch nur ihren Namen nannte, und tat im Großen und Ganzen, als gäbe es sie nicht.

Rückblickend konnte ich nur schwer begreifen, wie mir das überhaupt gelungen war. Wenn Kate einen Raum betrat, wurde es schlagartig hell darin. Sie war so fröhlich, mit ihr konnte man einfach Spaß haben. Mir war schleierhaft, wie ich es geschafft hatte, sie so lange einfach auszublenden.

Ich gab mein Bestes, sie und Rachel nicht miteinander zu vergleichen. Das wäre unfair gewesen. Und doch kam ich nicht umhin, die Unterschiede zwischen diesen beiden Frauen zu bemerken.

Rachel war zurückhaltend, Kate kontaktfreudig. Während Rachel mit den Kindern ohne Murren einen ganzen Disneyfilm durchhielt, entpuppte sich Kate als Expertin für jedes erdenkliche Knabberzeug und war immer für den Bau einer Deckenburg zu haben. Rachel konfrontierte mich nie damit, wenn etwas falschlief, sondern regelte die Angelegenheit allein, oder sie ging völlig auf Distanz zu mir, bis ich selber sah, was ich getan hatte und es wieder aus der Welt schaffte. Wenn Kate etwas störte, sagte sie es geradeheraus und wandte sich wieder dem Tagesgeschäft zu, fast zu schnell für mich, um irgendetwas richtigzustellen.

Der klitzekleine Rest von Bindung zwischen Kate und mir unterschied sich so fundamental von dem, was ich mit Rachel hatte, dass es mir schwerfiel, mitzuhalten. Kate kam einfach immer zurück. Das liebte ich an ihr. Wenn ihr jemand etwas bedeutete, war sie unendlich hartnäckig.

Zugleich war es genau das, was ich an ihr hasste. Ich hasste es, dass ich mich ihr gegenüber so sehr als Mistkerl verhalten und sie das zugelassen hatte.

Immer wenn ich an den vergangenen Abenden zu ihr ins Bett gekrochen war, hatte ich ihr, sobald sie schlief und ich wusste, dass sie mich nicht mehr hören konnte, ins Ohr geflüstert, dass sie mir nie wieder würde verzeihen müssen, wenn sie es nur noch dies eine Mal täte.

Als ich meine Runde fertig gelaufen war, ging ich die letzte Viertelmeile gemächlich zum Haus zurück. Seltsamerweise stand Miles' Jeep in meiner Einfahrt.

»Ich bin wieder da«, rief ich beim Öffnen der Vordertür. Als niemand antwortete, sah ich mich im Haus um und entdeckte Kate und Miles draußen auf der hinteren Veranda am Tisch, wo sie lachend saßen und den Kindern beim Spielen zusahen.

Das war mir gar nicht recht. Als ich eben am Griff der Schiebetür aus Glas ziehen wollte, hielt ich plötzlich inne. Ich war vom Joggen verschwitzt und roch entsprechend.

Ich drehte mich um und hastete die Treppe hinauf, immer zwei Stufen auf einmal. In meinem Zimmer schleuderte ich die ollen Klamotten von mir, duschte eilig und zog ein paar Basketball-Shorts und ein T-Shirt über. Was eine Unterhose anging, machte ich mir gar nicht erst die Mühe. Ich wollte so schnell es ging nach draußen und erfahren, worüber zum Teufel Kate da lachte.

Als ich in den Flur kam, hörte ich Iris in Kates Zimmer leise weinen.

Sie hatte sie im Haus gelassen?

»Alles okay, Prinzessin«, rief ich gedämpft und trat durch die offene Schlafzimmertür. Da sah ich Iris, wie sie in ihrer Wiege lag und mit Armen und Beinen ruderte. »Och, hat Mama dich allein gelassen?«

Ich nahm sie heraus und tätschelte ihr eine Minute den Rücken und hörte, wie sie einen leisen Schluckauf von sich gab.

»Daddy ist ja da«, murmelte ich nah an ihrem flaumbedeckten Kopf und wog sie sanft hin und her. »Ziehen wir dir mal diese nasse Windel aus, was?«

Ich legte sie aufs Bett und griff mir eine Windel oben von Kates Kommode, dabei redete ich die ganze Zeit mit ihr. »Ich weiß nicht, was deine Mami sich dabei gedacht hat, meine Prinzessin hier drinzulassen, so ganz allein«, raunte ich. Der Klang meiner Stimme schien sie zu beruhigen. »Sie ist draußen mit deinen Geschwistern und mit einem Freund von Daddy, Miles. Der ist ein Dummkopf. Von dem hältst du dich fern, ja?«

Ich lächelte, als ich sah, wie Iris verstummte, als lauschte sie aufmerksam.

»Daddy war nicht sehr nett«, erklärte ich ihr, zog ihr die kleine Strumpfhose aus und knöpfte den Strampelanzug auf. »Ich war nicht mal dabei, als du auf die Welt kamst, und das tut mir wirklich leid. Aber deine Mami ist trotzdem zurück nach

Kalifornien mit mir gekommen, nicht wahr? Und das bedeutet, es gibt noch eine Chance. Solange Miles seinen Du-weißt-schon-was in der Hose lässt.«

Iris hob eine Hand an ihr Gesicht und versuchte, die Fingerchen in den Mund zu bekommen. Ihre Augen blickten ganz unkoordiniert hin und her, während ich weiterplapperte.

»Das machst du aber gut, Prinzessin. Schau dich an, keine einzige Träne, wenn Daddy dir die Windel wechselt. So ein großes Mädchen.« Ich zog sie wieder an und schmiegte sie an meine Brust. »Denkst du denn, deine Mami könnte mich wieder lieb haben?«, fragte ich sie und gab ihr einen Kuss auf die kleine Wange. »Wahrscheinlich nicht, was? Aber wir müssen einfach weiter dran arbeiten, damit du für immer bei deinem Daddy wohnen kannst.«

Mit einem Seufzer nahm ich die schmutzige Windel vom Bett und ging mit Iris auf dem Arm hinaus. Langsam stieg ich die Stufen hinunter. Ich genoss es, Iris zur Abwechslung mal ein paar Minuten für mich zu haben. Mit so vielen Personen im Haus und der Tatsache, dass Iris die Hälfte der Zeit an Kates Brüsten hing, war mir bislang nicht viel Zeit zu zweit mit ihr vergönnt gewesen.

Ich warf die Windel in den Mülleimer und spazierte lässig nach draußen, um mich vor Kate und Miles wiederzufinden, die mich mit ihren Blicken geradezu durchbohrten.

Ich hielt inne und versuchte, mir klar darüber zu werden, wieso sie mich anstarrten – eine Hose hatte ich doch an, das wusste ich –, bis Kate langsam eine Hand nach oben wandern ließ.

Sie hielt ein verdammtes Babyfon.

Miles räusperte sich. »Herzlichen Glückwunsch, Dummkopf«, beschied er mir und ließ mich unmissverständlich wissen, dass sie jedes Wort mitgehört hatten.

Ach du Scheiße. Mein Gesicht und mein Nacken fühlten sich plötzlich an, als stünden sie in Flammen.

»Ich würde Iris niemals allein hier liegen lassen«, versicherte mir Kate am Abend, als ich zu ihr ins Bett kroch. »Und ich würde sie dir auch nie vorenthalten.«

Ich antwortete nicht. Was konnte ich auch sagen?

»Ich möchte nicht irgendeine Art Ersatz für Rachel sein«, flüsterte sie, und mir rutschte das Herz in die Hose. »Ich bin nicht sie. Ich will sie auch nicht sein.« Sie schniefte. Ich rückte näher an sie heran und legte ihr lautlos den Arm um die Hüfte. »Ich möchte ich sein.«

»Das ist auch nicht das, was ich vorhabe, Katie«, sagte ich leise und zog sie an meine Brust. »Ich möchte nur eine Chance.«

»Eine Chance auf was, Shane? Eine Chance, mit mir zu schlafen? Eine Chance, von mir einen geblasen zu bekommen? Ich bin bereits die Mom – diese Rolle habe ich schon. Was willst du also genau von mir?«

»Ich möchte bei dir sein.« Ich stolperte über meine eigenen Worte, und meine Gedanken gerieten immer mehr durcheinander, je länger ich versuchte, sie auszusprechen.

Ich wollte Kate einfach. Selbst ohne die Kinder hätte ich sie gewollt. Die Kinder sorgten dafür, dass unsere Bindung noch viel, viel stärker war. Ich wollte, dass sie mich so ansah, wie sie mich früher angesehen hatte, als wir noch dumme Teenager gewesen waren – als könnte ich alles schaffen. Ich wollte all die Spuren sehen, die die Schwangerschaft an ihrem Körper hinterlassen hatte. Ich wollte ihre Kurven mit meinen Fingern nachzeichnen und erkennen können, wann ihre Periode begann, wenn ich mit ihr so oft schon intim war, dass ich die Zeichen dafür schon vorher bemerkte. Ich wollte all die kleinen Dinge – und die großen auch.

Doch wenn ich versucht hätte, ihr das zu sagen, hätte sie es nie und nimmer geglaubt.

Ich hatte sie so lange beiseitegestoßen, dass wir keine gemeinsame Basis mehr hatten, auf der wir aufbauen konnten. Lediglich einen Scherbenhaufen, den ich mit einem Hammer jedes Mal, wenn sie mir nahe genug kam, dass mir unwohl wurde, etwas mehr zu Staub zerschlug.

Ich hatte keine Ahnung, wie ich mit jemandem wie Kate zusammen sein sollte. Sie verlangte mir mehr ab als je ein Mensch zuvor, und das jagte mir höllische Angst ein. Denn auch wenn unsere gemeinsame Vergangenheit den Beweis erbracht hatte, dass sie mich nicht so mir nichts, dir nichts verlassen würde, war mir in meinem Leben doch mehr als einmal klar geworden, dass Menschen nun einmal fortgingen.

»Du suchst eine Hausfrau, da bin ich natürlich bequem«, flüsterte sie und schüttelte ihren ins Kissen gesenkten Kopf. »Du müsstest mich nicht mal heiraten. Ich wohne schon hier. Du weißt, dass Iris und ich nicht fortgehen werden. Also warum solltest du jemand anderen suchen, wenn du bereits eine …«

»Sprich diesen Satz nicht zu Ende«, brummte ich. Ihre Worte hatten mein Blut zum Kochen gebracht. »Bequem? Du bist der am wenigsten bequeme Mensch, den ich je kennengelernt habe.«

Ich machte mich von Kate los und rollte sie auf den Rücken, sodass ich auf sie steigen und breitbeinig auf ihren Hüften sitzen konnte.

»Ich weiß nicht, was ich hier mache, Kate«, bekannte ich sanft und erforschte ihren Blick. »Aber ich weiß, dass ich dich will. Hilf mir.«

»Ich helfe dir schon seit unserer Jugend, Shane«, erwiderte sie mit einem kraftlosen Achselzucken. »Ich glaube nicht, dass ich noch die Kraft dazu habe.«

»Hast du«, flüsterte ich ihr zu und stützte mich auf die Ellbogen, um mit meinen Lippen über ihre zu streichen. »Das hast du. Ich weiß es.«

»Ich habe Angst davor, dass ich eines Tages wach werde und du sie mir wieder genommen hast«, bekannte sie mit zittriger Stimme. »Dass du dich dafür entschieden hast, wieder mit jemand anderem zusammen zu sein, und für mich kein Platz mehr ist.«

»Nein, Katie«, bestimmte ich und nahm ihren Kopf zwischen meine Hände. »Das wird nicht passieren.«

»Woher willst du das wissen?«, fragte sie, und ihr traten Tränen in die Augen. »Das ist genau das, was du vor nicht einmal zwei Wochen getan hast.«

Ich legte meine Stirn an ihre und atmete zitternd ein. »Es ist nicht das, was passiert ist. Es gab niemanden außer dir, Kate.«

Sie schloss die Lider, aus ihren Augenwinkeln rannen Tränen. »Ich kann dir nicht vertrauen.«

»Ich glaubte, das Richtige zu tun«, flüsterte ich hektisch. Ich küsste ihr Gesicht ab, und sie regte sich nicht unter mir. »Es lag nicht an dir. Es lag an mir. Ich war egoistisch. Ich wollte die Kids bei mir haben und habe dadurch alles vermasselt.«

»Das ist das Problem«, sagte sie, und in ihrer Stimme schwang ein geschlagener Ton mit. »Du hast diese Macht. Was die Kinder angeht, habe ich gar keine Rechte, und du kannst mich jederzeit auslöschen, wenn du willst, so als hätte ich nie existiert.«

»Das würde ich nie. Ich dachte doch, du würdest nachkommen, Kate. Ich schwöre es. Es war nur vorübergehend so gedacht, bis Iris käme. Ich hatte nie vor...«

»Ich glaube dir nicht.«

Ihre Worte waren wie ein Schlag ins Gesicht. Sie sah mich immer noch nicht an, und ich hasste es, dass sie mich auf diese Weise ausblenden konnte. Ich war überall um sie herum, mein Körper lag an allen Seiten dicht an ihrem, und sie fand trotzdem einen Weg, mich weiterhin auf Distanz zu halten.

»Ich werde es dir beweisen«, beschloss ich.

Sie öffnete langsam die Augen, und da war für einen kurzen Moment wieder die Katie, die ich einmal gekannt hatte, bevor in ihren Blick wieder der gehetzte Ausdruck trat, den sie seit Iris' Geburt hatte.

»Dann, bitte, tu es«, gab sie im Flüsterton zurück und hob die Hand an meinen Brustkorb. »Ich weiß nicht, was ich sonst tue, wenn du es nicht machst.«

Beide atmeten wir in abgehackten Stößen, als ich mich runterbeugte und meinen Mund auf ihre Lippen presste. Zaghaft schob ich ihr meine Zunge zwischen die leicht geöffneten Lippen.

Es war das erste Mal seit über sechs Monaten, dass ich sie wirklich und wahrhaftig küsste, und innerhalb von Sekunden war ich ganz hart. Vom Kopf her wusste ich, dass wir weiter nicht gehen würden, aber der Rest meines Körpers schien immer und immer wieder zu intonieren: *Kate, Kate, Kate.* Sie strich mit ihrer Hand behutsam an meiner Brust herauf und schloss die Finger um die Vorderseite meines Halses. Ich wusste nicht, warum sie das tat, doch die Bewegung trieb mich zugleich in stärkere Erregung wie auch in größere Konzentration.

Ich wich endlich zurück, als ich Iris in ihrer Wiege jammern hörte, und fühlte mich unmittelbar schlecht, weil ich Kate wach gehalten hatte, anstatt sie schlafen zu lassen. »Ich mach das«, sagte ich und lehnte mich noch ein letztes Mal vor, um ihre Unterlippe zwischen meine Lippen zu saugen, ehe ich vom Bett herunterstieg.

Als ich bei Iris ankam, konnte ich nicht umhin, einen Blick zurück zu Kate zu werfen.

Sie hatte sich wieder auf die Seite gedreht, ein leises, verschlafenes Lächeln auf dem Gesicht, während sie darauf wartete, dass ich ihr das Baby brachte. Die eine Seite ihres Stillhemds hatte sie bereits geöffnet und eine Brust freigelegt, und während ich auf ihr gesessen hatte, waren die Decken in Richtung Fußende gerutscht und gaben nun den Blick auf ihre Pyjamahose aus Flanell frei sowie auf den glatten, weichen Bauch darüber.

Es war mir egal, ob ich den Rest meines Lebens brauchen würde, um ihr zu beweisen, dass ich nie wieder fortgehen würde – solange ich mich nachts herumdrehen und manchmal einen Blick auf sie werfen könnte, wie sie an diesem Abend auf dem Bett aussah.

Am nächsten Morgen stand ich noch vor dem Weckerklingeln auf und beeilte mich, von Kate loszukommen.

Sie trieb mich in den Wahnsinn, der Kuss letzte Nacht hatte mir eine Erektion verpasst, die nur gerade so weit zurückgegangen war, mich einschlafen zu lassen – und die prompt erneut gewachsen war, als ich träumte. Es war unfassbar.

Ich schaffte es in mein altes Schlafzimmer, zerrte mir die Shorts herunter und setzte mich auf den Bettrand, wo ich meinen steifen Penis mit der Faust umschloss. Oh mein Gott! Ich war so hart, dass es wehtat.

Wahrscheinlich hätte ich in die Dusche steigen sollen, um

mich der Sache anzunehmen. Aber ich hatte nicht die Geduld zu warten, bis das Wasser heiß genug war. Schon vor sechs Stunden hätte ich kommen müssen, und jetzt konnte ich keine Sekunde länger warten.

Mir stockte der Atem. Ich unterdrückte ein tiefes Stöhnen, als mein Schwanz pulsierte.

»Shane, was …«

Ich sah nicht, wie Kate ins Zimmer trat, schlug jedoch die Augen auf, als sie stotternd abbrach und die Tür hinter sich mit einem Klicken schloss.

»Du meine Güte«, hauchte sie, blickte auf meine Hand und dann mir in die Augen, während sie rot anlief.

Ich hätte hier und jetzt aufhören sollen. Das war das Mindeste, was man tun konnte, wenn man dabei erwischt wurde. Aber ich konnte einfach nicht aufhören, meinen Schaft fest umschlossen mit der Hand zu reiben – nicht, als sie in ihrem weißen Tanktop, das so gut wie nichts bedeckte, vor mir stand und mich ansah. Stattdessen packte ich mich noch fester, bewegte meine Hand schneller auf und ab, spürte fast augenblicklich, wie sich meine Hoden zusammenzogen. Ich erkannte, wie die Nippel sich unter ihrem Shirt aufrichteten, während sie mit zu Fäusten geballten Händen dastand.

Sie leckte sich über die Lippen, und mein Orgasmus traf mich völlig unvorbereitet, er setzte meine Muskeln in Beinen und Po unter Spannung, und gleich darauf rann mir mein Sperma in die Hand.

Wenn ich Kates Gesicht nicht die ganze Zeit im Blick behalten hätte, wäre mir vielleicht der unterschwellige Laut entgangen, den sie von sich gab, während sie meine Bewegungen verfolgte. Denn sobald ich gekommen war, floh sie zur Tür hinaus und schlug die Tür heftig hinter sich zu.

Verdammt.

Kapitel 16

Kate

Die Zeit vergeht wie im Flug, wenn man so beschäftigt ist, dass man kaum geradeaus gucken kann. Ehe ich michs versah, hatte ich eine Viertklässlerin, ein Schulkind, zwei Jungs von vier und zwei Jahren sowie ein zwei Monate altes Baby.

Es war auf die schönste Art aufreibend, die man sich vorstellen konnte. Da Iris jetzt schon älter geworden war, fühlte ich mich langsam wieder wie der Mensch von früher und nahm sogar wieder Kontakt zu meinen alten Geschäftspartnern auf. Jeden Tag dankte ich Gott dafür, dass ich während Shanes Einsatz ein wenig beiseitegelegt hatte, denn als mir meine Bettruhe verordnet worden war, war ich natürlich zugleich gezwungen gewesen, eine Mail an alle meine Kunden rauszuschicken und sie mit den Kontaktdaten anderer Webdesigner zu versorgen, denen ich vertraute. Ich hatte seit Monaten nicht gearbeitet, und obwohl ich genügsam lebte, ging mein Gespartes langsam zur Neige.

Ich war unschlüssig, ob ich schon bereit dazu war, in meinen Arbeitsalltag zurückzukehren. Wir waren immer noch dabei, uns in der neuen Situation zurechtzufinden. Aber ich war auch zuversichtlich, dass wir früher oder später eine Regelung finden und ich wieder etwas Extrazeit zur Verfügung haben würde, um Geld zu verdienen.

Ich sang Iris vor, während ich sie in ihrer Babyschaukel festmachte, die ich in die Küche geschoben hatte. Dann wirbelte ich beschwingt herum und fischte Gunner vom Boden, mit dem ich einen kleinen Tanz auf dem Küchentisch vollführte. Ich war lächerlich gut gelaunt, nichts zu machen.

Es war Freitagnachmittag, die Hausarbeit war erledigt, die Großen spielten Nintendo, Gunner hatte ganze drei Stunden ein Nickerchen gemacht, aus dem er frisch und fröhlich aufgewacht war, und ich war drauf und dran, für die ganze Familie selbst gemachte Pizza zuzubereiten, während die Sonne durchs Küchenfenster schien.

Ich sang, schwenkte Gunner hin und her und hörte zu, wie er lachte.

Als ich beim Chorus angelangt war, kam Shane aus der Garage, und ich konnte nicht anders und musste lachen, als Gunner die Arme hochriss und »Daddy!« rief.

Shane lächelte, als ich weitersang, und bedachte mich mit einem sanften Blick. »Wunderschön«, ahmte er mit lautlosen Lippenbewegungen nach und hielt den Blick auf mein Gesicht gerichtet, selbst als die Kinder in die Küche gestürmt kamen.

Ich wurde rot, wandte mich schnell ab und drehte Gunner im Kreis herum.

Shane und ich schienen umeinanderzutanzen, einen Schritt vor, einen Schritt zurück, während wir versuchten, wieder zur Normalität zurückzufinden. Wir hatten noch nie zusammengelebt, was, wenn man es genauer bedachte, schon ulkig war. Ich hatte sein Kind zur Welt gebracht, wir hatten uns umkreist – ein ganzes Jahr. Und doch fand ich es jedes Mal von Neuem bemerkenswert, um nicht zu sagen peinlich, ihm morgens im Bad zu begegnen.

Er gab sich solche Mühe, mein Wohlwollen zurückzuerlangen, dass es liebenswürdig war, das musste ich zugeben. Er übernahm die Kinder und ließ mir ein Bad ein, sobald die Großen schliefen, kümmerte sich um Iris, um mir ein paar Minuten Ruhe zu gönnen. Er sagte mir, dass er mich schön fand, selbst wenn ich mir manchmal nur noch wie ein dicker menschlicher Brocken vorkam.

Mir gefiel durchaus die Mühe, die er sich gab, aber ich wurde auch das Gefühl nicht los, dass er nicht verstand, was ich ihm sagen wollte. Ich war nicht wütend auf ihn – nicht mehr. Diesmal reichte es tiefer. Ich liebte Shane und würde ihn immer lieben, auch wenn ich ihn manchmal am liebsten erwürgen wollte. Doch ich fühlte mich einfach komplett erschöpft.

Es war, als könnte ich, egal, wie sehr ich dagegen anzukämpfen versuchte, diese riesige Angst nicht überwinden, dass er mich eines Tages erneut sitzen lassen und die Kinder mitnehmen könnte. Ich bezweifelte, dass ich das, wenn es je dazu käme, überleben würde.

Deshalb hielt ich ihn auf Armeslänge, auch wenn ich sah, wie es an ihm zehrte. Ich konnte einfach nicht zulassen, dass er diese Kluft zwischen uns überbrückte, egal, wie sehr ich mir insgeheim wünschte, es doch zu können.

Wir befanden uns in einer Pattsituation – beide sehnten wir uns nach demselben Zustand und konnten ihn trotzdem nicht erreichen.

»Kinder, ab ins Wohnzimmer, wenn eure Tante Kate hier Essen macht«, rief Shane, nachdem sie ihm fertig erzählt hatten, was sie den Tag über gemacht hatten. Wobei der arme Gavin nicht viel beizutragen hatten, abgesehen von der großen Spinne, die er außen an der Hauswand gefunden hatte.

Ich stellte Gunner aufrecht hin und sah ihm hinterher, wie er tapsig seinen Geschwistern nachlief. Dann drehte ich mich zu Shane um. »Hast du Lust auf Pizza?«

»Pizza klingt toll«, erwiderte er heiser und ließ so mein Herz höher schlagen. »Komm her.«

Schweigend schüttelte ich den Kopf, während seine Mundwinkel sich zu einem sanften Lächeln hochzogen. Dann erwiderte er das Kopfschütteln mit einem Nicken und machte einen Schritt auf mich zu.

»Ich mach jetzt Essen«, murmelte ich und stand da wie festgewachsen.

»Zehn Minuten hast du doch.«

»Die Kinder sind …« Er streckte die Hand aus, ehe ich den Satz beenden konnte, und zog mich unvermittelt zu sich an die Brust.

»Autsch.« Ich wich fauchend zurück.

»Was denn?«, fragte er verwirrt.

Ich hob beide Hände schützend vor meine Brüste.

»Iris hat schon seit ungefähr drei Stunden nicht mehr getrunken«, eröffnete ich ihm kopfschüttelnd. »Ich bin bloß ein wenig … voll.«

»Dann werde ich sanft sein.« Er drehte mich um, sodass wir aus dem Küchenfenster sahen, und fing an, uns leicht hin und her zu wiegen. »Nur ein Tanz mit meiner schönen Frau.«

»Deiner Frau?«, schnaubte ich.

»Der Mutter meines Babys?«, fragte er unschuldig und gluckste.

»Schon besser.« Als er die Arme von meinen Hüften nahm und sie sachte um mich legte, stockte mir der Atem.

»Ich liebe es, wie du den Kindern vorsingst«, flüsterte er mir ins Ohr. Meine Nackenhaare stellten sich auf, und ich bekam eine Gänsehaut. »Das ist eines der Dinge, die ich am meisten mag.«

»Hast du denn eine Liste?«, fragte ich außer Atem. Sein Daumen glitt unter dem Ansatz meines Busens vor und zurück.

»Mmhmm«, machte er gedehnt, bevor er leise in mein Ohr zu singen begann.

»Meine Singstimme lässt etwas zu wünschen übrig«, bekannte er etwas verlegen, als er die erste Strophe in diesem leisen Ton zum Besten gegeben hatte. Er umarmte mich fester, als ich mich zu ihm umdrehen wollte. »Nicht so wie deine.«

»Mir gefällt sie.«

»Lügnerin.« Er lachte verhalten und ließ los.

»Wirklich«, beharrte ich und wandte mich ihm zu.

»Ich geh mal besser duschen«, sagte er sichtlich verlegen, worauf ich lachen musste.

»Du wirst rot wie ein kleines Schulmädchen«, stichelte ich und schrak zusammen, als er einen Schritt auf mich zu tat.

»Ich werde nie rot«, sagte er.

»Oh doch, das wirst du. Rot wie eine Tomate.«

Ich kreischte, als er vorsprang, und lachte hysterisch, als er mich um den Küchentisch jagte.

Keller kam angerannt. »Fang sie!«, rief er.

»Warte!«, machte Shane und nahm mich an den Hüften, um mich hinter sich in Sicherheit zu bringen, bevor Keller in mich hineinrasen konnte. »Keine Rauferei mit Tante Kate heute Abend, okay, Kumpel?«

»Och Manno!«

»Ich weiß. Daddy hat angefangen, und er hätte es besser wissen sollen«, beschied Shane. Er warf mir über die Schulter ein verschwörerisches Lächeln zu. »Ich verschwinde jetzt unter die Dusche. Wieso schaust du nicht, ob es was gibt, bei dem du Tante Kate helfen kannst?«

Er fasste hinter sich und gab mir einen leichten Klaps auf die Hüfte, bevor er lässig aus der Küche schlenderte. Ich starrte ihm auf den Po, bis er außer Sichtweite war. Tja, Manno.

Mit einem Kopfschütteln riss ich mich von meinen Gedanken los und lächelte Keller an – der wiederum lange und mit seltsamem Gesichtsausdruck zu mir aufsah.

»Du meine Güte«, stöhnte ich später am selben Abend unter der Dusche. Die Kinder lagen endlich in ihren Betten, und Iris war nach dem Abendessen von mir gestillt worden und anschließend eingeschlafen. Mittlerweile waren Stunden vergangen, und von der Betreuungsschwester – die mich mit Namen kannte, seit ich unzählige Male wegen Gunner bei ihr angerufen hatte –, hatte ich erfahren, dass Iris jetzt mit zwei Stunden zwischen den Stillzeiten problemlos zurechtkommen würde.

Dummerweise schienen meine Brüste das noch nicht mitgekriegt zu haben. Sie waren steinhart und taten so weh, dass ich Tränen in den Augen hatte. Es reichte ein Blick auf die Milchpumpe, und ich wusste, dass das Ding auf keinen Fall in die Nähe meiner beiden Ladys kommen würde. Laut der Schwester würde eine heiße Dusche noch helfen. Also war ich unter die Brause gesprungen. Ich ließ das heiße Wasser an meinem Körper hinablaufen in der Hoffnung, dass dadurch etwas Milch kommen und mir Erleichterung verschaffen würde. Doch es schien nicht zu helfen.

»Kate?« Zu meinem Erschrecken war es Shane. Als ich nur leicht mit dem Arm meine Brust streifte, zischte ich unter Schmerzen. Gott, die Dinger verursachten mir die reinsten Qualen.

»Ja?«, rief ich entnervt zurück.

»Du bist schon ziemlich lange da drin. Ist alles okay?« Seine Stimme wurde lauter.

»Ja, eine Minute, dann komm ich raus.«

Er schien etwas an meinem Tonfall zu bemerken, jedenfalls wurde der Duschvorhang ein paar Sekunden später etwas beiseitegeschoben und sein Kopf tauchte in der dunstigen Duschkabine auf. »Was ist denn?«

Ich wandte mich ihm zu, damit er sehen konnte, was los war. Er riss die Augen auf, und ich biss mir innen in die Wange.

»Heiliges Kanonenrohr!«, rief er. »Was zum Teufel?«

»Iris trinkt nicht«, klagte ich. »Sie tun so was von weh.«

Sein Kopf verschwand aus der Dusche, und binnen Sekunden war er wieder da und stieg nackt zu mir hinein. Er starrte auf meine Brüste.

»Sieh sie dir gut an«, scherzte ich und deutete mit meinem Kinn auf die Ladys. »So saftig wirst du sie nicht noch einmal zu Gesicht bekommen.« Das letzte Wort kam fast als Wimmern heraus, solche Schmerzen hatte ich.

»Herrje, die sehen ja …«

»Furchtbar aus«, vervollständigte ich den Satz mit einem Nicken. Die Venen unter der Haut meiner Brüste zeichneten sich deutlich und tiefblau gegen die Blässe meines Teints ab. Es wirkte, als habe jemand mit Filzstift ein Muster darauf gezeichnet und sie so hervorgehoben.

»Geschwollen«, berichtigte er sanft. »Hast du mit der Schwester gesprochen?«

»Sie hat mir ja die Dusche empfohlen«, antwortete ich gefrustet. Als er die Hand hob, um mich zu berühren, wich ich zurück. »Es bringt offensichtlich gar nichts. Du solltest besser gehen, solange du noch kannst. Ich habe mich nicht mehr rasiert seit … Mensch, was weiß ich … und diese beiden Dinger werden ziemlich sicher bald explodieren und überall im Badezimmer Blut und Milch verspritzen.«

»Ich bin ziemlich sicher, dass sie nicht explodieren werden«, sagte er mit schauriger Belustigung.

»Ich glaube, ich könnte es mittlerweile nicht mal mehr ertragen, dass Iris an ihnen nuckelt. Sie werden für immer so bleiben.« Ich schüttelte den Kopf. »Habe ich da nicht übrigens gerade ein Déjà-vu? Wir beide waren doch schon mal hier.«

»Falsche Dusche«, sagte er sachlich. »Und beim ersten Mal hast du mir auf die Füße gereihert.«

»Gern geschehen«, sagte ich trocken. »Wow, das hier ist ziemlich peinlich.«

»Nein, das Reihern war peinlich, aber das hier doch nicht.«

»Genauso peinlich.«

»Auch nicht … Wow, du hast dich ja wirklich lange nicht rasiert«, stellte er murmelnd fest, als er an mir hinuntersah.

»Herrgott, Shane. Raus jetzt!«, zischte ich und legte beide Hände über meinen Schritt. Als die Innenseiten meiner Arme an meine Brüste kamen, sog ich zischend die Luft ein.

»Lass doch das«, schimpfte er und wischte meine Arme beiseite, ohne den Blick auch nur ein einziges Mal von mir zu nehmen. »Da unten sind deine Haare etwas röter.«

Seine Finger strichen über meine Scham, und mein Magen vollführte einen Salto.

»Nicht ablenken, Dirk Diggler.« Das war eine Anspielung auf den Pornostar aus *Boogie Nights*.

»Ich lenk nicht ab.« Sein Blick wanderte hoch zu meinem. »Was machen wir jetzt?«

»Weiß ich nicht. Ich stehe schon seit einer Ewigkeit in dieser verdammten Dusche.« Um meine Worte zu unterstreichen, hob ich eine verschrumpelte Hand neben mein Gesicht. »Kann sogar sein, dass meine Finger sich nie wieder erholen werden.«

Er küsste meine Fingerspitzen, und um seine Augenwinkel bildeten sich Fältchen, als er schmunzelte.

»Halt still«, raunte er und hob die Hände, um sie ganz sanft über meine Brüste wandern zu lassen. Es tat nicht weh, sorgte aber dafür, dass ich meinen Körper anspannte und mich nicht rührte – nur für den Fall.

»Autsch«, bekannte er leise und sah mir wieder in die Augen. »Das kann man wohl sagen.« Ich lachte etwas.

Er nahm die Finger von meinen Brüsten, neigte sich langsam vor und küsste mich. Die Hände legte er mir in den Rücken. Wie gern hätte ich mich in diesem Moment zu ihm gebeugt, aber wenn ich das täte, wusste ich, würden die Schmerzen schlimmer werden.

»Schön stillhalten«, erinnerte er mich an meine Lippen gepresst und löste den Kuss.

Ehe ich verstand, was er tat, legte er seinen Mund über eine meiner Brustwarzen. Ich zuckte zurück, doch seine Arme hielten mich weitgehend bewegungslos, während er sanft zu saugen begann – einmal, dann noch einmal. Als er schließlich den Kopf zurücknahm, sah ich, wie sich auf seinen Lippen ein Lächeln ausbreitete. Er umsorgte gleich darauf auch die andere Brustwarze, bei der er dasselbe tat.

Als er fertig war, lief es nur so aus mir heraus. Muttermilch ergoss sich in ruhigen Strömen über meinen Körper und vermischte sich mit dem abkühlenden Wasser der Dusche.

»Oh mein Gott!«

»Ich hab's geschafft«, verkündete er stolz. Und er fasste hoch und massierte mir vorsichtig die Brüste.

»Lieber Himmel, es fühlt sich schon besser an«, stöhnte ich, die Augen genussvoll geschlossen. »Danke. Das war so seltsam, aber trotzdem. Danke.«

»Warum seltsam?«, fragte er mit einem belustigten Schnauben, das mich dazu brachte, die Augen zu öffnen.

»Du hast gerade meine Milch gesaugt. Aus meinen Nippeln.«

»Anstatt sie von einer anderen Stelle zu saugen?« Er hob fragend die Brauen.

»Äh, nein. Muttermilch. In deinem Mund.«

»Und?«

»Und was? Muttermilch, in deinem Mund!« Je öfter ich es wiederholte, desto röter schien ich zu werden.

»Katie, ich hab mein Gesicht bereits zwischen deinen Beinen gehabt«, sagte er geradeheraus, und mir blieb überrascht der Mund offen stehen. »Und so ziemlich an jeder anderen Stelle deines Körpers. Da ist ein bisschen Muttermilch gar nichts mehr.«

»Wie schmeckt sie denn?«, fragte ich stockend.

»Etwas süß.« Er legte den Kopf schief. »Eigentlich fast nach nichts.«

»Hm.«

»Geht's dir denn besser?«

Ich griff mir an die Brüste und rieb sie. »Ja, und wie. Viel besser«, hauchte ich.

»Gut.«

Er neigte sich rasch vor und küsste mich innig, seine Finger glitten an meinem Körper hinab zwischen meine Schenkel.

»Das ist so was von sexy«, säuselte er, und ich spürte, wie seine Hand ganz zwischen meine Schenkel glitt. »Warum ist das nur so sexy?«

»Vielleicht, weil man fast nie eine Frau sieht, die ihre Schamhaare noch hat?«, wähnte ich und versuchte das Gleichgewicht zu halten, als seine Finger meine Klitoris fanden.

»Du bist gerade so empfänglich«, stöhnte er und strich mit der Zunge in meinen Mund. »Gott bewahre, ich werde dich nach der Stillzeit gleich noch mal schwängern müssen. Ich brauche mehr solcher Momente mit dir.«

»Jetzt mach aber mal halblang«, japste ich und rang nach

Atem, als das Wasser, das über uns floss, von kühl zu kalt wechselte. »Wir haben doch schon fünf Kinder. Ich will nicht noch eins.«

Er griff hinter mich und drehte die Dusche ab, noch ehe ich fertig war. Dann zog er die Hände weg und zog den Vorhang beiseite.

»Du willst nicht noch eins?«, fragte er leise und half mir hinaus. Er begann, mich abzutrocknen.

»Du meine Güte, im Moment mag ich nicht mal dran denken, noch eins zu bekommen.«

»Dann ist es also ein Vielleicht?«

»Könnten wir vielleicht erst mal den ersten Geburtstag von Iris abwarten? Ich war gerade schwanger und erhole mich noch, wie du dir vorstellen kannst.«

Shane wurde bleich und schaute nach unten.

»Nein«, versicherte ich. »Da unten ist alles gut verheilt. Einsatzbereit sozusagen.«

Er lachte. »Gut zu wissen.«

»Ich meinte nicht ...«

»Erwischt!«

»Das hättest du wohl gern«, sagte ich großspurig und öffnete die Badezimmertür, während er immer noch pitschnass dastand.

»Mensch, Kate! Kalt!«

Ich lachte und lief auf Zehenspitzen durch Shanes Zimmer in den Flur und von dort in mein eigenes Schlafzimmer. Ich hatte während der Schwangerschaft die Dusche im großen Schlafzimmer benutzt und es danach so beibehalten, auch als Shane wieder da war. Er schlief sowieso nie in diesem Zimmer, sondern rollte sich am Ende immer neben mir im Gästebett zusammen.

Als ich dort ankam, fand ich Iris wach vor, aber zum Glück

schrie sie nicht. Ich machte die Tür fest hinter mir zu, ließ das Handtuch fallen und nahm sie hoch. Ich hätte fast geweint vor Dankbarkeit, als sie ihren Kopf meiner Brust zuwandte und zu trinken begann. Was für eine Wonne!

»Braves Mädchen, Iris«, sagte Shane, als er in mein Zimmer schlüpfte und die Tür hinter sich schloss.

»Weißt du, sie ist kein Hund«, versetzte ich und rollte die Augen.

»Klar, aber sie macht dich leer, und das bedeutet, dass du nicht mit Schmerzen aufwachen wirst ... Herrje, du siehst so unglaublich aus gerade«, hauchte er und starrte mich an.

»Meine Haare sind völlig ...«

»Du bist splitternackt und stillst«, unterbrach er mich. »Du siehst aus wie eine Fruchtbarkeitsgöttin.«

»Nun ja, ich bin tatsächlich nach nur einmal Sex schwanger geworden. Das nenne ich schon ziemlich fruchtbar.«

Schnaubend schüttelte er den Kopf.

»Das ist meine Superkraft. Babys machen.«

»Darin bist du wirklich ziemlich gut«, antwortete er mit hochgezogenen Augenbrauen und legte sich zu uns aufs Bett.

»Mist«, lachte ich. »Bin ich doch glatt in die Falle getappt.«

Shane gab einen langen zufriedenen Seufzer von sich und rollte sich auf den Rücken. »Ich bin glücklich«, bekannte er. »Und du?«

»Ich auch.« Ich schaute zu Iris, lächelnd, als ich sah, wie sie zu mir aufsah. »Jenseits von glücklich.«

»Mache ich dich glücklich?«

»Du und deine Kinder.«

»Dann werde ich dich von jetzt an immer glücklich machen«, versprach er und legte seine Hand auf meinen Oberschenkel.

»Bis zu dem Moment, wenn du wieder mal deine verschwitzten Sportklamotten auf dem Boden im Bad liegen lässt.«

»Na gut, das ist die Ausnahme. Da nicht.«

»Damit könnte ich leben, glaube ich.« Ich nahm Iris auf die andere Seite und wechselte die Brust. Als sie fertig getrunken hatte, legte ich sie wieder in ihr Bettchen. Glücklicherweise hatte sie begonnen, einen Großteil der Nacht durchzuschlafen, was für mich hieß, dass ich ganze sechs Stunden Schlaf bekam, ehe sie mich wieder weckte.

Ich ging zur Kommode, als Shanes heisere Stimme mich abrupt stehen bleiben ließ.

»Zieh dich nicht wieder an.«

»Aber das wäre unverantwortlich«, gab ich ratlos zurück. »Was, wenn ein Feuer ausbricht?«

»Ich werde dich anziehen, bevor wir einschlafen, ja?«, schlug er vor und setzte sich auf.

»Du willst mich anziehen?«

»Ja, denn zu dem Zeitpunkt wirst du nämlich bereits zu müde sein, um es selbst zu tun«, versicherte er mir. Sein Blick traf meinen, ehe er wieder an meinem Körper hinabschaute.

Auf diese Worte hin wurden meine Nippel härter, und als Erwiderung darauf trat ein Leuchten in seine Augen.

»Komm zu mir, Kate.«

Ich bewegte mich ohne nachzudenken auf ihn zu, und als er mich erreichen konnte, zog er mich zwischen seine gespreizten Schenkel.

»Willst du mich?«, fragte er und fuhr mit den Händen an den Außenseiten meiner Beine entlang.

»Ich hab sie nicht rasiert«, sagte ich und stieß seine Hände weg.

Warum passierte das immer mir?

»Hör schon auf, Kate«, forderte Shane und gab meinem

Handrücken einen leichten Klaps, um wieder meine Beine berühren zu können. »Mach dir keine Sorgen wegen deiner Beine. Sie sind perfekt. Glatt.«

Ich zwang mich, meine Hände untätig zu beiden Seiten hängen zu lassen, und sah ihn an.

»Willst du mich?«, fragte er wieder. Seine Hände streiften auf die Innenseiten, ehe sie wieder außen auf meine Schenkel zurückkehrten.

»Ja«, erwiderte ich flüsternd. Mein Herz toste förmlich. Es war ewig her, dass ich Sex gehabt hatte, und das Bedürfnis nach körperlicher Verschmelzung überstieg fast meinen Selbsterhaltungstrieb. Shane kannte mich auch in meinen schlimmsten Momenten – herrje, er hatte mich sogar ganz frühmorgens erlebt, wenn ich noch keine Gelegenheit gehabt hatte, mir die Zähne zu putzen. Und trotzdem wollte er mich. Er wusste von all meinen Geheimnissen und Ticks.

Aber nichtsdestotrotz hatte ich immer noch großen Bammel davor, mit ihm zu schlafen.

Ich wusste, wenn wir einmal wieder diese Grenze überschritten, gab es kein Zurück mehr.

»Bist du bereit für mich?«, wollte er in sanftem Tonfall wissen und erforschte meine Blicke, während er mit den Händen über die Erhebung meines weichen Bauches und über den Schwung meiner Taille strich.

»Nein«, antwortete ich schließlich mit feuchten Augen.

»Ist schon gut, Baby«, beschwichtigte er mich sofort, auch wenn ich seiner Stimme die Enttäuschung anhörte. »Wir haben alle Zeit der Welt.«

»Tut mir leid«, stieß ich hervor und nahm die Hand hoch, um über seine kurzen Haare zu fahren. »Es ist nur …«

»Du bist noch nicht so weit«, führte er mit einem Nicken meinen Satz zu Ende.

»Ich verhalte mich albern.«

»Nein, du bist bloß vorsichtig. Ich verstehe das, Katie.«

»Worauf warte ich denn?«, fragte ich flüsternd, während er mit der Hand um mich herumglitt und leicht über die Kurve meines Pos streichelte.

»Ich weiß es nicht, Baby«, beschied er aufrichtig. »Aber du wirst es wissen, wenn es so weit ist.«

»Ich bin müde.« Matt ließ ich die Arme hängen.

»Dann schlafen wir, komm.« Er stand vom Bett auf, gab mir einen leichten Klaps auf den Hintern und trat um mich herum zur Kommode, aus der er ein T-Shirt und eine Pyjamahose für mich holte.

Gefühlvoll zog er mir die Sachen an und gab mir einen Kuss auf die Stirn. »Hab ja gesagt, dass ich dich anziehen werde.«

Nachdem wir uns unter die Laken gelegt hatten, kuschelte er sich an mich und sank rasch in tiefen Schlaf. Ich aber lag noch lange wach. Ich fühlte mich mies, weil ich ihn wieder einmal zurückgewiesen hatte, aber der Gedanke an Sex ließ mich innerlich ganz panisch werden, und das durfte ich nicht ignorieren.

Ich hörte auf mein Bauchgefühl.

Kapitel 17

Kate

»Keller, was zum Henker?«, rief ich zwei Wochen darauf verärgert, auch wenn ich wusste, dass ich eigentlich hätte ruhig bleiben sollen. Es gelang mir aber nun mal nicht.

Ich starrte den Brief an, den er von der Schule mit nach Hause gebracht hatte, und was drinstand, konnte ich zuerst gar nicht glauben.

Mein Kind, mein süßer und sensibler Junge, der stets Gunners und Iris' Beschützer spielte, als wären die beiden seine eigenen Kinder, war in der Schule ein Tyrann.

»Was ist denn nur los?«, fragte ich und brachte meine Tonlage einigermaßen unter Kontrolle.

Er stand mit verschränkten Armen vor mir – was nebenbei bemerkt auch nicht mehr niedlich war – und weigerte sich, auch nur ein Wort zu sagen. Stattdessen durchbohrte er mich mit einem Blick, der zu besagen schien, dass er mich nicht ausstehen konnte. Ich hatte keinen Schimmer, was da vor sich ging.

Der erste Monat Schule war für Keller eine harte Probe gewesen. Er mochte es nicht, den Tag über von zu Hause fort zu sein, und in seiner Klasse schien er keine Freunde zu finden. Ich war trotzdem davon ausgegangen, dass er früher oder später Anschluss finden würde. Und tatsächlich, kurz darauf hatte er sich zusammengerissen und war wieder der verspielte kleine Draufgänger geworden, den wir alle kannten und liebten.

»Also?«, fragte ich außer mir und gab Sage und Gavin, die hinter dem Türrahmen hervorlugten, um etwas mitzukriegen, durch Blicke und Gesten zu verstehen, dass sie jetzt besser nicht stören sollten. »Dein Lehrer schreibt, dass du gemein zu den anderen Kindern warst. Dass du sie beschimpft hast. Stimmt das?«

Er blickte finster drein, die Augenbrauen zusammengezogen.

»Antworte mir«, verlangte ich.

Nach ein paar Minuten des Schweigens war ich mit meinem Latein am Ende. Ich hätte ihn am liebsten auf sein Zimmer geschickt, aber mir war klar, dass das nicht wirklich eine Strafe gewesen wäre. Gavins und Kellers Spielsachen erstreckten sich von einem Ende des Kinderzimmers zum anderen. Ich hätte ihn dort praktisch hingeschickt, um Spaß zu haben.

»Na schön«, murmelte ich, trat zu einem der Stühle am Tisch und rückte ihn an die Wand. »Hinsetzen.«

Er bewegte sich nicht vom Fleck, und schließlich musste ich ihn zwingen, indem ich ihn bei der Hand fasste, hinüberzog und seinen störrischen kleinen Körper auf den Stuhl pflanzte.

»Da kannst du sitzen, bis du so weit bist und den Mund aufmachst«, erklärte ich verdrießlich.

Ich sah nach Gunner, der friedlich auf dem Boden saß und spielte, und nach Iris, die sanft in ihrer Babyschaukel schlummerte. Dann setzte ich mich an die gegenüberliegende Seite des Tisches und rief meine Mails ab – wie Kellers Aufseherin.

Er rührte sich nicht, saß nur da, starrte quer durch die Küche.

Eine Stunde.

Zwei.

Bis Shane nach Hause kam, waren mir fast die Tränen gekommen, so frustriert war ich. Was sollte ich tun? Ich wollte nicht, dass er die ganze Zeit dort sitzen musste, durfte ihm aber auch nicht einfach die Oberhand überlassen.

»Daddy ist wieder da«, rief Shane, als er zur Haustür hereinstiefelte.

»Keller hat Ärger!«, rief Gavin in etwas wackligem Ton.

»Gavin«, mahnte Sage, »pscht.«

Ich konnte Shane von hier aus noch nicht sehen, aber er musste sie auf irgendeine Weise zur Kenntnis genommen haben, denn sie wurden leise und sagten nichts mehr. Kurz darauf kam Shane in die Küche.

Sein Blick wanderte von Keller auf dem Stuhl zu mir, und er zog die Augenbrauen hoch. »Wie lange sitzt er schon da?«

»Ein paar Stunden«, informierte ich ihn ungehalten.

Wahrscheinlich fasste er meinen Tonfall falsch auf, jedenfalls verzog er missmutig das Gesicht.

»Ab in dein Zimmer, Kumpel«, wandte er sich Keller zu. »Ich bin in einer Minute bei dir.«

Keller sprang augenblicklich auf und rannte nach draußen. Als er an mir vorbeikam, bedachte er mich mit einem triumphierenden Blick. Entsetzt blieb mir der Mund offen stehen.

»Was um alles in der Welt, Shane?«, zischte ich gedämpft. Ich stand auf.

»Lustig, das wäre jetzt auch meine Frage gewesen«, erwiderte er und knöpfte sich das Uniformhemd auf. »Ein paar Stunden, Kate?«

»Willst du mich hier auf den Arm nehmen?« Ich hielt meine Stimme so gut es ging ruhig.

»Er ist sechs Jahre alt und sitzt mehrere Stunden auf einem hölzernen Küchenstuhl?«, konterte Shane verächtlich und zog sich das Hemd aus. »Etwas übertrieben, meinst du nicht?«

Mein Herz begann zu poltern, als ich ihn durch die Küche gehen sah, Portemonnaie und Uhr legte er auf die Anrichte. Dann drehte er sich zu mir um. Ich kriegte kaum einen Ton heraus. Es fühlte sich an, als steckten die Worte in meiner Kehle fest.

»Mach das nicht noch einmal«, sagte er, als ich ihm nach mehreren Blickwechseln immer noch nicht geantwortet hatte. Er wandte sich zum Gehen, und da reichte es mir.

»Du verfluchter Mistkerl«, fuhr ich ihn an. Ich konnte die Tränen nicht zurückhalten. »Er hatte jederzeit die Möglichkeit aufzustehen. Alles, was ich erwartet habe, ist, dass er mit mir spricht.«

»Was?«

»Ich glaub das einfach nicht«, fuhr ich kopfschüttelnd fort. Ich klappte den Laptop zu und schob ihn mir unter den Arm. »Keller war nur die ganze Zeit hier, weil er bockig war wie sonst was. Alles, was er hätte tun müssen, war, ein Wort darüber zu verlieren, wieso sein Lehrer ihm einen Brief mit nach Hause gegeben hat, in dem steht, dass er die anderen schikaniert.«

Shane zuckte zurück. »Wie bitte?«

»Ja, das hab ich mich auch gefragt.«

Ich schob den Laptop in einen der Schränke über der Anrichte, wo die Kinder nicht drankamen, und griff mir meine Schlüssel. »Ich geh in den Supermarkt. Iris habe ich gefüttert, sie wird also noch für eine Weile Ruhe geben.«

»Kate«, rief mir Shane durch den Flur nach, doch ich blieb nicht stehen und sagte den Kindern im Vorbeigehen Tschüss. Ich war so geladen, dass ich sofort hier rausmusste, sonst sagte ich am Ende noch etwas, das ich später bereute.

Im Supermarkt ließ ich mir viel Zeit. Ich ließ mir verdammt viel Zeit dort.

Nach Hause kam ich erst wieder, als die Kinder schon ins Bett gegangen waren, und ich war sicher, dass Shane für Iris letztlich etwas von der Muttermilch hatte warm machen müssen, die ich im Kühlschrank aufbewahrte. Ich war Stunden weg gewesen.

Mein Ärger hatte sich erst in Frust verwandelt und schließlich in Schmerz. Ich wollte irgendwie zum Ausdruck bringen, wie unglaublich ich es fand, dass Shane sofort so getan hatte, als wäre ich eine herzlose Kuh, nur weil ich Keller hatte erziehen wollen. Aber ich konnte nicht. Seine Sicht auf diese Dinge hatte er bereits vor langer Zeit klargemacht, und da wir hinterher nie mehr mit dem Thema konfrontiert worden waren, hatte ich es gut sein lassen und verdrängt.

Es war eine harte Landung auf dem Boden der Tatsachen.

Ich setzte mit meinem SUV in der Auffahrt zurück und drückte auf den Schalter für die Kofferraumklappe, bevor ich ausstieg. Bei dem Gedanken daran, dass ich die ganzen Einkäufe reintragen musste, sackten mir die Schultern zusammen. Dann griff ich mir das Riesenpaket Klopapier und zwei Milchtüten. Wenn ich sowieso auf dem Weg nach drinnen war …

Ich schreckte jedes Mal davor zurück, die Einkäufe zusammen mit den Kindern zu erledigen, aber es ließ sich kaum bestreiten, dass es die Sache leichter machte, wenn sie mir hinterher halfen, alles reinzutragen.

»Hey«, rief Shane und schaltete den Fernseher ab, als ich durchs Wohnzimmer kam.

»Hey.« Ich stellte die Milch auf die Küchentheke und das Klopapier in den Flur und machte gleich wieder kehrt. »Im Auto ist eine Tonne Lebensmittel.«

Bereitwillig nickend folgte er mir nach draußen. Er nahm die Hälfte von allem, das den Kofferraum ausfüllte, in einem Schwung mit. Wortlos liefen wir umeinander herum und räumten ein. Ich war sogar zu müde, um auf irgendeine normale Art Small Talk mit ihm zu machen.

Nachdem wir alles an Ort und Stelle verstaut hatten, drehte ich mich um und ging ohne ein weiteres Wort rauf in mein Zimmer. Zum ersten Mal überhaupt verriegelte ich die Tür hinter mir. Wenn die Kinder wach wurden und etwas brauchten, konnte Shane sich darum kümmern.

Ich zog mich bis auf mein T-Shirt und den Slip aus und sah nach Iris, die friedlich dalag und schlief. Anschließend ging ich ins Bett.

Ich war einfach nur … melancholisch. Das war wohl wirklich das passende Wort. Es hatte so lange reibungslos zwischen uns funktioniert, dass ich beinahe selbstgefällig geworden war darüber, wie alles lief. Ich hatte nicht mal richtig nachgedacht, als ich Keller auf den Stuhl in der Küche gesetzt hatte. Es war mir zuwider gewesen, klar, aber hey – er hätte doch einfach nur den Mund aufmachen müssen. Mir wurde flau im Magen, als mir einfiel, was der Grund für seine Bestrafung war. Lag es an etwas Bestimmtem, dass er sich in der Schule so verhielt? Was ging in ihm vor? Er hatte ganz normal gewirkt, bis ich ihn nach dem Brief von seinem Lehrer gefragt hatte. War mir etwas entgangen? Was machte ich denn falsch?

Der Türknauf rappelte leise, und ich schaute hin, ehe ich die Augen schloss und mir die dicke Decke über die Schultern zog. Ich wollte einfach bloß schlafen und morgen früh neu in den Tag starten. Am nächsten Morgen sah immer gleich alles viel besser aus.

Doch es dauerte nur ein paar Minuten, da hörte ich ein anderes Geräusch an der Tür, und im nächsten Moment schwang sie auf. Shanes nackter Oberkörper war als Silhouette vor dem Licht im Flur erkennbar. Ich sah ungläubig drein.

»Das ist nicht in Ordnung«, erklärte er ruhig, während er ins Zimmer kam. Er lehnte die Tür so weit an, bis nur noch ein schmaler Lichtstreif zu sehen war. »Du schläfst bei mir – selbst wenn du stinksauer bist.«

»Ich will aber nicht bei dir schlafen«, sagte ich tonlos, ohne mich unter meiner Decke auch nur zu regen. Wenn er glaubte, dass ich den Mist, den er heute Nachmittag verzapft hatte, einfach so ignorieren würde, hatte er sich geschnitten.

»Du kannst nicht mehr jedes Mal einfach weggehen, wenn du sauer bist.« Er kam um das Bett herum und legte sich hinter mich, nur wenige Zentimeter von mir entfernt.

Ich schnaubte.

»Ich dachte, wir gehen das hier zusammen an, Kate«, beschied er mir, und der Frust in seiner Stimme sprach aus jeder Silbe.

»Tja, das dachte ich eigentlich auch.«

»Was soll das denn jetzt heißen?« Er rollte sich auf die Seite und stützte den Kopf auf den Ellbogen, um mich anzusehen.

»Ich hatte vergessen, dass du meine Erziehungsmethoden nicht unterstützt«, versetzte ich verbittert. »Kein Problem, Boss.«

»Stopp. Hör auf damit. Ich versuche hier mit dir zu reden, verdammt noch mal.«

»Das hättest du tun sollen, bevor du entschieden hast, mich wie eine Hexe dastehen zu lassen«, sagte ich und verfluchte insgeheim die Art, wie meine Stimme zitterte. »Ich hatte nicht vor, ihn da sitzen zu lassen, Shane. Aber wenn ich ihn vom Haken gelassen hätte, hätte er daraus doch nur gelernt, dass er jedes Mal mit so was durchkommt.«

»Ich wusste ja nicht, dass …«

»Du hast nicht gefragt. Sondern kamst einfach angestiefelt und hast mich die Böse spielen lassen – indem du wieder mal alles übertönt hast, was ich gesagt hab. Und ich dachte, wir hätten das geregelt. Schön dumm von mir.«

»Es tut mir leid«, grollte er. »Aber du machst es auch nicht gerade besser, wenn du einfach wegrennst. Du warst Stunden unterwegs, Kate!«

»Na ja, ich brauchte ein bisschen, um mich wieder zu beruhigen.«

»Und ich hätte etwas Hilfe nötig gehabt, als ich vor einem Sechsjährigen saß, der die ganze Zeit geschwiegen hat, als ich mit ihm reden wollte.« Er hob die Stimme und fuhr vom Bett hoch, als plötzlich Iris' Jammern den Raum erfüllte.

»Ich geh schon«, rumpelte er und schlug seine Decke zurück, bevor ich aufstehen konnte.

Seine Stimme wurde zu einem besänftigenden Schnarren, und er legte Iris aufs Bett und wechselte ihr die Windel. Ich wiederum hatte einen Kloß im Hals, als er mir das Baby schließlich überreichte und sich wieder ins Bett legte – mit dem Rücken zu mir.

»Und er hat nichts gesagt, als du es probiert hast?«, fragte ich nach ein paar Minuten.

»Nein«, bekannte er rundheraus. »Er hat mich nur angestarrt, als wäre ich der größte Mistkerl überhaupt.«

»Mein Gott, ich frage mich, was mit ihm los ist.« Iris ließ von meiner Brust ab, die Lippen schlaff. Ich ahnte, dass sie gar nicht hungrig war, sondern bloß wütend auf ihren Daddy, weil er sie geweckt hatte.

Ich legte sie zurück in die Wiege und kroch wieder neben Shane, den Blick auf seinen Rücken geheftet. Ich hätte gern die Hand ausgestreckt und ihn berührt, aber gleichzeitig war ich auch noch so unfassbar wütend – so ernüchtert von dieser Einstellung, mit der er heimgekommen war.

»Manchmal sage ich Sachen, ohne mitzudenken«, erklärte er mir ruhig. Seine Stimme nahm einen entschuldigenden Ton an. »Aber ich komm irgendwann drauf, und ich entschuldige mich. Wenn du nicht da bist, kann ich mich nicht entschuldigen, Katie.«

Ich kaute innen auf meiner Wange herum, und meine Nase fing an zu laufen. »Ich muss sicher sein, dass du mir vor den Kindern den Rücken stärkst, Shane. Ohne Ausnahme.«

Er drehte sich nicht um. »Das werde ich. Dieses Einschreiten geschieht bei mir wie ein Reflex – mir fällt es schwer, mich zurückzuhalten, was das angeht. Besonders, wenn es um die Kids geht. Dieser ganze Mist, den ich im Heim gesehen habe ...«

Die Bedeutung dessen, was er sagte, traf mich wie ein Hammer, und ich ballte die Hände so sehr zu Fäusten, dass meine Fingernägel sich mir in die Haut gruben. Im nächsten Augenblick rutschte ich vor, schlang einen Arm um seine Hüfte und schmiegte mich von hinten an ihn.

»Ich traue dir, Katie. Ich weiß nicht, wieso ich immer diese voreiligen Schlüsse ziehe ...«

»Ich hab verstanden«, murmelte ich und küsste ihn zwischen die Schulterblätter. »Es tut mir leid, dass ich einfach so gegangen bin.«

»Bitte mach das nicht wieder.« Der Schmerz in seiner Stimme ließ mich die Luft einhalten.

»Okay«, versprach ich. »Nie wieder.« Und ich küsste ihn noch einmal auf den Rücken.

»Ich bin total erschlagen«, meldete er sich daraufhin zu Wort. Er nahm die Hand hoch und drückte sie mit meiner dazwischen auf seinen Bauch. »Lass uns das mit Keller morgen früh regeln.«

Ich nickte und machte die Augen zu. Dabei atmete ich tief den Geruch des Mannes vor mir ein.

Keller bekam sämtliche elektronischen Geräte auf unbestimmte Zeit verboten, und er weigerte sich immer noch, Shane oder mir gegenüber ein Wort darüber zu verlieren, was los war. Ich hatte keine Ahnung, was ich mit ihm machen sollte.

Eine Zeit lang pendelten sich die Dinge wieder ein.

Dann klingelte es eines Tages an der Tür, als ich gerade die Wäsche zusammenlegte.

Sage und Keller waren noch in der Schule, Gunner und Iris machten ihr Mittagsschläfchen – weiß Gott, ich liebte diese Tageszeit –, und Gavin saß vor dem Couchtisch auf dem Boden und malte friedlich. Ich sprang von der Couch auf und sprintete förmlich zur Tür, in Sorge, dass, wer immer da draußen stand, gleich noch einmal klingeln und die Kinder wecken und mir so diese rar gesäte Auszeit nehmen würde, die ich zu genießen gelernt hatte.

»Was zum …?«, rief ich fröhlich, als mein Cousin Henry mich in die Arme schloss und wir uns um uns selber drehten.

»Hey, Katie-lein«, begrüßte er mich mit breitem Grinsen.

»Ich glaub es nicht, was macht ihr denn hier?«

Ich sah an ihm vorbei und erblickte Bram, Anita und Trevor, allesamt mit Reisetaschen vor den Füßen.

»Wir wollten deinen dreißigsten Geburtstag mit dir feiern«, hob Anita an. Sie trat vor und schob Henry beiseite, um mich in die Arme zu schließen. »Na, wo steckt meine bildhübsche Nichte?« Sie drängte sich gleich an mir vorbei ins Haus, und ich konnte sie nicht zurückhalten, da mir in diesem Moment Bram und Trevor um den Hals fielen.

»Ich kann es kaum glauben, euch hier zu sehen«, rief ich und griff mir Anitas Tasche, bevor Bram sie mir von der Schulter nehmen konnte. »Das ist echt toll. Kommt rein.«

Die Jungs folgten mir nach drinnen, während Anita prompt mit Iris im Arm die Treppe herunterkam. »Sie war schon wach«, versicherte mir Anita glücklich. Sie schnitt der Kleinen Grimassen.

»Wer's glaubt«, sagte ich lachend, aufgeregt über den unerwarteten Besuch.

»Onkel Bram! Onkel Trev!«, rief Gavin und sprang vom Teppich auf.

»Hey, kleiner Mann«, begrüßte Bram ihn herzlich und nahm ihn in den Arm.

Ich stand im Flur und war erst einmal so freudig gestimmt, dass ich gar nicht wusste, wie mir geschah. Alle Menschen, die mir am liebsten waren im Leben, waren hier um mich herum versammelt. Wenn noch Alex hier gewesen wäre, wäre die Sache vollends perfekt gewesen.

»Alex wäre gern gekommen, aber er hat keinen Urlaub gekriegt«, las Henry meine Gedanken und legte mir den Arm um die Schulter. »Na dann, hast du Bier im Haus, oder gibt es ab jetzt nur noch Apfelsaft und Muttermilch?«

Ich versetzte ihm einen leichten Klaps auf die Schulter und bugsierte ihn in die Küche.

Ich konnte es kaum erwarten, dass Sage und Keller aus dem Bus stiegen.

»Wann kommt Shane?«, wollte Trevor wissen, nachdem sich die ganze Gruppe um den Küchentisch versammelt hatte.

Brams finsteren Blick daraufhin ignorierte ich und verteilte die letzten paar Biere, die wir noch im Kühlschrank hatten. Ich war nicht mal mehr sicher, wie lange das Zeug da drin war. Shane und ich tranken selten etwas. »Normalerweise kommt er so zwischen zwanzig vor fünf und fünf«, sagte ich. »Habt ihr ihm etwa Bescheid gesagt?«

»Himmel, nein«, knurrte Bram. Er setzte Gavin runter und hockte sich auf einen freien Stuhl am Tisch.

»Oh Mann, er wird sich so was von freuen«, erklärte ich und klatschte vor Vorfreude in die Hände.

»Na, ich weiß ja nicht«, ätzte Bram.

»Lass es, Bram«, versetzte ich ohne wirklichen Ärger in der Stimme. Ich konnte es kaum glauben. Hier saßen sie alle um meinen Küchentisch herum, zogen sich gegenseitig auf und scherzten miteinander. Es machte mich glücklich.

»Also, was hast du an deinem Geburtstag geplant?«, fragte Henry und rückte den Stuhl zurück. »Gibt's hier in der Nähe ein paar gute Bars?«

»Ich habe keine Ahnung«, gab ich zu. »Oft gehe ich wirklich nicht mehr aus, und vorher hab ich in Carlsbad gewohnt.«

»Ach, wir finden schon was«, warf Anita ein und grinste. »Vielleicht eine Karaoke-Bar?«

»Kommt nicht in die Tüte«, widersprach Trevor.

»Gack gack gaaaack!«

»Wirklich sehr erwachsen, Ani.«

Die nächsten zwei Stunden saßen wir am Tisch. In der Zwischenzeit wachte Gunner auf, und die Jungs rannten aufgeregt um den Tisch herum. Wir hatten kaum jemals Gäste, abgesehen von den Camdens ab und zu oder Miles. Ich fragte mich, ob die Küche überhaupt je so voll gewesen war.

Sage und Keller waren nicht weniger aufgeregt, als sie vom Bus gerannt kamen, um die Tanten und Onkel zu begrüßen, die schon auf der Veranda standen und auf sie warteten. Als

Keller mit Trevor und Bram raufte und sein Lachen durch die ganze Nachbarschaft hallte, seufzte ich vor Erleichterung auf.

Das war genau das, was wir im Moment brauchten, und mir war überhaupt nicht klar gewesen, wie sehr, bis ich mit eigenen Augen sah, wie glücklich die Kinder waren.

Anita und Henry nahmen Sage am Abend mit in den Supermarkt, um einzukaufen. Als Shane nach Hause kam, stand ein riesiger Topf Spaghetti dampfend auf dem Herd, und mein Gesicht tat mir weh vom Dauerlächeln.

»Was ist denn jetzt los?«, fragte Shane lachend, als er zur Tür hereinkam. Sein Blick ging unverzüglich quer durch den Raum und heftete sich an meinen. »Wir wurden überrannt.«

»Hey, Alter!«, sagte Henry und machte sich von der Couch auf den Weg. »Lange nicht gesehen.«

»Wie zum Teufel seid ihr hierhergekommen?«, fragte Shane verblüfft, als sie sich in den Armen lagen und gleich darauf auf die Schultern klopften, wie es Kerle eben so machten.

»Ich hatte ein bisschen Freizeit und dachte, die nutze ich und schau mal bei meinem Lieblingscousin vorbei«, erklärte Henry lächelnd. »Ich hab einen Antrag laufen, um mich hier in die Nähe versetzen zu lassen. Mal schauen, was daraus wird.«

»Kate würde es lieben, sag ich dir«, versicherte Shane ohne zu zögern.

Bald schwirrte die Küche vor Stimmen, als wir uns alle gleichzeitig miteinander unterhielten, und ich ließ mich entspannt gegen meinen Bruder auf die Couch sinken. So unglaublich glücklich war ich in diesem Moment, dass ich meine Freude hätte hinausschreien können.

»Schlaft ihr also alle hier?«, fragte ich in die Runde. Sie saßen entweder am Boden oder lümmelten auf der Couch.

»Ich hab ihnen gesagt, dass es keine gute Idee ist«, warf Anita ein, die ihren Kopf auf Trevors Bauch gelegt hatte. Die beiden sahen aus wie ein großes T, das den halben Wohnzimmerboden einnahm. »Aber auf mich hört ja niemand.«

»Wir haben einfach nicht so viele Betten«, erklärte ich und sah zu Henry und Shane rüber, die gerade über die Arbeit fachsimpelten.

»Couch!«, riefen Bram und Trevor im Gleichklang, um festzulegen, wo sie schliefen.

»Toll, Jungs«, grollte Anita. »Ihr seid wirklich Gentlemen.«

»Ich kann überall schlafen«, warf Henry vergnügt ein. »Dieser Boden wird für mich wie ein Federbett sein.«

»Ani kann in meinem Zimmer schlafen«, sagte Shane und hob anerkennend seine Bierflasche in ihre Richtung.

»Wie bitte?«, fauchte Bram. Sein Blick ging zwischen Shane und mir hin und her.

»Ich werde bestimmt nicht mit ihr zusammen da drin übernachten, Witzbold«, informierte Shane ihn mit einem bissigen Grinsen im Gesicht. »Wir benutzen das Zimmer eh nicht.«

Anis Augenbrauen wanderten hoch und wieder runter, als ich ihr einen Blick zuwarf. Ich schüttelte etwas angefressen den Kopf. Meine Begeisterung über ihren Besuch büßte allmählich an Schwung ein.

Die Kids mussten am nächsten Morgen immerhin trotzdem in die Schule, und nachdem sie heute bereits viel länger wach geblieben waren als gedacht, würden sie sich am Morgen mit ziemlicher Sicherheit als Quälgeister erweisen. Wie sollte ich sie überhaupt für die Schule fertig machen, wenn auf jedem freien Stück Boden im Haus jemand lag und schlief?

»Wir gehen schon mal hoch«, entschied Shane, der meinen

panischen Blick bemerkt hatte. »Komm, Ani, ich zeig dir, wo du schläfst.«

Als ich sie in Shanes Schlafzimmer begleitet und Shane den Kontrollgang bei den Kids übernommen hatte, fragte Anita mich leise: »Ihr schlaft also nicht hier im großen Schlafzimmer?«

»Nein«, sagte ich nur. »Ich hab mein eigenes Zimmer.«

»Und so, wie es sich anhört, schläft Shane da auch?«

»Ja.«

»Komisch«, meinte sie und zog die Tür zu, um sich ihren Pyjama anzuziehen.

»Hier drin schlafe ich grundsätzlich nicht«, murmelte ich und ging weiter ins angrenzende Badezimmer, um mir die Zähne zu putzen.

»Oh ja, Mensch«, sagte sie und folgte mir. »Ich würde auch nicht in Rachels altem Zimmer schlafen wollen.«

Ich drückte eine kleine Menge Zahnpasta auf meine Bürste und schob mir beides ohne ein weiteres Wort in den Mund. Was sollte ich sagen? Shane hatte alles, was Rachel gehört hatte, lange vor seiner Einberufung zum Auslandseinsatz rausgeraumt, und das Zimmer sah seitdem aus, als wäre es allein seins … aber natürlich war ich mit Rachel früher unzählige Male da drin gewesen.

»Es ist jetzt keine Riesensache oder so«, nuschelte ich durch den weißen Schaum in meinem Mund. »Das Thema kam nur eben nie auf – und ich werde es ganz sicher nicht anschneiden. Ich nehme mal an, wenn er wollen würde, dass ich hier drin mit ihm übernachte, würde er mich fragen.«

»Also lasst ihr das große Schlafzimmer einfach ungenutzt? Das ist doch irgendwie unsinnig.«

»Mann, ich weiß doch auch nicht.« Ich spuckte aus und spülte mir den Mund über dem Waschbecken aus.

»Ist zwischen euch denn jetzt alles gut?«, wollte Ani wissen und spuckte ihre Zahnpaste ebenfalls aus.

»Sieht so aus.«

»Was meinst du?«

»Kate, bist du so weit?«, fragte Shane, der in diesem Moment den Kopf durch die Tür steckte.

»Ja.« Ich drehte mich zu Ani um und umarmte sie fest und innig. »Ich freu mich so, dass du da bist.«

»Ich mich auch.«

Shane machte die Tür bis zum Anschlag auf, damit ich an ihm vorbeikonnte, und folgte mir dann ins Gästezimmer.

»Ich kann kaum glauben, dass sie alle gekommen sind«, raunte ich froh und warf Shane einen Blick zu, während ich meine Yogapants auszog.

»Und ich kann kaum glauben, dass sie alle hier bei uns übernachten«, gab er amüsiert zurück und zog sich das T-Shirt über den Kopf. »Ich dachte schon, Bram explodiert, als ich Ani gesagt hab, dass sie mein Bett haben kann.«

»Das hast du doch extra gemacht.« Ich verdrehte die Augen.

»Klar hab ich das. Meine Güte, dein Bruder ist so eine Nervensäge.«

Iris regte sich, und wir erstarrten beide gleichzeitig. Unsere Blicke huschten zur Wiege zwischen dem Bett und der Wand. Iris ruderte mit den Armen, ehe sie wieder still lag, und als sie wieder eingeschlafen schien, stiegen wir ganz vorsichtig in unser Bett und wandten uns einander zu.

»Er will mich nur beschützen«, flüsterte ich Shane zu.

Er zog mich zu sich. »Er ist hier in meinem Haus, verdammt«, gab er ungläubig zurück.

»Ich weiß, schlechte Manieren.« Ich lachte leise in mich hinein. Dann fasste ich hoch und strich ihm über seine kurzen

Haare. Er war frisch beim Friseur gewesen, und ich liebte es, wie sich das auf meiner Handfläche anfühlte.

»Das Tanktop, das du da anhast, gefällt mir wirklich gut«, bekannte Shane aus heiterem Himmel und holte scharf Luft.

»Was?« Ich schaute an meinem Stillhemd hinunter. Davon hatte ich ungefähr vier Stück, die ich die ganze Zeit trug, sodass sie bereits etwas mitgenommen aussahen.

»Man muss nur einmal leicht dran ziehen, und schon ...« Er steckte den Finger unter die kleine Lasche über meinem Schlüsselbein.

Mir stockte der Atem, als ich sein Gesicht beobachtete, während sein Finger den Träger öffnete und wieder schloss. Wir hatten uns auf einem schmalen Grat bewegt, waren manchmal fast bebend vor sexueller Anspannung schlafen gegangen – aber Sex hatten wir immer noch nicht gehabt. Was Shane anging, er war mehr als bereit dazu, ich hielt ihn allerdings immer noch hin.

Zuletzt ließ er den Träger offen und schaute hoch zu mir, bevor er das Top herunterzog.

»Was machst du?«, flüsterte ich atemlos.

»Ich habe dich den ganzen Abend lang angeschaut«, raunte er. »Du bist einfach umwerfend. Wie du lächelst und lachst – und du hast deine Stillschürze angehabt, sodass ich nicht mal einen richtigen Blick hatte ...«

Der Stoff streifte meine Brustwarze und fiel schließlich ganz von meiner Brust. »Ah, da ist sie«, hauchte er, und seine Hand wanderte hoch und strich über meinen Nippel.

»Ich kann mir vorstellen, dass es vielleicht mehr damit zu tun hat, wie viel Bier du getrunken hast«, erwiderte ich und schluckte.

Diesen Moment wählte Shane, um sich vorzubeugen und meine Brustwarze mit den Lippen zu umschließen. Ich ruckte von der Hüfte abwärts reflexhaft nach vorn, und er raunte aus tiefster Kehle, begann leicht an mir zu saugen und stellte so meinen Nippel in frechem Winkel auf. Gleichzeitig fasste er nach unten und zog mein Bein über seines.

Als seine Hand zwischen unseren Körpern hinabglitt, warf ich den Kopf in den Nacken, und ein leiser Atemstoß drang aus meinem Mund. Ich spürte, wie seine Finger über die Innenseite meines Schenkels fuhren. *Ich hätte besser eine Pyjamahose anziehen sollen,* überlegte ich, während seine Finger unter den Saum meines Slips glitten. *Das ist ein Spiel mit dem Feuer.*

»Das ist jetzt keine gute Idee«, versuchte ich herauszubringen, ausgerechnet in dem Moment, da er mit den Fingerspitzen über meine Schamlippen strich.

»Die beste Idee«, murmelte Shane an meiner Brust. »Fühl nur, wie feucht du bist. Lass mich nur …« Er brach ab und schob einen Finger in mich hinein. Wir stöhnten einstimmig.

»Oh.« Ich holte tief Luft, bewegte die Hüften. Es war so verdammt lange her, dass sich mein Körper angefühlt hatte, als müsse er auf eine einzige zarte Berührung hin gleich in Flammen aufgehen.

»Na siehst du«, flüsterte er und hob den Kopf, um seine Lippen gegen meine zu pressen, während er einen zweiten Finger hinzunahm.

Gleichzeitig schob er mir die Zunge in den Mund. Ich begann zu beben. Ich erwiderte den Zungenkuss, bis ich mich schließlich kaum noch auf beides gleichzeitig – seinen Mund und seine Finger – konzentrieren konnte.

»Fester«, verlangte ich und biss die Zähne mit solcher Kraft zusammen, dass ich fast meinte, sie müssten zerspringen.

»Oh ja«, grollte er tief. Er saugte mit feuchten Lippen an meiner Schulter – ich war auf dem Weg zum Höhepunkt.

Meine Hände tasteten gierig umher, während ich versuchte, ihn am ganzen Körper gleichzeitig zu berühren, meine Nägel gruben sich in seinen Unterarm, der sich immer wieder vor und zurück bewegte. Er hatte seine Finger in mir angewinkelt, und jedes Mal, wenn er sie nach vorne oben presste, rieb er über meine feuchte, empfängliche Klitoris.

Ich kam in einer gewaltigen Welle, meinen Mund an seinen Hals gepresst, und versuchte die Laute, die aus mir herauswollten, zu unterdrücken.

»Ich kann nicht«, begann ich – da zog er sanft die Finger unter meinem Slip hervor und legte sie behutsam auf die Stelle unter meinem Bauchnabel.

»Ich weiß doch, Baby«, sagte er unter heftigen Atemzügen. »Das hier war alles, was ich wollte.«

Ungläubig starrte ich ihn an, und er lachte in sich hinein, ehe er ein Stöhnen von sich gab. »Ich habe nichts anderes erwartet.«

»Toll, nun fühle ich mich wirklich wie eine blöde Kuh«, murrte ich.

Er schnaubte. »Nachdem wir so lange gewartet haben, werde ich dich bestimmt nicht jetzt nehmen, in einem Haus, das rappelvoll ist mit der ganzen Familie«, erklärte er kopfschüttelnd. »Das wäre schlechtes Timing.«

»Na, und was war dann das gerade?«, fragte ich, als er sich vom Bett hochstemmte, aufstand und sich mit einem Feuchttuch von der Kommode die Finger abwischte.

»Bei dir wusste ich, dass ich vielleicht verhindern konnte, dass du zu laut wirst. Bei mir wusste ich, es gibt keine Chance.« Er grinste frech.

»Ja, in dieser Sex-Sache bin ich schon eine ziemlich gute Nummer«, erwiderte ich, ohne die Miene zu verziehen, und sank entspannt nickend in die Kissen zurück.

Einen Augenblick sah er baff aus, dann lachte er und ließ sich auf seine Seite des Bettes fallen.

Ich betrachtete ihn, wie er lachte und sich den Bauch hielt. »Das bist du«, pflichtete er mir zwischen seinem Glucksen bei.

Als Iris wach wurde und in ihrer Wiege zu brabbeln anfing, konnte ich ihm nicht mal böse sein.

Ich konnte mich vor allen Dingen nicht daran erinnern, wann ich zuletzt so einen schönen Tag gehabt hatte.

Kapitel 18

Shane

Als ich am Freitagnachmittag vom Dienst heimkam, hüpfte Kate vor Freude förmlich auf und ab. Anita und sie berieten gerade darüber, was sie anziehen würden für den großen Ausgeh-Abend an ihrem Geburtstag.

In Wahrheit wurde sie erst am Montag dreißig, aber da wir dann alle wieder zur Arbeit mussten, machte es für die ganze Herde – die Ellie und Liz passenderweise, wenn auch nicht gerade originell, »die Kids« nannten – mehr Sinn, übers Wochenende zu kommen und zu feiern.

Kate hatte sich, nachdem ihre anfängliche Begeisterung über den Besuch etwas abgeflaut war, den Kopf darüber zerbrochen, wie sie auf die Schnelle einen Babysitter organisieren sollte, aber ich hatte versprochen, dass ich mich darum kümmern würde. Trevor war es, der mich beiseitegenommen und mir zugeflüstert hatte, dass die Überraschung für Kate noch nicht zu Ende war.

Kate saß mit Anita am Küchentisch, die Make-up-Sachen vor ihnen ausgebreitet, als im vorderen Teil des Hauses aufgeregte Rufe laut wurden.

»Was?«, fragte Kate verwirrt. Sie strahlte über das ganze Gesicht, als sie die Neuankömmlinge schließlich zu sehen bekam.

»Was um alles in der Welt?«, rief sie und sprang auf.

»Happy Birthday«, rief Liz, warf die Arme empor und wedelte mit den Händen.

»Ich glaub es ja nicht!« Kate umarmte ihre Mutter herzlich und warf mir über die Schulter ein mehr als breites Lächeln zu.

Sie sah mich an, als hätte ich das Heilmittel gegen irgendeine fremdartige Krankheit entdeckt, dabei hatte ich nicht das Geringste damit zu tun. Aber wenn sie mich auf diese Weise anblickte, war mir das herzlich egal – dann erntete ich liebend gerne die Lorbeeren dafür.

Kate machte die Runde und begrüßte alle mit einer Umarmung – ihren Vater Dan und meine Pflegeeltern Mike und Ellie. Dabei redete sie vergnügt in einem fort.

»Hey, Junge«, sagte Mike und bahnte sich seinen Weg zu mir bei der Küchenanrichte, an der ich lehnte. »Hab dich vermisst.«

»Ich dich auch«, sagte ich und empfing ihn mit offenen Armen. »Wie lange könnt ihr denn bleiben?«

»Oh, bloß bis Sonntag«, versicherte er mir mit besonderem Nachdruck und zwinkerte. »Ellie und Liz bleiben allerdings ein bisschen länger. Sie wollten noch ein bisschen Zeit in Ruhe mit euch haben, wenn alle weg sind.«

»Schlaft ihr denn auch hier?«, erkundigte sich Katie etwas schrill über das Stimmengewirr hinweg.

»Warum zum Henker sollten wir, wenn wir genauso gut ein Hotelzimmer inklusive Zimmerservice haben können?«, sagte ihr Dad gelassen und lachte.

»Na ja, alle anderen schlafen nämlich bei uns ...«

»Abraham!«, wetterte Liz und wandte sich mit zornigem Blick zu ihrem Sohn um. »Deine Schwester hat bereits alle Hände voll zu tun, das weißt du.«

»Wir sind doch nur ein paar Tage da«, murrte Bram.

»Ich hab versucht, es ihm zu sagen«, lästerte Anita bissig.

»Du meine Güte«, blaffte Ellie und kam auf mich zu. »Wir haben euch doch nicht erzogen, dass ihr wie eine Heuschreckenplage über alle herfallt. Na, komm her!«, setzte sie hinzu, als sie mich erreichte.

»Hey, Mom«, begrüßte ich sie sanft und beugte mich hinab, um sie in die Arme zu schließen.

»Wie geht es dir?«

»Gut«, bekannte ich mit einem Nicken.

»Ja?«

Ich spähte hinüber zu Kate. Sie stand mit ihrem Dad auf der anderen Seite der Küche und lachte fröhlich. »Oh ja«, sagte ich.

Später an diesem Abend quetschten wir uns alle in Kates SUV, während Anita und Henry darum stritten, wer auf dem allerhintersten Platz sitzen musste. Wieso sie sich überhaupt die Mühe machten, wusste ich nicht; als die Jüngsten hatten sie fast ein Leben lang das kleinste Stuck Pizza und den unbequemsten Platz im Auto abgekriegt.

»Karaoke!«, rief Anita, sobald ich aus der Einfahrt setzte.

»Kennst du eine Karaoke-Bar hier in der Nähe?«, wandte sich Kate aufgedreht an mich.

»Da wollt ihr wirklich hin?«, fragte ich und nahm ihre Hand in meine.

Normalerweise ließen wir öffentliche Liebesbekundungen sein. Kate war für so etwas zu nervös – als ob es langfristig etwas zählte, was die Leute über unsere Beziehung dachten. Deshalb war ich überrascht, als sie mir ihre Hand auch wirklich zuwandte und ihre Finger mit meinen verschränkte.

»Ja!«

»Okay, ich kenne eine. Hier ...« Ich zog mein Handy aus der Tasche. »Ruf Miles an und sag ihm, wo wir hinfahren.«

»So ein toller Abend«, sagte sie und scrollte die Kontaktliste durch.

Ich lachte. »Wir sind doch noch kaum aus dem Haus.«

»Trotzdem.« Sie lächelte und nahm das Telefon ans Ohr. »Es ist trotzdem schon der beste Geburtstag, den ich je hatte.«

Trevor erklärte sich bereit, den Fahrer zu spielen, und ein paar Biere später dämmerte mir, dass es eine schlechte Idee gewesen war, sich auf ihn zu verlassen.

Die Mädels hatten Spaß und sangen Achtzigerjahre-Popsongs, wann immer ihre Namen aufgerufen wurden. Wenn sie nicht dran waren, was jede halbe Stunde so weit war, tanzten sie und erfüllten die Bar mit ihrem Gelächter.

Meine Blicke folgten Kate durch den Raum und sahen ihr dabei zu, wie sie sich amüsierte, aber je länger wir blieben und je mehr Alkohol wir tranken, desto mehr veränderte sich die Laune am Tisch.

Miles saß neben mir und sah zu, wie Anita mit dem Po wackelte – vollkommen blind für den Kumpel an seiner Seite, der ihn ansah.

»Also, du und Katie, ja?«, sagte Henry freundlich über den Lärm hinweg. »Hätte ich ja nicht gedacht.«

»Ja«, gab ich murmelnd zurück und sah aus den Augenwinkeln, wie sich Brams Blick von Miles auf mich richtete.

»Wie kam es denn dazu?«, wollte Henry wissen.

Ich warf einen Seitenblick auf Kate, die über etwas lachte,

das Anita sagte, und ignorierte die Frage. Auf diese Diskussion würde ich mich nicht mitten unter Hunderten Leuten in einer rappelvollen Bar einlassen. Es ging Henry außerdem auch gar nichts an.

»Er hat sie flachgelegt«, warf Bram in spöttelndem Ton ein, nachdem kurz Stille geherrscht hatte. »Hat sie abgefüllt und dann geschwängert.«

»Halt einfach die Klappe, Abraham«, grollte ich und vermied es, einen Blick in seine Richtung zu werfen.

»Ist doch wahr«, sagte er mit betrunkenem Glucksen. »Am Jahrestag von Rachels Tod, ausgerechnet. Gutes Timing.«

»Du hältst jetzt die Schnauze, kapiert?«, fuhr ich den Arsch auf der anderen Seite des Tisches an.

»Komm schon, Bram, lass gut sein«, ging Trevor in ruhigem Ton dazwischen, als Bram schon auf die Füße gesprungen war.

»Ich frag mich, wie lange du darauf wohl gewartet hast«, wähnte er und sah mich von Kopf bis Fuß abschätzig an. »Muss ja eine ganze Weile her sein, seit du deinen Schwanz irgendwo reingesteckt hast. Traf sich natürlich gut, dass Kate gerade bei dir und willig war.«

Ich warf mich quer über den Tisch auf ihn und schleuderte Bram mit meinem ganzen Gewicht zu Boden. »Du hast keine Ahnung«, zischte ich und verpasste ihm eine. »Halt deine verdammte Schnauze!«

Er bäumte sich auf und warf mich von sich herunter. Gleich darauf wälzten wir uns über den Boden, rissen Stühle und Tische um, während wir miteinander kämpften.

Mehr als ein paar Minuten konnte es nicht gedauert haben, aber als Miles mich endlich von Abraham herunterzog, der mit blutiger Nase am Boden lag, stand Kate bereits da und schluchzte.

»Raus«, brüllte ein Türsteher und kam auf uns zu.

»Alles klar, Mann. Wir gehen ja schon«, versicherte ihm Trevor und nickte Henry zu, der Bram von hinten in einer Mischung aus Klammergriff und Umarmung festhielt.

Miles gab mir einen Stoß, als ich zu Kate gehen wollte. »Das ist hier nicht der Ort dafür, Kumpel. Warte, bis wir draußen sind«, mahnte er mit grollendem Unterton, während er mich in Richtung Ausgang stieß.

Ich wischte mir mit dem Handrücken das Blut unter der Nase weg und folgte Anita, die Kate vor sich her bugsierte, nach draußen. Sie unterhielten sich gedämpft, und Kate wischte sich die Tränen von den Wangen.

»Miles, hast du Shane unter Kontrolle?«, fragte Trevor, als wir wieder unter freien Himmel traten.

»Ganz bestimmt nicht«, murrte ich und ging auf Kates SUV zu.

»Du steigst jetzt bestimmt nicht zusammen mit Bram in einen Wagen«, versicherte mir Trevor mit entschiedenem Kopfschütteln.

»Was zum Teufel, Trev? Hast du den Mist gehört, den er von sich gegeben hat?« Ich wandte mich ihm zu und sah ihm in die Augen.

»Das hab ich. Dieser Vollidiot war schon auf Krawall gebürstet, seit wir bei euch ankamen.« Trevor rieb sich den Nacken. »Aber ich lass euch beide nicht in einen geschlossenen Raum zusammen, solange Kate und Anita danebensitzen. Keine Chance, Leute.«

»Na schön.« Ich sah in Richtung des SUV und fing Kates traurigen Blick auf. Ich seufzte. Toller Geburtstag, gottverflucht. «Gehen wir, Miles.«

Wir kletterten in seinen Truck und fuhren hinter den anderen her zurück zu meinem Haus.

»Er übernachtet bei euch?«, fragte Miles ungläubig.

»Ja. Sie alle.«

»Was hat er gegen dich?«

»Er kann mich nicht ausstehen, verdammt. Dieser ganze Mist, der da zwischen Kate und mir lief, das war nicht gut. Ich habe da ziemliche Scheiße gebaut …«

»Hör mal, ich will gar keine Einzelheiten wissen«, unterbrach mich Miles.

»Ja, na ja. Das wollte Bram auch nicht. Aber anscheinend weiß er mehr, als ich dachte.«

Wir fuhren rechts ran und hielten auf Höhe des Hauses vor dem Bordstein. Ich stieß die Tür auf. »Danke fürs Mitnehmen.«

»Soll ich hierbleiben?«, fragte Miles mich, als Bram gerade aus dem SUV vor uns gewankt kam.

»Nee, seine Brüder werden schon dafür sorgen, dass er nicht aus der Reihe tanzt, und außerdem sind ihre Eltern mit dabei, die sind drin und passen auf die Kids auf.«

»Bist du dir sicher, dass ich nicht doch bleiben soll?«

»Ja, nicht mal Bram würde vor den Kindern irgendwas anfangen.«

Winkend machte ich kehrt und lief auf das Haus zu. Neben der Beifahrertür von Kates SUV blieb ich stehen. Ihr Kopf ruhte auf der Nackenstütze, und sie hatte die Augen geschlossen. Sie war auf der Fahrt eingeschlafen.

»Bringst du sie rein?«, fragte Trevor. Hinter ihm verfrachteten Anita und Henry den schwankenden Bram ins Haus.

»Ja, ich mach das.«

Ich öffnete die Tür, schnallte Kate ab und schob behutsam meine Arme unter sie, damit ich sie herausheben konnte.

»Bram wird sich morgen früh richtig mies vorkommen«, versicherte mir Trevor, als ich Kate herausgeholt hatte und er hinter uns die Autotür zuwarf.

»Er hat ihr den Geburtstag vermasselt, verflucht.« Ich fasste nach, um Kate sicherer an meine Brust legen zu können, und sie schlang ihre Arme um meinen Hals. »Er muss sich endlich mal in den Griff bekommen und die Sache einsehen. Kate und mir geht es gut – warum zum Teufel muss er diesen Mist immer wieder hervorholen?«

Ich stieg die Verandatreppe hoch und betrat im Seitschritt, Kate im Arm, das Haus, während Dan uns die Tür aufhielt.

»Sieht aus, als hätte sie einen Riesenspaß gehabt«, bekannte er gedämpft.

»Hat sie auch, bis dein Sohn ausgerastet ist.«

»Was war denn los?«

Wortlos schüttelte ich den Kopf und trug Kate die Treppe rauf in ihr Bett. Als ich schließlich ihren Griff in meinem Nacken löste, um sie hinzulegen, rührte sie sich nicht mehr, und ich öffnete ihr lediglich den BH und zog ihr die Jeans und ihre Schuhe aus. Sie hatte den Tag erst mal hinter sich.

Danach ging ich und holte einen feuchten Waschlappen, um mir das Gesicht zu säubern, bevor ich nach den Kindern sah. Ich machte spätabends immer noch einmal die Runde, um sicherzugehen, dass sie alle tief und fest schliefen, bevor ich selbst ins Bett ging. Die Hälfte der Zeit lag mindestens einer der Jungen auf dem Boden und ich musste ihn vorsichtig wieder ins Bett heben.

Als ich Sages Zimmertür hinter mir zumachte, hörte ich von unten das Stimmengemurmel und ging runter.

Bram lag auf dem Wohnzimmerboden, ein Kissen unter dem Kopf, und schlief. Ich hätte ihm am liebsten einen Tritt verpasst, beherrschte mich aber.

»Kaffee?«, fragte Ellie, als ich in die Küche kam.

»Ja, gerne.«

Alle saßen um den Tisch versammelt, Trevor und Henry hatten sich auf die Barhocker neben der Anrichte gesetzt.

»Geht's dir gut?«, fragte Dan und blickte von meinem Gesicht zu dem blutigen Waschlappen in meiner Hand.

»Ja, alles gut.« Mit einem Schnauben ließ ich mich auf den freien Stuhl sinken. Einer von Brams Hieben hatte mich gegen irgendwelche Tischkanten stolpern lassen, und ich konnte bereits spüren, wie sich die blauen Flecke in meinem Lendenbereich breitmachten.

»Was zum Teufel ist da passiert?«, wollte Liz wissen, und ihre Augenbrauen zogen sich zusammen. »Habt ihr beide einfach angefangen, euch zu prügeln? Das kann ich mir überhaupt nicht vorstellen.«

Ich schüttelte den Kopf und dankte Ellie für die Tasse Kaffee, die sie mir hinstellte.

»Bram hat sich ausgelassen«, grollte Henry zornerfüllt und wandte sich mir zu. »Tut mir leid, dass ich das Thema angeschnitten hab, Mann. Ich wusste ja nicht, was für einen Shitstorm ich damit auslösen würde.«

»Ist nicht deine Schuld, Hen.«

»Ich dachte schon, Kate würde zwischen euch gehen«, sagte Anita ruhig. Ihre Augen waren müde und mit verschmiertem Make-up unterlaufen. »Herrje, Bram kann manchmal so ein Idiot sein.«

»Ich hätte ihm keine verpassen dürfen«, sagte ich und spürte mein Magengrummeln, als ich an das Gespräch dachte, das ich morgen mit Kate führen würde, sobald sie wach war.

»Wenn du es nicht getan hättest, hätte ich es getan«, versicherte mir Trevor. »Und ich bin nicht mal betrunken.«

Daraufhin wurde das Gespräch auf das musikalische Talent der Mädels und die Songs gelenkt, die sie gesungen hatten, und es dauerte nicht lange, bis Ellie, Dan und Liz ins Bett gingen und der Rest von uns sich die jeweiligen Schlafplätze zurechtmachte.

»Warum bist du noch hier?«, fragte ich Mike, nachdem er Ellie einen Gutenachtkuss gegeben hatte und wieder in die Küche kam.

»Jemand muss ein Auge auf Bram haben«, sagte er und klopfte mir im Vorbeigehen auf die Schulter. »Außerdem schläft Dan nicht gut, wenn er nicht in seinem eigenen Bett liegt, also ist es besser gewesen, dass er mit Liz mitgeht.«

»Ich kann einfach nicht glauben, was heute passiert ist«, stöhnte ich und ließ mich auf einen Stuhl fallen. »Er hat mich provoziert, und ich bin direkt drauf angesprungen.«

»Jetzt, wo deine Mutter weg ist, kannst du mir doch eigentlich verraten, was er zu dir gesagt hat.«

»Es war nicht so sehr, was er sagte, sondern wie er es gesagt hat«, machte ich Dad klar und ballte die Hände zu Fäusten. Meine Fingerknöchel waren völlig zerschunden. »Er hat eine Bemerkung gemacht von wegen, ich wollte ja nur mal wieder meinen Schwanz irgendwo reinstecken und Kate wäre zur richtigen Zeit am richtigen Ort gewesen und hätte bloß darauf gewartet und so.«

»Du meine Güte«, sagte Mike betroffen.

»Den ganzen restlichen Mist, den er von sich gab, hätte ich glatt ignoriert. Er war besoffen und hat sich wie ein Arsch aufgeführt, aber er hat Kate schlimm dastehen lassen.« Ich blickte meinem Dad in die Augen. »So ist sie nicht.«

»Das musst du mir nicht extra sagen.«

»Ich hab das mit Kate total vermasselt … ich weiß. Aber nur, weil sie meine miese Tour hingenommen hat, macht sie das noch lange nicht zu einem Lückenbüßer für irgendwas.«

»Sie liebt dich«, bekannte Mike. »Und die Liebe kann dafür sorgen, dass wir Dinge ausblenden.«

»Es lief gut mit uns.«

»Ah ja?«

»Ja. Ich denke, sie fing gerade wieder an, Vertrauen zu fassen. Die ganze Zeit vorher habe ich wirklich versucht, es wiedergutzumachen.«

»Scheint funktioniert zu haben. Alle lagen sie mir ja heute in den Ohren, was die Verteilung der Schlafplätze bei euch angeht.«

Ich bekam ein rotes Gesicht, woraufhin Mike lachte. »Kein Grund, verlegen zu werden.«

»Ich werde da jetzt nicht mit dir drüber sprechen.«

»Vertrauen braucht Zeit, Junge«, sagte Mike mit sanftem Lächeln. »Mach einfach weiter, was du da machst, und du wirst sehen, es regelt sich alles.«

»Mom und du, habt ihr jemals …«

»Teufel noch eins, ich war viel schlimmer als du«, berichtete er ernst. »Aber das wiederum ist kein Thema, das ich jemals mit meinen Söhnen bereden werde.«

Ich verzog das Gesicht bei dem Gedanken, je meine Vergangenheit mit Kate einem meiner Kinder gegenüber zur Sprache zu bringen. »Verständlich.«

»Du gehst nun besser ins Bett und schläfst ein wenig. Ich setze mich noch ein Weilchen an mein Kreuzworträtsel.«

Mit Kate dicht an mich geschmiegt, wachte ich am folgenden Morgen auf, gerade als jemand die Schlafzimmertür öffnete.

»Ich wollte Iris zu mir holen«, flüsterte Liz und tapste auf Zehenspitzen zur Wiege. »Dann könnt ihr noch ein bisschen liegen bleiben.«

»Dank dir, Liz«, murmelte ich verschlafen, als sie das lächelnde Kleine aus der Wiege hob.

Sie ging wieder nach draußen und schloss die Tür hinter sich, und das Klappen der Tür weckte Kate gerade so auf, dass sie ihre Hüfte gegen meine morgendliche Erektion schmiegte.

Morgens war es im wahrsten Sinne des Wortes am härtesten für mich. Kate ahnte ja nicht, wie verführerisch sie sich in der Zeit, ehe sie wach wurde, an mich schmiegte. Ich hatte nicht den geringsten Zweifel, dass ich sie jedes Mal hätte heißmachen können, bevor sie überhaupt wusste, wie ihr geschah, sodass sie mich daraufhin hätte tun lassen, was ich wollte … doch ich wollte es nicht auf diese Art geschehen lassen.

Wenn sie warten wollte – egal aus welchem Grund –, dann wollte ich, dass sie zu mir kam, sobald sie bereit war, nicht umgekehrt. Es ihr zu machen, ehe sie mir wieder vollkommen vertraute, wäre auf die Schnelle vielleicht mit einem tollen Gefühl einhergegangen, aber die Langzeitwirkung wäre vermutlich nicht so toll gewesen. Wenn sie noch nicht ganz sicher war, würde Sex daran bestimmt nichts ändern.

Sex war eine Sache, die alles so unendlich viel schöner machte, aber keine Lösung, irgendetwas ins Reine zu bringen. Hinterher wären wir jedes Mal wieder dort gewesen, wo wir angefangen hatten, selbst wenn ich sie jeden Tag um den Verstand gevögelt hätte.

Zunächst mal musste ich aufhören, mir auszumalen, wie ich in sie eindrang, während sie ihr Becken an mir rieb.

»Auweia, tut mir der Kopf weh«, krächzte Kate, als sie schließlich wach wurde. »Wir haben zu viel getrunken.«

Ich küsste sie seitlich am Hals, als sie die Hand hochnahm, um sich die Augen abzuschirmen.

»Du warst schon ziemlich gut dabei«, beschied ich leise. »Wie geht es deinem Bauch?«

»Oh, ich hab eigentlich einen ziemlich eisernen Magen, wenn nicht gerade ein Kind von dir in mir heranwächst. Seltsam, aber wahr.«

Schlagartig schien ihr wieder einzufallen, was letzte Nacht geschehen war, denn ihr gesamter Körper versteifte sich.

»Warum habt ihr das getan? Worum ging es denn eigentlich?«, flüsterte sie und fasste mich am Arm, als ich von ihr abrücken wollte.

»Ach, bloß dummes Zeug«, sagte ich und versank wieder in unserer anschmiegsamen Position. »Abraham kann fies werden, wenn er betrunken ist.«

»Aber normalerweise nicht«, entgegnete sie, ihre Stimme um Fassung bemüht. »Du weißt, dass ich es eh erfahren werde, sobald wir runtergehen. Wäre es dir nicht lieber, wenn ich es aus deinem Mund hören würde?«

»Am liebsten wäre mir, du würdest es gar nicht hören«, grollte ich und versenkte mein Gesicht in ihre Haare.

»Es ging also um mich?«

»Nicht so richtig«, versuchte ich es. Natürlich wollte ich ihre Gefühle nicht verletzen. »Es ging um Dinge in unserer Vergangenheit, die er einfach nicht ruhen lassen kann.«

»Hab ich mir schon gedacht.« Sie seufzte. »Ich werde mit ihm reden.«

»Nicht«, versetzte ich und nahm den Kopf zurück, damit sie sich flach hinlegen und ich ihr ins Gesicht blicken konnte. »Zwischen dir und mir ist alles gut, oder? Du musst mich nicht vor ihm verteidigen.«

Sie wollte widersprechen und machte den Mund auf, doch ich legte ihr meine Hand auf die Lippen. Sie sah so herzzerreißend süß aus mit ihren Make-up-geschwärzten Knopfaugen, die vor Erstaunen ganz groß wurden.

»Über unsere Beziehung musst du mit niemandem außer mir

reden«, erklärte ich ihr und zog langsam die Hand zurück, um sie auf den Mund zu küssen. »Es geht nur uns beide etwas an.«

»Glaubst du, er wird sich entschuldigen?«, fragte sie mit heiserer Stimme und räusperte sich.

»So oder so, was spielt das für eine Rolle – das Einzige, was wichtig ist, sind wir, oder? Entweder wird er sich früher oder später beruhigen, oder er lernt, den Mund zu halten.«

Sie schlang ihre Arme um meinen Oberkörper und zog mich zu sich hinunter, während sie ihre Hände in meinen Rücken krallte.

»Tut mir leid, dass dein Geburtstag dadurch ruiniert worden ist«, murmelte ich in ihren Mund, als wir uns küssten.

»Machst du Witze?«, gab sie mit einem einnehmenden Lächeln zurück. »Die ersten beiden Stunden hatte ich einen Heidenspaß. Das würde ich doch als Erfolg bezeichnen.«

»Die Eltern kümmern sich heute früh um die Kinder«, flüsterte ich und wackelte verheißungsvoll mit den Augenbrauen.

»Ach wirklich?«

Ich stieß mit meinem Becken sanft zu ihr und rieb es an ihrem, bevor ich mich mit einer Hüfte in die Seitenlage fallen ließ. »Rollen wir uns noch mal zusammen und schlafen zur Abwechslung wirklich mal aus?«

Ihr Mund blieb vor Überraschung offen stehen, als sie meine Worte hörte, und dann lachte sie so los, dass das gesamte Bett wackelte. »Ja, klar«, flüsterte sie mir mit einem heißen Lächeln zu.

Wir schliefen bis zehn Uhr vormittags, und es war einfach ein Traum.

Ich sah Kate und Bram zu, wie sie sich über die Einfahrt hinweg gedämpft unterhielten. In ein paar Stunden würden alle wieder abfahrbereit sein und aufbrechen, und auch wenn sich Kate Bram gegenüber das ganze restliche Wochenende normal verhalten hatte, wusste ich, dass sie ihn sich zu einem geeigneten Zeitpunkt schon vorknöpfen würde. Da konnte ich ihr hundertmal sagen, dass ich dagegen war.

Aber böse war ich ihr deswegen nicht. Bram war ihr Bruder – die Geschichte, die sie gemeinsam hatten, hatte mit der zwischen Kate und mir überhaupt nichts zu tun. Wenn Kate mit ihm reinen Tisch machen wollte, war das nur in meinem Sinne. Mir lag auch nichts daran, dass sie sich wegen ungelöster Dinge den Kopf zerbrach, und ich wusste, dass ihr diese Sache Sorgen bereitete.

Irgendwann während ihres Gesprächs hob Bram die Hand und strich Kate die Haare glatt, und dann und wann nickte einer dem anderen zu, um dem, was gesagt wurde, zuzustimmen.

Ihr Kriegsrat zog sich nicht besonders lange hin: Schon etwa fünfzehn Minuten später grinste Kate, während Bram sich unwohl den Nacken rieb. Er drehte sich um und ging, und über die Schulter warf er ihr eine Bemerkung zu, die Kate auflachen ließ.

Und ehe Bram sich's versah, sprang Kate ihm von hinten auf den Rücken, brachte ihn beinahe zu Fall und verpasste ihm etwas, das für mich wie eine ziemlich deftige Kopfnuss aussah, während sie völlig von der Rolle war und nicht aufhören konnte zu lachen.

Was immer ich an Vorbehalten gehabt haben mochte, löste sich in Luft auf.

Ich liebte sie.

Kapitel 19

Kate

»Hey, Katie?«, rief Tante Ellie an der Hintertür. »Die Schule hat angerufen. Sie sagen, du sollst kommen und Keller abholen.«

Mein Kopf schnellte hoch, während ich gerade die Terrassenmöbel mit dem Gartenschlauch abspritzte. »Geht es ihm gut?«

»Ja, hört sich aber an, als wäre er in Schwierigkeiten geraten.«

»Mist«, zischte ich und stampfte um das Haus herum zur Seitenwand, wo ich den Wasserhahn abdrehte.

»Soll ich mit dir fahren?«, rief meine Mutter, als ich gerade die Treppe hinaufhastete. Ich trug nur ein paar abgeschnittene Jeans und meine Garten-Crocs. So konnte ich natürlich nicht raus.

»Nein!«, rief ich lauthals und durchquerte das Schlafzimmer. »Ich hole ihn eben schnell ab. Bin sofort wieder da.«

Zu Kellers und Sages Schule brauchte ich tatsächlich nicht lange, und als ich auf den Parkplatz fuhr, war ich zugleich wütend und … beschämt. Zwar wusste ich noch nicht, was Keller angestellt hatte, doch wenn die Schule von blauen Briefen, die sie nach Hause sendete, nun dazu überging, gleich das ganze Kind nach Hause zu schicken, konnte das nichts Gutes bedeuten.

Als ich ins Sekretariat kam, entdeckte ich Keller ganz allein auf einem Stuhl an der Wand sitzen. Sein Gesicht war über und über mit Dreck verschmutzt und tränenverschmiert. Er warf sich gegen mich, schlang die Arme um meine Taille und vergrub sein Gesicht an meiner Hüfte, als eine hochgewachsene Frau aus dem Rektoratszimmer kam.

»Hallo, ich bin Susan McCauley.« Sie streckte mir die Hand entgegen, und ich schüttelte sie. »Ich bin hier an der Schule die Vertrauenslehrerin.«

»Kate Evans«, erwiderte ich und ließ von ihr ab, um die Hand wieder auf Kellers Schulter zu legen. »Was ist passiert?«

»Wann können wir mit Kellers Vater rechnen?«, fragte sie und ignorierte unhöflich meine Frage, während sie zugleich ihren Blick über meine Schulter richtete. »Mir wäre es wirklich lieber, mit einem von Kellers Elternteilen darüber zu sprechen.«

Es war wie ein Schlag ins Gesicht, so sehr schockierte mich ihr Tonfall. Was um alles in der Welt sollte das?

»Kellers Dad ist im Dienst«, antwortete ich perplex.

»Nun, es ist sehr wichtig, dass er und ich miteinander sprechen. Könnten Sie ihn bitte anrufen und bitten herzukommen? Es sieht nämlich so aus, als hätten wir seine Telefonnummer nicht in unserem System.«

»Gut möglich, dass er gleich nach der Arbeit kommen kann«, versuchte ich es und mahlte mit den Zähnen.

»Das Büro ist nur bis vier Uhr besetzt, das genügt also nicht, es sei denn, er kann vorher hier sein.«

»Sind Sie neu hier?«, fragte ich rundheraus, noch immer völlig verblüfft von dieser Dreistigkeit.

»Ich arbeite seit einigen Monaten hier. Warum?«

»Lassen Sie sich gesagt sein, die Eltern der meisten Kinder hier sind bei der Armee, und das heißt nun mal, dass sie nicht einfach mitten an einem Arbeitstag hier auftauchen können.«

Sie wurde zusehends nervös, während ich sie anstarrte, und schließlich straffte sie die Schultern. Sie musste jünger sein als ich, legte aber eine Haltung an den Tag, die eher einer sehr viel älteren Frau zugestanden hätte.

»Also schön, um wie viel Uhr würde es ihm denn passen?«, brachte sie mühsam und begleitet von einem fadenscheinigen Lächeln hervor.

»So ungefähr um fünf«, sagte ich und hob Keller auf meinen Arm. »Ist das alles?«

Ich unterschrieb noch rasch, dass ich Keller abgeholt hatte, und versuchte dabei sein schweres Gewicht zugleich mit meiner großen Handtasche zu jonglieren, und nach ein paar Minuten saßen wir wieder im Auto und fuhren heim.

»Was ist denn passiert, Kumpel?«, fragte ich und spähte in den Innenspiegel, um Keller anzusehen.

»Ich war bei einer Prügelei dabei«, murmelte er und sah mich an.

Die Maske der Gleichgültigkeit, die er in den letzten paar Monaten regelmäßig aufgesetzt hatte, wenn es Probleme gab, fiel ihm Stück für Stück aus dem Gesicht, und er brach in Tränen aus.

»Und warum zum Geier machst du so was?«, wollte ich wissen und fuhr auf den Freeway.

»Nathan hat mich ein kleines Waisenmädchen genannt«, spie er aus und wischte sich wütend über sein Gesicht.

»Also, das ist doch lächerlich«, bekannte ich. »Du bist kein Waisenkind. Waisen haben keine Eltern mehr.«

»Und ich bin kein Mädchen!«

»Ja, das stimmt auch«, gab ich zu und musste mich zusammennehmen, um nicht über seinen angewiderten Gesichtsausdruck zu lachen. »Aber deshalb kannst du nicht jedes Mal eine Prügelei anfangen, kleiner Mann, denn dann gibt es ziemlichen Ärger.«

»Daddy ist bestimmt böse auf mich«, sagte er so leise, dass es mir das Herz zerriss.

Den Rest der Fahrt schwiegen wir. Als wir zu Hause vorfuhren, sprang Keller vom Sitz, krabbelte aus dem Wagen und rannte nach drinnen. Ich zog mein Handy aus der Handtasche.

»Hallo?«, meldete sich Shane nach kurzem Klingeln.

»Hey, hör mal, ich habe eben Keller aus der Schule abholen müssen ...«

»Verdammt.« Er seufzte. »Was ist passiert ... geht's ihm gut?«

»Ja, mit ihm ist alles in Ordnung. Aber er meint, er sei in eine Prügelei geraten, weil irgend so ein kleiner Scheißer ihn ›kleines Waisenmädchen‹ genannt hat.«

»Ha, das ist nun wirklich kein schlimmes Schimpfwort.«

»Ist es, wenn man sechs Jahre alt ist.«

»Was haben die im Sekretariat gesagt? Hat er einen Verweis gekriegt oder etwas in der Art?«

»Ich weiß nicht ... die wollten nicht mal mit mir reden«, erklärte ich atemlos und fing schon wieder an, mich über diese sogenannte Vertrauenslehrerin zu ärgern.

»Was? Wieso denn nicht?«

»Die Vertrauenslehrerin wollte dich sprechen.«

»Aber ... du bist doch bei ihr gewesen.«

»Sie hat wirklich darauf bestanden, dass du nach der Arbeit zu ihr gehst und mit ihr redest.«

»Verdammt. Ich hab erst nach vier Uhr Schluss.«

Ich stieg aus dem Auto, und meine Mom trat gerade auf die Veranda. »Ja, sie meinte, sie würde auf dich warten.«

»Okay, also dann, treffen wir uns um halb fünf dort. Oh, ich muss gehen. Bis dann.«

Die Verbindung wurde unterbrochen, und ich nahm das Telefon vom Ohr und ließ kraftlos den Arm hängen. Wie es aussah, würde ich mit Miss Schnepfe McCauley heute Abend noch einmal zu tun bekommen.

»Hey, meine Schöne«, sagte Shane zur Begrüßung und machte mir die Autotür auf, als ich den Schaltknüppel in die Parkposition legte. »Wir war dein Tag noch so?«

»Ähm. Keller hat einen Großteil des Tages damit verbracht, mit Tante Ellie Lego zu bauen. Das arme Kind hat ausgesehen, als müsste es hingerichtet werden; er hat richtigen Bammel davor, dich zu sehen.«

»Weiß gar nicht, warum ... du bist hundertmal schlimmer als ich«, beschied er und legte mir die Hand an den Rücken, um mich ins Schulgebäude zu begleiten.

»Hallo, Mr. Anderson. Ich bin Susan McCauley, die Vertrauenslehrerin dieser Schule.«

»Freut mich«, sagte Shane betont höflich und schüttelte ihr die Hand.

»Warum gehen wir nicht in mein Büro und setzen uns?«, schlug sie vor und winkte zur Tür rechts von uns.

Shane schob mich unmerklich vorwärts, und Susan würdigte mich kaum eines Blickes, als wir an ihr vorbeitraten. Das versprach ja lustig zu werden.

»Ich habe Sie hergebeten, weil Keller im Verlauf dieses Schuljahres ein paarmal sehr auffällig geworden ist.«

»Was?«, fragte ich verwirrt. »Wir haben nur einen Brief bekommen.«

»Zuerst waren es nur Beschimpfungen, aber heute ist er

gegenüber einem Mitschüler handgreiflich geworden«, erklärte Susan an Shane gewandt. Mich ignorierte sie völlig. »Wir haben an dieser Schule eine Null-Toleranz gegenüber körperlicher Gewalt. Wir haben Keller deshalb von Ms. Evans heute Mittag abholen lassen. Aber ich wollte gerne mit Ihnen unter vier Augen sprechen, damit wir gemeinsam für Keller eine Lösung finden können.«

»Nach dem, was Keller erzählt, hat jemand ihn beschimpft …«

»Das deckt sich mit der Geschichte, die mir zu Ohren gekommen ist«, bestätigte Susan mit einem Nicken. »Was nichts daran ändert, dass wir den Einsatz von Gewalt nicht tolerieren können, nur weil jemand ein paar Beschimpfungen ausspricht.«

»Keller hat Kratzer überall an den Armen«, warf ich ein und ballte die Hände in meinem Schoß zu Fäusten. »Wurde das andere Kind denn auch nach Hause geschickt?« Die Frau verhielt sich wie ein Roboter … ich wurde wirklich nicht schlau daraus, wie sie als Vertrauensperson für kleine Kinder eingesetzt werden konnte.

»Ms. Evans, wenn Sie erlauben, dass ich mich mit Mr. Anderson unterhalte«, biesterte Miss Schnepfe McCauley mir zu und warf einen raschen Seitenblick auf mich, ehe sie sich wieder Shane zuwandte.

Der gab einen abgehackten, ungläubigen Laut von sich und sah mich verblüfft an.

»Ms. Evans hat in dieser Sache genauso viel zu sagen wie ich«, sprang Shane mir bei. Er zog finster dreinblickend die Augenbrauen zusammen.

»In Situationen wie diesen halte ich es für hilfreicher, wenn ich direkt mit den Eltern des betreffenden Schülers rede, Mr. Anderson«, sagte sie schlicht. »Bei allem Respekt.«

»Sie ist seine Mutter«, entgegnete Shane, und ich spürte, wie mir der Atem stockte. »Ich verstehe wirklich nicht, was Sie daran hindern sollte, mit ihr zu reden.«

»Oh.« Susan senkte für einen Moment den Blick und kramte in den Unterlagen herum, die auf ihrem Schreibtisch lagen. »Keller hat Ms. Anderson Tante genannt, als sie ihn vorhin abgeholt hat, und ich bin von der Annahme ausgegangen, dass Kellers und Sages Mutter vor zwei Jahren bei einem Autounfall ums Leben kam.«

Bei ihrer beiläufigen Bemerkung über Rachels Tod verschlug es mir die Sprache. Als sie wieder von ihrem Schreibtisch aufsah, riss sie förmlich die Augen auf angesichts der Mienen, mit der wir sie anstarrten.

»Ja, das ist sie«, bestätigte Shane leise. »Und Kate hier hat sich um Keller gekümmert, seit er geboren wurde. Sie ist in jeder Hinsicht seine Mutter.«

Susan verhaspelte sich kurz, bevor sie ihre Fassung wiedererlangte und weitersprach. »Ich hatte ja keine Ahnung«, bekannte sie tonlos und rümpfte die Nase, als habe sie etwas Schlechtes gerochen. »Nun, Fälle von ungewöhnlicher Familienkonstellation können häufig der Grund für auffälliges Verhalten bei Kindern sein. Vielleicht ist Keller …«

»Okay, das wäre dann wohl alles«, entschied Shane entrüstet. Er schüttelte den Kopf und stand auf. Mich zog er gleich am Arm mit sich. »Sorgen Sie bitte dafür, dass das Sekretariat morgen telefonisch bei Ms. Evans Bescheid gibt, wann Keller wieder am Unterricht teilnehmen darf.«

»Mr. Anderson!«, rief Susan uns nach, als Shane schon durch die Tür strebte. »Wir haben ja noch gar keinen Plan für das weitere Vorgehen gemacht …«

»Kellers *Mutter* und ich werden uns um alle Verhaltensauffälligkeiten kümmern, die er an den Tag legt«, sagte Shane an sie gewandt. »Sie dagegen haben sich herablassend und unhöflich verhalten, seit wir dieses Sekretariat betreten haben ... und wohlgemerkt, ich hätte nicht mal extra herkommen brauchen, wenn Sie sich bereit erklärt hätten, vorher in Ruhe mit Kate zu reden. Ich bin nicht sicher, was Ihnen da im Kopf herumschwirrt, aber ich hoffe von ganzem Herzen, dass Sie die Kinder, die Sie in Ihrer Obhut haben, besser behandeln, als Sie es bei deren besorgten Eltern tun.«

Er nahm mich bei der Hand und zog mich so unbeirrt nach draußen zum Auto, dass ich praktisch rennen musste, um Schritt zu halten.

»Diese blöde Tussi!«, fluchte er und nahm mir die Schlüssel aus der Hand, um die Tür für mich zu entriegeln und aufzuhalten. »Kannst du das glauben?«

»Sie war schon so, als ich Keller abgeholt habe.«

»Warum zum Henker hast du mich nicht vor der gewarnt?«

Ich zuckte die Achseln und gab ihm einen flüchtigen Kuss auf den Mund. »Du hast dich ja drum gekümmert.«

Ich stieg ein und ließ den Motor an, als er die Tür für mich zumachte.

Durch die Scheibe formte er mit den Lippen die Worte: »Ich fahre dir nach«, und machte sich auf den Weg zu seinem Truck.

Die Hände zitterten mir von dem Adrenalinstoß, der mir noch durch den Körper jagte, und ich atmete tief durch, um meine Nerven zu beruhigen. Konfrontationen dieser Art hatte ich schon immer gehasst. Ich ertrug es schlecht, wenn jemand böse auf mich war, und zu wissen, dass mich irgendein Mensch nicht mochte, verursachte mir geradezu eine Gänsehaut. Ich nahm an, dass dies der Grund war, weshalb ich als Kind immer Everybody's Darling gewesen war.

Ich war mit so vielen anderen Kindern zusammen unter einem Dach aufgewachsen – Kindern, gegen deren Verhaltensauffälligkeiten Keller wie ein Lämmchen wirkte –, dass ich schon früh gelernt hatte, jeder Art von Konflikten aus dem Weg zu gehen. Und wenn es sich einmal nicht vermeiden ließ, waren meine Brüder rechtzeitig für mich in die Bresche gesprungen, erst Alex mit seinem Charme, dann, wenn das nichts brachte, Bram, der die Fäuste sprechen ließ.

Als ich erwachsen geworden war und mich in die Geschäftswelt gestürzt hatte, hatte ich gelernt, mit meiner Angst zu leben. Aber es war auch nicht dasselbe, wenn man mit einem unzufriedenen Kunden hin und her mailte, oder wenn man jemandem von Angesicht zu Angesicht gegenüberstand, der einen nicht riechen konnte.

In diesem kleinen Büro war ich wie erstarrt gewesen, das Gesicht hatte mir gebrannt von der Demütigung. Ich hatte dieser Frau nie etwas getan, und doch schien sie mich nicht zu mögen. Vor ihr war ich mir klein vorgekommen, bis Shane für uns eingetreten war. Seine Worte hatten mich ungemein beruhigt.

Er hatte mir eine Art von Bestätigung zuteilwerden lassen, die neu für mich war – und auch für ihn.

Ich hob meinen Blick zum Innenspiegel, um mich des Trucks hinter mir zu vergewissern, und konnte Shane sehen, wie er zu einem Song im Radio mitsang, die Sonnenbrille vor den Augen. Dieser winzige Teil von etwas, auf das ich so lange gewartet hatte, war plötzlich da und machte klick.

Eine große Zärtlichkeit überkam mich, als ich vom Freeway runter auf den Parkplatz einer kleinen Tankstelle fuhr und den Motor abstellte.

Kaum hatte Shane angehalten, als ich schon aus dem Wagen sprang und auf ihn zulief.

»Was ist denn?«, fragte er und öffnete die Tür, um ebenfalls auszusteigen, als ich ihn gerade erreichte.

Ich stieg auf das Trittbrett und zog mit beiden Händen sein Gesicht an mich. Ich küsste ihn intensiv, während er blind versuchte, den Motor abzustellen.

»Ich liebe dich«, flüsterte ich an seinem Mund.

Mit einer Hand umfasste er meinen Po, stöhnte. Die andere fasste unerwartet nach dem Hebel unter dem Sitz, mit dem er den Sitz zurückgleiten lassen konnte. So hatte er genug Platz, um mich auf den Schoß zu ziehen. Ich bestieg ihn und setzte mich gegrätscht auf ihn. Beide stießen wir ein lustvolles Stöhnen hervor, als unsere Körper sich auf diese Weise berührten.

»Was ist denn in dich gefahren?«, wollte er wissen und packte mich bei den Haaren, um meinen Kopf zurückzuziehen und seine Lippen auf meinen Hals zu pressen. »Ach, weißt du was?«, raunte er atemlos an meiner feuchtgeküssten Haut. »Vergiss es einfach. Ich muss es gar nicht wissen.«

Ich lachte keuchend, machte mich von ihm los und sah ihm in die Augen. Er hatte geweitete Pupillen. »Du wirst heute Abend so was von glücklich sein«, sagte ich und rieb mein Becken an seinem.

»Ich bin jeden Abend glücklich«, erwiderte er sanft und zog mich wieder zu sich, um mich erneut mit Küssen bedecken zu können.

»Zieh dich aus«, forderte Shane, als er spät an diesem Abend aus der Dusche kam und ins Schlafzimmer trat.

»Mensch, bist du herrisch«, gab ich zurück und band meine Haare zu einem Pferdeschwanz zusammen.

Wir waren von Gefühlen durchflutet und ziemlich angeturnt nach Hause gefahren, aber nach unserem Gespräch mit

Keller und dem Abendessen samt Kindern und Müttern war die sinnliche Anspannung zwischen uns natürlich wieder auf ein normales Maß heruntergekühlt.

Aber sie war immer noch da, brodelte dicht unter der Oberfläche, während der Alltag und die Familie sie vorübergehend etwas verdrängt hatten.

»Wenn du dich nicht in den nächsten fünfzehn Sekunden ausziehst, nehme ich dich hier und jetzt über das Bett gebeugt in deinen Klamotten«, erwiderte er und löste das Handtuch von seiner Hüfte. »Ich bin mittlerweile nicht mehr sehr wählerisch.«

Ich lachte sanft und streifte mir die Hose über die Hüfte.

»Ich hab mir die Beine rasiert«, eröffnete ich ihm grinsend und streifte mir nun auch das Shirt über den Kopf. »Heute ist dein Glückstag.«

»Das kann man wohl sagen«, hauchte er und nahm meinen Anblick von Kopf bis Fuß in sich auf.

»Glaubst du, unsere Moms haben was geahnt, als sie uns angeboten haben, Iris heut Nacht mit zu sich zu nehmen?«, fragte ich, als er näher kam.

»Ich werde kein Wort über Ellie und Liz verlieren, solange du splitternackt vor mir stehst und wir seit über einem Jahr keinen Sex mehr gehabt haben«, murmelte er und umfasste meine Taille. Er stieß mich rücklings aufs Bett. »Das Einzige, was du sagen darfst, ist *Mach's mir härter, Shane*, und *Ich hab vergessen, wie riesig dein Teil ist, Shane.*«

Ich lachte, als er auf mich kletterte. »Du könntest auch beten. Und ein gewöhnliches *Oh mein Gott!* wäre auch nicht verkehrt.«

»Du bist so groß«, raunte ich heiser, ein unmerkliches Lächeln auf dem Gesicht. »Oh Shane, wie soll der überhaupt in mich reinpassen?«

»Ja, das ist gut, so kannst du weitermachen«, murmelte er gedankenverloren, während er sich herabbeugte, um seine Lippen auf meine zu pressen.

Ich sprudelte über vor Freude, als er sich auf die Ellbogen stützte und seine Zunge in meinen Mund schob.

»Mmm, du schmeckst nach Knoblauchbrot«, brummelte ich, und er zog den Kopf leicht zurück.

»Verdammt.« Er brach in Gelächter aus und legte mir den Kopf gegen die Schulter. Sein gesamter Körper bebte vor Ausgelassenheit.

»Was?«, wollte ich wissen und gab ihm einen Klaps. »Ich mag Knoblauchbrot!« Es steigerte nur noch sein Lachen, und bald musste auch ich giggeln, so ansteckend war sein Lachanfall.

»Werde ich mir in deiner Gegenwart eigentlich je wirklich cool vorkommen?«, fragte er breit grinsend, sobald er wieder zu Atem gekommen war. »Ich setze meine besten Moves ein, und du kommentierst meinen Knoblauch-Atem.«

»Das waren deine besten Moves?«, fragte ich gespielt ungläubig, worauf er wieder lachte. »Ich meine, na klar, das waren tolle Moves. Wirklich, richtig tolle Moves ...«

»Ich liebe dich so sehr«, unterbrach er mich da.

»Das ist gut«, befand ich, die Augen weit aufgerissen.

»Sehr gut«, pflichtete er mir bei und schob mich im Bett nach oben, bis er sich zwischen meinen Schenkeln frei bewegen konnte.

»Ich liebe dich auch.«

»Ich weiß.«

»Glaubst du also, dass ...«

»Kein Gerede mehr, Kate«, kam er mir zuvor und küsste mich.

Binnen Sekunden hätte ich ohnehin kein Wort mehr herausbringen können, weil er bereits auf einen Ellbogen aufgestützt dasaß und seine freie Hand dazu benutzte, meine Brustwarzen zu harten kleinen Spitzen zu modellieren.

Ich rieb mein Becken an seinem und zog die Knie an, damit er näher kommen musste. Seine Haut fühlte sich heiß an unter meinen Handflächen, während ich die Erhebungen der Muskeln auf seinem Rücken und den Armen nachzeichnen konnte.

»Wow, du bist so sexy«, raunte er heiser. Er löste seine Lippen von meinen und wanderte mit ihnen an meinem Hals hinab. Sein Mund erreichte meinen Nippel, und ich saugte scharf die Luft ein. Er gab ein vieldeutiges leises Lachen von sich, als er seine Finger zwischen meine Schenkel schob. Mit dem Daumen massierte er in kreisförmigen Bewegungen meine Klitoris.

»Oh nein«, hauchte ich aus, als er die Hand wegzog.

»Beim nächsten Mal«, sagte er unter heftigen Atemstößen, »können wir gern langsamer machen.«

Er kniete sich zwischen meine Beine, packte mit beiden Händen jeweils einen meiner Schenkel und platzierte meine Beine auf seinen Schultern, sodass mein Becken nun etwas höher lag als mein Kopf. »Aber jetzt kann ich nicht abwarten.« Er sah mir in die Augen, während er hinablangte und seinen Schwanz in die richtige Position brachte. »Und ich will zusehen.«

Er schaute wieder runter und stieß sein Becken vor, und als ich spürte, wie er unvermittelt in mich eindrang, hob ich meinen Oberkörper mit durchgedrücktem Rücken vom Bett, so kraftvoll stieß er in mich.

Als er ihn bis zum Anschlag reingeschoben hatte, hielt er inne. Seine Brust hob und senkte sich, seine Hände umklammerten meine Schenkel fester. »Was ist mit Verhütung?«

»Ich habe 'ne Spirale drin«, rief ich gepresst in dem Versuch, mein Becken unter seinem festen Zugriff auf die gewünschte Art bewegen zu können. »Alles okay!«

»Halleluja.« Er zog sich zurück und stieß wieder vor, ein paarmal hintereinander – doch dann hörte er abermals auf.

»Shane, was zur Hölle?« Ich kam auf die Ellbogen gestützt hoch und hielt es kaum aus vor Verärgerung.

»Ich will noch tiefer in dir sein«, murmelte er versunken, fasste mich mit beiden Armen unter und holte mich ganz nah an seine breite Brust. »Oh ja, verflucht«, stöhnte er und glitt noch etwas tiefer in mich.

Ich legte die Hand vorn an seinen Hals, fühlte ihn hart unter meinem Daumenballen schlucken, während sich unsere Blicke trafen. Und dann begann er sich zu bewegen, und ich erwiderte es rhythmisch, meine Hüften rollend, sodass meine Klitoris sich mit jedem Stoß seines Beckens an seinem Schambein rieb. »Mach's mir härter, Shane«, nahm ich seine Worte von zuvor auf und lächelte unmerklich. »Ich hab ja völlig vergessen, wie riesig er ist.«

Sein Gesicht verzog sich zu einem herrlichen Lächeln, und er stieß fester zu.

Nicht lange danach bohrte ich meine Nägel in seinen Rücken, krallte mich an ihm fest, während ich kam. »Oh mein Gott.« Ich murmelte es nur noch, mein Atem stoßweise ausströmend.

Ihm lief der Schweiß von den Schläfen, als er mich ein paar Sekunden darauf wieder hinlegte und sich nicht darum scherte, was für einen Lärm er verursachte, indem er sein Becken kraftvoll immer wieder nach vorne stieß. Dabei donnerte er mein Bett jedes Mal gegen die Wand hinter uns, bis er schließlich mit einem tiefen, befreienden Stöhnen kam.

»Wow.« Er sackte über mir zusammen wie ein Stein.

»Wirklich, richtig tolle Moves«, entschied ich leicht verträumt.

Und schloss die Augen, als ich ihn freudig glucksen hörte.

Stunden später lagen wir immer noch wach und unterhielten uns leise über alles Mögliche, von unseren bevorzugten Sex-Stellungen bis hin zu Erlebnissen aus unserer Kindheit.

»Falls unsere Moms vorher nicht geahnt haben sollen, was wir machen«, sagte ich, »dann bin ich mir relativ sicher, dass sie es jetzt wissen.« Ich ächzte leise, als Shane mit den Fingern über die Schwangerschaftsstreifen an meinem Bauch fuhr.

»Am Ende waren wir vielleicht etwas laut«, gab er zu und beugte sich hinab, um mit dem Mund über meinen Bauchnabel zu streicheln.

»Wir? Was heißt hier wir, Freundchen? Das warst alles du. Ich war mucksmäuschenstill.«

»Ja, ja.«

»Meine Güte, ich sollte mal wieder anfangen zu trainieren«, murrte ich. »Ich hab schon Muskelkater in den Beinen.«

»In den Oberschenkeln oder den Waden?«, fragte er und setzte sich auf.

»Ja«, sagte ich daraufhin, und er musste lächeln.

Dann begann er, mir die Beine zu massieren, angefangen bei meinen Schenkeln.

»Wir sollten das Haus verkaufen«, sagte er, nachdem wir eine Weile geschwiegen hatten.

»Was?« Ich stützte mich auf die Ellbogen, um ihn anzusehen.

»Wir benutzen das große Schlafzimmer eh nie.« Er warf mir

einen schnellen Blick zu, bevor er sich wieder auf das konzentrierte, was er mit meinen Beinen machte. »Wir sollten in einem Haus wohnen, das wirklich unseres ist.«

»Bist du dir sicher? Ich meine, ich weiß, dass du das Zimmer nicht benutzen willst, aber ...«

»Ist es das, was du dachtest?«, fragte er und sah mich überrascht an. »Mir ist es relativ schnuppe, wo wir schlafen. Aber am Anfang hab ich mich eben jedes Mal hier reingeschlichen und gehofft, dass du mich nicht achtkantig wieder rauswirfst. Da wollte ich es nicht noch auf die Spitze treiben und dich fragen, ob du nicht das Zimmer wechseln möchtest.«

»Oh«, erwiderte ich.

»Alles, was mein ist, ist auch dein, Katie, okay? Da gibt es keine Dinge mehr, denen ich nachhänge, das solltest du wissen.«

»Keine Ahnung. Es ist bloß ein bisschen komisch.« Ich zuckte verunsichert mit den Schultern. »Wahrscheinlich sollte es mich nicht kümmern.«

»Tut es aber.«

Ich nickte und bedachte ihn mit einem halbherzigen Lächeln.

»Und deshalb sollten wir unser eigenes Haus haben«, sagte er und wechselte von einem Bein zum anderen. »Allerdings wird es mit Sicherheit ein bisschen dauern, bis der Verkauf unter Dach und Fach ist.«

»Ich habe keine Eile«, versicherte ich ihm.

Darauf verfielen wir in Schweigen und hingen unseren Gedanken nach.

Das Gefühl, ein Ersatz für Rachel zu sein, hatte ich überwunden – meine Beziehung zu Shane hatte im Grunde wenig mit ihr zu tun –, aber manchmal hatte ich immer noch ein komisches Gefühl, wenn ich das große Schlafzimmer durchquerte, um die Dusche zu benutzen, oder wenn ich ganz hinten in einem Schrank etwas fand, das sie mal gekauft hatte. Ich rechnete damit, dass diese Dinge sich mit der Zeit legen würden, aber ich selbst war noch nicht so weit.

»Manchmal denke ich, dass ich immer irgendwie meinen Weg zurück zu dir gefunden hätte«, sagte Shane und streckte sich neben mir aus. »Was mir das Gefühl gibt, ein totaler Arsch zu sein.«

»Es gibt keinen Grund, so zu denken«, flüsterte ich. Ich fuhr mit meiner Hand seine nackte Brust hinauf und schließlich in seinen Nacken.

»Ich würde Iris nicht für Rachel eintauschen wollen«, sagte er plötzlich. »Ich würde Iris für nichts und niemanden eintauschen wollen.«

»Shane«, sagte ich, die Stimme belegt von meinem Gefühlsansturm. »Wenn Rachel nicht gestorben wäre, würde es Iris nicht mal geben. Solche Vergleiche zu ziehen bringt überhaupt nichts. Fang gar nicht erst damit an.«

»Ich liebe dich. Ich liebe unser Leben. Ich glaube nicht, dass ich je wieder zurückkönnte«, bekannte er mit rauer Stimme.

»Diese Möglichkeit gibt es in der Realität auch nicht, also hör auf.«

Er machte die Augen fest zu, und ich nahm meine Hand wieder nach vorn und legte sie ihm auf den Hals, als er unter der Berührung spürbar schluckte.

»Warum machst du das immer?«, fragte er, schlug die Augen auf und fasste mich am Handgelenk.

Ich bekam ein ganz heißes Gesicht, während ich mit meinem Daumen seitlich an seinem Hals hinauf- und hinunterfuhr. Ich räusperte mich. »Als du zum ersten Mal bei Tante Ellie und Onkel Mike aufgetaucht bist damals, da warst du so still«, erzählte ich und sah ihm fest in seine vor Gefühl überquellenden Augen. »Normalerweise wusste ich bei den meisten Leuten immer, was in ihnen vorgeht, aber bei dir ... ich hatte keinen Schimmer, was du dachtest. Ich hatte dich beobachtet, hast du das gewusst?«

Er nickte und lächelte sanft.

»Na ja, und da hab ich irgendwann bemerkt, dass du immer, wenn du aufgeregt, wütend oder glücklich warst, ganz schwer geschluckt hast. Manchmal nur ein einziges Mal. Aber so war es immer. Und ich gewöhnte mir bald an, drauf zu achten.«

»Verrückt«, flüsterte er.

»Deshalb wusste ich auch, was ihr getan habt, als ich Rachel und dich zum ersten Mal beim Knutschen ertappt habe. Eure Gesichter waren so nah beieinander, und du hast einen Moment lang den Kopf gehoben, und da konnte ich sehen, wie du geschluckt hast.«

»Das war so mies von mir damals.«

»Ja, du warst ein ziemlicher Arsch«, stimmte ich ihm zu und glitt mit meiner Hand über seine Brust, um ihn in die Brustwarze zu kneifen.

»Au!«, fuhr er auf, packte meine Hand und schob sie sich wieder in den Nacken.

»Ich lege dir die Hand auf den Hals, weil ich selbst dann, wenn du gerade nichts sagst, spüre, was du fühlst.« Ich tat es, während ich es ihm erklärte. »Und es ist so viel besser, wenn ich weiß, dass dieses Gefühl mir gilt.«

Er erforschte meinen Blick, legte seine Hand über meine und ließ mich das Hüpfen seines Adamsapfels spüren. »Willst du mich heiraten?«, wisperte er mir heiser zu. »Bitte, werde meine Frau.«

»Ja.«

Epilog

Shane

»Warum hast du noch mal gleich dieses ganze Zeug im Gesicht?«, fragte ich mein Mädchen und wechselte soeben die Spur, um vom Freeway abzufahren.

»Weil Tante Kate gesagt hat, dass ich es darf!«, erwiderte Sage mit einem raschen Blick in meine Richtung. »Weil es ein besonderer Abend ist.«

Kate hatte die Kinder weniger als einen Monat nach unserer Hochzeit adoptiert, und die Kleinen hatten sie bald darauf ohne Umschweife »Mom« genannt – vielleicht hatten sie es vorher bei Iris gehört. Keller dagegen hatte etwas länger gebraucht, um sich mit dieser Vorstellung anzufreunden, doch auch er, da war ich mir sicher, würde früher oder später damit anfangen. Sage dagegen – nun ja, sie erinnerte sich sehr deutlich an ihre Mutter, und als sie Kate auch nach der Adoption weiterhin mit »Tante Katie« angeredet hatte, hatten wir nichts gesagt. Es blieb ihr überlassen. Und es spielte auch keine Rolle, wie sie Kate ansprach; die emotionale Bindung zwischen den beiden war wie in Stein gemeißelt.

»Ich kapiere ja nicht, wieso du Make-up auftragen musst, wenn wir in ein Café gehen«, murmelte ich. »Da drin ist es sowieso ziemlich düster.«

»Weil ich ein Mädchen bin, und Mädchen tragen nun mal

Make-up«, sagte sie und schien allmählich die Geduld mit mir zu verlieren.

»Aber nicht mit dreizehn.«

»Bitte, Dad! Kannst du es nicht einfach lassen?«

»Schön.« Ich lenkte den Truck auf den Parkplatz, der bereits rappelvoll war.

Ich sprang hinaus und lief um die Motorhaube, um Sage rauszuhelfen. Sie hasste es, wenn ich solche Dinge abzog, aber ich konnte es einfach nicht lassen. Sie war mein kleines Mädchen, und ich hoffte, wenn ich nur weiterhin Autotüren für sie öffnete und auf Bürgersteigen derjenige war, der außen lief, sie sich dann daran erinnern würde, wenn sie anfing, sich zu verabreden und zu entscheiden, mit was für Jungs sie ihre Zeit verbrachte.

»Du bist so peinlich«, versicherte sie mir, als ich ihr den Arm hinhielt, damit sie mich einhaken konnte.

»Eigentlich findest du doch, dass ich unschlagbar bin, lüg nicht«, gab ich zurück, zog die Tür zum Café auf und führte sie hinein.

Wir fanden einen freien Tisch an der Seite, und ich musste lächeln, als ich sah, wie Sage sich immer wieder nach den ganzen Teenagern hier drinnen umblickte. Sie war noch ein ganzes Stück jünger als die meisten von ihnen, und ich wusste, dass sie ein wenig aufgeregt darüber war, mit ihrem Dad hier zu sein.

»Hey, kann ich euch was zu trinken bringen?«, erkundigte sich ein junger Typ mit einer Schürze bei uns, gleich nachdem wir uns gesetzt hatten. Als er Sage sah, strich er sich den Pony aus der Stirn und starrte sie an.

»Für mich bitte eine heiße Schokolade«, sagte Sage und wurde rot.

Oh komm schon, nein.

»Kaffee, schwarz«, bellte ich, woraufhin der Junge zusammenfuhr.

»Aber sicher doch!«, nuschelte er, trat einen Schritt zurück und machte sich davon.

»Wirklich, Dad?«, zischte mich Sage an und wandte den Blick umher.

»Was ist?« Ich wusste genau, was war. Ich war soeben ein fieser Arsch gewesen, aber ich würde es ihr bestimmt nicht anvertrauen, dass dieser Junge gerade meine dreizehnjährige Tochter angestarrt hatte. Besser, sie bekam noch nicht groß mit, was für eine Wirkung sie auf das andere Geschlecht hatte.

»Hey, San Diego«, rief eine vertraute Stimme über die Lautsprecheranlage. »Wie geht's euch an diesem schönen Abend?«

Die Menge jubelte, und Sages Miene erhellte sich, als sie an mir vorbei zur Bühne sah.

»Ihr seid die Besten!«, raunte Kate mit einem kurzen Lachen. »Ich liebe es, für euch zu spielen. Ihr poliert mein Ego ganz schön auf.«

Die Menge gebärdete sich noch lauter, und ich konnte das breite Grinsen nicht zurückhalten, das sich auf meinem Gesicht ausbreitete.

»Falls ihr das erste Mal hier dabei seid, es geht gerade eine Kaffeekanne herum. Wo ist sie?« Kurzes Schweigen. »Okay, seht ihr den Typen im gelben T-Shirt? Heb mal den Arm, Colby. Der da. Wenn die Kanne bei euch vorbeikommt, werft doch freundlicherweise ein paar Dollar hinein, wenn es geht, und reicht sie weiter.«

Das Publikum applaudierte, und Kates Kichern drang wieder über die Lautsprecher.

Der glasklare Sound einer einzelnen Gitarre kam über die Lautsprecher, und ich erstarrte, während es im gesamten Saal still wurde. Mucksmäuschenstill. Selbst die Baristas hinter der Kaffeetheke unterbrachen ihre Arbeit und sahen zur Bühne, als Kate anfing zu singen.

Ich ließ Sage nicht aus den Augen, während der Klang von Kates Stimme mich umhaute, wie er es jedes Mal tat.

Selbst nach fünf gemeinsamen Jahren raubte sie mir immer noch den Atem, wenn sie sang. Sie war unglaublich. Schließlich machte ich mich von Sages hingerissenem Gesichtsausdruck los und drehte mich um, und da sah ich Kate in einem fließenden, rot geblümten Kleid, ihre Lippen und die Augen dunkel geschminkt. Sie wusste genau, was sie tat, und die Kids liebten sie.

Nach Iris' Geburt hatte sie eine ganze Weile nicht auf der Bühne gestanden, doch vor etwas mehr als einem Jahr hatte sie die Bemerkung fallen gelassen, dass sie dieses Ventil ihrer Kreativität wieder brauchte. Daraufhin hatte ich sie von ganzem Herzen unterstützt.

Es gab etwas an dieser Selbstsicherheit, die sie dort oben auf der Bühne zur Schau stellte, das mich einfach rumkriegte, und ich war gern bereit, ein paar Mädels aus der Nachbarschaft zu bezahlen, damit sie ein bis zwei Stunden auf die Kinder aufpassten, sodass ich mit ihr ein- oder zweimal im Monat abends ausgehen konnte.

Nachdem wir fast ein Jahr nach Iris' Geburt aus Oceanside weggezogen waren, hatte Kate sich Sorgen gemacht, dass die Kinder womöglich keine neuen Freunde und wir niemals wieder einen geeigneten Babysitter finden würden. Aber glücklicherweise hatten sich beide Sorgen als unbegründet erwiesen, und unsere anheimelnde kleine Sackgasse wurde von vielen Familien bewohnt, die Kleinkinder wie auch Teenager hatten. Es war so ziemlich die beste Nachbarschaft, die wir uns hätten aussuchen können.

Wir schafften es gut einmal die Woche auszugehen, und wenn es nur zum Abendessen war. Manchmal war es auch noch drin, dass wir uns danach im Kino einen Film ansahen. Meine Lieblingsabende aber – mit Abstand – waren die, in denen ich meiner Frau auf der Bühne zusehen konnte. Kate liebte es aufzutreten, besonders wenn es für einen guten Zweck geschah, und ich liebte es, ihr dabei zuzusehen, wie sie Spaß hatte. Es war eine Win-win-Situation.

»Ziemlich cool, oder?«, erkundigte ich mich bei Sage und musste grinsen, als sie den Jungen, der unsere Getränke brachte, mit einem Wink verscheuchte, als der ihr die Sicht auf die Bühne versperrte.

»Pscht, Dad! Diesen Ella-Henderson-Song hat sie ewig geübt. Sie ist mit dem Tempo komplett runtergegangen. Ich will das hören!«

»Sorry«, murmelte ich unter einem leisen Lachen.

Sage war nicht besonders talentiert, was Musikinstrumente anging – das war eher das Gebiet, in dem Gunner herausstach –, aber sie war trotzdem sehr musikalisch. Ich verstand kaum etwas von dem, was sie und Kate besprachen, doch offenbar hatte Sage mehr Ahnung von musikalischer Komposition als die meisten Leute, die doppelt so alt waren wie sie. Kate bekniete mich mittlerweile, Sage einen Turntable und einen Mixer kaufen zu dürfen, während ich die Entscheidung noch hinauszögerte … mir gefiel einfach die Art, wie meine Frau versuchte, mich zu überreden.

Kate ging ohne Pause zum nächsten Song über, und Sage hüpfte leicht auf ihrem Stuhl, was dazu führte, dass sie gegen den Tisch stieß und die Getränke überschwappen ließ. Sie merkte nicht mal, wie ich mit ein paar Servietten die Sauerei so gut es ging wieder wegwischte.

»Hey, ihr beiden da hinten in der Ecke!«, rief Kate ins

Mikro, als ich an unserem Tisch gerade wieder klar Schiff gemacht hatte. »Bist du nicht etwas alt für sie?«

Die Menge lachte, als sie begriff, über wen Kate da sprach, und Sage barg ihr glühendes Gesicht in den Händen – völlig beschämt.

Kate indessen lächelte so freudestrahlend, dass sie regelrecht trunken wirkte. »Das ist mein kleines Mädchen da unten. Ist sie nicht sagenhaft?«

Sages Gesicht blitzte voller Verwunderung wieder auf, und die Menge lachte und jubelte sogar ein wenig.

»Ich wüsste lieber, wer *er* ist!«, rief ein junges Mädchen durch das ganze Café, woraufhin alle lachten.

»Eh, das ist bloß mein Mann«, antwortete Kate tonlos, und die Leute ringsum kicherten.

Sie sah mich über den Saal hinweg an, ein strahlendes Lächeln im Gesicht, und fasste mit der Hand hinter ihre Gitarre, wo sie, wie ich wusste, eine kaum merkliche Rundung versteckte. Wir hatten noch niemandem von ihrer erneuten Schwangerschaft erzählt, sondern uns stattdessen noch etwas Zeit gegönnt, die Neuigkeit für uns im Geheimen zu genießen. Es würde unser letztes Baby sein, und wir hatten vor, die Innigkeit der ersten paar Monate zu genießen, ohne sie mit jemandem teilen zu müssen.

Meine Frau zwinkerte, warf mir eine Kusshand zu und grinste, ehe sie wieder wegsah und den nächsten Song einzählte – als hätte sie nicht gerade dafür gesorgt, dass mir gleichzeitig heiß und kalt wurde.

Ich sah mich um und rieb mir mit einer Hand das Gesicht, während ich mich zusammenzureißen versuchte, nicht geradewegs zu ihr nach oben zu gehen und sie von diesem Hocker zu holen wie ein rabiater Neandertaler. Ich versuchte mir nicht vorzustellen, wie ich sie mit nach Hause nahm und ins Bett brachte, damit sie mit diesen dunkelrot glänzenden Lippen meinen Schwanz umschließen konnte.

Als sie beim Chorus des nächsten Songs angelangt war, trafen sich unsere Blicke erneut, und ihr Lächeln wurde breiter. Sie wusste ganz genau, was sie da mit mir angestellt hatte, und fand es irrsinnig witzig.

Später, na warte, würde ich ihr das schon noch heimzahlen.

Danksagung

Ein Dankeschön an meine Töchter, die mehr Fast Food gegessen haben, als wir gutheißen können, und dabei die ganze Zeit gelächelt haben. Ich liebe euch. An meine Eltern, die Essen gemacht, Kaffee gekocht und sich um die Mädchen gekümmert haben, damit ich schreiben konnte, und an meine Schwester, die mir beim Plotten zugehört hat: danke sehr.

An Nikki, die ihre Kritik an mich nie weich gespült hat und diese Protagonisten ebenso sehr liebt wie ich: tausend Dank.

An Ashley, die mir unzählige Türen öffnete, indem sie mich dazu überredete, *Als mein Herz zerbrach* ihrer Agentin zuzuschicken, an Toni, die mich in meinen schlaflosen Nächten anfeuerte, und an Donni, die mir von Anfang an beigestanden hat – ich werde dir nie genug danken können.

An meine Agentin, Marisa, die so begeistert war, als sie Kates und Shanes Geschichte zum ersten Mal las, dass sie mir währenddessen eine SMS geschrieben hat, und an meine Lektorin Alex, die Stunden um Stunden damit zubrachte, zu gewährleisten, dass in *Als mein Herz zerbrach* alles seine Richtigkeit hat: danke.

An die Leser und Blogger, die mir zu diesem Erfolg verhalfen, ich schulde euch eine Menge, und ich hoffe, dass ihr die Geschichte ebenso sehr liebt wie ich.